별이 되다

별이 되다 ✦ 5

바람꽃잎 장편소설

초판 1쇄 찍은 날 2018년 1월 17일
초판 1쇄 펴낸 날 2018년 2월 7일

지은이 바람꽃잎
펴낸이 서경석

총괄팀장 최하나 | **편집책임** 김경민
편집 이지연 김슬기 이선근 신보라 이종식
디자인 신현아

펴낸곳 도서출판 청어람
등록번호 제387-1999-000006호
등록일자 1999. 5. 31
어람번호 제8-0102호

주소 경기도 부천시 부일로 483번길 40 서경B/D 3F (우) 14640
전화 032-656-4452 | **팩스** 032-656-4453
http://www.chungeoram.com | **E-mail** chungeorambook@daum.net

ⓒ 바람꽃잎, 2017

ISBN 979-11-04-91590-1 04810
ISBN 979-11-04-91440-9 (SET)

별이 되다 · 5

바람꽃잎 장편소설

도서출판 청어람

♦♦♦

◆ ◆ ◆

달콤한 인생

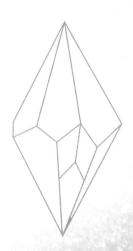

새벽의 여명이 창문 사이로 파고들자 어둠이 빛을 빨아들였다.

어두운 곳에 숨어 있던 사물이 점점 윤곽을 드러내고 침대 위에 누워 있던 남자의 의식도 점점 뚜렷해졌다.

부스스 일어나 곧은 손가락으로 눈을 비비는 남자는 조금은 지치고 외로워 보였다. 기운 없는 눈동자가 살짝 벌어진 커튼 사이의 창밖을 바라봤다. 빼곡한 빌딩 숲은 보는 것만으로도 숨이 턱턱 막힐 것 같은, 날카로운 사각의 선으로 만들어진 세상이었다.

자리에서 일어나 걸어가는 발걸음에서 하루를 시작하는 남자의 피로가 느껴졌다. 버릇처럼 커피 믹스를 타고 한 모금 마신 후에야 얼굴이 조금 풀어졌다. 조금은 맑아진 정신으로 기운을 차린 남자의 입가에 희미한 미소가 어렸다.

머그잔을 들고 거실에 있는 그랜드피아노로 다가가는 걸음이 아까와는 다르게 사뭇 활기찼다. 오른손에는 머그잔을 들고 왼손가락으로 피아노 건반을 하나씩 누르는 모습에서 아까의 피곤은 온데간데없고, 나른하고 여유로운 분위기가 흘렀다. 머그잔을 장식용 테이블에 내려놓고 의자에 앉은 남자는 본격적으로 피아노를 치기 시작했다.

아침을 깨우는 잔잔한 피아노 선곡은 '리스트'의 '사랑의 꿈'이었다. 머그잔에서 올라오는 따스한 연기가 피아노 선율을 타고 사방으로 퍼지는 것 같았다. 아무런 향기도 맡아지지 않는데 보는 이들은 이미 진한 커피 향에 빠져 있었다.

◆　◆◆◆　◆

{내가 지금 뭘 하는 건지…….}

일리야는 채우진의 광고까지 찾아보고 있는 자신의 모습에 혀를 찼다. 데뷔한 지가 얼마 되지 않아서 그의 작품은 많지가 않았다. 그마저도 드라마 한 편을 제외하면 모두가 영화라서 며칠도 되지 않아 일리야는 채우진의 작품을 모두 감상할 수 있었다.

기대만큼 많은 작품은 아니었지만, 채우진이란 배우를 알기에는 어느 정도 충분한 감상이었다. 그런데도 일리야는 무언가를 찾듯 더 많은 정보를 원했다. 그래서 하다못해 그가 출연한 예능 프로에서부터 급기야는 광고까지 찾아보고 있었다.

이런 자신의 모습이 일리야는 한심하면서도 씁쓸했다. 인정하고 싶지 않았지만, 자신이 채우진에게서 찾고자 하는 게 무언지 분명하게 자각하고 있기 때문이다. 혹시나 자신에게 낯익은 무언가를 채우진에게서 발견하지 않을까 하는 희망이 참 보잘것없고, 어이가 없었다.

〔일리야, 너도 그런 일은 있을 수 없다는 걸 잘 알고 있잖아.〕

스스로를 타일러 보지만 그렇다고 멈출 수가 없었다. 글을 쓰다 보면 현실과 상상의 경계가 허물어질 때가 종종 있었다. 집필 중이지 않으면서 현재 그는 이와 비슷한 상태에 빠져 있었다. 어쩌면 소망하는 마음이 너무 커서 현실 속에서 일어날 수 없는 기대를 걸고 있는지도 몰랐다. 그것은 초현실적인 어떤 기적이 자신에게도 일어나지 않을까 하는 소원이었다.

하지만 일리야가 품고 있는 막연한 기대는 분명하면서 모호했다. 찾고자 하는 게 무언지는 확실하나 그게 어떤 형태로 나타나길 바라는지 자신도 알지 못했다. 그저 단순한 의심이 지금의 상황을 만들었고, 이 이야기의 끝이 어떻게 날지는 이미 알고 있었다.

상상력을 먹고사는 소설가라도 환상소설에서나 나오는 이야기가 자신에게 벌어질 거라는 헛된 꿈은 없었다. 그냥 잠시라도 지금은 꿈을 꾸고 싶을 뿐이었다.

채우진이 찍은 광고에 이어 이제 남은 것은 잡지와 화보였다. 이것까지 모두 확인하는 것으로 그는 자신의 허황한 꿈과 망상을 접을 생각이었다. 며칠 동안 행복하고 들떴던 마음은 조금 쓰라리겠지만, 충분히 그만한 대가는 있었다고 자위하면 된다.

〔응?〕

잡지에 실린 채우진의 화보를 보던 일리야의 미간이 일순 찌푸려졌다. 책상에 기대 서류를 훑어보는 채우진의 사진 속 모습에서 익숙한 그림자를 발견했기 때문이다.

일리야는 잡지에 실린 사진들뿐만 아니라 부록으로 나온 화보까지 몇 번이나 훑듯이 살펴보았다. 채우진이 찍었던 영화와 드라마에선 볼 수 없었던 '어떤 이미지'를 찾아낸 일리야의 눈동자가 점점 커지기 시작했다.

규명할 수 없는 환상적이고 근사한 것이 지금 그를 찾아오고 있었다.

◆　　　◆◆◆　　　◆

셀레나는 기대보다 얇은 보고서를 보고 비서를 다시 쳐다보았다. 자신을 보는 눈빛이 좋지 않다는 걸 알면서도 비서는 떳떳했다.

{어느 나라나 이삼십 대에 연기 잘하고 잘생긴 남자는 얼마 되지 않았습니다.}

상사에게 중대한 임무를 부여받았던 비서는 한 달 사이에 얼굴이 핼쑥해져 있었다. 노력과 결실이 정비례한다는 보장은 없지만, 그 나름으로는 정말 최선을 다한 결과물이었다. 아직 보고서도 넘겨보지 않은 상사에게 당당하게 대답할 수 있는 이유이기도 했다.

{우선 '백의 고백' 마니아층에서 추천하거나 원하는 배우에서부터, 각 나라에서 내로라하는 배우들의 작품까지 모두 검토하고 작성한 결과서입니다. 수는 적어도 질적으론 최고의 명단일 겁니다.}

후보군에 올린 이름이 적은 것은 그만큼 신중하게 고르고 고른 결과이지 태만해서가 아니었다. 후보를 추려내는 범위가 아무리 넓어도 까다로운 조건과 실력까지 갖춘 배우는 결국 몇 명 되지 않았다.

아직 무명으로 젊고, 아름다우며, 연기까지 잘하는 인물들도 어딘가에 있긴 있을 것이다. 하지만 그들은 오늘 올린 후보들이 탈락한 후에나 찾아봐도 늦지 않았다.

{흠?}

비서가 추린 후보는 총 여섯 명이었다. 그러나 비서가 뽑은 여섯 명의 배우는 허무할 정도로 셀레나가 아는 이들이었다. 이변은 없다고 할 정도로 뻔한 결과였다. 그녀가 원하던 조건들에 부합하는 배우라면 이미 톱스타가 아닌 게 오히려 이상할 상황이었다. 그 조건을 가지고도 여태껏 무명이라면 안타깝지만, 그만큼 운이 없다는 의미일 수도 있었다.

특이할 만한 사항이라면 여섯 명의 후보 중에 두 명이 동양인이라는 점이었다. 그중 한 명은 셀레나도 개인적으로 아는 사람이었다. 채우진의 이름과 사진을 보며 셀레나는 책상을 손가락으로 타닥타닥 두들겼다.

'백의 고백'의 주인공인 로이드는 알비노와 고아라는 설정만 있을 뿐, 그에 대한 정확한 인종이나 출생지에 대한 언급은 없었다. 일리야만 허락해 준다면 로이드 역에 동양인을 캐스팅해도 무관한 조건이었다. 더욱이 '백의 고백'은 마니아들도 로이드가 유색인종으로 타국에서 입양 온 경우라고 추측하는 이들이 제법 많았다.

그래서 로이드 역에 동양인을 캐스팅한다고 해서 딱히 반발이 있을 것 같지는 않았다. 무엇보다 누가 맡더라도 알비노 분장은 피할 수 없기에 비서에게 인종과 상관없이 후보를 뽑아보라고 일렀다. 그래도 이 명단에서 채우진의 이름을 보니 감회가 새롭기는 했다.

파티에서 채우진을 만나고 셀레나는 일부러 'The red'를 찾아보았다. 평이 워낙에 좋아서 익히 제목은 알고 있었지만, 시간이 없어서 관람은 뒤로 미루었던 영화였다.

감상부터 말하자면 'The red'는 근래 그녀가 보았던 영화들 중에서 단연 최고라 할 수 있는 명작이었다. 아니, 시기를 정할 필요 없이 그냥 최고였다. 영화사에 당당히 이름을 올릴 수 있는 영화라고 자신했고 그것은 다른 영화계 인사들도 생각이 같았다.

'The red'가 그런 평가를 받을 수 있었던 것은 이 영화가 모든 것이 완벽했기 때문이다. 각본, 편집, 영상, 의상, 음향에서 배우까지 무엇 하나 치우치지 않고 완벽한 균형을 유지하고 있었다. 하지만 그중에서 가장 돋보였던 것은 역시나 남자 주인공이었다.

셀레나의 경우 한국어를 어느 정도 알고 있었지만, 그녀와 다르게 한국어를 모르는 사람들도 영화를 보며 주인공에게 감정이입하는 데 아무런 어려움이 없었다. 워낙에 배우의 연기가 출중해서 언어의 장벽이 느껴지지 않았기 때문이다.

영화를 보면서 셀레나는 영화 속 남자 주인공이 정말 자신이 만났던 그 남자가 맞는지 혼란스러웠다.

영화를 보는 내내 배우 본인의 이미지는 전혀 찾을 수가 없었다. 주관적으로나 객관적으로나 채우진의 외모는 인종과 세대를 떠나서 누구에게나 통할 정도로 수준급이었다. 그런데도 영화를 보면서 그의 외모에 사로잡히기보다는 캐릭터에 빠져서 헤어 나오지 못하게 만들었다는 점도 주목할 점이었다.

그러다 나중에 정신을 차리고 보니 배우가 잘생기기까지 했다는 걸 깨닫고 새삼 놀라워하는 관객들이 많았다. 저만한 나이에 저런 연기를 할 수 있는 사람이 과연 얼마나 있을까.

셀레나가 이 세상의 모든 배우를 다 아는 건 아니지만, 언어와 외모를 넘어서 오로지 연기력만으로 사람을 매료시키는 젊은 배우는 채우진을 제외하고 찾기 어려웠다.

솔직히 채우진이란 배우에 관해 알아보면서 이 사람이 로이드를 맡게 된다면 어떤 연기를 할까 궁금했다. 그런데 이렇게 떡하니 후보로 올라온 걸 보고 역시나 하는 생각과 함께, 너무 뻔한 결과가 아닌가 하는 반발심이 생겼다.

{언젠간 더스틴도 그런 배우가 될 수 있을까?}

채우진에 대한 생각이 어느새 더스틴으로 옮겨지자 셀레나는 괜히 그가 안쓰러웠다. 점점 연기에 진심이 되어가는 더스틴을 보면서 그를 응원했지만, 아직 부족한 점이 보이는 건 어쩔 수가 없었다.

하지만 채우진에 대한 열등감을 잘 극복하고 더 나은 배우가 되기 위해 노력하는 더스틴을 지켜보면서 흐뭇하기도 했다. 언제나 그녀에게 마음을 열고 자신의 부끄러운 약점과 생각마저 고스란히 내보이는 더스틴의 모습이 사랑스럽기도 했다.

{결혼이라…….}

더스틴에 대한 감정과 별개로 셀레나는 결혼 자체를 생각해 보지 않았다. 어릴 적에 부모님이 이혼하는 과정을 고스란히 지켜보았던 그녀는 사랑이 무너지는 광경을 두 눈으로 똑똑히 목격한 적이 있었다.

그랬기에 혹여나 더스틴과 자신이 그렇게 되면 어쩌나 하는 두려움을 늘 품고 있었다. 세상에 누구보다 반짝이고 소중한 존재에게 미움받게 되느니 차라리 그냥 친구로 영원히 남아 있는 게 가장 안전하고 행복할 거라고 여겼다.

하지만 채우진은 그것이 결코 더스틴의 행복을 보장하지 않는다고 말했다. 그는 셀레나가 더스틴을 성장하지 못한 어린애로 만들었다고 비난했지만, 어쩌면 깨지고 상처받는 게 두려워서 아무것도 하지 않는 어리석은 어른은 바로 자신일지도 몰랐다.

요즘은 '그 후로 오랫동안 그들은 행복하게 살았다' 라는 동화 속 결말만이 꼭 해피엔딩인가 하는 의문이 들었다. 돌이켜 보면 아버지가 가장 행복해했던 모습은 어머니와 함께 있었을 때였다. 그 후로 셀레나는 아버지의 그 얼굴을 다시는 보지 못했다.

그래서인지 비록 끝이 보이더라도 인생에 그런 달콤한 순간 하나쯤은 있어도 좋지 않을까 하는 생각을 하게 됐다.

(아!)

더스틴을 생각하고 있는데 마침 그에게서 전화가 왔다. 최근에 그는 예전과 달리 먼저 그녀에게 전화를 걸며 적극적으로 행동했다. 다가왔다가 바로 멀어졌던 옛날과는 사뭇 달랐다.

(여보세요.)

―셀레나! 오늘 애프터 파티에 참석할 거야?

전화를 받자마자 묻는 더스틴의 물음에 셀레나는 잠시 어리둥절했다. 오늘 무슨 파티가 있나 되짚는 그녀에게 폰 너머로 들리는 목소리를 들은 비서가 입을 벙긋거리며 '오스카' 라고 말해주었다. 더스틴이 말한 파티는 아카데미 시상식 후에 있는 애프터 파티를 의미했던 것이다.

(아~! 요즘 일이 바빠서 오늘이 오스카 시상식이 있다는 것도

깜박했어.}

　—뭐야? 그럼 참석 못 한다는 소리야?

　실망이 어린 더스틴의 목소리에 셀레나는 설핏 웃으며 로이드의 후보 명단을 들추었다. 오늘부터 명단에 오른 배우들의 기존 작품들을 검토하자면 시간이 빠듯했다. 무엇보다 여유롭게 파티에 참석할 기분도 아니었다.

　{그렇게 됐어. 너나 재밌게 즐겨.}

　—너도 없고 술도 안 마실 텐데 즐거울 게 뭐가 있어.

　{친구랑 놀면 되지.}

　—왠지 오늘은 지니가 무지 바빠서 나와 놀아줄 시간이 없을 것 같아.

　더스틴은 우회적으로 채우진의 영화가 오늘 수상할 가능성이 크다는 것을 암시했다. 객관적인 평가를 떠나서 'The red'의 팬인 셀레나 역시 그 영화의 수상을 염원했기에 고개를 끄덕였다.

　{내가 건투를 빈다고 그에게 전해줘. 그런데 넌 괜찮아?}

　작년에 개봉한 작품이 없었기에 더스틴이 후보로 올라올 일은 없었지만, 만약 그랬더라도 그가 오스카에 노미네이트될 가능성은 매우 희박했다. 개인 수상이 아니더라도 채우진의 작품이 오스카를 받는 걸 옆에서 지켜보는 심정이 마냥 흐뭇할 것 같지가 않았다.

　—셀레나.

　{왜?}

　—고마워.

　앞의 대화와 이어지지 않는 뜬금없는 소리라 셀레나는 살짝 고개를 갸웃거렸다.

　―그리고 내가 사랑하는 사람이 너라서 정말 행복하다.

　무심코 들어온 공격에 셀레나의 얼굴이 순간 발갛게 달아올랐다.

　―네가 날 믿을 수 있게 내가 더 노력할게.

　{갑자기 그게 무슨 소리야?}

　―네가 날 사랑하는 게 근심이 되고 두려움이 되지 않도록 내가 더 노력하겠다는 의미.

　명쾌한 더스틴의 대답에도 셀레나는 정신을 차릴 수가 없었다. 전화를 끊고도 한참 동안 그가 대체 뭘 잘못 먹고 갑자기 저렇게 나오나 싶어서 어리둥절하기도 했다. 하지만 입술 끝이 슬쩍 올라가면서 미소가 지어지려는 걸 참을 수가 없었다. 두 손으로 볼을 감싸며 괜히 투덜거리기도 했다.

　{내가 지켜주겠다고 약속했는데…….}

　유독 작고 여리던 더스틴을 등 뒤로 숨기며 어린 셀레나는 맹세했다, 널 지켜주겠다고.

　그 맹세는 여전했고 왠지 오래도록 유효할 것 같았다.

◆　◆◆◆　◆

　신발을 신고 나가는 우희에게 집안일을 해주시는 아주머니가 말을 걸었다.

　"시상식 안 보고 어디 가려고?"

　"친구와 약속이 있거든요."

"이왕이면 오빠 상 타는 거 보고 나가지, 아깝게."

'붉을 적'의 수상을 너무도 확신하는 아주머니의 말에 우희는 멋쩍게 웃으며 시선을 피했다.

"상은……. 탈지 안 탈지 아직 모르잖아요."

"웬걸! 모두 '붉을 적'이 받을 거라고 말하던데?"

우희는 아주머니뿐만 아니라, '붉을 적'이 상을 받는 게 당연하다는 듯이 구는 사람들의 태도가 재밌으면서도 염려가 되었다.

아카데미 시상식은 언제나 대중의 관심을 샀지만 이번은 특히 더했다. 다른 때와 달리 우리나라 영화가 후보에 올랐기 때문인지 평소 관심이 없던 사람까지도 생방송으로 시청했다. 후보에 올랐다는 것만으로도 수상에 관한 관심이 기대가 되고, 점점 확신으로 변질되고 있었다.

현재 사람들은 우리나라 대표 팀이 국제 대회에서 우승하면 가지는 자부심 비슷한 감정을 품고 시상식을 지켜보고 있었다.

국내에서 공전의 히트를 친 '붉을 적'에 대해 가지는 자부심과 채우진이라는 배우에게 거는 믿음과 기대가 버무려진 결과였다. 거기에 언론에서 무작정 띄우는 바람에 사람들은 점점 '붉을 적'이 수상하는 게 당연하다고 여기고 있었다. 그 마음을 이해 못 하는 건 아니지만 결과는 아무도 모르는 일이었다.

"아줌마, 너무 기대하지 마세요. 타면 좋겠지만, 이번에 후보로 오른 영화들 보니까 하나같이 쟁쟁해서 경쟁이 정말 심하대요."

"그래도 미국에서 엄청 흥행했다면서!"

"그게 흥행했다고 주는 상이 아니라서요."

후보에 오른 영화 중에는 지금껏 아카데미에서 두 번이나 수상한 감독의 작품도 있었다. 그만큼 코드가 맞다는 이야기일 테니 결과는 정말 장담할 수 없었다.

"그리고 순서 올 때까지 가만히 지켜보는 것도 조마조마해서 못 보겠어요."

아무리 아니라고 해도, 우희도 기대하는 것은 마찬가지여서 예전처럼 느긋하게 남의 나라 시상식을 시청할 수가 없었다.

우진이 개인적으로 받는 상은 아니라지만, 주연으로 나온 영화가 유명한 영화제에서 상을 받는다는 건 아무래도 여러 가지로 의미가 있었다. 국내와 국외에서 여러 번 상을 타기는 했지만, 이번처럼 세계적으로 유명한 영화제는 처음이라 보는 것만으로도 긴장이 되었다.

일부러 이날 이 시간에 친구와 약속을 잡은 이유가 따로 있는 게 아니었다. 아주머니는 우희의 심정을 이해했는지 슬그머니 미소를 지으며 친구와 잘 만나고 오라고 배웅해 주었다.

빵빵!

집을 나와 얼마 걸어가지 않았을 때, 길가에 세워둔 차에서 들리는 클랙슨 소리에 우희는 잠시 걸음을 멈췄다. 하지만 하얀색 고급 세단과 낯선 차 번호로 봐서는 모르는 차였다. 잠시 주었던 시선을 거두고 다시 걸음을 옮기려 하자 클랙슨이 긴박하게 다시 울렸다.

한적한 주택가 거리에서 유난히 크게 울리는 소리에 우희는 결국 걸음을 멈추었다. 그러자 방금 지나쳐 온 차가 우희에게 다가와 멈췄다. 모르는 차의 접근에 경계심을 품고 뒤로 몇 걸음 물러서자 뒷좌석의 창문이 스르륵 내려갔다.

"나 알지?"

창문 너머로 얼굴의 삼분의 일을 가린 커다란 선글라스를 낀 여자가 대뜸 우희를 보며 물었다. 왠지 낯이 익은데 상대의 정체가 퍼뜩 생각나지 않아서 경계심이 더욱 올라갔다.

"누구세요?"

"날 몰라?"

당연히 못 알아봐서 물은 건데 상대는 어이가 없다는 듯 선글라스를 벗고 우희를 노려봤다. 작고 예쁘장한 얼굴을 보고 나서야 우희는 그녀가 누구인지 알아봤다.

"아아, 채우라?"

TV에서만 보던 얼굴을 실물로 보니 생소했지만 선글라스를 벗으니 못 알아볼 정도는 아니었다. 무감하게 고개를 끄덕이는 우희의 반응에 채우라는 미간을 찌푸리며 입술을 삐죽였다. 그녀가 상상했던 만남과는 전혀 다르게 너무 무미건조해서 실망하고 말았다.

"반응이 너무 싱거운 거 아니야?"

"내가 어떤 반응을 보여주길 바랐는데?"

"놀라거나 머리끄덩이를 잡고 흔드는 거."

"막장 드라마를 너무 봤구나."

"사람들은 꼭 할 말이 없으면 막장 드라마 타령을 하더라."

새침한 채우라의 대답에 우희는 그도 그렇다며 고개를 끄덕였다. 생각해 보면 막장 드라마보다 더한 것이 현실에 비일비재했다. 지금 마주 보고 있는 두 사람만 해도 드라마로 치면 꽤 자극적인 장면을 연출할 수 있는 순간이었다. 현실에서 막장을 찍고 있으면서 드라마 타령을 하는 것도 웃기는 핑계였다.

"그런데 그 말은 나한테 머리끄덩이 잡히고 싶어서 왔다는 소리야?"

"무슨 말을 그따위로 해? 천박하게!"

손으로 입을 가리며 경악하는 채우라를 보며 우희는 어이가 없어서 고개를 흔들었다. 먼저 말을 꺼낸 사람이 누군데 저러나 싶기도 하고, 무엇보다 차 안에 앉아 있는 상대와 차 밖에 서서 대화를 나누는 자신의 모습이 마음에 들지 않았다. 꼭 사극에서 가마 타고 가는 아가씨와 그 옆을 졸졸 따라가는 여종 같았다.

"그래, 천박한 나는 약속이 있어서 이만 가볼 테니 넌 네 갈 길이나 가봐."

"잠깐! 우리 이야기 좀 해."

"우리가 이야기할 게 뭐가 있는데?"

"많잖아."

"없어."

너무도 단정적인 즉답에 채우라가 당황하는 사이 우희는 시간을 확인하며 걸음을 옮겼다. 그러자 차가 천천히 그녀의 걸음을 따라 움직였다. 채우라는 여전히 차 밖으로 얼굴을 내밀고 계속 말을 걸었다.

"너 어쩜 이렇게 냉정하니? 내가 먼저 이렇게 찾아왔으면 너도 성의를 보여야 할 거 아니야!"

"성의? 네가 말하는 성의는 어떤 건데?"

"봐봐! 말하면서도 사람 무시하고 앞만 보고 걸어가는 거. 예의도 없고 천박하고 몰상식하잖아."

대화 몇 마디를 나누는 사이에 우희는 채우라의 어투가 남들과는 매우 다르다는 걸 느꼈다. 마치 향단이를 꾸짖는 대갓집 아가씨를 마주하는 기분이었다.

"그렇게 나와 대화하고 싶으면 너도 차에서 내려 걸으면 되잖아. 말했다시피 난 약속이 있어서 바쁘거든."

"차라리 네가 차에 타는 게 어때? 약속 장소까지 내가 데려다줄게."

채우라는 신고 있는 킬힐을 벗어 슬쩍 보여주며 대신 우희 보고 차에 타라고 권했다. 그 말에 걸음을 멈춘 우희는 슬며시 주위를 살폈다. 원래 사람들이 거의 다니지 않는 거리지만, 간혹 한명씩 지나가는 사람들이 있었다. 그리고 그들 대부분은 채우진의 동생이자 동네 사람이기도 한 우희를 알아보았다.

걸음 속도에 맞춰 계속 따라오는 차와 채우라의 존재가 신경쓰일 배경이었다. 우희와 채우라가 같이 있는 게 사람들 시선에 잡힌다면 그만한 가십거리도 없었다. 게다가 채우라는 현재 창밖으로 얼굴을 쑥 내밀고 있었다. 처음처럼 선글라스라도 쓰고 있다면 모를까, 이건 완전히 사람들에게 날 알아봐 달라고 시위하는 것처럼 보였다.

더는 생각하고 따질 필요가 없을 것 같아서 우희는 운전기사에게 말하고 냉큼 차에 탔다. 차에 타는 문제로 실랑이를 벌일 각오를 했던 채우라는 의외다 싶은 표정을 지었다. 그러나 차에 타자마자 누군가에게 문자부터 보내는 우희의 행동이 꼭 자기를 무시하는 것 같아서, 또 기분이 나빠졌다.

"친구한테 너 만나느라 늦는다고 문자 보내고 있어."

마치 자신의 마음을 아는 것처럼 우희가 바로 설명하자 채우라의 꼬인 속도 이내 풀렸다.

"그런 거야?"

문자를 전송하자마자 우희는 고개를 들어 채우라를 보았다. 만약의 사태를 대비해 현재 자기가 채우라와 함께 있다는 걸 친구에게 알리는 문자였다. 무슨 일이 벌어지면 용의자는 채우라가 되도록 말이다. 그리고 경고 차원으로 넌지시 이를 알려주었는데, 유감스럽게도 채우라는 이런 속내를 눈치채지 못한 듯 보였다.

"그런데 늦으면 그냥 늦는 거지, 친구한테 시시콜콜 알릴 필요 있어? 친구 눈치를 너무 보는 거 아니야?"

누군가에게 양해를 구해본 적이 없는 채우라는 우희의 행동이 이해가 가지 않았다. 정확히는 문자를 주고받을 친구가 없다는 게 진실에 가까웠지만 말이다.

"역지사지라면 넌 기분 좋겠냐?"

"억지? 내가 무슨 억지를 부렸다고 그래?"

뜬금없는 소리에 우희는 무슨 소리냐고 채우라를 보았다. 역지사지가 왜 억지가 되냐고 묻고 싶었으나, 채우라가 바로 다른 말을 잇는 바람에 물을 틈이 없었다.

"긴말은 필요 없고 내가 널 찾아온 이유부터 말할게. 우리 부모님 이혼하게 생겼어."

"그래서?"

"그래서라니! 넌 어떻게 우리 아빠 일에 그렇게 무관심할 수가 있어?"

어머니라면 모를까, 아버지는 같으니 너도 관심을 가지는 게 당연하다는 채우라의 주장에 우희는 비소를 지었다.

"네 아빠겠지 내 아빠는 아냐."

우희의 냉랭한 대답에 채우라는 순간 움찔했으나 이내 그건 맞은 소리라고 바로 수긍했다. 채우라도 새삼스럽게 아버지를 채우희와 나눠 가지고 싶지 않았다. 자상한 말 한마디 하지 않는 냉정한 아버지를 나눠 가지게 된다면, 그나마도 정말 뭐가 남을까 싶어서다.

"부모님 이혼을 너보다 먼저 겪은 경험자로 조언하는데 우리가 할 수 있는 일은 없어. 그분들 인생이고 이혼한다고 해서 항상 최악이 되지는 않아."

"자기들 좋아서 결혼해 놓고 이혼하면 다야? 자식을 낳았으면 책임을 져야 할 거 아니야!"

아버지의 지난 두 번의 이혼으로 가장 큰 혜택을 받은 채우라의 말은 모순으로 가득했다.

"설마 오빠와 날 보고도 네 아버지한테 자식에 대한 책임감을 기대하는 거야?"

우희가 손가락으로 자신을 가리키며 묻자, 채우라는 순간 꿀먹은 벙어리가 되어 입을 다물었다.

"그리고 네 부모님이 이혼하는데 왜 날 찾아와. 내가 너희 집과 무슨 상관이라고."

"그건……."

사실 채우라도 오늘 이렇게 찾아오는 건 하고 싶지가 않았다. 무엇보다 너무 자존심이 상해서 당장에라도 울고 싶은 걸 꾹꾹 참고 있을 정도로 성격에도 맞지 않는 짓이었다.

"네가 우진이 오빠한테 대신 부탁 좀 해줄래? 아빠한테 가서 이혼하지 말라고 말 좀 해달라고. 오빠 네 말이라면 들어줄 거 아니야."

우물쭈물 말하면서 계속 입술을 깨물고, 붉게 타오르는 얼굴이 현재 상황을 얼마나 치욕스럽게 여기는지 여실히 드러내고 있었다.

"내가 왜 그래야 하는데? 그보다 우리에겐 너희 집안일에 관여할 의무도 권리도 없다고. 이런 부탁, 너무 황당하다고 생각하지 않아?"

"그럼 어떡해! 이러다가 정말 엄마 아빠가 이혼하면 난 어떻게 해!"

"우린 너보다 더 어린 나이에 부모님이 이혼하셨지만 잘 살아왔어."

"너와 내가 같니?"

무신경한 채우라의 말에 순간 인내심이 끊어질 뻔했지만, 우희는 크게 숨을 들이마시며 이성을 붙잡았다.

"지푸라기라도 잡고 싶은 심정은 이해하겠는데 내가 네 생떼를 받아줄 이유는 없잖아."

"야, 그렇다고 자기를 지푸라기 취급하는 건 너무했다. 넌 자존심도 없니?"

우희는 이번에도 뭔가 이상하다 싶어서 빤히 채우라를 보았다. 저 말을 개그라고 한 것인지, 아니면 흔한 관용구를 독특하게 풀이한 것인지 이해가 가지 않았다.

"내가 지푸라기라는 소리가 아니고, 아니, 됐다. 그냥 너희 집 사정은 너희가 알아서 해결해. 우리한테 찾아와서 떼쓰지 말고."

"누군 좋아서 이러는 줄 알아! 안 그럼 엄마가……."

반박하려던 채우라가 도중에 입을 다물고 앵돌아진 표정을 짓자 눈치 빠른 우희도 어느 정도 감이 왔다.

"네 엄마가 우리한테 가서 사정하라고 시키던?"

"……."

대답 대신에 이로 입술을 자근자근 씹는 모습만 봐도 답은 나왔다.

"가서 전해. 우리 대답은 'No'라고. 이런 식으로 자식 이용하는 거 십사 년 전에 한 번 했으면 됐지, 뭘 또 바라느냐고 도리어 묻고 싶다."

그나마도 좋은 인연도 아니고 애틋한 감정이 있는 형제간도 아닌데, 딸에게 이복 자매에게 이런 부탁을 하라고 시킨 사람의 정신세계를 이해하기 어려웠다.

"한 번 이용한 거 두 번이라고 이용 못 할 것 같아?"

"뭐냐, 이 솔직함은?"

"이미 들켰는데 나도 내 성격에 맞지 않은 짓은 그만두려고. 하도 울고불고 매달리기에 효도 차원으로 한번 시도해 본 거야."

가면을 벗은 듯 방금까지 처연했던 분위기는 사라지고, 뻔뻔하고 오만한 표정으로 돌변한 채우라의 모습에 우희는 아연했다. 사람이 이렇게 바로 태세 전환할 수 있는 것도 재능이라면 재능이었다. 연예인은 역시 아무나 하는 게 아니었다.

"너 연기해도 잘하겠다."

"그런 말은 많이 들었지만 귀찮아서 거절했어."

정확히는 대본을 못 외워서 포기해야 했지만 굳이 그런 자세한 부연 설명은 하지 않았다.

"엄마 아빠가 이혼하는 건 솔직히 싫지만, 그것 때문에 내가 너한테 이렇게 사정한다는 게 말이 돼?"

채우라에게는 우희가 부탁을 들어주느냐가 관건이 아니라, 그녀에게 사정해야 하는 작금의 상황이 더 싫었다. 만약에 자신이 우희 입장이라면 이런 사태에 오히려 고소해했으면 했지 절대 도와주지 않았을 테니 말이다.

"그래, 나라도 싫었겠다. 그런데 너희 부모님은 뭐 때문에 이혼한다는 거야? 너희 아버지 또 바람피웠대?"

갑자기 찾아와서 이혼 좀 말려달라고 사정하는 바람에 그냥 흘렸지만, 이혼 이야기가 뜬금없이 나온 건 아닐 것 같아서 묻자 채우라는 피식 웃었다.

"우리 아빠, 여자 없던 적 없었어. 그리고 지금 이혼을 요구하는 건 아빠지 엄마가 아니야."

"그러니까 여자가 생겨서 또 부인을 내쫓으려는 거 아니냐고."

우희의 눈에 깃든 혐오감을 마주 보며 채우라는 담담하게 대답했다.

"아빤 여자 하나 때문에 부인을 내쫓을 만큼 사람을 사랑하지 않아."

대신 이혼하겠다는 부인을 붙잡을 정도의 노력이나 진심 역시 없는 사람이었다. 어릴 적 기억 말고는 친부에 대한 기억이 거의 없는 우희와 달리 오랜 시간 옆에서 아버지를 봐온 채우라의 평가는 정확했다.

사실 이번 일은 채우라도 자세한 원인을 알지 못했다. 어느 날 갑자기 집 안 물건들이 부서지고 어머니가 매일같이 소리를 질러댔다.

"내가 여기까지 어떻게 왔는데 이제 와서 날 버려! 내 청춘, 내 꿈을 모두 포기하면서까지 당신을 위해 내가 무슨 짓을 했는데!"

어머니의 절규에 아버지는 감정이 깃들지 않은 우아한 목소리로 대답했다.

"난 그걸 구걸이라고 생각했는데 넌 희생이라고 스스로 위안했나 보군."

채우라는 아버지가 어렵고 싫으면서도 늘 동경해 왔다. 그의 우아함과 명석함, 그리고 태생적 당당함이 부러웠고 본받고 싶었다. 그래서 부러 그의 흉내를 내며 오만하게 굴었고 동작들을 따라 해보기도 했다.

하지만 어머니를 대하는 아버지의 태도와 어투를 듣는 순간, 자신은 절대 그를 따라갈 수 없음을 깨달았다. 항상 마음속에 앙금처럼 따라다니던 사생아라는 자격지심과는 별도로, 자신은 절대 아버지와 같아질 수 없다는 걸 알게 되었다. 저런 것은 따라 한다고 해서 따라 할 수 있는 게 아니었다.

매사에 악착같고 신경질적인 어머니가 싫었는데 그날만은 조금 이해가 됐다. 저런 사람을 상대하자면 같아질 수밖에 없는데 어머니는 아버지처럼 될 수가 없었다. 그의 타고난 기질과 오만함은 닮을 수도 없었고 따라 하기도 어려웠다. 그래서 그에게 대항하기 위해서는 그저 악을 쓰는 것 말고는 없었던 것이다.

어머니를 이해하게 되었다고 해서 갑자기 그녀가 좋아진 것도 아니라서 채우라는 며칠을 절망감에 빠져 허우적거렸다. 아버지는 자신에게 닿지 않은 별개의 존재였고, 어머니는 절대로 닮고 싶지 않은 틀린 답안이었다.

그런 와중에 어머니가 채우진을 찾아가 보라고 채우라를 닦달했다. 이복이라도 피가 섞인 남매니 네 말은 들어줄 거라며 아버지 좀 말려달라고 사정하라는 것이었다.

거만한 안하무인으로 살아왔다지만 채우라는 그 정도로 뻔뻔하지는 않았다. 자존심을 빼면 남는 게 없는데 아무것도 몰랐을 때처럼 무작정 좋다고 우기며 달라붙을 수가 없었다. 오빠 같아서 좋다고 했는데 정말 친오빠였다. 그런데 전혀 좋지가 않고 부끄럽고 그의 얼굴을 볼 수가 없었다.

그런 딸에게 어머니는 가서 다리라도 붙잡고 매달리라고 소리 질렀다. 영화 촬영 때문에 미국에 있는 채우진을 무슨 수로 만나냐고 따져도 소용이 없었다. 그가 잠시 국내에 들어왔다가 다시 나갔을 때는 그 정도가 더욱 심해졌다.

날로 히스테릭해지는 어머니의 성화에 못 이겨 결국은 채우진 대신 채우희를 찾아왔다. 우진이 국내에 없다는 핑계와 그녀를 이용해 우회적으로 아버지를 설득하는 게 더 효과적이라는 말로 어머니를 달랬지만, 별다른 기대는 없었다.

이상하게 우진을 만나는 것보다 우희를 만나는 게 덜 부담스러워서 고른 선택지였을 뿐이다. 결과는 뻔할 거라 예상했고, 들어주면 좋고 아니면 어쩔 수 없다는 각오로 찾아왔기에 우희의 대답에도 딱히 실망하지 않았다.

단지 우희와의 만남이 생각처럼 힘들지 않아서 신기했다. 어릴 때 며칠 함께 살았다지만 기억에는 없으니 제외하고, 오늘 처음 만났다시피 하는 이복 자매를 만나면 분명 화가 나고 싫을 줄 알았는데 의외로 괜찮아서 자신도 놀랐다.

어슴푸레 기억에 남아 있는 오빠 뒤에 있던 어린 계집아이가 바로 우희였다. 질투도 많이 하고 괴롭히고 싶은 마음에 억지도 많이 부렸던 것 같다. 세월이 지났다고 그 감정이 희석된 것은 아니라서 채우희에 대한 경쟁심은 여전했다.

가족뿐만 아니라 대중까지 채우희와 자신을 대놓고 비교하니 좋아할 수가 없었다. 호불호를 따진다면 불호에 치우쳤다.

그런데 신기하게도 다른 사람보다 편한 면이 있었다. 이미 바닥의 바닥까지 드러낸 마당이라 채우희 앞에선 일부러 고상하게 굴 필요가 없기 때문이었다. 이미 민낯을 들킨 상대에게 계속 연기해 봤자 꼴만 우스워질 것 같았다.

반면 채우진에게는 이런 모습을 보이기 싫었다. 진짜 오빠라고 하니 갑자기 어렵고 자신의 상황이 창피하게 느껴졌다. 채우희에게 느껴지는 것과는 다른 감정이었다. 아마도 채우희는 자신과 달리 오빠가 굉장히 편하고 속을 털어낼 수 있는 편한 상대일 것이다.

"넌 좋겠다."

제어하지 못한 감정이 불쑥 입 밖으로 나온 바람에 당황했지만, 채우라는 애써 감정을 감추며 무덤덤한 태도를 유지했다.

"내 위로가 필요한 거야?"

"절대로 아니야!"

"그럼 방금 건 못 들은 거로 할게. 더불어 아까 들은 부탁도 난 안 들은 거로 할 테니까 이 일은 오늘 여기에서 마무리하자. 너나 네 어머니가 만약 오빠를 찾아간다면 우리도 더는 참지 않을 거야."

작정하고 경고하는 우희의 인상이 순간 섬뜩하게 변했다.

"말은 전해줄게. 하지만 지금 우리 엄마 눈엔 보이는 게 아무것도 없어. 그래서 무슨 짓을 저지를지 몰라."

"너희 어머닌 대체 그 사람 어디가 좋아서 그렇게 매달린다니?"

아무리 친부라고 해도 그런 남자는 절대 사절이라고 질색하는 우희의 반응이 채우라는 신선한 충격이었다. 그녀가 아는 결혼이란 서로 사랑해서 하는 게 아니라 계산에 따라서 주고받는 거래였다.

채우라의 부모는 언제나 손에 쥔 것이 없는 어머니가 발버둥치며 아버지의 뒤를 쫓는 관계였다. 그랬기에 현재 이혼에 대비하는 어머니의 태도가 일견 이해되기도 했다. 어머니가 어딜 가서 아버지만 한 조건의 남자를 다시 만날까 싶었기 때문이다.

"아마도 부와 명예?"

"뭐야, 시시하잖아."

두 사람 사이에 뭔가 있을 줄 알았던 우희의 실망감은 컸다. 몰랐던 친부의 매력을 알게 되나 싶었더니 결국은 흔하고 흔한 드라마의 소잿거리에 불과한 이야기였다. 심드렁한 우희의 반응에 도리어 채우라가 놀라고 말았다. 그녀는 상상도 못 한 새로운 이론을 들은 듯 두 눈을 크게 떴다.

아버지 옆에 있는 어머니는 누구보다 화려하고 아름다워서 반짝반짝 빛나는 보석과도 같았다. 그렇게 사는 것이야말로 진짜 인생을 즐기며 사는 게 아닌가. 누구나 그렇게 살기를 바라지 초라한 돌멩이처럼 흙 속에 뒹굴고 싶지는 않을 터였다. 어떻게 이걸 감히 시시하다고 깎아내릴 수 있는지 궁금했다.

"그런 너는 뭐 별거 있는 줄 알아?"

아까만 해도 무심결에 부럽다고 말했으면서 채우라는 심정적으로 어머니 편을 들고 말았다.

"그래서 남한테 시시하다는 소리 안 들으려고 열심히 살고 있다, 왜?"

어엿하게 대답하며 바깥을 살피던 우희는 차가 약속 장소에 거의 도착한 것을 보고 가방을 챙겼다. 운전기사가 일부러 길을 돌아서 온 감은 있었지만, 편하게 온 데다가 도리어 원래 약속 시각보다 빨리 오고 말았다.

"오기 어려운 걸음이었을 텐데, 그래도 네가 효녀인가 보다. 나라면 시도조차 못 했을 거야."

물론 어머니는 이런 일을 시키지도 않겠지만, 혹여 시켰다고 해도 우희는 하지 못했을 것이다. 이런 염치없고 뻔뻔한 짓은 웬만한 각오와 용기로는 할 수가 없었다. 역시 연예인은 평범한 멘탈를 가진 사람들이 아니라는 걸 새삼스레 깨달았다.

"하지만 되도록이면 우리 다시는 보지 말자."

상상했던 것보다 최악의 만남은 아니었지만, 이런 식으로 저쪽 집안 이야기를 듣는 건 내키지 않았다. 친부가 지금 부인과 이혼한다는 소리에 통쾌하기보다는 우리 가족에게 미칠 여파부터 걱정하게 되었다. 덕분에 저쪽이 무슨 생각을 하고 있는지 알게 되었다는 게 그나마 긍정적인 수확이었다.

"안녕, 잘 가."

가볍게 손을 흔드는 것으로 작별 인사를 한 우희는 차에서 내리자마자, 뒤에서 붙잡을세라 종종걸음으로 바삐 떠나갔다. 멀뚱히 그 모습을 지켜보던 채우라는 고개를 갸웃거리며 작게 중얼거렸다.

"누가 자기 같은 줄 아나! 어차피 차로 오는데 어려울 게 뭐람. 그래도 날… 걱정은 해주네."

어려운 걸음은 운전기사와 차가 없는 우희 같은 처지나 하는 거라며 채우라는 불퉁거렸다. 하지만 자신을 걱정해 준 사람이 최근에는 없었던지라 그리 나쁜 기분은 아니었다. 그래서 우희가 다음에 이어 한 말은 모두가 공중으로 흩어지고 말았다.

'어려운 걸음'이 만들어낸 오해는 이렇게 누군가의 이해력 부족에서 생겨나고 말았다.

◆　　◆◆◆　　◆

사십 대 초반인 김혜령은 액면으로 보자면 겨우 삼십 대 초반이나 중반쯤으로 보일 정도로 관리를 잘해왔다. 하지만 조금의 흐트러짐 없이 단정하게 올린 머리에 귀부인 스타일의 장식구와 화장 때문인지, 분위기만은 제 나이보다 조금 들어 보였다.

그래서 그녀의 나이를 알게 되면 여러 의미에서 놀라게 된다. 나이에 비해 주름도 없고 피부가 좋다는 반응에서, 실제 나이보다 조금은 올드한 스타일인 것 같다는 평을 듣곤 했다. 혹여나 연예인 출신이라서 천박하다는 소릴 듣기 싫어 차림새에 너무 신경을 쓴 결과였다.

가람과 바른정의 대표인 채무석의 부인으로서 꿀리지 않은 모양새를 갖추기 위해 늘 노력해 왔다. 배우였다는 게 결격사유가 아닌데도 자격지심을 버리지 못하고 언제나 정숙하고 고상한 귀부인 흉내를 냈다.

"내가 어떻게 여기까지 왔는데… 이혼?"

어이가 없으니 사람이 숨을 쉬어도 속이 갑갑했다. 그녀가 채무석을 처음 만났을 때가 배우로 데뷔한 지 얼마 되지 않은 이십대 초반이었다. 당시의 그는 모든 것이 완벽한 현실에서 무료함을 느끼던 남자였다.

그래서 김혜령이라는 일탈에 흥미를 느꼈고 빠져들었다. 얼마 동안은 그것이 사랑이라고 믿었지만, 착각에서 빠져나오는 것은 1~2년이면 충분했다. 그런데도 두 사람의 관계가 계속 지속되었던 것은 오로지 그녀의 노력에 의해서였다. 채무석의 무료함을 달래주고, 그가 다른 여자를 만나도 질투하지 않고 오로지 모든 것을 그를 중심으로 맞춰줬다.

그의 부인들이 줄 수 없는 것들을 제공함으로써 그에게 나름대로 중요한 사람으로 자리 잡을 수가 있었다. 남들은 비웃을지 몰라도 그녀는 인생을 걸었고 쟁취했다고 자부했는데 이런 사태가 벌어진 것이다.

"우라는? 아직 연락 없어?"

"아직……."

돌아오는 대답에 김혜령은 두 손으로 관자놀이를 꾹꾹 눌렀다. 어떻게 해서 이 지경이 되었는지 당최 이해가 되지 않았다. 열심히 살다 보면 보답이 돌아온다는데 자신에겐 그런 정의가 실현되지 않아 억울하기도 했다.

"나처럼 열심히 살아온 사람이 어디 있다고."

종교도 없는데 무심코 하늘도 무심하다고 한탄했다. 그러다지그시 입술을 깨물고는 아차 하며 손거울을 찾았다. 립스틱이지워지지 않았는지, 입술에 자국이 생겼나 살피고 나서야 거울을 내려놓았다.

집에 있는 동안에도 발끝까지 오는 레이스 드레스와 보석으로치장한 모습은 유럽을 배경으로 하는 영화 속의 백작 부인 같았다. 이렇게 온통 남편의 취향에 맞춰, 그가 원하는 모습으로 살았는데도 그의 마음을 붙잡는 것은 늘 역부족이었다.

그런데도 채무석의 아내 자리를 차지할 수 있었던 것은 그의두 번째 부인이 여러모로 약하고 모자란 상대인 덕분이었다. 만약 그 당시까지 첫 번째 부인인 박은수가 있었다면 나가떨어진 것은 김혜령 본인이었을 것이다.

"사모님, 니스에서 전화가 왔습니다."

심기가 불편한 김혜령에게 기름을 부을 존재가 전화까지 거는바람에, 그녀를 부르는 비서의 목소리가 무거웠다. 비서가 조심히 내미는 전화를 받아 든 김혜령의 얼굴이 일그러진 것은 당연했다.

"어머, 어머님! 이 시간에 무슨 일이세요. 혹시 아버님께 무슨일이라도 생기신 거예요?"

시간을 확인하니 프랑스 니스는 지금 한창 새벽이었다. 이 시간에 전화라면 혹시나 하는 기대에 김혜령의 목소리는 저도 모르게 높게 올라갔다.

—너는 마치 무슨 일이 있기를 바라는 목소리구나.

"어머님도 참, 제가 그럴 리가 있나요. 나쁘게 오해하시면 저 섭섭해요."

간드러지게 애교 어린 목소리였지만, 얼굴만은 온갖 짜증으로 뒤범벅이 되어서 두억시니처럼 일그러져 있었다.

—긴말할 거 없고 애비는 언제까지 우진이를 밖으로 돌게 만든다니?

"그게 무슨 말씀이세요?"

시어머니가 하는 이야기가 무슨 뜻인지 알면서도 김혜령은 애써 못 알아들은 척했다. 그런 며느리의 속내를 모를 리가 없기에 시어머니 역시 이러쿵저러쿵 설명하지 않고 단도직입적으로 말했다.

—저렇게 유명해지면 점점 그만두는 게 힘들어지잖니. 이젠 집으로 불러서 슬슬 경영을 가르칠 시기인데 저렇게 시간만 낭비해서야 되겠냐 말이다?

"그거야 본인이 싫다는데 어쩌겠어요. 사시에 합격하고도 포기하고 배우의 길을 가겠다는 아이에게 어머님도 기대가 너무 크시네요. 뭘 하든 본인이 행복한 게 최고죠."

—네가 싫은 게 아니고?

"어머! 어머님은 항상 절 나쁜 인간으로 만드시는데 그럼 속이 시원하세요? 우영이 일만 해도 그래요. 제가 승마를 배우게 했지만, 그거야 우리 우라도 함께 배웠는데 마치 제가 나쁜 마음먹고 일부러 그랬다는 식으로 말씀하셨죠. 제가 그 말을 듣고 얼마나 충격을 받았는지 아세요?"

날카롭게 쏘아붙이는 며느리의 말에도 시어머니는 그저 코웃음을 쳤다. 김혜령이란 사람을 한두 해 상대해 본 게 아니라서 그녀의 말은 아예 믿지 않는 탓이었다. 그래서 손자인 우영이가 승마 사고로 죽었을 때, 따로 조사를 엄밀히 시킬 정도로 그녀는 며느리를 신용하지 않았다.

결론은 정말 사고사였으나 김혜령이 의심스러운 것은 여전했다. 아들 집에 심어둔 사람에게 전해 들은 이야기에 의하면 며느리가 우영이에게 승마를 권하게 된 과정이 영 시원하지 않았던 것이다.

적어도 당시 사고사에는 관여하지 않았으나, 어쩌면 언젠가는 누군가의 개입으로 일어났을 사건이 미리 우연으로 벌어진 게 아닌가 싶을 정도였다. 그랬다면 김혜령은 정말 운이 좋은 편이었다. 손도 쓰지 않고 자신이 원한 것을 얻었으니 말이다.

—우영이 이야기를 꺼내서 내 속을 뒤집을 작정이었다면 성공했구나. 네가 그 일 때문에 그렇게 억울하다면 이번에는 진심을 보여주면 되겠구나. 네가 책임지고 우진이를 불러들이면 누구도 네 진심을 의심하지 않을 거다.

"그 아이가 잘도 그러겠네요. 어머님이 제 어미 험담 좀 했다고 조부모와의 연까지 끊은 독종인데 저보고 뭘 하라고요?"

김혜령은 돌려서 채우진을 깠다. 그렇게 자기 어머니만 생각하는 아이를 다시 불러봤자 집안에 분란만 일어난다고 비꼬기도 했다.

—그거야 어린 마음에 욱한 거고. 이제는 머리가 컸고 자기 뿌리에 대한 책임감이 생길 나이지. 어느 게 자기한테 유리한지 알 만한 나이라 예전과는 많이 다를 거다. 그런데도 우진이가 본가를 멀리한다는 건 다 너 때문이겠지. 무석이가 반대할 리 없으니 중간에서 네가 계속 막고 있는 거 아니냐?

시어머니의 말에 김혜령은 슬그머니 웃었다. 집안 이야기가 프랑스에 있는 시부모에게 계속 흘러 들어가자, 몇 년 전부터 그녀는 사용인들을 제 사람으로 하나씩 갈아치우기 시작했다. 그랬더니 비로소 그 결과가 나타나는 듯했다. 시어머니가 아들 내외의 불화와 이혼 이야기를 모르고 있다는 걸 깨닫자 초조했던 마음이 조금은 풀렸다.

시어머니는 집안일에는 거의 무신경한 아들 대신에 며느리가 가정사를 주도하는 줄 착각하고 있었다. 교활한 늙은이인 줄 알았더니 나이가 들어 둔해지고 눈치도 없어진 모양이었다. 아들을 몰라도 저렇게 모를 수가 있나.

채무석은 이미 예전부터 우진을 데리고 오기 위해 차근차근 준비 중이었다. 다만 채우진과 그쪽 집안에서 콧방귀도 뀌지 않아 공염불만 되고 있었다. 하지만 김혜령이 애써 고른 아름답고 영리한 젊은 대리모들은 거들떠보지도 않는 걸 보면 아직 채우진을 포기하지 않은 듯했다.

몇 번의 시험관 시술에서 김혜령은 임신에 실패했다. 그렇지 않아도 김혜령과의 사이에서 아이를 낳는 것을 꺼리던 채무석이 그때부터 밖으로 나돌기 시작했다. 한 번 밖에서 아이를 낳아 데리고 왔는데 두 번이라고 못 할 이유가 없었던 것이다. 무엇보다 김혜령이라면 다른 부인들과 달리 그 아이를 얌전히 키울 수밖에 없다는 걸 아는 행동이었다.

그러느니 차라리 자신의 통제하에 관리하는 게 좋겠다는 생각에 대리모들을 알아보았다. 신중하게 고르고 고른 대상들이라서 채무석도 처음에는 거절하지 않았다. 그런데 하필 중요한 시기에 채우진의 존재를 알게 되면서 채무석은 귀찮은 임무에서 벗어난 사람처럼 굴었다.

대리모를 통해 낳을 아이가 아들일 거라는 보장도 없거니와, 채우진만 한 능력치를 가진 자식이 있는데 굳이 사생아를 만들 이유가 없었던 것이다.

어떻게든 자기 아들이라고 부를 수 있는 존재를 만들기 위한 김혜령의 노력은 무산되었다. 스폰서 문제가 터져서 도리어 이혼까지 강요받고 있으니 억장이 무너질 만했다.

"어머니는 아들을 너무 모르시네요. 제가 뭐란다고 그이가 들을 사람인가요. 그냥 우진이는 포기하세요. 조만간 떡두꺼비 같은 아들을 제가 안겨 드릴 테니까요."

─허! 그럴 필요 없다. 하자 있는 것은 우리 집안엔 하나로도 충분하다.

시부모님은 대놓고 김혜령의 딸인 우라를 하자품이라 평가했다. 며느리들을 대하는 것과 다르게 손주들에게는 그지없이 자상하기 이를 데 없는 조부모였다. 그런데 유독 우라에게만은 그렇지 않았다.

물론 처음부터 그런 것은 아니었다. 사생아로 인해 집안의 격이 떨어졌다고 싫어하긴 했지만, 아이에게는 모질지 않으셨다. 그러나 우라가 점점 자라면서 영민한 다른 손주들과 다르다는 걸 알게 된 이후로는 바로 냉정하게 돌아섰다.

그렇지 않아도 마음에 들지 않은 김혜령의 소생인 데다가, 능력치까지 떨어지니 그들 마음에서 접어버린 것이다. 그들로선 이미 완벽한 완제품이 있는데 우라와 복사판일 다른 하자품은 바라지 않는다는 걸 굳이 감추지도 않았다.

"그 하자품! 저 혼자 만들었나요."

─유독 한 곳에서만 불량이 나오는 건 다 이유가 있는 법이지. 사람이 잘 들어와야 한다는 게 다른 의미가 아니다. 어쩌다가 너 같은 게 들어와서 우리 집안이 이런 구설에 올랐는지 모르겠구나. 사돈 보기에도 창피하고 미안해서, 참.

시어머니의 마지막 말은 김혜령의 뇌관을 건드리는 소리였다. 시부모는 한 번도 그녀의 친정 부모님을 사돈 취급 한 적이 없다. 언제나 '저들' 혹은 '너희 부모'라고 말했다.

채무석의 두 번째 부인이라고 크게 달랐던 것은 아니다. 김혜령의 친정 부모보다는 대우를 받았지만, 자신들과 동급 관계를 맺은 사람으로 취급하지 않고 굳이 그걸 숨기지도 않았다.

시부모님이 사돈이라고 인정하는 이는 채무석의 첫 번째 부인, 즉 박은수의 부모밖에 없었다. 막상 그들은 채씨 집안 사람들이라면 치를 떨며 싫어하는데도 그런 반응은 당연하다며 오히려 편을 들기까지 했다. 여전히 박은수는 자기 며느리라는 인식이 본바탕에 깔린 것이다.

박은수가 재혼했기에 망정이지 안 그랬다면 큰 위협이 될 뻔했다. 내내 혼자 있어서 사람을 오랫동안 피를 말리더니, 그 아들

새끼까지 끝끝내 말썽인 것을 보면 그 모자와는 확실히 악연인가 싶었다.

"어머님이 그렇게 아까워하는 박은수가 절 불러들인 셈인데 그럼 이 모든 게 그 여자 탓이겠네요? 역시 사람이 잘 들어와야 한다는 말씀이 맞는 이야기예요."

남편이 바람을 피우는 것은 부인 때문이라던 시어머니의 말을 인용하자면, 자신이 이 집안에 들어앉은 것도 결국은 박은수 때문이 아니냐고 김혜령은 비웃었다.

―사갈 같은 게 내뱉는 말마다 독기를 품고 있으니 되는 일이 있을까.

"제가 되는 일이 없으면 채씨 집안에도 좋을 건 없죠. 저 김혜령이가 이 집안 며느리라는 걸 어머님은 종종 잊으시는 것 같아서 괜히 걱정이네요. 혹시 모르니까 치매 검진부터 받아보세요. 그리고 전 누구처럼 뒷방 늙은이가 아니라서 바쁜 관계로 전화는 이만 끊겠습니다. 혹 아버님께 무슨 일이라도 생기면 그때 꼭 전화 주세요."

―이, 잇!

시어머니의 대답을 마저 듣지도 않고 종료 버튼은 누른 김혜령은 비서에게 전화기를 던졌다.

"다음부턴 집에 없다고 해."

휴대전화로 걸면 받지 않으니 언젠가부터 집으로 전화가 오기 시작했다. 아들에게 전화하면 듣는 둥, 마는 둥 대답도 제대로 해주지 않으니 결국 만만한 것이 며느리였다.

당신들이 아들을 제멋대로 키워놓고는 뒷감당은 며느리가 하길 바라는 것은 무슨 심보인가 싶었다. 게다가 잘난 며느리는 감당하지 못해놓고, 조금이라도 눈에 차지 않는 며느리는 괄시하는 속물인 주제에 혼자서 고고한 척하는 것도 꼴불견이었다.

비서가 내미는 차가운 냉수를 받아 마시며 김혜령은 이 시간에 왜 시어머니가 전화했는지 궁금했다.

한국보다 7시간 늦은 프랑스 니스는 현재 새벽이었다. 물론 새벽잠이 없는 사람에게는 이른 아침에 불과한 시간이긴 했다. 다만, 그녀의 시어머니는 몸이 불편한 남편 때문에 늦은 시간에 잠이 들고 늦게 일어나는 편이었다. 절대 이 시간에 깨어 있을 상황이 아니었다.

무엇이 시어머니를 깨어 있게 하고, 자신에게 전화까지 하게 만들었을까 생각하다가 김혜령은 떠오르는 게 있어서 TV를 켰다. 리모컨을 몇 번 누르지도 않았는데 바로 채우진의 얼굴이 화면에 나왔다.

레드카펫을 걷고 있는 채우진의 모습이 이내 돌비극장에 앉아 손뼉을 치는 장면으로 바뀌었다. 그리고 밑에 '채우진 주연의 붉을 적, 아카데미 외국어상 수상'이라는 자막이 지나갔다.

"결국, 탔군."

수상 가능성이 크다는 이야기에도 설레발이라고 비웃었는데 결국은 저렇게 훨훨 나는구나 싶어서 이맛살부터 찌푸려졌다. 윤선 감독이 한 손에 오스카상을 들고 수상 소감을 말하는 장면에서 방송을 진행하는 MC와 패널들의 흥분한 멘트들이 계속 흘러나왔다.

―우리나라가 매년 아카데미 외국어영화상 후보로 출품작을

내긴 했지만, 한 번도 본선 후보로 올라간 적은 없었죠?

—네, 이번이 처음입니다. 유수의 영화제와는 달리 아카데미와는 전혀 인연이 없었던 우리 영화계로서는 오늘 이 상이 매우 뜻깊은 의미가 있을 겁니다. 특히 사극도 세계에 통한다는 걸 증명한 셈이죠.

—역시 우리 것이 좋은 것이죠.

아카데미 시상식이 상업성을 떠나 나름대로 작품성을 따진다고 해도 그 바탕은 할리우드를 기본으로 하고 있었다. 그리고 미국의 할리우드라고 하면 상업성을 떠나 이야기할 수가 없었다. 아카데미에서 상을 받았다는 것은 적어도 우리의 영화가 미국에서 통하고, 이는 상업적인 성공으로도 이어지지 않을까 하는 기대를 모았다.

지금까지 아카데미에서 외국어영화상을 받은 작품들을 보면 꼭 그런 것도 아니었지만, 경사에 찬물을 끼얹을 필요는 없었다. 무엇보다 '붉을 적'의 경우는 미국에서 흥행까지 따라왔기 때문에 마냥 헛물만은 아니었다.

하지만 사람들이 흥분한 데는 흥행 성적과 영화제 수상에만 국한된 게 아니었다.

아카데미 시상식이 열리기 전에 있었던 레드카펫과 식전 파티에서 채우진의 인기가 고스란히 영상을 타고 국내에 방영된 영향이 무엇보다 컸다. '붉을 적'이 미국에서 흥행했고, 채우진의 인기가 많다는 이야기는 방송과 언론에서 자주 언급하기는 했지만, 사람들이 체감하기는 어려웠다.

채우진이 미국의 유명한 토크쇼에라도 나갔다면 모를까, 인터뷰 몇 번 가지고 현지의 반응을 단정하기엔 부족한 감이 많았다. 언제나 그랬듯이 언론이 앞서서 분위기를 조장하고 작은 것을 부풀어서 과대 포장 한다고 여겼다.

국내와 아시아에서는 당연히 최고의 인기를 누리고 있지만, 설마 미국에서까지 그러겠냐는 의구심이 존재했다. 그러나 레드카펫을 지나는 순간 몰려드는 사람들과 카메라들을 직접 목격하니 자신들이 오히려 채우진을 과소평가했다는 걸 알게 되었다.

꿔다놓은 보릿자루 같으면 어쩌나 우려하던 팬들의 걱정이 무색하게도 채우진은 레드카펫이 가장 편한 사람처럼 굴었다. 굴지의 스타들 속에서도 누구 못지않은 주목과 대우를 받으며 자연스럽게 그 상황을 즐기는 게 눈에 보이기도 했다.

채우진의 나이라면 그 분위기에 휩싸여 들뜨거나 반대로 주눅이 들 수도 있는 상황임에도 몇십 년 경력의 배우처럼 차분하고 능숙했다. 시상식에 처음 참여하는 배우들이 휘둥그런 눈으로 어수룩한 표정을 짓거나, 흥분해서 과잉된 행동을 보이는 것과는 비교가 되었다.

―어쩜 저렇게 자기 옷을 입을 것처럼 침착하고 당찰까요?

―원래 차분하고 바른 성격도 한몫하고 자세가 워낙 좋잖아요. 그냥 서 있어도 폼이 좋은 게, 채우진 씨 별명 중에서 뼈미남이 있더라고요. 자세가 곧아서 뼈까지 미남이라면서요.

저희끼리 들떠서 하하 호호 웃는 것 같지만, MC들의 이야기에 공감하는 어른들이 제법 많았다. 나이 많은 어르신들 사이에선 채우진은 똑똑하고 능력은 있지만, 어리석게 연예인이나 하는 철부지로 보는 경향이 많았다. 아직 어려서 세상 물정을 몰라 부리는 객기라고 딱하게 여기기도 했다.

그런데 오늘처럼 국제 무대에서 유명한 인사들과 함께 어울리는데도 조금도 꿀리지 않고, 오히려 그들을 리드하는 모습에 새로운 시선으로 그를 보게 된 것이다. 젊어서 아직 뭣도 모르는 어린 것이 아니라, 제 할 일은 알아서 똑 부러지게 하고 있다는 인상을 심어주기에 부족함이 없었다.

시상식 내내 카메라가 채우진을 잡는 횟수도 많았다. 상을 받았다는 것도 고무적이지만, 그 일련의 과정이 초라하지 않고 당당하고 멋있다는 게 사람들을 흥분하게 만들었다. 하지만 이제야 TV를 켠 김혜령은 그저 상 하나 탄 것 가지고 오두방정을 떠는 사람들의 반응을 이해할 수가 없었다.

"주연상을 탔어? 작품상을 탔어? 고작 외국어영화상 하나로 저따위 자위나 하고 있으니 사람들이 발전이 없지. 하여튼 한심하기는!"

더는 볼 필요가 없어서 TV를 끈 김혜령은 신경질적으로 리모컨을 아무 데나 던져 버렸다. 이만하면 시어머니가 새벽까지 잠들지 않은 이유를 충분히 알 만했기 때문이다.

아마도 그녀와 시어머니의 생각은 크게 다르지 않았을 것이다. 두 사람 모두 고작 외국어영화상 따위라고 폄하하는 데까지는 같은 생각이었다.

하지만 그 뒤에 따라오는 결론은 달랐다. 시어머니는 저러다 너무 유명해져서 그만둘 때를 놓치면 어쩌나 하는 걱정이 컸을 것이다. 하루라도 빨리 은퇴시켜서 가업을 잇게 해야 한다는 조바심이 그렇게나 싫어하는 김혜령에게 전화까지 하게 만들었다.

반면 김혜령은 저따위 것이라고 하지만 은연중에 부럽고 시기하는 마음을 어쩌지 못했다.

배우였던 김혜령이 한때 꿈꾸었던 모든 것을 현재 채우진이 누리고 있었다. 마냥 깎아내릴 수 없는 성과라는 것을 누구보다 본인이 잘 알고 있었다.

국내 영화제에서 상 한 번 못 타고 사라지는 배우들이 얼마인가. 김혜령 본인만 해도 신인상과 그 밖에 몇 가지 자잘한 상을 탄 경력밖에 없었다. 그마저도 뒤에서 소속사가 엄청나게 힘을 쓴 결과였다. 하지만 그것만으로도 그녀는 지금까지 연기파 배우라는 평을 듣고 있었다.

김혜령이 알아본 결과 채우진은 소속사가 아닌 온전히 자신의 능력으로 상을 타고 있었다. DS의 장 대표가 뒷거래할 인물도 아니었기에, 채우진의 가치와 가능성은 의심의 여지없이 본인의 실력이었다.

채우진이 배우로서 승승장구하며 친가에는 관심이 없거나 아쉬워하지 않는다면 그녀로선 다행인데도, 괜히 심술이 났다.

그냥 채우진이 누리고 있는 모든 것이 다 싫었다. 우라와 비교돼서 더욱 싫었다. 원래 김혜령의 계획은 우라를 실력 있는 싱어송라이터로 키우는 것이었다. 노래 실력이 제법 좋아서 먼저 싱글 가수로 데뷔시키고 음악 관련 대학을 보내려고 했다. 그런데 아무리 가르쳐도 악보를 보지 못하는 게 문제였다.

결국은 일단 걸 그룹으로 데뷔시킨 다음에 차근차근 인기를 얻고 연예계에 적응하면 개인 음반을 내서 차근차근 입지를 다지려고 했다. 김혜령이 못다 이룬 연예계의 정점을 찍고 대학교도 수월하게 들어가기를 바라서 시작한 일이었다. 하지만 사생아 논란 때문에 이도 저도 못하게 되어버렸다.

그래도 중상위권 대학교에 연예인 전형으로 합격해서 안심한 것도 잠시, 채우희가 수능 만점을 받고 한국대에 합격하는 바람에 비교만 당하고 어디 가서 말도 못 꺼내고 있었다. 처음부터 반대하던 남편을 겨우 설득해서 연예계에 데뷔시켰건만, 이번에 집안 전체가 구설에 오르는 수모를 겪게 만들었다며 화로 돌아왔다.

게다가 채우진의 외가가 현재 김혜령이 스폰서 브로커를 했던 증거를 가지고 점점 그녀를 압박하고 있었다. 생색내듯 이번에는 그냥 넘어가 주겠다고 해놓고는 뒤로 소문을 내는 바람에 최근에는 사교계 모임에도 나가지 못하고 있었다.

암암리에 우리끼리만 알고 있었던 비밀이 터지자, 같이 어울렸던 이들은 언제 그랬냐는 듯 그녀를 외면하고 하나씩 발을 빼기 시작했다. 그들 중에 제일 먼저 행동으로 나선 것이 우습게도 그녀의 남편이었다. 채우진이라는 대체재를 발견했고 그만 손에 얻으면 모든 문제가 해결되기 때문이었다.

박은수와의 이혼으로 채무석은 Rome과 연계된 사업과 인맥들이 모두 끊어져서 잠시 힘든 시기를 가졌다. 이제는 모두 극복하고 독자적인 노선을 걷고 있지만, 이 상태에서 채우진이 돌아오면 예전의 인맥까지 더해서 더 큰 날개를 달게 되는 마법을 이룰 수가 있었다.

"이젠 어떻게 해볼 수 없을 정도로 커버렸으니……"

진즉에 꺾어버려야 했다. 그러려고 했지만 제 어미처럼 융통성이라고는 찾아볼 수가 없어서 약점을 만들고 쥐어흔들려던 계획도 실패하고 말았다. 도리어 당시 채우진과 연결해 주려고 했던 여자에게서 연일 항의를 듣고 있었다.

채우진의 외가가 어디인지 아는 순간 등골이 오싹했다며 누구 인생 망칠 작정이었냐는 엄청난 비난과 함께 이번에 관계가 완전 히 틀어지고 말았다. 얼마 전까지도 채우진만 보면 아까워죽겠다 며 아쉬워하던 인사가 그러니 우습지도 않았다.

"천박한 게 누군데 감히 날 비난해?"

사실 채무석은 처음에는 김혜령이 하는 일을 잘 몰랐다. 박은 수와의 이혼으로 잠시 힘들어진 사업을 원상 복귀 하는 데 전념 하느라 미처 그녀에게까지 신경 쓸 여유가 없었다. 정확히는 그녀 가 밖에서 무얼 하고 다니는지 관심이 없었다는 게 옳았다. 그러 다 바른정식품이 자리를 잡는 과정에서 그녀가 끌어들인 인맥들 이 제법 도움이 되자 비로소 그녀에게 신경을 쓰기 시작했다.

나중에야 김혜령이 하는 일들이 무엇인지 알았을 때는 그녀에 대한 애정보다는 쓸모에 더 많은 중점을 두던 시기였다. 마치 사 업 파트너와 같은 관계였다. 그래서 시아버지가 풍으로 쓰러지고 프랑스로 가자마자 집으로 쳐들어갔던 것이다.

어차피 채무석은 그녀가 무슨 선택을 하든, 당시 아내가 어떤 결심을 하든지 상관이 없었다. 어느 쪽이 자신에게 더 이용 가치 가 있고 사업에 도움이 되느냐만 중요했다. 그런 의미에서 그는 언젠가 무심결에 첫 번째 이혼을 후회한다는 취지의 말을 측근 에게 했고, 김혜령은 우연히 그 이야기를 듣고 말았다.

"괜히 처음이 중요한 게 아니야. 첫 번째는 항상 그럴 만한 가치를 가지고 있는 법인데 내가 그걸 몰랐던 거지. 두 번째부터는 부인이든 아니든 그냥 세컨드밖에 되지 않아. 세컨드라는 게 원래 그렇잖아, 언제 버려도 아쉽지 않은 것."

그렇게 말하던 사람이었기에 이번에 그는 미련 없이 김혜령을 버리려고 했다. 이제 바른정식품은 원하는 만큼 자리를 잡았고 그녀가 끌어왔던 인맥은 이제 완벽히 그의 사람들이 되어 있었다. 중간에서 김혜령이 커넥션을 이야기할 단계를 넘어선 견고한 사업 파트너로 자리를 잡은 것이다.

이는 즉 그녀의 역할이 필요 없다는 의미이기도 했다. 그랬기에 채무석의 결단은 어느 때보다 빠르고 냉혹했다.

그렇다고 해서 이렇게 허무하게 물러날 생각은 없었다. 그녀의 인생은 아직 많은 시간이 남아 있었다. 벌써 지기에는 너무 억울했다.

숨바꼭질

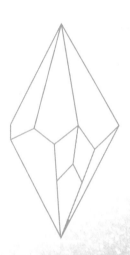

아카데미 시상식이 끝나고 LA 곳곳에선 뒤풀이 파티가 열렸
다. 그중 베니티 페어 오스카 애프터 파티는 이날 오스카의 수상
자는 물론 가장 많은 셀러브리티들이 참석하는 곳으로 유명했
다. 시상식이 끝난 후에 우진은 윤선 감독과 함께 이 파티에 참석
했다.

　아카데미 시상식이 전 세계적으로 관심을 받고 화제를 낳지
만, 결국 대중의 머릿속에 남는 것은 주연상과 작품상이었다. 스
태프와 조연에게 주어진 상들은 본인과 업계 관계자들에게나 의
미 있고 명예로운 일이지, 기록만 남기고 몇 시간이 지나면 대중
에게 잊혔다.

　차라리 애프터 파티에서 보여주는 배우와 셀러브리티들의 화
려한 의상과 뒷이야기가 더욱 흥미를 끌었다. 노미네이트와 수상

여부를 떠나 모두 함께 즐기는, 그야말로 영화인들의 축제였다.

하지만 어디까지나 이건 외부자들에게 비치는 외면이었다. 수상자를 제외하고 아예 작품 활동을 하지 않아서 영화나 배우가 후보 자체에 오를 일이 없거나, 아카데미와는 거리가 있는 영화를 찍은 이들만 마음 편한 날이었다. 개봉한 영화가 아예 후보 자체에 오르지 못했거나, 수상 가능성이 컸는데 아깝게 떨어진 이들의 쓰라린 마음은 참 복잡했다.

자존심 때문에 아무렇지도 않은 듯 더욱 밝게 웃고 과장된 행동을 보이는 이들이 있는가 하면, 한쪽 구석에서 분위기를 잡으며 아카데미 위원회의 폐쇄성과 문제점을 성토하는 이도 있었다.

반면 위에 어느 쪽도 속하지 않은 우진은 윤선 감독과 함께 여유롭게 파티를 즐길 수가 있었다.

'The red'가 외국어영화상을 수상하는 데 가장 크게 공헌한 이가 윤선 감독이라는 점은 누구도 부인할 수 없는 사실이었다. 국내에선 마치 채우진이 개인 상을 받은 분위기였지만, 현지에선 윤선 감독이 수상의 주인공이었다.

각종 국제 영화제에서 수상한 경력이 제법 있는 윤선 감독은 뜻밖에 할리우드에서도 친분 있는 영화계 관계자들이 많았다. 수상하는 데 'The red'가 미국 내에서 흥행한 것이 주효하기도 했지만, 아무래도 윤선 감독의 이름값도 한몫했다. 윤선 감독은 잘 몰라도 그의 작품을 말하면 대부분 '아~!' 하는 반응을 보일 정도였다.

우진은 윤선 감독과 함께 다니면서 미처 그가 알지 못하는 할리우드의 인사들을 소개받기도 했다. 영화에 대한 호평만큼이나 우진의 인기와 관심은 높았다. 특히 이번에 레이폴드 감독과 영화까지 찍고 있기에 서로 초면이어도 대화거리는 무궁무진했다.

{레이폴드 정도면 함께 작업하기 좋은 감독이지.}

{그거야 중간에서 휴가 중재를 잘해줬기 때문이잖아. 일대일로 상대하면 그런 꼴통이 없어.}

{내가 뭐라고?}

레이폴드와 함께 일한 경험이 있던 프로듀서가 그때를 생각하며 고개를 젓자 그의 뒤로 당사자가 나타나 암울한 기운을 내뿜었다. 하지만 맺힌 것이 많아서인지, 아니면 그만큼 격이 없어서인지 레이폴드의 얼굴을 보면서도 그에 대한 험담을 멈추지 않았다.

{양심에 손을 얹고 생각해 봐! 그때 당신이 음향 프로듀서와 싸우느라 중간에서 나와 휴가 얼마나 고생했는지 말이야!}

{그거야 그 무능한 놈이 우리 영화를 망치기 일보 직전이어서 그랬지!}

되레 분노하는 레이폴드의 반응에 제작자는 그냥 고개를 저었다. 당시 그들이 만들었던 영화는 'LL—Studio'의 첫 번째 영화였다. 그만큼 신중하고 치열하게 만들다 보니 조금의 의견 차이도 조용히 넘어간 적이 없었다.

{그리고 그는 오늘 음향 효과상을 받았습니다, 로 이야기는 끝났다고 합니다.}

휴의 놀림에 레이폴드는 입술을 삐죽이고 말았다.

{재수 없는 놈!}

그들의 첫 번째 영화는 결과적으로 성공했지만, 제작 내내 하루하루가 정말 전쟁이었다. 레이폴드와 휴는 자신들의 첫 번째 영화에 대한 불안과 기대로 신경이 날카로운 상태였다. 그런데 베테랑 음향 프로듀서가 레이폴드의 의견을 무시하면서 그동안 꾹꾹 참아왔던 폭탄이 터졌던 것이다.

그나마 이성이 남아 있던 휴가 중간에서 중재해 무마되었지, 안 그랬다면 영화사에 길이 남을 형사사건이 벌어졌을지도 몰랐다. 하여튼 그 일로 두 사람은 할리우드에서도 알아주는 앙숙이 되어버렸다.

{지니, 우리 잠깐 이야기 좀 할까?}

영화 제작 뒷이야기를 듣는 게 재미있어서 조용히 있던 우진에게 휴가 슬며시 다가와 귓속말을 했다. 다른 이가 눈치채지 못하도록 행동이 매우 조심스러웠다. 그래서 우진도 윤선 감독에게만 눈짓을 보내고 슬며시 자리를 빠져나와 휴의 뒤를 따라갔다.

시끌벅적한 파티장에서 조용하고 은밀하게 대화를 나눌 장소를 찾기란 어려웠다. 아니, 두 사람이 은밀한 장소를 찾아가는 게 오히려 오해를 살 수가 있었다. 적절히 사람들이 있고, 주위에 이야기가 흘러가지 않을 정도로 적당히 시끄러운 곳에 자리를 잡은 휴가 우진을 기다리고 있었다.

{혹시 이틀 후에 시간 있나?}

우진이 다가오자마자 휴가 대뜸 물었다. 현재 우진의 스케줄은 스틸컷과 몇몇 보완해야 할 개인 촬영이 조금 남아 있는 상태였다. 이틀 후라면 시간이 안 된다고 대답하자, 휴는 초조한 듯 그럼 사흘 후는 어떠냐고 재차 질문했다. 이번에는 우진이 대답 대신 고개를 끄덕이자 휴는 그제야 긴장이 풀린 표정으로 웃었다.

{그런데 제가 그날 시간을 내야 할 이유가 있나요?}

우진의 반문에 휴는 자기가 너무 제 말만 했다는 걸 깨닫고 상기된 얼굴로 멋쩍게 대답했다.

{실은 자네를 만나고 싶어 하는 분이 계셔서 말이야.}

{저를요?}

{맞아! 세상에, 그분이 자네 작품을 보고 팬이 돼서 꼭 만나고 싶다며 나한테 연락이 왔지 뭔가. 자네 덕분에 내가 그분하고 직접 통화까지 나눴어!}

휴의 말에서 우진이 미루어 짐작할 수 있는 것은 자신을 만나고 싶어 하는 분이 휴 밀러와는 개인적인 친분이 없다는 정도였다. 전화 한 통에 저렇게 흥분하는 모습에서 추측하건대 보통 인사는 절대 아닐 것 같았다. 불행히도 이런 경우에는 특별히 조심해야 한다는 걸 우진은 경험으로 알고 있었다.

{저를 좋게 봐주신 것은 고맙지만, 제가 꼭 만나야 할 사람인가요?}

{당연하지! 그분의 작품이 영화화된 적도 있으니 만나서 나쁠 것은 없을 거야. 아니, 그런 거 따질 것 없이 무한한 영광이라고.}

처음엔 우진의 반응을 이해할 수 없다는 표정을 짓다가, 이내 우진이 '그분'이 누구인지 모른다는 걸 깨닫고 휴는 달래듯이 말했다. 그럴 것이면 차라리 '그분'이 누구인지 알려주고 설득하면 편할 텐데 휴는 그렇지 않았다.

{휴가 그렇게 말할 정도라면 굉장한 분 같은데 대체 누군가요?}

{그게… 가서 만나보면 자네도 알 거야. 분명 자네도 아는 분일 테니까.}

순간 대답하려던 휴는 아차 하며 말을 돌렸다. 아마도 우진 본인에게도 비밀을 유지하기로 약속한 모양인 듯했다. 대신 그분을 모르는 사람은 세상에 없을 거라는 태도로 대답을 대신했다. 워낙에 유명해서 만나기도 전에 소문이 나거나 언론에 뜨면 서로 좋을 게 없다는 해명이 따라왔다.

우진은 믿지만, 그의 소속사가 어떻게 나올지는 모르는 일이었다. 유명 인사와의 만남을 미리 터뜨려서 처음부터 일을 어그러뜨릴 수도 있는 일이었다. 하지만 휴가 조심스러워할수록 우진의 경계심은 높아져만 갔다. 그게 표정으로 보였는지 휴는 한숨을 내쉬며 자신을 보증인으로 내세웠다.

{이상한 그런 자리는 절대 아니야. 내 이름을 걸고 맹세할 수 있어.}

여전히 대답을 유보하는 우진의 반응이 답답한지 휴가 절실하게 속삭였다.

{내가 자네와의 자리를 마련해 준 대가로 그분에게 사인을 받기로 해서 이러는 게 아니야! 난 이미 그분의 사인을 하나 가지고 있다고! 내가 보이는 것처럼 그렇게 절박한 상황은 아니란 뜻이야. 다만, 그분의 사인 한 장도 가지고 있지 않을 자네가 안타까워서 이러는 거라고.}

{사인요?}

{그분의 사인이라면 대대손손 물려줘도 절대 부끄럽지 않아!}

{휴가 그렇게까지 말하니 어떤 분인지 점점 궁금해지네요.}

{궁금하면 해결해야지!}

장화 신은 고양이에 버금가는 휴의 간절한 눈동자를 보고 우진도 문득 궁금해졌다. 그가 저렇게 존경을 표할 정도이고, 영화

이야기도 잠시 나온 것을 보면 영화계에 유명한 각본가나 소설가인 것 같아서 우진도 혹시나 하는 기대가 생겼다. '그분'이 다음 작품에 자신을 염두에 두고 먼저 만나보기를 원하는 게 아닌가 하고 말이다.

그래서 사흘 후에 시간을 내기로 약속을 했다. 휴는 만날 장소와 시간은 중간에서 맞춰주겠다면서, 이 귀찮은 절차에도 즐거워했다.

{지니, 한참을 찾았잖아. 그런데 휴와 같이 있었어?}

파티에 참석하자마자 이리저리 끌려다녔던 더스틴이 겨우 빠져나와 우진이에게 달려왔다. 우진이 제작자와 원로 배우들과 어울리는 동안 젊은 셀러브리티들에게 잡힌 더스틴은 그들이 권하는 술을 거절하며 계속 빠져나올 핑계만 찾았다.

그럼에도 불구하고 적극적으로 우진을 찾지 않은 것은 언뜻 보기에도 그가 고리타분한 분위기에 휩싸여 있어서였다. 오늘 같은 날에 하품 나오는 소릴 듣고 있을 만큼 더스틴은 인내심이 강하지 못했다. 그런데 잠시 시선을 거둔 사이에 우진이 사라져서 놀라 찾아다녔던 것이다.

{휴, 지니는 내가 좀 빌릴게요.}

{내 볼일은 끝났으니 이제부턴 젊은이끼리 놀아. 아, 젊은이…….}

자기가 우진과 더스틴을 젊은이라고 칭해놓고 충격받은 휴는 흐늘거리며 가장 가까이에 있는 의자에 걸터앉았다. 이제는 이십 대를 보고 젊은이라고 부를 나이가 되었는가, 하는 충격이 그를 괴롭혔다.

고뇌에 빠진 중년의 휴를 뒤로하고, 더스틴은 우진을 끌고 가며 발랄하게 말했다. 재미난 모험을 앞둔 청년의 싱그러움이 휴와 대조되어 더욱 그를 빛나게 했다.

｛우리 사진 찍자! 지금 맥이 대기 중이야.｝

오늘 애프터 파티의 포토 월에서 파티 참석자들을 찍어주는 전문 사진작가는 맥 스미스였다. 이제는 참석자 거의가 사진을 찍었기에 쉬려는 그에게 우진을 데리고 올 테니 잠시 기다리라고 말한 터라 더스틴의 걸음이 점점 빨라졌다.

｛사진이라면 난 우리 감독님과 아까 찍었는데?｝

한 사람이 여러 번 찍지 말라는 법은 없지만, 이미 윤선 감독과 기념사진을 찍은 우진은 시큰둥한 반응을 보였다.

｛나와는 안 찍었잖아. 그거 말고 중요한 게 어디 있어!｝

소년처럼 활기찬 더스틴의 대답에 우진은 피식 웃으며 그를 따랐다. 휴의 말대로 젊은이라는 단어가 우진보다 더 잘 어울리는 청년이 더스틴이었다. 술 좋아하고 여자들한테 인기 많은 것만 빼면 증손녀 사윗감으로 딱 좋은 남자였다.

◆　◆◆◆　◆

사진을 찍기 위해 마련된 포토 월에는 고풍스러운 의자가 중간에 떡하니 놓여 있었다. 그와 함께 배경 역시 마치 중세 시대가 연상되는 덩굴무늬가 그려진 패널이었다. 맥 스미스 특유의 어둡고 무게감 있는 연출력과 어울리는 배경이었다.

｛의자는 내 것!｝

먼저 의자를 점유한 더스틴은 앉자마자 우아하게 다리를 꼬며 우진에게 자신의 오른쪽을 턱으로 가리켰다.

{그대는 여기 서서 날 보좌하게나. 오늘은 특별히 그대에게 내 오른쪽에 서는 걸 허락하겠다.}

팔걸이에 팔꿈치를 대고 두 손을 깍지 낀 채 앉은 자세가 꼭 왕정 시대의 군주 같았다. 아무 생각 없이 그냥 사진을 찍다가 퍼뜩 떠오른 설정 샷 이미지를 우진과 찍고 싶었던 모양이다. 아무래도 설정 내용이 군신 관계라 친하지 않은 사람과 하면 상대가 기분 나빠할 수도 있었다.

평등한 관계에서만이 아무 생각 없이 즐길 수 있는 것이 바로 이런 상하 관계가 있는 설정이었다. 더스틴의 바람과 생각대로 우진은 이런 것에 자존심 상해하지 않았다. 그 역시 재미있을 것 같아서 더스틴을 중심으로 구도를 잡아 보았다.

윤선 감독과 찍었던 사진은, 의자에 앉은 감독님과 팔걸이에 걸터앉은 우진이 꼭 부자지간처럼 자세를 잡았다. 동네 사진관에 하나쯤은 꼭 있을 법한 사진이었다. 한 번은 정석대로 찍었으니 이번에는 새로운 시도를 해보는 것도 나쁘지 않았다.

대신 더스틴이 원했던 설정은 약간 수정되었다. 왕이 되고 싶은 게 더스틴의 로망이라면 우진에게도 원하는 설정이 있었기 때문이다. 우진은 더스틴의 옆이 아닌 의자 뒤쪽으로 갔다. 친구의 로망을 지켜주면서 우진은 자신의 위치를 잡았다. 그리고 살짝 허리를 숙이고는 두 손으로 더스틴의 눈을 가렸다.

{어?}

놀라는 더스틴의 귀에 가까이 얼굴을 가져다 댄 우진이 카메라를 향해 시선을 주며 야비하게 웃었다.

이는 모사꾼이 주군의 눈을 가리고 그의 귀에다가 감언이설을 늘어놓는 장면을 상상하게 만드는 모습이었다. 카메라를 똑바로 바라보는 시선은 마치 비밀을 알아차린 공범에게 비웃음을 보내며 경고하듯 비열하게 웃고 있었다.

자신을 강건한 제왕이라고 믿고 있는 주군을 뒤에서 조정하는 이인자는 그림자 속의 또 다른 왕이었다.

맥은 배우들이 만든 설정에 자연스럽게 셔터를 눌렀다. 갑자기 눈이 가려져서 놀란 더스틴의 일그러진 눈썹까지 더없이 완벽했다. 고작 애프터 파티의 기념사진으로 쓰기에는 아까운 퀄리티로 사진이 찍혔다. 이 사진이 인터넷에 풀린다면 아마 올해 오스카를 기념하는 최고의 베스트 샷에 오를 거라고 맥은 확신했다.

{뭐야, 어떻게 찍은 거야?}

멋있는 제왕의 모습을 원했던 더스틴은 우진이 눈을 가리던 손을 치워주자마자 맥에게 달려가 사진부터 확인했다.

{오~! 좋은데!}

비록 원하던 설정 샷은 아니었지만 이 역시 멋있었다. 솔직히 말해서 더스틴은 사진만 잘 나오면 장땡이었다.

{왠지 이 두 사람의 조합이라면 나라 한두 개는 말아먹고도 남을 것 같다.}

{암군의 탄생 뒤에는 이런 놈이 하나쯤은 꼭 있지.}

우진은 설정에 내용을 담아 간결하게 설명해 주었다. 카메라 모니터로 얼굴을 확대해 확인한 더스틴은 비록 눈은 가려졌지만, 일그러진 눈썹과 미간이 만들어낸 분위기가 좋았다. 더욱이 귓속말하는 우진의 표정과 눈빛이 만들어낸 비열함이 오싹할 정도로 무서웠다.

{너, 악역 해도 정말 잘 어울리겠다.}

워낙 우진의 인상이 선하고 바르게 생겨서 연기력과는 별개로 악역은 어울리지 않겠다고 생각했는데 아니었다. 카메라의 렌즈를 보는 저 눈빛은 정말 악랄하고 비밀스러운 모사꾼처럼 보였다.

절대 권력을 부리고 누리는 것은, 원래 힘의 근본인 왕보다는 그를 뒤에서 조종하는 이인자의 차지였다. 우진이 연출한 모사꾼은 그래서 비열해 보여도 더없이 강해 보였다.

당장에라도 영화 포스터로 사용해도 될 것 같은 설정 샷이 퍽 마음에 든 더스틴은 맥에게 사진을 전송해 달라고 부탁했다. 그리고 그는 사진을 전해 받자마자 셀레나에게 보내주었다. 술 안 마시고, 이러고 놀고 있다고 자랑할 겸 안심시키기 위해서다.

그리고 그 사진은 채우진에게 악역은 어울리지 않을 거라는 선입견을 품고 있던 또 다른 한 사람에게도 신선한 충격이었다.

◆　　◆◆◆　　　◆

꿈은 잠과 함께 밤에 찾아오고, 아침이면 태양과 함께 달아나게 마련이었다. 우진은 이 단순한 진리를 알았어야만 했다.

미슐랭 별 세 개를 받은 레스토랑의 VIP룸 안으로 들어서자마자 우진은 자신이 참으로 헛된 꿈을 꾸었다는 걸 깨달았다. 이곳까지 안내해 준 웨이터를 따라 다시 뒤돌아가고 싶은 마음에 닫힌 문을 안타깝게 바라봤다.

{이렇게 다시 보는군.}

서점에선 늘 무뚝뚝했던 일리야가 밝은 표정과 목소리로 우진을 맞이했다. 이는 우진이 아는 서점 주인으로선 굉장히 낯선 모습이었으나, 랜스키가 아는 평소의 일리야이기도 해서 당황스러웠다. 마치 뭘 알고 저러는 것 같아서 순간 등골이 서늘해지는 느낌이었다.

자리에 앉아서 우진을 맞이하는 60대의 남자를 보며 함께 따라온 강호수가 의아한 표정으로 우진을 보았다. 아는 사람이냐고 눈빛으로 묻자 우진이 어쩔 수 없이 고개를 끄덕였다.

"어떻게 알게 된 분인데, 이렇게 다시 만나네요."

억지웃음을 지으며 우진은 일리야에게 인사했다.

{안녕하세요. 이런 자리에서 다시 뵙게 돼서 놀랐습니다.}

{그러게 말일세. 나도 그 당시만 해도 내가 자네에게 이렇게 관심을 가질 줄을 몰랐는데 말이지. 세상일이란 게 참으로 모를 일이야. 그런데 언제까지 그렇게 서 있을 텐가.}

일리야가 손짓으로 자기 앞자리를 가리키자 강호수는 이번에는 소리가 나지 않게 입 모양으로 '누구야?' 라고 물었다. 우진은 순간 상대를 어떻게 소개해야 할지 고민이었다. 중고 서점의 사장님이라고 해야 하는지, 소설가 일리야 터너라고 사실대로 말해야 할지 상황이 난처했다.

{내 소개를 하자면, 나는 일리야 터너라고 하네.}

한국어를 모르지만 채우진과 그의 매니저 사이에 오가는 눈빛과 표정을 보면 대충 어떻게 돌아가는 분위기인지 파악할 수가 있었다. 그래서 일리야는 자기가 먼저 나서서 강호수의 궁금증을 풀어주었다.

{네, 일리야 터… 너?}

문학에 관심이 없어도 셰익스피어, 헤밍웨이, 헤르만 헤세의 이름을 알고 있듯이 일리야 터너란 이름도 마찬가지였다. 현대문학사의 큰 획을 긋는 인물로서 웬만한 문외한이라도 이름은 알고 있는 경우가 많았다.

특히 그의 작품이 영화화되고 칸 영화제에서 황금종려상을 받은 적이 있어서, 직업상 강호수가 숙지하고 있는 이름이었다. 그리고 현재 살아 있는 문화계의 대부라고 일컬어지는 일리야 터너를 모를 정도로 문외한도 아니었다. 무엇보다 그 자신이 일리야 터너의 팬이기도 했다.

"그, 그, 너, 어떻. 그러니까! 정말?"

보통 일리야 터너라고 하면 사람들은 한 장의 사진을 머릿속에 떠올리곤 했다. 책이 빼곡히 꽂힌 책장에 팔짱을 낀 채로 등을 기대고 서 있는 남자의 사진이었다.

일리야 터너는 얼굴이 알려지는 것을 싫어해서 인터뷰를 해도 웬만해선 사진을 찍지 않았다. 어쩔 수 없이 찍어야만 한다면 넓은 배경과 전신을 찍어서 얼굴이 작게 나오는 구도를 고집했고, 언젠가부터 책장을 배경으로 찍은 게 일리야 터너를 상징하는 사진이 되었다.

이 말은 아무리 사진을 봐도 일상에서 일리야 터너를 알아보기란 힘들다는 의미였다. 강호수라고 크게 다르지 않아서 실물을 앞에다 두고도 사진 속의 일리야 터너와 같은 인물이라는 걸 확인하지 못했다. 그저 할 수 있는 일이라곤 일리야 터너를 실제로 만났다는 감격과 흥분으로 말을 더듬는 것뿐이었다.

강호수를 보면 사흘 전에 흥분을 감추지 못했던 휴 밀러의 반응이 어느 정도 이해가 갔다. 만약 우진에게 랜스키라는 전생이 없었다면 그 역시 지금 이 자리에서 두 사람과 비슷한 반응을 보였을 게 분명했다.

"설명은 나중에 할게요."

오늘 만나는 사람이 일리야 터너라는 걸 아는 순간, 우진은 강호수와의 동석이 갑자기 부담스러워졌다. 특히 오늘 나눌 대화를 상상하니 눈앞이 깜깜해졌다.

{이야기는 들었지만, 꼭 저 친구도 함께해야 하는 건가?}

우진의 마음을 알고 있다는 듯이 일리야는 강호수의 동석을 지적했다. 아무리 휴가 보증을 한다지만, 오늘 만나는 사람이 누구인지 모르는 상태에서 우진 혼자 보낼 수는 없었다. 그래서 미리 양해를 구하고 강호수도 동행했던 것이다.

{아니요, 아닙니다! 전 이만 나가볼 테니 신경 쓰지 마십시오.}

{자네는 따로 자리를 예약해 뒀으니 미안하지만 혼자서 식사하게.}

그리고 강호수의 반응을 이미 예상했는지 일리야는 그를 위해서 따로 식사를 예약해 놓았다. 대놓고 넌 빠지라는 의미였지만, 눈에 콩깍지가 쓰인 강호수는 이조차도 배려라 느끼며 일리야에게 호의적인 시선을 보냈다.

무엇보다 어찌 된 영문인지 우진이 일리야 터너를 개인적으로 알고 있는 듯했고 표정을 보면 딱히 싫어하는 기색이 없었다. 그가 우진을 가까이에서 지켜본 바에 의하면, 저 표정은 난처하지만 이 만남이 썩 싫지만은 않다는 분위기였다.

아무리 상대가 일리야 터너라고 해도 우진이 난색을 보이고 싫어했다면 강호수의 대응도 바뀌었을 것이다. 무엇보다 중요한 것은 우진의 의견과 안전이었기에 개인적으로 존경하는 소설가라도 예외는 없었다.

그러나 우진은 자각하지 못한 것 같지만, 은연중에 일리야 터너에게 호감을 보였다. 우진이 자기가 좋아하는 사람에게 보이는 특유의 편안한 표정을 보며 강호수는 오래 고민하지 않고 자리를 피해줬다.

강호수가 나가자 우진도 자리에 앉아 일리야를 찬찬히 살폈다. 예상하지 못한 이 만남을 어떻게 해석해야 하는지 머리가 복잡하면서, 이렇게 다시 일리야를 만나니 저도 모르게 반갑고 기분이 좋았다. 셀레나에게 반응했던 다정한 심장이 일리야에게도 똑같이 뛰었던 것이다.

랜스키는 확실히 작가로서 일리야 터너를 인정하고 매우 좋아했던 게 분명했다. 무심한 성격 때문에 어릴 때부터 지원해 주고 성장하는 모습을 옆에서 지켜본 일리야에 대한 애정을 자각하지 못했을 따름이었다.

이렇게 시간이 흘러 대문호가 된 일리야를 직접 보았다면 랜스키는 정말 기뻐했을 것이다. 자랑스러운 내 아이, 랜스키가 일리야를 논하는 데 이만큼 정확한 표현은 없을 것이다.

그렇다고 해서 이 자리를 마냥 즐길 수만은 없었다. 대체 일리야는 자신을 어떻게 알았으며, 딱히 연고도 없는 휴에게 전화를 걸어 이런 자리까지 마련한 목적이 무언지 궁금했다.

{저를 어떻게 찾으셨습니까?}

{그런 자네는 어떻게 내가 일리야 터너라는 걸 알았나?}

{알다니요! 저는 조금 전에 선생님이 직접 말하시기 전까지 전혀 몰랐습니다.}

우진은 생각할 것도 없이 본능적으로 시치미를 뗐다.

{연기는 잘할지 몰라도 거짓말은 영 어색하군. 나는 연기에 대해선 잘 몰라도 그날 자네가 날 보던 시선의 변화는 정확히 알고 있다네. 처음엔 날 몰랐겠지만 나중에는 나를 알아봤지, 안 그런가? 소설가의 통찰력을 너무 우습게 보지 말게나.}

관찰력과 추리력도 없는 소설가가 지금과 같은 성공을 이룰 수는 없었다. 지금의 일리야는 랜스키가 알던 그 청년이 아니었다. 나이가 들고 사회적인 성공을 한 만큼 유능한 데다가, 소설가로서 상상력까지 풍부해서 상대하기 곤란한 사람이 되어 있었다.

거기에 우진은 몇 가지 실수를 하고 말았다. 일리야가 강호수에게 직접 자기소개를 했을 때, 우진은 너무 빨리 그를 인정하는 우를 범해 버렸다. 끝까지 모르쇠로 일관하고 강호수가 놀라는 반응을 보일 때 함께 놀랐어야만 했다.

그리고 일리야의 호기심을 무시하고 너무 안일하게 굴었다. 마지막 만남에서 보였던 행동들이 일리야라면 충분히 의문을 가질 만했다. 서점을 찾은 낯선 이방인의 뒷조사 정도는 현재 그의 능력이라면 충분히 가능했다.

특히 최근에 우진이 여러 매체에 얼굴을 보인 적이 있기에 그중에 하나라도 봤다면 그를 찾는 데 큰 어려움이 없었을 것이다. 아니, 애초에 오늘 이 자리에 나오지를 말았어야 했다.

무슨 영화(榮華)를 보겠다고, 혹시나 영화(映畫)에 섭외될 희망에 덥석 미끼를 문 자신이 큰 문제였다.

{그날 생일 축하와 선물은 고마웠네.}

그러고 보니 의도하지 않게 그날 주었던 초콜릿이 생일 선물이 된 격이었다.

{아, 네…….}

일리야의 눈빛을 보면 그날 우진이 했던 변명을 어느 정도 믿는 것 같았다. 그런 황당무계한 말들을 어떻게 믿을 수 있냐고 따지고 싶어도 지금 우진이 빠져나갈 탈출구는 그것 하나밖에 없었다.

그러고 보면 유독 일리야는 초자연적인 현상에 대해 관심이 많았다. 딱히 믿는다기보다는 그것을 이성과 논리로 풀이하는 과정을 즐겼다. 이미 그가 이 불가사의한 상황에 대해 파헤치기로 했다면 우진으로선 막을 도리가 없었다.

최고의 방어는 공격이라고 했다. 우진은 무작정 피하는 것만이 상수가 아니라는 걸 깨달음과 동시에 자신의 속마음을 들여다보았다. 전생이라고 해서 마냥 피해 다닐 수만은 없는 일이었다.

무엇보다 우진은 일리야와 계속 인연을 이어가고 싶은 욕심이 있었다. 그가 유명한 대문호가 되어서가 아니었다. 이건 전생에 랜스키가 L의 이름을 불렀던 것과 비슷한 심정이었다.

이상하게 그 작고 어리던 손이 눈에 밟혔다. 손에 쥐고 있던 니콜라스 황제의 아름다운 총보다 아이의 부르튼 손과 갈라진 피부가 계속 신경이 쓰였다. 누군가가 자신의 이름을 불러주길 원하면서 불리는 것이 무서웠던 아이.

피앙세의 생리를 누구보다 잘 알던 랜스키는 그곳에서 이름이

불린다는 게 무얼 의미하는지 잘 알고 있었다. 어른들에게 이름
이 불린다는 것은 그 아이가 그날부터 돈이 되기 때문이었다.

　나는 L이 아니다. 그런데 아무도 그 이름조차 불러주지 않는다.

　그 짧은 문장 안에서 랜스키는 공포와 외로움을 읽었다. 어린
아이가 엉망으로 쓴 아무것도 아닌 글이 그의 마음을 자극했고
어리고 작은 손을 가진 아이의 이름을 부르게 했다. 통통하고 사
랑스러운 볼을 가진 손자와 비슷한 또래로 보이는 아이는 빼빼
마르고 볼품없어서 자꾸 눈에 밟혔다.

　손자인 조르지오를 통해 아이란 사랑스러운 존재라는 걸 깨
달았던 랜스키에게, 일리야는 아이란 참으로 연약한 생명체라는
걸 알게 해주었다. 미래의 가치와 가능성을 보지 않고 오로지 연
약한 것에 대한 연민으로 자선을 베푼 것은 랜스키의 인생에 일
리야가 최초였다.

　그런데 이상하게 눈앞의 일리야는 지금도 우진에게 그때와 비
슷한 감정을 불러일으켰다. 이제는 작고 부르튼 손 대신에, 주름
지고 외로운 손이 보였다. 그 옛날 랜스키가 좀 더 다정했더라면
어땠을까. 후원자로서 일리야를 대하는 것이 아닌, 가끔은 아버
지같이, 할아버지처럼 보듬어주었으면 좋았을 텐데 하는 안타까
움을 품게 했다.

　'백의 고백'을 읽어보면 일리야가 느꼈을 소외감과 외로움이
고스란히 느껴져서 더욱 그랬다. 우진은 랜스키를 대신해서 일리
야에게 묘한 죄책감과 안쓰러움을 가졌다.

셀레나도 그렇고, 우진은 랜스키와 연결된 인연들을 마냥 외면하는 게 점점 힘들어진다는 걸 깨달았다. 무언가를 꼭 얻거나 그들에게 무언가를 해주려는 게 아니었다. 일부러 찾아가서 만날 생각은 없지만, 흘러가는 마음을 애써 붙잡고 끊어내고 싶지가 않았다.

대신 우진은 자신의 전생이 랜스키였다는 것은 꼭꼭 숨길 작정이었다. 일리야가 특이해서 그렇지 귀신에게 쓰였다는 이야기를 보통 사람이 들었으면 미친놈 소릴 들을 일이었다. 셀레나가 꺼림칙한 시선으로 자신을 보면 솔직히 많이 울적할 것 같았다.

{절 만나고 싶은 이유가 있으시겠죠.}

우진은 무엇이든 물어보라는 듯 일리야에게 말했다. 무작정 피하지 않기로 한 만큼 나름대로 성실하게 대답해 줄 각오였다.

{뭐가 그리 급한가. 먼저 식사부터 하고 이야기는 차차 하지.}

직접 레스토랑을 예약한 일리야는 수석 주방장이 추천한 코스 요리로 이미 메뉴를 정해놓은 상태였다. 혹시 싫어하는 음식이 있냐는 질문에 우진은 고개를 저었다.

다행히 우진은 전생의 랜스키와 비슷한 점이 하나도 없었다. 식성, 버릇, 가치관 등등 전혀 다른 사람으로서 완전히 다른 신체와 인격을 가졌으니 당연했다. 그래서 일리야 앞에서 딱히 조심해야 할 것이 없어 편했다.

랜스키라면 질색했을 양고기가 나왔을 때도 우진은 아무렇지 않게 잘 먹었다. 어쩌면 일리야의 시험일 수도 있는 식사 시간이었지만, 그와 나누는 대화는 전생에서와 마찬가지로 지금도 여전히 즐거웠다.

{자네에 대해 알아보다가 어쩌다 보니 자네가 출연했던 작품까지 모두 찾아보았다네.}

{네, 들었습니다. 휴가 그러는데 선생님이 제 팬이 되셨다고요.}

{인상 깊게 봤다고 했지 팬이라고는 안 했네.}

{아, 그러셨구나.}

자기도 모르는 사이에 기대하고 있었는지 일리야의 대답에 우진의 어깨에서 힘이 쭉 빠졌다. 왠지 처지가 전생과는 반대로 된 것 같아서 우습기도 했다. 당시에 랜스키의 비평을 들을 적마다 일리야의 반응이 지금의 자신과 똑같았다.

{내 말이 그렇게 재미있었나?}

전생이 생각난 우진이 무심결에 웃자 일리야가 의아한 듯 물었다. 시무룩한 표정을 짓다가 환하게 웃는 게 무척 행복해 보여서 보는 사람까지 기분이 좋아졌다.

{아니요. 문득 선생님 작품을 읽었던 게 생각이 나서요.}

{이번에?}

{아니요. 어릴 적에 읽었습니다.}

어릴 적에는 내용을 이해하고 좋아해서 읽었다기보다는 문화적 허세와 공부에 도움이 될 것 같아서 문학 서적을 읽는 경우가 많았다. 우진도 거기에서 많이 벗어나지는 않았지만, 일리야의 작품은 굉장히 재미있게 읽었었다.

랜스키와 우진의 공통점이 있다면 그건 일리야의 작품을 좋아한다는 것이었다.

{옛날부터 선생님의 글을 좋아했거든요.}

{어린 나이에 읽기에는 어려웠을 텐데?}

{글을 이해하게 된 것은 나중에 커서 다시 읽었을 때였습니다. 어릴 때는 그냥 문체와 분위기에 반했죠. 그냥 그때는 선생님의 모든 작품이 다 좋았습니다.}

우진의 대답에 일리야는 웃음을 참느라 입술이 꿈틀거렸다. 왜냐하면 서점에서 우진이 '백의 고백'을 뽑았을 때의 반응을 기억하기 때문이었다. 잘못 골랐다는 그 적나라한 표정으로 봐선 자신의 모든 작품을 좋아하지는 않았던 것 같았다.

대답하고 나서 우진도 '백의 고백'을 떠올리고는 '그건 빼고'라고 생각했다. 그러다 자신을 보며 웃음을 참는 게 역력한 일리야를 보고 순간 멈칫했다.

{왜 그렇게 웃으십니까?}

진실을 감춰야 하는 사람은 상대의 모든 행동과 반응에 민감할 수밖에 없었다.

{그냥, 나도 옛날 생각이 나서.}

무심히 대답하는 일리야가 어디까지 추측하고 무슨 생각을 하는지 몰라서 우진은 답답했다. 그냥 대놓고 물어보면 준비한 대답을 해줄 텐데 그렇지 않고 우회적으로 돌아가니 괜히 혼자서 안절부절못했다.

{내 글이 어린애가 읽기에 편한 글은 아니었을 텐데 취향이 특이하군.}

{문체가 워낙 깔끔해서 읽기가 쉬웠거든요. 그때는 글 속에 숨어 있던 사회 비판이나 부조리가 보이지 않고 그냥 재미있는 내용이라고만 생각했죠.}

어릴 때는 단순하게 주인공은 착한 사람이고 그와 대립하는 이는 모두 나쁘다고 생각했다. 권선징악에 대한 기준도 무조건 주인공의 승리만이 진리라고 여겼다. 하지만 어른이 돼서 읽은 일리야의 소설 속 주인공은 마냥 선한 인물이 아니었다. 그렇다고 악인도 아니어서 독자의 마음을 복잡하게 했다.

그런데 확실한 것은 작가인 일리야는 이 선악이 불분명한 주인공을 따스하게 바라본다는 점이었다. 마치 아버지가 자식을 보는 것처럼 말이다. 반면 '백의 고백'은 오로지 주인공인 로이드 혼자서 발버둥 치고 있다는 느낌을 받았다. 곳곳에서 보이는 작가의 시점과 감정은 로이드에게 냉혹하고 잔인했다. 작가의 사랑조차 받지 못하고 배척당하는 로이드의 모습에 어느 순간 독자는 그를 동정하게 되었다.

{그런데 저는 어릴 적에 읽었던 느낌도 딱히 나쁘지 않았습니다.}

일리야의 소설이나, L의 소설이나 우진은 처음 읽었던 그 느낌 모두를 인정하고 아꼈다.

{자네 말이 맞아. 글이란 원래 정답이 없으니까, 자네가 어렸을 때 읽으면서 느꼈던 감정도 틀린 것은 아닐 거네. 그런 의미에서 내 글 말고 다른 작가의 글은 어땠나? 그래, '백의 고백'! 혹시 저번에 읽었던 게 처음이었나?}

일리야는 마치 남의 소설을 이야기하듯 '백의 고백'을 화두로 꺼냈다.

{완독한 것은 이번이 처음이었습니다. 예전에는 읽다가 꼭 중간에 포기했는데 이번에는 끝까지 읽히더군요.}

{이번에는 읽혔다? 글은 그대로였으니 글을 읽은 자네에게 변

화가 있었겠군.}

{그냥 제가 어른이 된 거죠.}

{싫은 것도 참을 수 있는 어른이 되었다면 슬픈 일이지.}

{싫은 것을 참고 억지로 할 만큼 인내심 많은 어른은 아직 못 돼서요. 그냥 예전에는 보이지 않았던 부분이 보여서 그것 때문에 읽었습니다.}

{예전에는 보이지 않았던 것?}

어느샌가 포크를 내려놓고 턱을 괸 채로 다음 말을 기다리는 일리야의 눈빛이 반짝였다. 모르는 사람은 모르겠지만, 저 표정은 자신의 글을 평가받을 때마다 보이던 일리야의 반응이었다.

나는 당신이 '백의 고백'의 작가라는 걸 알고 있다는 걸 드러내야 하는지, 계속 모르는 척해야 하는지 우진은 잠시 갈등했다. 하지만 일리야가 모른 척하니 그 역시 계속 비밀을 품고 있어야만 했다.

{도입부가 정말 잔인하잖아요. 그래서 단순한 고어물인가 싶다가도 문체가 아름다워서 포기를 못 했었죠. 하지만 주인공은 사이코 같지, 점점 상황은 극으로 치닫지, '백의 고백'은 장면 장면을 상상하게 만드는데 그 그림이 모두 핏빛이라 도저히 감당이 안 되는 거예요. 그래서 정말 작가의 의도를 알 수 없어서 솔직히 말하면⋯ 처음엔 작가가 이상한 사람이라고 생각했습니다.}

우진의 말에 일리야는 슬쩍 미소를 지었다. '백의 고백'의 경우, 작가가 마약쟁이라는 소문이 돌고 온갖 비평이 난무하기도 해서 이 정도의 평가는 아무것도 아니었다.

{처음엔 고어물인 줄 알았는데 판타지 소설인가 싶다가, 어느

순간 혹시 가족물인가 의심하게 되더라고요. 살인이 파도치는 소설이 가족물로 느껴진다는 게 가능합니까!}

우진은 정말 작가 본인에게 물어보고 싶었다. 어떻게 이런 글을 쓸 수 있었냐고. 그런데 정작 본인은 시큰둥한 표정으로 어깨를 으쓱였다.

{작가가 이것저것 섞어서 뒤죽박죽으로 글을 썼나 보지.}

{아니요! 제 말은 그만큼 글을 읽으면 읽을수록 새로운 면을 발견하게 된다는 겁니다. 뭐랄까, 보물찾기처럼 작가가 곳곳에 숨겨둔 의미가 읽을 때마다 새록새록 나오는 게 대단하다는 의미였습니다.}

자기 칭찬인데도 일리야는 우쭐대거나 머쓱해하지 않았다. 예전부터 종종 L. 드미트리와 일리야를 두고 비교 평가 하는 이야기를 많이 들었기 때문이다. 각각의 독자층이 두 작가를 비교하며 싸우기도 했다. 마치 운명처럼 끌리듯이 두 작가의 팬층은 상대를 의식하고 서로 비교하다가 헐뜯으면서 경쟁심을 불태웠다.

종국에는 무수한 작품 활동과 수상 경력을 가진 일리야의 승리로 나왔지만, 겨우 작품 하나로 일리야 터너와 맞선 이는 단연코 L. 드미트리 하나뿐이었다. 이래저래 결론이 어떻게 나와도 일리야로선 꽃놀이였다. 그러니 이제는 무슨 소리를 들어도 덤덤했다.

{어찌 보면 그건 단순한 원리지. 사람이 자기 생각을 글로 풀어쓰려면 원고지 백 장으로도 부족할 경우가 많아. 하지만 그렇게 되면 지루해서 아무도 읽지 않을걸. 그래서 한 장으로 줄이게 되면 당연히 다른 사람들은 내 생각을 알 수가 없지 않겠나. 백

장으로 풀어냈어야 하는 글이다 보니 함축된 내용도 많아서 읽는 사람마다, 혹은 다시 읽을 때마다 다른 해석을 내놓게 되는 거야. 그리고 나는 독자의 의견을 항상 존중한다네.」

언제나 글은 작가의 손을 떠나면 그건 더 이상 작가의 사상과는 무관한 글이라고 주장하던 일리야의 생각이 또다시 나왔다. 그리고 한때 랜스키와 나누던 대화의 주제이기도 했다. 일리야가 방금 하던 말은 랜스키가 종종 그에게 충고처럼 했던 말이었다.

우진은 '하긴 작가가 독자의 상상을 제한해서는 안 되죠'라고 대답하려던 것을 겨우 참았다. 이 역시 랜스키가 일리야에게 자주 하던 말이었기 때문이다. 하마터면 큰 실수를 할 뻔한 우진은 일부러 일리야와는 다른 의견을 내놓았다.

「하지만 작가의 생각을 독자에게 확실하게 전달하는 게 좋은 글 아닌가요? 아, 물론 '백의 고백'은 논외로 하고요. 대부분의 글이 '백의 고백'처럼 뛰어날 수 없는데, 읽는 사람마다 다 다른 생각을 가지게 하는 것도 썩 좋은 건 아니라고 생각해서요. 일례로 선생님 작품 역시 문학적 이견이 있기는 하지만, 작품 전체에 흐르는 사상과 주제는 분명하잖습니까.」

「그거야 내가 글을 잘 쓰기 때문이지.」

저도 모르게 고개를 끄덕이려던 우진은 또 한 번 멈칫했다. 랜스키가 아는 일리야는 조금은 의기소침하고 자신의 글에 대해서 많은 고민을 하던 청년이었다. 첫 번째 작품이 문단에서 지독한 혹평을 받은 후에 쓰라린 마음을 달래는 데 꽤 오래 걸리기도 했었다.

물론 그 후로 인정받기 시작했고 차후에는 전 세계적으로 인

정받는 소설가가 되었으니 저런 자신감은 당연하겠지만, 낯선 것
도 사실이다. 그저 옛날의 일리야 터너만 아는 우진에게는 굉장
히 적응 안 되는 모습이었다.

{그렇기는 하죠.}

우진의 목소리에 힘이 빠져 있는 건 그 자신도 글을 써본 경험
이 있기 때문이었다. 글을 쓰고, 글로 사람들에게 인정받는 게 얼
마나 어려운 일이라는 걸 경험해 본 적이 있기에 일리야의 자신감
이 이해되기도 하고 부럽기도 했다. 전생에선 이와 반대의 구도였
던 것 같아서 이것이야말로 정말 격세지감이 아닌가 싶었다.

{그런데 자네는 왜 그렇게 기운이 없나?}

{사실은…….}

우진은 지금껏 누구에게도 말해본 적이 없는 비밀을 일리야에
게 털어냈다. 그의 조언을 듣고 싶다는 욕심도 있었고, 입장이 바
뀌어 버린 현재의 처지에 맞춰 새로운 관계를 형성하길 바라는
마음이 컸다.

{자네의 글을 봐야지 알겠지만, 만연체 때문에 의사 전달이 안
되고 독자들이 싫어한다면 고치면 되지 않나?}

문제점을 분명하게 인식하고 있다면 고치면 되지 않으냐는 말
에 우진은 억울했다.

{그게 되면 제가 선생님 같은 작가가 되었겠죠! 머리로는 잘 알
겠는데 그게 잘되지 않아요. 저만의 문체를 유지하면서 독자들
을 이해시킬 수 있는 색다른 방법이 없을까요?}

{있긴 있지.}

{정말요?}

{잘 쓰면 되네. 자네가 어떤 내용을 쓰든지, 어떤 문체를 쓰든지 간에 그 글을 읽을 수밖에 없게 만들면 되지 않나.}

우진은 문득 이래서 성공한 사람들과는 대화가 되지 않는다는 걸 깨달았다. 자신의 성공 방식을 다른 이들에게도 권하는데 그것이 되면 이 세상에 성공 못 한 사람이 어디 있을까. 특히 타고난 재능을 가지고, 거기에 노력까지 한 이들은 타인의 평범함을 무능으로 보는 경향이 있었다.

{아까 자네가 말한 '백의 고백'이 그 좋은 예지. 내용이 싫고 주인공이 이해가 되지 않아서 읽기 힘들었는데도 결국 읽지 않았나. 좋은 글이란 취향을 넘어선 힘을 가지고 있는 법이거든.}

은근히 자기 자랑을 하는 일리야의 기분이 무척 좋아 보이는 반면 우진은 반박할 수 없는 불만을 품으며 침울해졌다.

{저는 그런 대단한 작품을 쓰는 것까지는 바라지도 않습니다.}

{대단한 작품의 기준이 무언지는 모르겠지만, 글이란 원래 사람들에게 많이 읽혀야지 좋은 글이야.}

좋은 글, 대단한 글, 명작의 시작이 다른 것에 있지 않았다. 먼저 독자들에게 읽히고 그들의 마음을 사로잡는 과정에서 명작이 탄생하는 것이었다.

{귀국 날은 언제인가?}

{일주일 후입니다.}

우진의 대답에 잠시 생각하던 일리야는 뜻밖의 제안을 했다.

{시간이 되면 귀국 전에 이렇게 식사나 또 하세. 그리고 싫지 않다면 자네가 쓴 글을 읽어보고 싶군.}

일리야와 다시 만나는 것은 우진도 바라던 거라 당연히 기뻤지만, 자신의 글을 읽고 싶다는 말에는 무척 놀랐다.

{정말요? 정말 그래주실 겁니까?}

{그게 뭐 어렵다고.}

정작 일리야는 시큰둥했지만 이게 보통 기회가 아니라는 건 누구보다 우진이 잘 알고 있었다.

{그런데 한국어는 언제 배우셨어요?}

{응? 난 한국어를 배운 적이 없네만.}

{네? 그럼 제 소설은 어떻게 읽으시려고… 아!}

워낙에 우진이 영어를 유창하게 하는 바람에 일리야는 자연스럽게 그의 소설 역시 영어로 쓴 글인 줄 알았던 것이다.

{한국어로 쓴 글이었나?}

{당연하지요. 제가 한국인인데… 하지만 시간을 주시면 제가 영어로 번역해서 보여 드리겠습니다.}

당장은 안 되고 시간은 많이 걸릴 거라는 전제가 깔렸지만, 일리야는 흔쾌히 받아들였다. 그러면서 자연스럽게 전화번호와 이메일 주소까지 서로 교환하게 되었다.

{그런데 저에게 정말 아무것도 묻지 않으십니까?}

오늘 이것저것 많은 대화를 나누고 서로 질문을 주고받았지만, 우진이 각오했던 추궁은 없었다. 우진이 출연했던 영화와 드라마 이야기, 그리고 소설에 관한 대화를 나누다가 시간이 훌쩍 지나가 버렸다. 그래서 우진은 정작 시간이 없어서 하고 싶은 이야기를 하지 못한 것인지 물었다.

{이미 자네가 예전에 말하지 않았나. 난 그 말을 믿고 내 좋을 대로 그냥 해석하기로 했네.}

{하지만 그건…….}

오히려 그 말이 더 무서워서 우진은 진땀을 흘렸다. 분명하게 짚고 넘어가지 않으면 일리야가 무슨 생각을 하는지 알 수 없어서 오히려 행동이 조심스러울 수밖에 없었다.

그러나 일리야는 대수로운 문제가 아닌 듯 우진의 어깨를 툭툭 다독여 줄 뿐이었다. 그래서 우진은 더는 그 문제에 매달릴 수가 없었다.

◆　◆◆◆　◆

"무슨 이야기를 나눴어?"

일리야가 잡아준 테이블에서 예약된 코스 요리로 식사한 강호수가 눈을 반짝이며 궁금해했다. 그도 그럴 것이 한국에 있는 장수환 대표 역시 계속 상황을 보고하라고 닦달했던 것이다. 우진은 일리야를 만나게 된 사연부터 이야기해 주었다.

"네가 책 보러 다녔던 그 중고 서점 사장님이 일리야 터너였다고?"

그냥 책을 사지, 굳이 서점까지 찾아가서 읽을 것은 뭐냐고 황이영과 함께 무던히도 우진을 말렸던 기억이 있어서 강호수의 낯이 희게 질렸다.

"누군 아무 서점에나 들어가도 일리야 터너를 만날 수 있구나."

행운은 아무에게나 찾아오지 않는다면서 강호수는 살짝 좌절했다.

"운 좋게 서로 코드가 맞아서 대화가 통했어요."

일리야와의 만남을 설명하기는 쉬웠지만, 두 사람이 가지는 묘한 유대감에 대해서 말하기란 어려웠다. 일리야에게 말했던 귀신 이야기를 강호수에게 할 수도 없고 말이다. 그저 세대와 국적을 떠나 서로 이야기가 통해서 친구가 되었다고 말했다.

세월이 지나, 서로 다른 세대가 되어 다시 만난 인연은 무척이나 특별했다. 그리고 여전히 변하지 않은 일리야의 모습이 우진의 전생 속 기억을 자극해 더욱 애틋한 마음을 일으켰다.

일리야와 새로운 우정을 이어가기 위해서 우진은 많은 주의를 쏟아야만 했다. 랜스키의 버릇이나 식성을 가지고 있지 않음에도 혹여나 그와 비슷한 부분을 보이는 실수를 해서, 일리야의 의심을 사지 않기 위해 우진은 정말 노력했다.

아무래도 일리야와 이야기하다 보면 전생에 그와 함께했던 일들이 떠오르면서 자연스럽게 이어가려는 경우가 있었다. 무심결에 그때의 일을 말하지 않을까 세심하게 신경도 써야 했다.

그러나 복병은 뜻밖에도 다른 곳에 있었다.

{체리 좋아하지 않으셨습니까?}

우진은 샐러드에 곁들여 나온 체리를 한쪽으로 치우는 일리야를 보며 의아해서 물었다.

{아주 싫어한다네. 어릴 적에 맡았던 인공적인 체리 향에 질려서 그 비슷한 향이라면 다 싫어했지.}

일리야의 생모는 생전에 체리 향이 나는 싸구려 향수를 뿌렸는데 그는 그것이 정말 싫었다. 냄새가 기억을 장악하면서 그와 관련된 것들을 꺼리게 되었다.

{전 체리를 잘 드시기에 좋아하시는 줄 알았습니다.}

｛체리 자체를 싫어하진 않아. 그냥 그 향이 싫어서 먹기 싫을 뿐이지. 그런데 내가 언제 자네 앞에서 체리를 먹었던가?｝

일리야는 한쪽으로 치운 체리를 포크로 가리키며 우진에게 물었다. 이번이 그와 함께하는 세 번째 식사였는데 그동안 체리가 메뉴로 나온 것은 이번이 처음이었다.

｛아, 그게…….｝

｛이상하군. 내가 체리를 먹었던 것은 이제껏 단 한 사람 앞에서였거든.｝

대체로 사람에게 무관심한 랜스키는 다른 이가 무얼 좋아하고 싫어하는지 잘 파악하지 못했다. 그저 자기가 좋아하는 거라면 남도 좋아할 거라며 무심히 사다 주거나 권하는 경향이 있었다.

일리야는 자기를 위해 랜스키가 사다 준 체리를 거부한 적이 없었다. 무서워서라기보단 그런 배려를 받아본 적이 없어서 감격했던 것이고, 그 순간은 정말 행복했으니 마다할 이유가 없었다. 일리야가 맛있게 먹는 모습을 보며 랜스키는 혼자서 뿌듯해했던 적이 몇 번 있었다.

어쩌면 랜스키와 얽힌 기분 좋은 추억일 텐데도 체리가 좋아지지 않는 걸 보면 어릴 적의 각인이란 게 이렇게 중요했다.

｛그랬군요. 제가 어떻게 그런 착각을 했을까요?｝

｛왜, 이번에도 또 유령이 쓰였나?｝

오늘에서야 일리야는 서점에서의 일을 처음으로 언급했다.

｛참 자잘한 것까지 알려주는 유령인가 봐? 자네를 위해서 특별히 공동묘지나 유령 출몰 지역 근처로는 가지도 않았는데, 아무 소용이 없었나 보군.｝

자기 자신만 조심하면 될 줄 알았던 우진은 무심결에 일리야에 대해서 아는 척을 해버렸다. 재빨리 대중에게 알려진 일리야 터너에 대한 정보를 떠올려 보았지만, 거기에 그의 식성에 관한 이야기는 없었다. 어디서 얻어들었다는 말이 통할 수가 없었다.

{지금 그런 것은 아닙니다. 그날 서점에서 봤던 거죠. 그냥 영상처럼 눈앞에 싹 지나가거든요. 아마도 그날 본 것을 가지고 제가 잠시 착각했던 모양입니다.}

{영상처럼?}

드디어 그날에 관해서 변명할 수 있겠다 싶어서 우진은 힘차게 대답했다.

{네! 유령 같은 게 수시로 들어오고 하는 게 아니라 제가 다른 사람의 시선으로 선생님의 삶을 스치듯 봤던 거죠.}

{다른 사람의 시선이라…….}

일리야가 손가락으로 턱을 쓸어내리며 중얼거리자 우진은 속으로 침을 삼켰다. 어떤 질문이 날아올까 긴장하는 와중에 일리야는 혼자서 고개를 끄덕였다.

{흥미롭군.}

그리고 더는 아무런 질문 없이 다른 주제로 넘어갔다. 이러니 뭔가 이상하고 초조해지는 것은 오히려 우진이었다. 완벽하게 숨었다고 자신하고 있는데 술래가 전혀 찾을 생각을 하지 않고 있었다. 숨은 사람이 답답해서 도리어 자신 좀 찾아달라고 사정할 판이었다.

{그 유령이 누군지 안 궁금하세요?}

결국 참지 못하고 다시 이야기를 꺼낸 이는 우진이었다.

{많이 궁금하지. 그런데 왠지 자네에게서 들을 대답이 꼭 진실이 아닐 것 같단 생각이 들어서 말이야.}

{제 말이 거짓말처럼 들리나요? 그렇게 믿는다면 오히려 궁금한 게 많으실 것 같은데요.}

우진의 대답에 일리야는 슬쩍 웃었다. 맑고 지혜로운 눈은 마치 나는 네가 숨기고 있는 게 무언지 알고 있다는 듯 말하고 있었다.

{연기 잘하는 배우의 진심은 항상 의심받기 쉽지. 그런 점에서 자넨 늘 불리하겠다 싶어.}

이 말을 마지막으로 일리야는 우진이 한국으로 돌아갈 때까지 이에 대한 어떠한 질문도 하지 않았다.

◆　　◆◆◆　　　◆

우진이 한국으로 돌아온 이후로도 두 사람은 자주 이메일을 주고받았다. 최근 그들 사이의 이슈는 우진의 글이었다. 그는 한국에 돌아가자마자 학업에 전념하면서 남은 시간에 자신의 글을 영어로 번역하는 데 열중했다.

어느 정도 분량이 되면 우진이 메일로 보내주고, 일리야는 그걸 읽고 서로 의견을 나누었다. 일리야는 우진의 글을 평가하거나 비평하지 않았다. 그냥 주인공과 글의 내용에 관해 이야기하고, 어렵게 늘어놓은 문장을 이해하지 못하겠다면서 우진에게 풀이를 요구했다.

일리야가 물어보는 부분을 설명하다 보면 우진도 자신이 놓친 이야기의 허점과 문장을 좀 더 깔끔하게 정리할 수 있었다. 글의 뼈대가 갖춰지고 필요 없는 잔가지는 쳐내다 보면 전과는 다른 새로운 문장이 탄생했다.

우진의 생각을 담으면서 그의 문체는 살아 있는 유려한 문장으로 글의 골격을 이루기 시작하고 있었다.

{처음 쓰는 글치고 나쁘지 않은걸.}

우진의 글을 프린트해서 읽던 일리야의 평은 후한 편이었다. 장르는 다르지만, 자신의 첫 작품과 비교하면 굉장히 우수한 글이었다.

{몇몇 유명한 분들의 문체가 곳곳에서 보이기는 하지만, 그거야 나도 그랬으니까.}

일리야가 남의 글을 봐주는 것은 이번이 처음이었다. 물론 남의 글을 읽고서 한 문장, 한 문장을 분석하고 글의 장단점을 파악한 적은 늘 있었지만, 작가 본인과 대화를 나눈 적은 없었다. 가끔 출판사나 문단에서 밀어주는 신인을 평가해 달라는 의뢰와 부탁이 왔을 때도 모두 거절했다.

딱히 어려운 일은 아니지만, 랜스키가 자신의 글을 읽고 평가해 주었던 그 시절이 떠올라서 싫었다. 아버지에게 시험 결과를 보고하고 꾸지람이나 칭찬을 기다리며 두근거리던 당시의 심정을 다른 이와 나누고 싶지 않아서였다. 비록 이제는 자신이 평가를 해줘야 하는 상황에 있더라도 쉽게 마음이 열리지 않았다.

{뭘 그렇게 열심히 보고 계시는 거예요?}

{또 왔냐?}

셀레나의 방문에 일리야는 읽고 있던 우진의 글을 정리해서 한쪽으로 치웠다.

{새로운 작품에 들어가신 거예요?}

예전에는 원고지로 작업했지만, 요즘은 컴퓨터로 쓴 다음에 A4 용지로 출력해서 교정하는 식으로 방법이 바뀌었다. 일리야가 안경을 쓰고 오른손에는 펜을 들고 있으니 당연히 오해할 만한 모습이었다.

{아니.}

단호한 대답에 셀레나는 아쉽지만 어쩔 수 없다는 표정을 지으며 일리야의 앞에 앉았다. 다른 문학 작가들과 비교하면 일리야는 왕성한 작품 활동을 하는 편이었다. 3년 동안 신작이 나오지 않는다고 해서 초조해할 일은 아니었다.

대신 셀레나는 가방 속에서 한 움큼의 서류들을 꺼냈다.

{전에 선생님이 말씀하셨던 로이드 역의 후보들을 한번 뽑아봤어요. 혹시나 몰라서 동양인 후보도 있는데 괜찮으시겠어요?}

{너처럼 똑똑한 아이도 미련한 질문을 할 때가 있구나.}

암묵적인 승낙에 셀레나는 비로소 걱정을 덜고 가져온 서류철 중에서 가장 얇은 것을 먼저 내밀었다.

{이건 로이드의 후보 명단과 그들의 프로필이에요.}

비서가 뽑아준 여섯 명 중에서 두 명이 탈락하고 총 네 명의 후보만 남은 상태였다. 일단 일리야가 서류 심사를 하고 그중에서도 아니다 싶으면 다시 후보를 골라낼 계획이었다.

{이런, 신선한 얼굴이 없군.}

두 번째 후보까지 확인한 일리야는 이럴 줄 알았다는 표정이었다. 그리고 이 사람들을 떠올리지 않았을 리가 없었다. 그리고 그의 마음속에선 이미 이 둘은 탈락이었다.

하지만 세 번째 인물은 모르는 배우였다. 영국인인데 외모가 말쑥하고 분위기가 나쁘지 않았다. 눈빛이 번들거리는 게 로이드의 광적인 내면을 잘 표현할 듯싶었다.

연기는 아직 모르겠지만, 외모만 보면 평소 그가 로이드라고 상상했던 외모와 얼추 비슷했다. 일리야가 오랫동안 살펴보는 배우를 보며 셀레나는 속으로 회심의 미소를 지었다. 그녀가 개인적으로 밀고 있는 후보였기 때문이다.

〔응?〕

마지막 후보를 보고 일리야는 지금까지와는 다른 반응을 보였다. 채우진의 이름과 사진을 보며 셀레나는 묘한 눈빛으로 일리야의 표정을 살폈다.

채우진은 마지막까지 셀레나가 갈등한 후보였다. 만약 그녀가 그를 만나보지 않았다면 그의 작품을 감상하고 나서 고민 없이 바로 후보에 올렸을 게 분명할 정도로, 나무랄 데 없는 배우인 건 맞았다.

그런데 하필 그녀는 채우진을 만났고, 그의 밝고 곧은 분위기에서 도저히 로이드를 상상할 수가 없었다. 그가 자신의 이미지를 지울 정도로 연기력이 뛰어난 배우라는 건 잘 알고 있었다. 하지만 아무리 연기 잘하는 배우라도 자신에게 어울리지 않는 배역을 맡게 되면 연기력 논란을 일으키는 일이 종종 있었다.

'백의 고백'은 그녀가 콘스차 재단의 새로운 도전을 위해 모색하는 작품이었다. 신중한 만큼 함부로 모험을 걸 수가 없었다. 더스틴이 보내준 애프터 파티 기념사진을 보고 많이 고민한 끝에야 최종 명단에 채우진을 올릴 정도로, 셀레나는 그에게 확신이 생기지 않았다.

{왜 그러세요?}

{왠지 고민을 해봐야 할 것 같구나.}

{네?}

{네가 말했던 영화 작업 말이다. 처음으로 그것도 나쁘지 않겠
단 생각이 들었다.}

{정말이세요? 혹시 이 중에서 마음에 드는 배우가 있는 거예요?}

그래서 내내 반대하던 '백의 고백' 영화 작업에 찬성하는 것인
가 싶어서 셀레나는 두근거렸다.

{글쎄, 내가 마음에 들어 하는 것과 그가 로이드에 적합한지는
다른 문제라서.}

손가락으로 책상을 톡톡 치던 일리야는 자신은 그렇게 공과
사가 무르지 않다고 정색했다. 셀레나가 보기엔 아닌 것 같았지
만, 그가 마음을 움직인 것만도 큰 변화이고 수확이었다. 이때를
놓치면 안 된다는 생각에 그녀는 계속 밀어붙였다.

{불안하다면 오디션을 보는 건 어떨까요?}

고민이 많아 보이는 일리야에게 셀레나는 여기에 오면서 생각
했던 방안 하나를 제시했다.

{오디션?}

{네, 연기를 잘한다고 해서 그들이 로이드에 어울릴 거라는 확
신은 저도 없거든요. 해보고 아니라면 새로운 로이드를 찾아봐
야죠.}

하루하루가 아까운데 의자에 앉아 마냥 고민만 할 수는 없
었다.

{오디션이라…….}

다시 고민에 빠진 일리야와 달리 셀레나의 머릿속은 벌써 오디션 준비로 바삐 돌아갔다. 각자에게 다른 의미로 소중한 작품이었다.

결코, 아무에게나 '로이드' 라는 이름을 허락할 수 없는 만큼 시험이 필요했다.

나비를 위한 덫

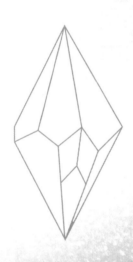

매일패치의 김광식 기자는 입술 사이로 빠져나가는 담배 연기를 멍하니 바라봤다. 이런 생활이 몇 년째인데도 여전히 적응되지 않았다. 이러려고 기자가 된 것이 아닌데 이상과 현실 사이에 있는 구차함이 사람을 초라하게 만들었다.

기자라고 찍힌 명함을 내밀 때마다 얼굴이 붉혀지는 것은 자존심 때문인지, 자괴감인지는 아직 구분되지 않았다. 그래도 어엿한 언론사에 다니는 연예부 기자라는 점은 아직 자랑거리였다. 실상을 알지 못하는 이들에게는 제법 그럴싸한 명함이라 어깨를 으쓱이며 거들먹거리기도 했다.

하지만 현실은 연예인의 뒤를 쫓으며 몰래 사진이나 찍는 일을 하고 있었다.

필터까지 거의 다 피운 담배를 종이컵에 비벼 끈 김광식은 이번에는 연기 대신 한숨을 내쉬었다. 하루를 시작하는데 벌써 눈 밑은 퀭하고 몸은 찌뿌드드했다. 어서 시간이 지나기를 바라지만, 분초가 유난히 느리게 흘러갔다.

배에서 들리는 꼬르륵 소리에 반사적으로 가방을 뒤적거려 빵 하나를 꺼내 먹었다. 늦은 아침이었지만, 밤새 술 마시다가 이제야 일어나 부랴부랴 나왔기에 이게 그의 아침이었다. 맛없는 빵을 우걱우걱 먹으면서 그는 카메라와 연결된 노트북으로 밤새 찍은 것을 확인했다. 자정부터 지금 이 시각까지 카메라가 찍고 있던 것은 한 가정집이었다.

"이렇게 찍어봤자 뭐 하냐고!"

그가 뒤를 쫓고 있는 채우진은 차고를 통해 차로 이동하기 때문에 얼굴조차 찍기 어려웠다. 자가용이든 매니저가 모는 밴이든 집 밖을 나올 때는 이미 차를 타고 나오기 때문에 얼굴은 고사하고 그림자조차 구경할 수가 없었다.

고작해야 차가 없는 그의 여동생이나 카메라에 한 번씩 잡히는 게 다였다. 그렇다고 철수하기에는 어쩌다가 한번 걸리는 건수가 있어서 포기가 안 되었다.

예로 들면, 블루핏의 이연이 냈던 교통사고는 정말 대박이었다. 채우진의 소속사와 TM에서 기사화되는 것을 적극적으로 막는 바람에 포기했지만, 안 그랬다면 엄청난 반향을 일으켰을 것이다. 아직도 채우진을 물고 늘어지는 블루핏의 극성팬들을 입 다물게 만들 수 있는 건수였는데도 DS는 일이 크게 되는 걸 원치 않았다.

도리어 사진과 동영상을 사는 것으로 마무리한 것을 보면 어지간히 블루핏과 연관되는 게 싫었던 듯싶었다. 그쪽 처지도 이해는 가지만, 기자의 본분은 어디에다 버리고 어느 순간부터 사진팔이로 전락한 것 같아 괴로웠다.

하지만 보너스로 주머니는 두둑해졌고, 남들이 모르는 진실을 알고 있다는 게 즐겁기도 했다. 나중에 시간이 흐르면 이런 자료들을 모아서 책을 내는 것이 그의 계획이었다. 이런 희망이라도 없다면 이런 고생을 해가며 회사에 다닐 이유가 없었다.

작년 여름부터 집과 회사보다 더 많이 출근하고 시간을 보내는 이곳은 채우진의 집 건너편에 있는 주택의 옥상이었다. 옥상에 설치한 카메라와 장비들로 하루 24시간 채우진의 집을 엿보는 게 그가 하는 일이었다.

원래는 이판사판 차 안에서 죽치고 앉아서 채우진을 기다리는 식이었다. 부유층이 밀집한 주택가라 주변에 높은 상가 건물이 있는 것도 아니었고, 기자에게 옥상을 내주는 경우는 상상도 못할 일이라 다른 방법이 없었다.

그런데 정말 기적적으로 채우진의 건너편 집주인이 매일패치의 사주와 친구였다. 돈 많은 사람끼리 서로 어울려 동네를 이루고 사는 것처럼, 돈 있는 것들끼리 친구인 것은 당연했다. 끼리끼리 어울리듯이 이 집 주인은 채우진 부친과 친하지 않고, 거지 같은 매일패치의 사주와 짝짜꿍이었다.

두 사람이 얼마나 친하냐면, 집의 전 주인이 사용인들 휴게실로 사용할 목적으로 만들었다는 옥탑방이 비어 있으니 이용하라고 내주기까지 했다. 전 주인은 몰라도 지금 주인은 사용인들이 쉬는 꼴을 보지 못해서 내내 폐쇄했던 것이다.

하여튼 밑에 사람을 뭐같이 다루는 것은 친구가 똑같았다. 하지만 덕분에 골목과 차 안에서 근무했던 환경이 옥탑방으로 상급 조정이 돼서 욕은 예전만큼 하지 않게 되었다.

이곳에서 채우진의 집 대문과 도로로 이어지는 기가 막힌 구도를 확보한 것만으로도 다른 언론사보다 선점을 차지한 것은 확실했다. 더불어 그의 보너스 역시 두둑해진 것도 부정할 수 없는 일이었다.

"채우진은 독립 안 하나? 혼자 살아야지 집에 여자도 데리고 올 거 아냐."

한 방 터뜨리는 데는 스캔들만 한 것이 없는데 안타깝게도 채우진은 너무 바른 생활을 추구하고 있었다. 가끔 채우진의 이동 경로를 따라다닐 때 보면, 주위에 여자는 많은데 모두가 스태프 아니면 팬들밖에 없었다. 팬들과도 너무 건조하고 건전해서 사진 찍을 맛이 안 났다.

"술 좀 마시고 사고도 쳐야 연예인이지. 역시 연예인에게는 독립이 답이야. 채우진 제발 독립해서 삐리리도 하고 연애 좀 하자!"

19금 단어를 자체 필터링하며 김광식은 우진이 여자와 어울리지 않는 건 자취하는 남자가 아니기 때문이라고 혼자 단정했다.

"그 말을 들으니 웬만해선 독립하면 안 되겠군요."

"무슨 소리! 남자는 당연히 자취하는 남자가……."

뒤에서 들리는 소리에 김광식은 무의식중에 대답하다가 멈칫했다. 지금껏 옥상으로 올라온 사람은 거의 없었다. 집주인의 지시가 있어서인지 알아서 피해 다녔고 그를 보고도 딱히 말을 걸지 않았다.

녹슨 기계처럼 삐거덕거리며 고개를 돌려 뒤를 확인한 그는 너무 놀라서 까무러칠 만큼 숨을 헐떡거렸다. 그의 뒤에 채우진이 태산처럼 서서 카메라와 모니터를 뚫어지게 보고 있었던 것이다.

"채, 채, 채우진 씨?"

"네, 안녕하세요. 오랜만에 뵙습니다."

채우진은 미국에 있는 동안 보지 못했던 김광식에게 인사를 건넸다.

"어, 어떻게 이곳에… 아니, 언제 나왔지……?"

그가 출근하기 전까지 찍은 영상에는 채우진이 집을 나가는 장면이 없었기에 그는 어안이 벙벙했다. 당연히 집에 있어야 할 그가 지금 눈앞에 있으니 이해도 안 되고 환장할 지경이었다.

"마트에 가는 아주머니 따라서 차 타고 나왔습니다."

채우진은 자신의 차와 밴이 아닌, 장을 보기 위해 나가는 아주머니의 차를 타고 나왔다. 그리고 김광식은 차고에서 나오는 사용인의 차를 보고도 당연히 별 관심을 주지 않았다.

"역시 이 구도가 맞았군요."

"네?"

"우리 회사에다 팔았던 사진을 보고 어떻게 찍었을까 궁금했거든요. 근처에 높은 건물이 있는 것도 아니고, 집에 기자가 들락거리도록 허락해 줄 사람이 이 동네에 누가 있나 싶었는데, 있었군요."

우진이 주위를 둘러보며 말하자 김광식의 수중에 땀이 찼다. 이렇게 들켜 버린 바람에 채우진은 물론이거니와, 사주와 이곳 집주인에게 동시에 당할 걸 생각하니 살고 싶지가 않았다. 당황한 그는 우진이 카메라를 집어 드는데도 말리지 못하고 머뭇거리며 말을 더듬거렸다.

"그, 그렇게 함부로 만지면 안 됩니다."

그거 아주 비싼 거라는 말이 채우진에게는 통하지 않을 것 같아서 김광식은 애써 침만 삼켰다.

"네, 알고 있습니다. 하지만 이 안에 우리 가족들 영상이 있다면 말이 달라지겠죠."

"그건……."

"함부로 만지면 안 되는 물건이 있듯, 함부로 찍으면 안 되는 것들도 있죠."

감정 없이 무심하게 말하는 게 더 무서워서 김광식의 입에선 저절로 탄식이 흘러나왔다. 하지만 속으로는 어린 새끼가 되게 시건방지네, 내가 결혼만 조금 일찍 했어도 너만 한 자식이 있었다고 투덜거렸다.

그러나 김광식은 노회한 만큼 상황 판단은 누구보다 빨랐다. 웬만한 연예인이라면 뺀질거리며 오히려 당당하게 국민의 알 권리를 외쳤을 것이다. 그러나 채우진은 이제 웬만한 연예인이 아니었고, 그의 배경도 무서웠다.

"별걸 다 찍었네요."

카메라에 저장된 동영상을 빨리 감기로 보며 우진은 혀를 찼다.

"그러니까, 국민이 채우진 씨에 대해 알고 싶어 하는 게 많아서……."

하지만 결국 참지 못하고 기자들이 입에 달고 다니는 국민의 알 권리를 외쳤다.

"하지만 그중에 정작 기사로 나온 것은 하나도 없지 않습니까. 국민의 알 권리가 중요했다면 강행했어야죠."

우진이 비웃듯 말하자 김광식은 더는 참지 못했다. 스스로 자괴감을 느끼는 생활이지만, 또한 약간의 자부심도 있었다. 그것이 유명하지 않은 연예인에게 해온 갑질이 몸에 배어서 생긴 자만심이라는 걸 본인은 몰랐지만 말이다.

"DS에서 막았으니까 그런 거 아닙니까! 애써 취재한 것이 그렇게 덮어지는 걸 보는 우리 심정도 마냥 좋지만은 않아요."

처음에는 놀라 당황하고 정신이 없었던 김광식이 점점 제 성격을 드러내기 시작했다. 상대가 아무리 잘나가는 연예인이라도 스캔들 하나면 바닥으로 추락하는 건 아무것도 아니었다. 김광식은 자기 손으로 그렇게 만든 연예인을 꼽으라면 열 손가락으로도 부족하다며 늘 자랑하곤 했다.

채우진의 외가가 좀 걱정되지만, 변호사가 돼서 Rome에 들어갈 것도 아니고 사실만 다루면 허위 사실을 유포한 누구처럼 되는 일은 없을 것이다. 만약 외부에서 압력이 들어오면 최악의 경우, 벌금까지 낼 각오를 하며 일을 하고 있었다. 적당한 범주 안에서 사실만을 다루면 상대가 누구라도 무서울 게 없었다.

그러니 기가 죽을 일도, 당당하지 못할 이유도 없었다. 막말로 집주인 허락받고 그냥 도로를 찍고 있는 와중에, 채우진이 거기에 찍힌 것뿐이라고 주장하면 되는 일이었다.

"그러셨구나. 나는 또 사진을 우리 사장님께 팔았다기에 그게 목적인 줄 알았죠."

"기자를 뭐로 보는 겁니까! 아무리 사명을 가지고 일해도 회사에서 하지 말라면 어쩔 수 없는 게 직장인이에요! 우리도 직장인이고 위에서 하지 말라는데 어떻게 합니까. 막말로 잘리면 무슨 수로 입에 풀칠하라고요. 우리가 댁들처럼 광고 한 편에 몇억씩 버는 줄 압니까?"

흥분한 김광식의 말에 우진은 피식 웃었다.

"그러니까 재미있다는 겁니다. 원래 카메라에 찍히는 것으로 돈을 버는 것이 연예인인데 말이죠. 기자님들한테 찍히면 돈은 당신들이 벌고, 우린 찍혀 나가니 말입니다."

"그건, 흠흠! 꼭… 나쁘게만 볼 것은 아니죠. 우리한테 기사 한번 내달라는 사람들이 얼마나 많은데요."

무플보다 악플이 더 좋다는 게 연예인인데 기자들한테 찍히는 것을 모두가 싫어하는 것은 아니었다. 우진만 해도 신인이었을 때는 기삿거리를 제공했으니 그에 관해서는 할 말이 없었다. 하지만 그것은 합의였고, 이렇게 몰래 감시를 당하는 것은 협상 외의 사항이었다.

"세상을 너무 본인 관점으로 보지 말고 더 넓은……."

김광식이 기자와 연예인의 상호 관계에 관해 이야기하려는데 우진이 손을 들어 그를 제지했다.

"영상은 카메라에 있는 게 전부인가요?"

"네? 그거야……."

말을 늘어 빼는 김광식의 대답을 기다리지 않고, 우진은 카메라를 내려놓고서 이번에는 노트북의 폴더를 뒤졌다. 이내 날짜별로 정리된 영상들을 찾아낸 그는 그중 몇 개를 열어보며 빠르게 넘겨보았다.

"찾았다."

어느 부분을 몇 번 돌려보던 우진이 이를 드러내며 미소 지었다. 김광식은 채우진이 찾았다는 영상이 어떤 부분인지 보려고 다가가려다가 우뚝 멈췄다. 잘생기고 아름다운 얼굴에서 흘러나오는 살벌함이 몸을 얼어붙게 했다.

이건 마치 무협지에서 고수들이 기세만으로 사람을 제압하는 부분의 간접 체험판 같았다. 김광식이 '어어' 하는 동안에 채우진은 가지고 온 USB를 꺼내 폴더 전체를 저장했다.

"남의 물건을 지금 허락도 안 받고 뭐 하는 겁니까?"

"마침 필요한 영상이 있어서요. 어차피 기자님도 이거 찍으면서 내 허락 따윈 받지 않았잖습니까."

"허 참! 내가 뭘 찍었다고 이러는 겁니까? 난 그저 저기 길거리 좀 찍은 것밖에 없어요. 내가 원하는 거리 영상 좀 찍겠다는데 채우진 씨 허락을 받아야 합니까?"

그가 이러는 것은 채우진이 관심 가지는 영상이 무언지 알기 위해서였다. 아무리 기억을 돌려봐도 문제 될 만한 게 찍힌 적이 없어서 같이 좀 알자고 협상을 제안한 것이다. 물론 나중에 채우진이 열어본 영상을 다시 한번 확인하는 수가 있기는 하지만, 그 안에 담긴 의미를 알지 못하면 소용이 없었다.

"인기 좀 있다고 남의 집에 쳐들어와서 열심히 일한 사람의 결과물을 이렇게 탈취해 가는 게 말이 됩니까?"

"그럼 쓰세요."

"뭘?"

"기사로 쓰시라고요. 이번에는 막지 않겠습니다."

김광식을 돌아본 우진은 산뜻하게 웃으며 USB를 흔들어 보였다. 잘 쓰겠다는 인사와 함께 채우진은 올 때처럼 홀연히 떠나 버렸다. 더는 찍지 못하게 따지거나 협박도 없었다. 싫은 소리 조금에 제 볼일만 보고, 원하는 것만 챙겨서 그냥 가버렸다.

당당하게 따지기는 했지만 데스크에게 깨질 것을 생각하면 암담했는데, 며칠이 지나도 아무도 이 일을 언급하지 않았다. 누구도 김광식이 채우진에게 들켰다는 걸 모르는 듯했다. 채우진은 물론 DS에서도 어떠한 항의를 하지 않은 것이다.

"나한테 왜……."

이렇게 너그럽냐고 채우진을 다시 만나면 묻고 싶었다. 하지만 얼마 되지 않아 김광식은 다른 이유로 그 옥상에서 내려와야만 했다.

◆　　◆◆◆　　◆

우진이 김광식의 존재를 눈치챈 지는 제법 되었다. 블루핏의 이연이 낸 사고 사진과 그가 저녁에 우진을 찾아왔던 날의 사진을 보면, 바보가 아닌 이상 어디에서 찍었는지 알 수밖에 없었다.

이연이 자살을 결심하고 우진에게 찾아왔던 날의 일은 아무도 모를 거라 여겼는데 사진이 찍혔고 장수환 대표까지 알게 되었다. 사진과 영상만으로는 그날의 자세한 정황을 알 수는 없었다. 그저 이연이 우진을 찾아왔고 둘이서 대화를 나누는 장면, 그리고 우진이 떠난 자리에서 멍하니 있던 이연의 모습이 다였다.

하지만 이 장면만으로도 하나의 이야기를 만들기에는 충분했다. 누구에게 유리하고 불리하게 만드느냐는 기자들의 펜이 결정할 문제였다. 장수환 대표는 이미 무너져 가는 사람과 우진을 더는 묶고 싶지 않았다. 유불리를 따져가며 기사를 만들고 이미지를 개선할 필요도 없었기에 그냥 돈으로 언론사의 입을 막았다.

결론적으로 더는 추락할 곳이 없을 정도로 몰락한 이연에게는 고마운 일이었다. 언론의 무관심과 하루라도 빨리 대중에게 잊히는 것을 바라던 그에게 장 대표는 최고의 선물을 준 셈이었다. 반대로 우진은 혹독하게 야단을 맞아가며 사진을 유심히 노려보았었다.

그 결과 어디에서 찍고 있는지 대충 짐작했지만, 우진은 반쯤 포기한 상태였다. 항의한다고 해서 그들이 사라질 것도 아니고 위치만 바꿔 더 교묘하게 따라붙을 것 같아서다. 차라리 파악 가능한 곳에 두고, 이쪽에서 대비하고 조심하는 게 나았다.

그랬던 우진이 김광식을 찾아간 데는 이유가 있었다.

미국에서의 모든 촬영을 끝내고 한국으로 돌아온 우진은 일상으로 복귀했다. 이제는 그의 일상이 남들의 평범함과 많이 달라져 있었지만, 미국에서의 생활과 비교하면 오랜만에 찾은 평화이고 휴가였다.

새 학기가 시작한 지 십여 일이 지났고, 이제 우진도 4학년이 되었다. 예전과 비교하면 수업이 적어서 확실히 여유 시간도 넘쳤다. 휴학한 친구들이 많은 만큼 복학한 선배들이 그 자리를 채웠는데 대부분 우진이 모르는 이들이었다. 딱히 그들에게 시간을 할애할 친분이 없다 보니 더욱 시간이 남아돌았다.

진로 때문에 잠시 휴학을 고민했던 현민은 학업을 계속 이어가기로 했다. 많은 고민 끝에 대학원 진학을 결정했기 때문이다. 우진을 위해서 수업을 착실히 챙기고 필기와 강의 내용을 녹음한 것을 다시 듣고 하다 보니, 학문에 관심이 커지고 재미를 느낀 것이다.

대학 후의 진로를 고민하는 친구들과 선배들 사이에서 우진은 상대적으로 여유로운 시간을 보낼 수가 있었다. 시기만 달랐을 뿐, 우진도 그들과 같이 치열한 시간을 보낸 적이 있기에 최대한 방해가 되지 않으려고 노력했다.

그러다 보니 남은 시간 동안 집에 있는 경우가 많았다. 대부분 일리야에게 보여주기 위해 자신의 글을 영어로 번역하는 데 쏟았고, 아니면 배에 우사를 올려놓고 소파에 누워 TV를 보았다. 어제도 그런 하루였다.

◆　　◆◆◆　　◆

우진의 배 위에서 잠을 자고 있던 우사는 경쾌한 피아노 선율에 귀를 쫑긋하고 잠에서 깼다. 우진도 앤드 테이블 위에 있는 우희의 폰을 보았다. 동생이 잠시 2층에 올라간 사이에 전화가 온 것이었다. 그냥 무시하고 가만히 있는데 전화가 끊이지 않고 계속 울렸다.

우희는 내려올 생각을 않고 전화는 계속 울려서 우진은 팔을 뻗어 폰을 집어 들었다. 안 받으면 잠시 후에 할 것이지, 누가 이렇게 계속 집요하게 전화를 거나 이름만 확인할까 싶었다.

그런데 폰을 보자마자 제일 먼저 보이는 것은 더스틴의 얼굴이었다. 우희가 더스틴과 함께 찍은 사진을 배경 화면으로 넣은 것이다. 그냥 온갖 배경 화면을 더스틴의 사진으로 도배해서 보고 싶지 않아도 볼 수밖에 없었다.

"촌스럽게 이게 뭐야?"

아니꼬운 눈길로 잠시 더스틴을 보던 우진의 눈을 사로잡은 것은 전화를 건 이의 이름이었다.

꼴통.

우진은 자리에서 벌떡 일어나 앉았다. 그 바람에 놀란 우사가 우진의 배에서 내려와 허벅지에 다시 자리를 잡고 누웠다.

"꼴통이 누구야?"

마침 2층에서 내려온 우희에게 폰을 돌려주며 우진이 물었다. 혹시나 예전부터 우희를 소개해 달라고 했던 것들인가 싶어서 대번에 신경이 날카로워졌다.

"있어. 염치도 없고 지식도 없는 아가씨."

"여자야?"

여자라면 일단 그놈들은 아니라는 생각에 우진의 목소리가 누그러졌다.

"여자면 괜찮고?"

"염치없는 놈보다는 괜찮겠지."

"짜증 나는 건 누구든 다 똑같아."

대화 도중에도 계속 울리는 벨 소리에 우희는 한숨을 내쉬었다. 정말 싫었으면 꼴통이라고 부르기 전에 차단부터 했을 텐데 그건 또 아닌 걸 보면 아주 싫은 상대는 아닌 것 같았다. 잠시 고민하던 우희는 결국 전화를 받는 걸 선택했다.

"왜 또 전화야?"

동생의 짜증 섞인 불퉁한 목소리에 우진은 상대가 누구인지 궁금해졌다. 저런 식으로 전화를 받을 거면 아예 무시해 버리는 게 우희의 성격인데, 보면 또 일일이 다 받아주고 있었다.

"사람이 전화를 못 받으면 다른 바쁜 일이 있는가 보다 하고 다음에 전화할 생각은 안 하니?"

부재중 전화가 세 번인 것을 보고 우희가 혀를 찼다.

"츤데레 아니라니까! 야, 너는 한국말도 잘 모르면서 어디서 일본 신조어는 잘도 안다? …칭찬한 거 아니야!"

답답한지 가슴을 치는 우희를 보며 우진은 잘들 논다고 생각했다.

"우사야, 꼴통은 신경 안 써도 되겠다."

상대가 누구인지는 몰라도 우희가 계속 대거리해 주는 걸 보면 걱정하지 않아도 될 듯싶었다. 고등학생일 때도 관여하지 않은 동생의 대인관계를 대학생이 된 지금 새삼스럽게 참견할 생각은 없었다. 우진은 무릎에 앉은 우사를 들어 다시 소파에 누우려고 했다.

"우진 학생 바빠?"

뻔히 소파 위에서 고양이와 늘어져 있는 것을 보면서도 아주머니가 조심스럽게 다가와 물었다.

"아니요. 뭐 도와드릴까요?"

집안일을 하는 아주머니가 두 분이지만, 간혹 힘을 써야 하는 일이 있으면 우진이 도와주곤 했다. 자연스럽게 묻는 말에 아주머니는 웃으며 고개를 저었다. 하지만 왠지 낯빛이 좋지 않아서 우진도 덩달아 조금 심각해졌다.

"이틀 전에 집 안 대청소를 한 적이 있었잖아."

"그랬죠."

우진이 시상식 참석과 추가 촬영으로 미국에 있는 동안 어머니는 집 안 인테리어를 바꿨다. 큰 공사는 아니었지만, 인테리어가 끝나고 봄맞이를 겸해서 집 안 대청소를 업체에 맡긴 것이 이틀 전이었다.

"그날 사람들이 제법 많이 와서 나와 김 씨는 그분들 식사와 간식거리 마련하느라 바빴거든. 그래서 사실 사람들을 일일이 체크하지 못했어."

무얼 말하려는지 몰라도, 아주머니는 변명 같지만 나름의 이유가 있었음을 말하며 이해부터 구했다.

"그날은 어머니도 휴가 내고 집에 계셨잖아요. 아주머니들이 책임질 일은 없으세요."

우진과 우희는 집에 없었지만, 어머니가 있었기에 무슨 일이 있어도 일하는 분들을 탓할 상황은 아니었다. 그렇게 억지를 부릴 사람은 이 집에는 없었다.

"그래도 사모님이 2층은 내게 맡기셨거든……."

"귀중품이라도 사라졌나요?"

그러기엔 우진이 기억하는 범주에서 사라진 물건은 없었다.

"정작 비싼 것은 그대로인데……."

"아, 그럼 괜찮아요."

평소에도 어딜 가든 우진의 물건들이 사라지는 일은 다반사였다. 황이영이 화를 내기도 하고 팬들에게 주의도 주지만 소용이 없었다. 통제를 벗어난 사람은 어디에나 있었다. 여기가 채우진의 집이라는 걸 알고 그의 물건 한두 개를 몰래 챙겨간 사람이 있었나 보다 하고, 우진은 가볍게 생각했다.

"그래도 업체에 항의는 해야 할 테니 아주머니가 없어진 물건 목록 좀 적어주세요."

"항의는 내가 오늘 아침에 했어. 그런데 그쪽에서는 절대 자기 사람들 짓이 아니래. 그도 그럴 게 거기도 부유층 상대로 일하다 보니 사람 관리를 엄격히 하는 모양이야. 잘못해서 소문나면 이 동네에서 일 못 받는 건 자명하잖아. 그런데 듣다 보니까 좀 이상한 소리를 하는 거야."

아주머니가 정말 하고 싶었던 이야기는 지금부터였다.

"그날 청소 업체 사람들이 집에 들어올 때, 한 아가씨가 자연스럽게 같이 들어왔대. 팀장이 여기서 일하는 분이냐고 물으니까 그렇다고 하더라는 거야."

"아가씨요?"

우진의 집에서 일하는 사람은 아주머니 두 분과 일주일에 두 번씩 정원을 관리하러 오는 아저씨 한 분이었다. 아가씨라고 불릴 만한 연령은 이 집에 우희 하나인데 그날은 집에 없었고, 있었더라도 굳이 일하는 사람이라고 말할 이유가 없었다.

"그 말을 들으니까 나도 생각나는 얼굴이 있더라고. 오목조목 귀엽게 생긴 아가씨가 같이 들어와서 나는 또 그쪽 사람인 줄 알았거든. 아마 사모님도 그렇게 생각했을 거야."

아무도 의심하지 않고 자유롭게 집 안에 들어온 사람이 하나 있었다는 말에 우진은 어이가 없었다. 누구를 탓하기보다는 생각지도 못한 허점을 찔린 기분이었다. 상황이 어수선한 틈을 타서 이용한 상대의 영악함과 대담함도 놀라웠다.

"아무래도 난 그 아가씨가 의심스러워."

"없어진 제 물건들이 뭐가 있는데요?"

"이번에 청소하기 전날 우진 학생이 버리라고 정리해 둔 박스하고, 현민 학생하고 만든 화보 한 권이 사라졌어."

화보만 빼면 버리려고 모두가 치워놓은 물건들이었다. 그래서 사라진 게 당연했고 아무도 신경 쓰지 않았다. 그러다 아주머니가 오늘 분리수거와 함께 쓰레기를 버리려다가 알아차린 것이다. 청소 업체에 강하게 따지지 못한 이유가 화보 한 권만 빼면 사라진 게 쓰레기라서 화를 내기도 민망했다.

"잠깐, 나도 없어진 거 있어요."

통화를 끝내고 한쪽에서 두 사람의 대화를 조용히 듣고 있던 우희가 생각났다는 듯 손을 번쩍 들며 끼어들었다.

"네 것도?"

"응! 오빠한테 받은 쪽지를 모아둔 상자 있잖아, 오빠도 알지? 그런데 그게 이번에 없어져서 난 청소하던 분이 쓰레기로 착각하고 버린 줄 알았어."

우진은 가끔 동생에게 할 말이 있으면 포스트잇에다가 적어서 방문이나 냉장고에다 붙여놓곤 했다. 폰이 없던 어릴 적부터 해오던 버릇이었다. 그걸 버리기도 뭣해서 우희는 언젠가부터 작은 상자에다 하나씩 모아두었다. 편지가 사라진 요즘 시대에 이런 손글씨 메모 하나도 왠지 운치가 있어 좋았다.

"버릴 물건들은 박스에 넣어서 한쪽에다 확실히 치워놨었어.

그것 말고는 버릴 게 없다고 일하기 전에 분명히 말해둬서, 실수로 버린 물건은 없을 거야."

흑심을 품고 몰래 훔친 것이 아니라면 청소 업체에서 함부로 물건을 버리지 않았다는 건 아주머니가 보증할 수 있다는 말에 우진과 우희의 표정이 심각해졌다. 무방비한 상태에서 낯선 이가 주거침입을 했는데도 아무도 몰랐다는 게 말이 되지 않았다.

"물론 이번에는 특수한 상황이었지만, 앞으로 조심해야겠네요. 혹시 그 사람 CCTV에 찍혔을까요?"

"찾아봤는데 교묘하게 카메라가 있는 쪽으로는 하나같이 얼굴을 돌렸더라고. 꼭 CCTV가 어디에 있는지 아는 것처럼 말이야."

많지는 않지만, 팬이라고 자처하는 사람들이 가끔 우진의 집에 찾아오거나 주위를 배회하는 일이 있었다. 쓰레기봉투까지 뒤지는 바람에 아주머니가 수거차가 오는 시간에 맞춰 쓰레기를 버리고 있었다. 그들이라면 외부에 설치한 CCTV의 위치가 어디 있는지 정도는 잘 알고 있을 터였다.

"외부는 몰라도 내부에도 몇 개 있잖아요. 거기에는 찍혔겠죠."

현관 입구와 거실에 있는 CCTV를 언급하자 아주머니는 고개를 저었다.

"그래서 더 심각하다는 거야. 마치 거기까지 알고 있는 것 같았거든. 한두 번도 아니고 카메라에 계속 등만 보이는 거 있지. 그 앞을 지날 때면 게걸음이나 뒷걸음으로 절대 앞쪽으로 돌아서서 가지 않는 거야. 방금 그걸 확인하는데 온몸에서 소름이 돋아서 혼났다니까."

단순히 대범한 팬의 일탈 행위인 줄 알았는데 이야기를 들을 수록 점점 가볍게 넘길 상황이 아니었다.

"처음에는 내가 아무것도 아닌데 예민하게 구나 싶었어. 그런데 청소 업체가 하는 말도 있고 CCTV까지 확인해 보니까, 이건 그냥 넘어갈 일이 아니다 싶더라고."

쓰레기 박스 하나 없어진 일이야 대수롭지 않게 넘길 수 있었지만, 이 집에서 몇 년 일하다 보니 그녀도 일반 팬과 광팬을 구분하게 되었다. 그리고 후자가 얼마나 무모하고 대책이 없는지 경험상 알기에 그냥 넘길 수가 없었다.

우진과 우희 역시 아주머니의 이야기를 심각하게 받아들이고 CCTV를 확인해 봤다.

아나나 다를까, CCTV를 확인한 순간 두 사람은 할 말을 잃었다. 주거침입자는 분명 카메라의 위치를 파악하고 움직이고 있었다. 외부 CCTV라면 이해하지만, 내부에 있는 카메라의 위치까지 알고 있다는 말은 아주머니의 추측대로 이번이 처음이 아니라는 뜻이다.

"예전엔 어떻게 들어왔을까?"

"이번처럼 사람들 속에 섞여서 들어왔겠지. 처음에는 와서 정찰만 했을 거야. 몇 달만 지나면 영상은 지워지고, 특별한 짓을 하지 않으면 오늘처럼 우리가 CCTV를 확인할 일은 없을 테니까."

재작년과 작년에 부모님 생신과 회사 일로 여러 번 집에서 파티를 연 적이 있었다. 당시 초대한 사람 수가 제법 되어서 가사와 파티 도우미를 따로 고용한 적이 있었다. 그중의 한 명이 문제의 여인일 수도 있고, 이번처럼 휩쓸려 들어왔을 수도 있었다.

여태껏 팬이라고 무작정 찾아오는 사람들만 조심하고 경계했지 이런 식으로 접근할 줄은 상상을 못 했다. 이 정도라면 극성팬들 중에 주의할 인물로 뽑혀서 이미 우진도 아는 사람일 가능성이 컸다.

하지만 CCTV로는 상대를 정확히 알아보기 힘들었고 아직은 심증만 있을 뿐, 확실한 증거가 없었다.

"적어도 얼굴이라도 알면 좋겠… 아!"

우진은 문득 또 다른 CCTV가 떠올랐다. 물론 그의 의지로 설치한 것은 아니지만, 거의 CCTV의 역할을 하는 카메라가 어디에 있는지 알고 있었다. 바로 집 앞 건너편 옥상에 자리한 카메라였다.

그곳에서 나온 사진과 동영상을 보면 멀리서 확대했는데도 선명하고 뚜렷한 게 CCTV의 화질과는 비교가 되지 않았다. 생각나는 김에 앞집을 찾아가려다가 오후가 다 되는 시간이라 포기했다. 그리고 다음 날 늦은 오전에 김광식을 찾아가게 된 것이 이일의 전말이었다.

재미있는 것은 모자를 쓰고 앞집에 찾아가 옥상에 있는 기자님을 만나러 왔다고 말하니 바로 문을 열어주었다는 점이다.

인터폰을 받은 사용인은 우진에게 열쇠를 안 가져왔냐며 짜증을 내면서 대문을 열어주었다. 아마도 우진을 기자로 오인한 것 같았다. 제대로 사람을 확인하지 않고 문을 열어주는 것은 이 집도 저 집도 마찬가지여서 헛웃음이 나왔다.

드라마에서 악역들이 주인공 집에 쳐들어가 깽판을 치면 처음이야 그렇다 쳐도 왜 다음에도 계속 문을 열어주나 의문이었는데, 현실에서도 크게 다르지 않았다. 비록 우진이 깽판을 치러온 악역은 아니었지만, 집에서 일하는 사람이 여럿이다 보니 서로에게 떠밀다가 경비가 해이해지는 경향이 있는 듯했다.

그리고 옥상에서 만난 기자에게 얻은 영상에서 문제의 여자를 발견하고 우진은 일소를 터뜨렸다. 청소 업체 사람들 사이로 섞여 들어오는 사람들 사이로 낯이 익은 얼굴을 발견했기 때문이다.

그날뿐만 아니라 다른 날 영상에서도 그녀는 자주 등장했다. 정말 무던히도 우진의 집을 찾아오고 몇 시간 동안 주위를 배회하는 모습이 다른 누구보다 많이 잡혔다. 비단 그녀 하나만이 아니었다. 정도의 차이가 있다뿐이지, 이렇게 영상으로 쭉 지켜보니 참으로 많은 사람이 아깝게 시간을 낭비하고 있었다.

우진의 집은 너무 많이 알려졌고 주택이라 접근성이 좋았다. 그래서 행여 우진과 만날 기회가 생기지 않을까 기대하며 계속 찾아오는 것이다.

"이번에 그냥 독립이나 할까?"

열 번 찍어 넘어가는 것은 나무이기 때문이다. 대상이 나무에서 사람으로 바뀌면 그건 범죄라는 걸 사람들은 알아야 했다. 더욱이 나무조차도 잘못 찍으면 벌금을 내야 하는 게 현실이었다.

◆   ◆◆◆   ◆

"여린아, 채우진 독립했대!"

화장품 매장에서 함께 아르바이트하는 친구의 말에 이여린은 무표정한 얼굴로 이미 알고 있다고 답했다. 파트타임이 끝나서 옷을 갈아입고 있는 그녀 앞에서 친구는 놀라는 표정이 지었다.

"방금 나온 기사라서 아무리 너라도 모를 줄 알았는데 알고 있었어?"

"이미 사흘 전에 이사했는데 이제야 기사가 난 거야."

"우와~! 넌 대체 채우진에 대해 모르는 게 뭐냐?"

같이 채우진을 좋아하고 소원바라기 회원인 것도 같은데 유독 이여린의 정보력은 남달랐다. 누구보다 먼저 정보를 취득하는 것은 물론이거니와 가끔은 아주 개인적인 소식까지 알고 있어서 놀랄 때가 많았다.

"그런데 알바는 왜 그만두는 거야? 너 돈 필요하다고 하지 않았어?"

"다 모았어."

"벌써?"

"애초에 많이 필요한 것도 아니었어. 언니하고 같이 살기 싫어서 독립할 자금만 필요했거든."

독립하려고 휴학까지 하면서 아르바이트를 시작한 사람의 입에서 나온 대답치고 뭔가 당당한 기세가 느껴졌다. 그런데 문득 이여린이 갈아입은 티셔츠에 눈길이 갔다. 하얀 티셔츠는 깨끗했지만 오래돼서 목이 늘어나고 볼품이 없었다. 게다가 소매에는 남색 페인트까지 묻어 있었고 무엇보다 옷이 남성복인지 이여린에게 많이 컸다.

"이 옷은 또 뭐야?"

"남자 친구 옷인데 버린다기에 그냥 내가 챙겼어. 편하게 입고 다니기 좋거든."

"너 남자 친구 있었어?"

이여린을 알고 지낸 지 2년이 되었지만, 그녀에게 남자 친구가 있다는 이야기는 오늘 처음 안 사실이라 친구가 놀라 물었다. 피식거리는 이여린에게서 얼마 전까지 찾아보기 힘들었던 여유가 보였다. 조금은 신경질적이고 바싹 날이 섰던 그녀가 요 며칠 이상하게 자꾸 웃고 너그러워진 것 같았는데, 그게 남자 친구의 영향인가 싶기도 했다.

"응."

티셔츠 위에 카디건을 걸치면서 이여린은 당당하게 대답했다. 남자 친구와 약속이라도 있는 듯 그녀는 바쁘게 움직였다. 부산스럽게 사물함에서 가방을 꺼내다가 결국 열린 가방에서 책 한 권이 떨어졌다.

"와! 너 이거 어떻게 구했어?"

이여린의 가방에서 떨어진 책은 채우진이 친구와 함께 만들었던 한정판 화보인 '함께 그리다'였다.

"그때 너도 못 구해서 엄청 속상해하지 않았어?"

수요와 비교했을 때 너무 소량으로 생산한 화보는 프리미엄이 붙어도 바로 판매되는 바람에 정말 운이 좋지 않고는 웬만해선 구하기가 힘들었다. 당시에 지방에 계신 부모님 댁에 있었던 이여린도 채우진의 화보를 놓쳐서 친구와 처지가 같았다.

"그런데 이거 채우진 자필 사인 아니야?"

원래 화보 안쪽에 사인이 있기는 하지만 그것은 채우진의 사인을 인쇄한 것이었다. 하지만 이것은 화보 표지에 굵은 펜으로 크게 직접 쓴 사인이 있었다. 예전에 소원바라기에서 가온의 디자이너가 채우진의 어머니에게서 받았다고 인증한 화보와 같았다. 따로 인쇄해서 친인들에게만 돌렸다는 그게 분명해 보였다.

재빨리 표지를 넘겨 안을 확인해 보니 역시나 초판 2쇄라고 쓰여 있었다.

"이건 인터넷에 아예 올라오지 않아서 돈 있어도 못 구하는데 어떻게 된 거야?"

원래는 2쇄가 가치가 없어야 하는데, 이번에는 채우진이 친한 이들에게 나눠주기 위해 별도로 뽑았다는 상징성과 그의 친필 사인이 직접 새겨져 있다는 데에 의미가 있었다. 1쇄도 구하지 못하는 판에 어떻게 이것을 구했는지 도저히 이해가 되지 않았다. 그러다 퍼뜩 이여린의 주변에 채우진의 친인이 있는 게 아닌가 하는 생각이 들었다.

채우진에 대한 정보가 빠른 것도 그에 기인한 것이 아닌가 싶었다. 하지만 이여린은 뜻밖의 대답을 했다.

"남자 친구가 줬어."

"이걸?"

존재하는 줄도 몰랐던 이여린의 남자 친구 이야기를 몇 분 사이에 두 번이나 들었다. 호기심에 붙잡고 더 물어보려고 했지만, 그녀는 바쁘다고 친구에게서 화보를 뺏어 가방에 도로 넣었다.

"남자 친구 만나러 가는 거야?"

"당연한 걸 뭐 하러 물어."

의미심장한 표정을 지으며 이여린은 유난히 당당해 보이는 자세로 휴게실을 나갔다. 혼자 남은 친구는 남자 친구라니 좋겠다며 툴툴거렸다.

"잠깐! 그런데 그 티셔츠 어디서 많이 본 것 같은데……."

왼쪽 소매에 묻은 남색 페인트 자국이 분명 기억에 있었다.

"아, 슬리퍼 청년!"

소원바라기라면 우진이 슬리퍼 청년이었을 때 입었던 티셔츠를 모를 리가 없었다. 최근에는 LA에서까지 입고 있는 게 사진에 찍혀서 황 코디가 욕을 많이 먹기도 했다. 예쁜 옷만 입어도 평생이 부족할 판에 뭔 짓이냐고 말이다.

"그거 이번에 확실히 버렸다고 말했었는데… 에잇, 설마."

아마도 채우진의 팬인 이여린이 마침 남자 친구의 티셔츠도 있겠다, 일부러 똑같이 만들어서 입은 모양이라고 고개를 저었다. 자신만 해도 소매에 묻은 페인트 자국 모양까지 기억하고 그릴 수가 있었으니 이여린이라면 오죽할까 싶었다.

그녀는 잠시 머릿속을 스친 생각에 고개를 저었다. 정황이 조금 맞아떨어진다고 해도 너무 지나친 상상은 망상이었다.

◆　◆◆◆　◆

혼자 사는 집치고는 평수가 너무 크다고 투덜거렸지만, 모두의 주장에 의해서 채우진은 현재 장수환 대표가 마련해 둔 오피스텔로 이사 온 상태였다.

혼자 살아보고 싶다는 우진의 말에 처음엔 부모님이 반대했지만, 그의 설명을 듣고는 허락할 수밖에 없었다. 예전에 이연이 일으킨 교통사고도 그렇고, 이번 주거침입도 다행히 큰 사건으로 이어지지는 않았지만 앞으로 이런 일이 없으라는 법이 없었다.

아무래도 집안 행사가 많고 드나드는 사람이 많다 보니 그들 전부를 일일이 통제할 수 없다는 문제점이 가장 컸다. 담 하나만 건너면 채우진을 볼 수 있다는 허망한 기대로 찾아오는 사람들을 단념시키기 위해 견고한 성으로 잠시 도피하고 싶다는데 말릴 수가 없었다.

무엇보다 부모님은 문제의 여성이 우희의 방에까지 들어갔다는 이야기에 간담이 서늘해지며 정신이 바싹 들었다. 이대로는 안 되겠다는 생각에 우진이 나가 사는 동안에 본가는 본가대로 경비 문제를 보완하기로 했다. 거기까지 합의하는 데는 별다른 잡음이 없었다.

그들이 문제에 봉착한 것은 우진이 살 집에 대해서였다.

부모님은 이번 기회에 우진이 집을 한 채 구하는 것이 좋겠다는 의견이었다. 현재 그는 개런티와 광고 출연료를 그냥 적금으로 묶어둔 상태였다. 그럴 바엔 이번 기회에 집을 장만하는 것이 어떠냐는 의견이 우세했다. 그 사이에 끼어든 우희는 뭐니 뭐니 해도 건물주가 최고라고 제 주장을 밝혔다.

보안과 전망이 좋은, 무리하더라도 투자가치가 있는 곳을 고르는 부모님을 보며 우진은 당황했다. 우진의 계획은 우선 도피할 곳을 찾는 것이지 앞으로 계속 살 집을 마련하는 게 아니었기 때문이다.

어느 정도 정리가 되면 다시 본가로 돌아오든지 아니면 차분하게 집을 찾아보는 걸 원했다. 지금은 하루라도 빨리 독립해 나오는 것이 중요했기에 신중히 집을 고를 여유가 없었다. 우진의 주장에 부모님은 아쉬워하며 이번에는 전세와 월세를 두고 고민했다. 그 와중에 우희는 월세는 너무 돈이 아깝다고 계산기를 두들겼다.

어떻게 된 게 가족들 의견이 하나같이 다 달라서 보다 못한 장수환 대표가 해결책을 내놓았다. 회사 소유의 오피스텔 하나를 내준 것이었다. 주로 소속 연예인들에게 제공해 주는 곳으로 직전까지는 아이돌 그룹이 살았었다. 최근 개인 활동이 늘어나면서 각자 따로 살게 되어 오피스텔이 비게 되었는데, 그곳을 우진 혼자 쓰라고 내주었다.

한류 아이돌 스타가 살았을 정도로 보안이나 경비가 좋은 건 이미 입증이 된 상태였다. 보안 카드가 없으면 엘리베이터를 이용할 수 없었고 주차장에는 항시 경비원이 대기하면서 드나드는 차들을 철저히 관리했다.

극성스럽기로 유명한 사생팬들조차 이곳을 통과하지 못한 것으로 유명했다. 평수에 따라, 라인별로, 층마다 사는 가구가 달랐지만, 펜트하우스에 사는 우진의 층에는 딱 두 오피스텔만 있었다. 그리고 엘리베이터는 펜트하우스 전용으로 두 오피스텔의 거주자만이 사용할 수 있었다.

"이런 곳은 절대 못 오겠죠?"

펜트하우스 전용 엘리베이터 보안 카드를 강호수에게 주며 우진은 비장하게 말했다.

"그래도 너무 안심하지는 마."

"설마 이런 곳까지 들어오지는 못할 거예요. 집은 이래저래 출입하는 사람이 많아서 일일이 관리할 수 없지만, 이곳은 오가는 사람이 한정되어 있으니까요."

집은 행사나 공사가 있으면 수시로 드나드는 사람이 많아서 그들을 모두 관리하기가 어려웠다. 반면 이곳은 가족과 회사 사람 말고는 올 사람이 없었다. 기껏해야 AS, 혹은 택배 기사나 음식 배달원 정도일 텐데, 그 정도는 우진의 시야에서 벗어날 가능성이 없었다.

"겸사겸사 혼자 살아보고 싶어서 그러는 거예요. 안 그럼 저 결혼할 때까지 독립은 요원했을걸요."

너무 걱정이 앞서는 강호수에게 우진은 넉살을 떨었다. 그의 말대로 이번 기회가 아니었으면 독립은 꿈도 못 꿨을 것이다. 그렇다고 극성팬인지 스토커인지 모를 상대가 고맙다는 이야기는 아니었다.

"그냥 접근 금지 처분을 신청하는 게 좋지 않을까?"

"종종 눈에 거슬리는 행동을 한 분이지만 일단은 팬이고, 한 번의 잘못으로 그러기에 너무 가혹하잖아요. 기회는 줘야죠."

"난 왠지 네가 더 큰 수렁을 만들어서 유인하는 기분이 든다."

"아니요. 저는 정말 기회를 주는 거예요. 여기서 그냥 적당히 선 긋고 포기하라고요. 여기를 벗어나면, 더는 팬이 아닌 거죠."

영원히 이룰 수 없는 꿈에 매달려 청춘을 허비하는 것보다는 빨리 현실을 깨닫게 만드는 것도 좋았다. 어쩌면 모질 수도 있겠지만, 우진은 그녀가 하루라도 빨리 포기하고 현실에 충실하기를 바랐다.

"그분이 현실적으로 영리하길 바라야죠."

하지만 유감스럽게도 우진의 희망은 이루어지지 않았다.

집 밖을 나가려던 우진은 새로 이사 들어오는 앞집을 흘끗 보았다. 며칠 전부터 오늘 새로 이사 들어오는 새로운 가구 때문에 소음과 불편이 있더라도 이해해 달라는 공문이 이미 붙어 있었다. 하지만 생각보다 조용해서 집 밖으로 나오기 전까진 이사 오는 것도 깜박하고 있었다.

　새로운 이웃에 대해 궁금했지만, 장수환 대표가 이웃과는 알고 지낼 필요가 없다고 주의를 시킨 터였다. 그래서 이전 이웃과도 인사를 하지 않았는데 새삼스레 이번이라고 다를 이유가 없었다.

　우진은 자신도 그냥 각박한 세상의 한 축이 되기로 했다. 기자에게 자기네 옥상을 내준 이웃을 경험했기에 조심스러웠고, 덕분에 이웃사촌이란 환상 같은 게 없었다. 하지만 미적거리는 바람에 각박한 이웃이 되는 걸 놓치고 말았다.

　"안녕하세요! 혹시 앞집 사시는 분이세요?"

　엘리베이터가 열리고 상자 하나를 손에 들고 내리던 여자가 우진을 보고 뒤에서 인사했다. 이사하는 앞집을 구경하다가 등 뒤에서 들리는 소리에 우진이 뒤를 돌아보자마자, 상대는 놀란 눈을 동그랗게 뜨며 외쳤다.

　"혹시 채… 우진 씨? 정말 채우진 씨가 맞아요?"

　몇 번이나 이름을 부르고 그를 확인하는 상대에게 우진은 예의 바르게 인사부터 했다.

　"안녕하세요. 오늘 새로 이사 오는 분이신가 보군요."

깜찍한 표정을 지으며 놀라는 얼굴을 보고 우진은 살짝 고개를 갸웃거렸다. 깜짝 놀라 흥분한 그녀의 얼굴이 미묘하게 균형이 무너져서 보기에 거슬렸다. 표정을 짓는 게 부자연스럽고 살짝 붓기도 있어서 얼굴이 어색했던 것이다.

"세상에~! 채우진 씨와 이웃이라니 정말 몰랐어요. 어떻게해, 나 지금 생얼인데."

그녀는 손에 상자를 들고 있어서 얼굴을 감싸지 못하는 게 속상한지 울상을 지었다. 우진이 보기에는 가볍게 화장을 해서 절대 민낯으로 보이지 않았지만 모른 척해주었다.

"이것도 우연인데 우리 앞으로 친하게 지내요!"

들고 있던 상자를 바닥에 내려놓고 여자는 손을 내밀었다. 딱히 거부할 이유가 없어서 우진도 그 손을 잡고 악수했다. 이럴 때는 연예인으로서 이미지 관리라는 게 귀찮았다.

"저는 이여린이라고 해요. 앞으로 잘 부탁합니다."

"제 이름은 아실 테지만, 채우진입니다. 저도 잘 부탁드립니다."

혹시 가족과 함께 사느냐고 묻고 싶었지만 우진은 참았다. 그런 개인적인 질문이 오가다 보면 불가피하게 친분이 생길 가능성이 있었다. 그런 시도 자체를 하고 싶지 않은 우진은 인사를 끝내자마자 바로 작별하고 엘리베이터를 탔다.

그리고 닫히는 승강기 문 너머로 자신에게 고갯짓으로 인사하는 이여린에게 마주 인사해 주던 우진은 문득 등줄기가 싸해졌다. 점점 닫히는 엘리베이터 문틈 사이로 보이는 작은 얼굴이 낯이 익다는 걸 이제야 깨달은 것이다.

인상이 미묘하게 달라지고 바뀌어서 대번에 알아보지 못했지만, 그는 예전부터 저 얼굴을 알고 있었다. 팬들이 모인 장소에는 빠진 적이 없으며, 가까이 다가와 몸을 터치하고, 우진의 물건을 몰래 가져가려다가 걸린 적도 있었다. 그리고 청소 업체 사람들과 함께 집으로 들어가던, 김광식 기자의 카메라에 찍힌 얼굴이기도 했다.

그런 인물을 바로 알아보지 못한 이유는 그녀의 얼굴이 바뀌었기 때문이다. 관리를 받은 듯 피부가 많이 좋아졌고, 커진 눈과 오뚝해진 콧날은 물론, 치아의 배열이 예전과 비교하면 놀라울 정도로 고르고 하얘졌다. 우진이 이여린에게서 느꼈던 부자연스러움의 원인은 성형과 래미네이트 때문이었다.

오목조목 예쁘장했던 얼굴이 큰 눈과 코로 인해 시원시원한 미인형으로 바뀐 바람에 이미지가 확 변해 버렸다. 예전에는 개성적으로 예뻤다면 지금은 뛰어난 미인이긴 해도 조금은 흔하게 볼 수 있는 인상이 되어버렸다. 마치 개성적인 연기파 배우가 성형해서 이도저도 아닌 흔한 미인이 되어버린 격이었다.

"이건 몰랐네."

기회를 줬는데 그녀는 더욱 업그레이드되어 그의 앞에 나타나고 말았다. 고급 주택가에서 이웃으로 이사 오는 것보다 오피스텔이 여러모로 부담이 적다는 것을 간과했다. 일단 이웃이 되면 주택보다 접근성이 오히려 더 좋았다. 이곳의 집값이나 월세가 높아도 경제적으로 어렵지 않다면 충분히 그를 따라 이사 올 가치가 있었다.

"정말 갈 데까지 가자는 건가."

아무래도 집 안팎으로 달아야 할 CCTV의 수가 늘어날 것 같아서 우진은 고개를 저었다. 대체 무슨 꿍꿍이로 이곳까지 따라왔는지 궁금해하던 우진의 의문은 굉장히 순진했다. 이제는 이웃이 되었으니 예전보단 점잖게 나올 거란 기대 역시 웃기는 희망이었다.

◆　　◆◆◆　　◆

"어디 나가세요? 방송?"

"네."

"저는 오늘 친구와 약속이 있어서 나가는 길이에요. 아, 걱정하진 마세요. 채우진 씨가 제 이웃이라는 건 절대로 어디 가서 얘기하지 않아요. 그랬다가는 친구들이 우리 집에 놀러오려고 매일 줄을 설 텐데 그건 못 참죠."

단답형의 대답 이후로 우진은 아무 말도 안 하는데 이여린 혼자서 계속 말을 걸었다. 처음에는 우연인 줄 알았는데 우진이 집 밖을 나올 때면 그녀 역시 항상 집을 나와 그와 마주쳤다. 예전 일은 깡그리 없었던 것처럼, 마치 처음으로 채우진을 만난 것처럼 행동하고 있어서 그도 굳이 아는 척하지 않았다.

성형했음에도 우진이 자신을 알아본다면 굉장히 기뻐할 것 같아서, 그건 절대로 피하고 싶기도 했다.

우진이 담담하게 앞만 보고 있자 그녀는 말을 하면서 가방을 뒤적거렸다. 그런데 아무것도 걸리는 게 없는 곳에서 갑자기 다리를 삐끗하며 우진 쪽으로 넘어졌다. 하지만 그는 재빨리 뒤로 물러나면서 그녀와 부딪치는 것을 피했다.

"앗! 저 좀 잡아주실래요?"

무릎을 꿇으며 넘어진 이여린이 우진을 보며 애처롭게 부탁했다. 가녀린 미인의 부탁이라면 웬만해선 들어줄 만한데 우진은 무뚝뚝하게 물었다.

"혼자 일어날 수 없을 정도예요? 그럼 함부로 일으켜 세우면 안 되는데 119 부를까요?"

"아, 아니요. 그 정도는 아니에요."

혼자 일어서며 무릎이 아프다고 칭얼거리는데도 덤덤하게 지켜만 봤다. 지하 주차장에서 우진이 내리자 이여린도 함께 내렸지만, 그녀는 딱히 다른 곳으로 가지 않았다. 마치 무릎이 아파서 못 걷는다는 듯 엘리베이터 앞에서 우진의 뒷모습만 바라봤다.

"아무래도 내가 너랑 같이 살아야겠다."

밴에 타는 우진에게 강호수가 넋두리처럼 중얼거렸다. 그가 알아본 바에 의하면 이여린은 차가 없었다. 차도 없는데 지하 주차장으로 내려올 이유야 뻔했다. 떠나는 밴을 집요하게 바라보는 이여린을 백미러로 확인한 강호수는 질린다는 표정이었다.

하지만 강호수가 함께 살자는 말에 질린 표정을 짓는 건 우진이었다. 모처럼 혼자 사는 재미와 여유를 누리고 있는데 강호수가 들어온다면 생각만 해도 답답할 것 같았다.

"아니면 다른 곳으로 이사 가는 건 어때?"

"그곳까지 따라오면요?"

"하긴, 그런데 이여린 저 여자 좀 이상하더라."

"정상은 아니죠."

"그게 아니라. 내가 알아본 바에 의하면 절대 이곳에, 그것도 펜트하우스를 얻을 능력이 안 돼. 본인은 물론 부모님도 말이야."

월세는 물론 이곳 한 달 치 관리비도 벅찬 형편이었다. 강호수의 말에 우진은 잠시 멈칫하다가 난처한 표정을 지었다. 뭔가 감을 잡은 듯한 우진의 반응에 강호수는 진지하게 의견을 물었다.

"거기까지 알아보고 일단 그만뒀는데 어떻게 할까. 계속 알아봐?"

"제 사생활이 소중하면 남의 사생활도 존중해 줘야겠죠."

"우리 생각이 틀릴 수도 있어."

"무슨 생각이요? 저는 아무 생각도 안 했는데요."

우진이 시치미를 떼는 바람에 강호수는 자기만 나쁜 사람이 됐다고 황당해했다.

"무슨 돈으로 이사 왔는지는 중요하지 않아요. 그녀의 목적이 문제인 거죠."

이 두 가지가 하나로 이어질 수 있다는 가능성을, 이때의 우진은 미처 알지 못했다.

◆　　◆◆◆　　◆

오늘은 DS에서 자체적으로 만들어 운영하는 인터넷 방송에서 인터뷰가 있는 날이었다. DSTV라고, 소속 연예인들이 돌아가며 인터뷰를 하거나 프로를 진행하는데 모두가 실시간으로 방송되고 시청자들과 채팅하며 소통할 수 있었다. 이른바 DS에서 팬 서비스로 진행하는 자체 방송이었다.

"오늘 드디어~! 채우진 씨가 나오셨습니다. 아니, DSTV에서 채우진 씨를 만나기가 이렇게 힘들어서야 됩니까?"

오늘의 인터뷰어는 이진아로, 말이 빠른데도 발음이 분명하고 재치 있는 입담으로 유명한 리포터였다. 개인기를 강요하는 경향이 있었지만, 방송 전에 자제해 달라고 미리 말해둔 상태였다.

"채우진 씨 등장에 채팅방 글 올라오는 속도 좀 보세요. 너무 빨리 휙휙 올라가서 무슨 내용인지 읽을 수가 없네요."

"멘트 길게 늘어놓지 말고 빨리 인터뷰나 하라는데요."

"헉!"

하필 우진의 눈에 띈 것이 그런 내용이라서 이진아는 과장되게 울상을 지으며 카메라를 향해 큐카드를 흔들어 보였다.

"여러분, 저도 오늘 채우진 씨를 직접 만나본 게 처음이라고요. 이해해 주세요."

"처음인가요? 전 왜 우리가 몇 번 만난 것 같죠?"

"제가 전에 '그림자의 도시' 촬영장을 취재 나갔을 때 채우진 씨는 안 계셨거든요. 소문에 의하면 개인기가 두려워서 도망가셨다는 말이 있었지요."

"아~! 그때 OST 녹음이랑 겹쳐서 만나지 못했네요. 운이 좋았지요."

나중에 방송으로 '콩나물 무쳤냐' 라고 개인기를 하던 강민호를 보고 안심했던 것이 새삼 기억이 나서 우진이 활짝 웃었다.

"그리고 시상식에서 스치면서 본 적은 몇 번 있었어요. 제가 간절히 이름을 불렀는데도 그냥 지나가시더라고요."

이진아는 손가락으로 휘리릭 지나갔던 우진을 표현했다. 우진은 다음에는 꼭 아는 척해주겠다고 그녀와 손가락을 걸고 약속했다.

"여기 어떠세요? 우리가 채우진 씨를 위해 특별하게 꾸몄는데 마음에 드세요?"

이진아의 말에 우진은 새삼스레 주위를 둘러봤다. 뒤쪽에는 그가 나왔던 영화와 드라마의 한 장면을 확대한 사진을 넣은 액자들로 장식되어 있었다. 그런데 그중에서 가장 크게 만든 액자 하나가 눈에 띄었다. 바로 얼마 전에 애프터 파티에서 우진이 더스틴과 찍은 사진이었다.

"저 사진만 유난히 크네요. 부담스럽게."

"가장 최근 사진이고 무엇보다 잘생긴 남자가 원 플러스 원으로 있잖아요."

이진아의 설명에 채팅방이 순간 폭주했는데 대부분 그녀의 의견에 공감하는 내용이었다.

"어? 만약 더스틴과 여동생이 결혼한다면 허락하실 거냐고 물으신 분이 계시네요."

"그분 누굽니까. 그런 쓸데없는 상상은 버리세요."

"쓸데없는 상상인가요?"

"네. 그럴 리도 없지만 혹여나 그런 비극이 일어난다고 해도, 제 눈에 흙이 들어와도 안 됩니다."

증손녀 사윗감으로도 위태로운데 동생 남편은 상상도 할 수 없는 일이었다. 하지만 사람들은 더스틴 정도면 괜찮지 않으냐는 반응이었다. 무엇보다 두 사람이 친하기에 정색하는 우진이 이상해 보이기도 했다.

"친구 좋아하고 너무 잘생겨서 여자들한테 인기가 많잖아요.

누구 마음고생 시킬 일 있습니까!"

"그럼, 말 나온 김에 평소 매제 감으로 생각해 둔 기준은 있으세요?"

"당사자 의견이 가장 중요하겠지만, 사람은 역시 인품이죠. 거기에 적당히 인물 좋고, 식구 부양할 능력과 가정에 충실하고, 몸과 정신이 건강하고, 동생과 취미 생활도 함께할 수 있고, 이왕이면 음식 솜씨도 어느 정도 있고, 유머러스하고 고양이도 좋아하는……."

"자, 잠깐이요! 너무 구체적이잖아요. 혹시 본인 이상형 이야기 아닌가요?"

"아니요. 그냥 동생이 그런 사람을 만났으면 좋겠다는 제 작은 바람입니다."

"절대 작지 않아요. 동생분 과연 결혼은 할 수 있을까요?"

이진아의 말에 모두가 한결같이 우희의 독신 확정을 위로했다. 천하의 더스틴조차도 매제 감으로 탈락인데 대체 누가 그의 기준을 통과할 수 있을지 의심스러웠다. 우진만 다른 이의 반응을 이해하지 못하고 이 정도로 뭘, 하는 표정을 짓고 있었다.

"말이 나온 김에 채우진 씨는 연애 안 하세요?"

"시간도 없고 사람도 없네요."

"흠, 많은 분이 있는데 없는 척하는 거 아니냐고 묻고 계세요."

"기사로 나오지 않았으면 정말 없는 겁니다."

"하긴 요즘 채우진 씨 따라다니는 파파라치들이 장난 아니더라고요. 그래서 독립하신 거예요?"

"그런 셈이죠. 가족들한테도 미안하고, 어떤 기자분이 저보고 독립하라고 권하시더군요. 혼자 살아야지 연애하고, 스캔들 나면 기삿거리 생긴다고요."

우진의 말에 실시간으로 방송을 보던 이들은 누군지 모를 기자에게 악담을 쏟아냈다. 채팅방에 들어온 대부분이 채우진의 팬들이라서 그의 연애 문제에 예민할 수밖에 없었다. 물론 그가 연애한다고 무조건 반대할 생각은 없었다.

똑똑하고, 아름답고, 현명하며, 집안 좋고 착한 여자라면 언제라도 환영이었다. 채팅방 글을 보며 이진아는 팬이나 채우진이나 똑같다고 놀렸다.

"채우진 씨를 보면 마치 인생 2회 차를 사는 것 같다네요."

"인생 2회 차요? 그게 무슨 뜻인가요?"

"대략 전생을 기억한다는 소리예요. 뭐를 해도 능숙하고 잘 해내는 사람들 보고 이번 생이 두 번째 삶이라서 그런다는 거죠."

겨우 이십 대 초중반의 나이임에도 채우진이 보여주는 연기는 삶의 무게감과 깊이가 묻어나 있었다. 그냥 흉내만 내는 게 아니라 진짜 그런 삶을 살아본 것처럼 느껴지는 연기에 감탄이 절로 나왔다. 게다가 연기뿐만 아니라, 무얼 하든 능숙하게 해버리는 능력에 인생 2회 차를 산다는 이야기까지 나온 것이다.

이진아의 설명에 정곡을 찔린 우진은 당황하기보다는 조금은 침울한 표정으로 고개를 저었다.

"한 번 가지고는 안 돼요."

"네?"

"사람이 구백구십구 번은 살아봐야 겨우 철이 들까 말까 하는데 인생 2회 차로는 턱도 없습니다."

우진은 마치 내가 살아봐서 안다는 듯이 말했다. 미국을 다녀온 후로 그는 넉살이 많이 늘었다. 예전 같으면 우스갯소리라도 이런 말을 못 했을 텐데 이제는 웃으면서 할 수 있게 되었다. 하지만 농담이 아닌 것이 그는 한두 번의 전생으로는 사람이 철이 들거나 능력치가 향상된다고 생각하지 않았다.

만약에 그가 바로 직전의 삶인 랜스키만 기억했다면 아마도 지금의 우진은 있을 수 없을 테고, 더 안 좋은 방향으로 나아갔을 것이다. 수많은 전생을 기억함으로써 균형을 이루고 특정한 삶에 집착하지 않을 수가 있었다.

"정말 살아보신 것처럼 말씀하시네요."

"제가 아직 철이 안 든 거 보면 모르세요?"

우진의 대답에 채팅창에는 '그럼 나는?'이란 말과 함께 눈물로 도배가 되었다. 빠르게 올라오고 사라지는 글 사이로 핵심을 찾아내는 일은 쉬운 일이 아닌데도 이진아는 매우 능숙하게 중요 문장들을 잡아냈다. 그리고 그것은 사람들이 가장 궁금해하는 문제였다.

"지금껏 다양한 캐릭터를 보여주셨는데 다음에는 어떤 배역을 하고 싶으세요?"

"글쎄요. 작품 끝낸 지 얼마 되지 않아서 지금은 아무 계획이 없는데 혹시 여러분이 바라는 내용이나 캐릭터가 따로 있을까요?"

딱히 배역을 따지는 편이 아니라서 우진은 팬들에게 자신에게 원하는 것이 무언지 물었다. 항상 자신이 원하는 내용의 작품을 했었는데 한 번쯤은 팬들이 원하는 걸 해보는 것도 나쁘지 않을 것 같았다.

그러나 빠르게 올라오는 글의 내용이 너무 일률적이라 우진이 그중에 하나를 뽑을 이유가 없는 상황이 되어버렸다.

"진한 멜로물이라… 좋긴 좋은데 이분들 제 팬 맞으세요? 보통 팬이라면 키스신도 싫어한다면서요. 여러분은 제게 왜 이러십니까?"

채팅방에 올라온 글들을 읽으며 우진은 난색을 보였다. 한순간에 채팅방이 19금 글로 도배가 되었기 때문이다. 처음에는 단순히 멜로물을 언급하다가 자세한 장면 묘사까지 나오면서 장르가 점점 에로물로 변질되고 있었다.

"팬 맞으시답니다. 어차피 나와 할 수 없는 거, 다른 사람과 하는 거라도 보고 싶다는데 어쩌겠어요. 살색 풍경만큼 아름다운 게 없다는… 이분들 배우신 분들이네요."

"멜로를 글로 배우신 분들도 많으신 것 같은데요."

우진의 말에 채팅방은 'ㅋ'과 'ㅎ'으로 도배가 되었다. 개중에는 영어로 된 글들도 종종 보여서 이진아는 손가락으로 가리키며 우진에게 해석을 부탁하기도 했다. 인터넷 방송이라 외국에서도 접속이 쉬워서 채팅방에는 여러 언어가 뒤섞여 있었다.

"영어가 아니고 프랑스어예요. 'Death hill'로 팬이 되었고, 내년 칸에서 볼 수 있으면 좋겠다고 하셨네요."

해석을 끝내고 우진은 프랑스어로 '고맙습니다. 저도 내년에 칸에서 당신을 만날 수 있었으면 좋겠습니다'라고 대답했다.

"배우신 분은 제 옆에 계셨네요. 아! 이건 영어 맞죠?"

이진아는 우진의 프랑스어 발음에 감탄하는 글 사이로 보이는 외국어를 가리키며 물었다.

"살인자 역은 어떠냐고 물으셨네요. 할 수 있으면 연기도 보여주시랍니다. 한국어를 모르셔서 멜로물 사이에서도 꿋꿋하게 건전한 의견을 내셨군요."

방송은 외국인들을 배려해 영어, 중국어, 일본어로 내용을 간단하게 번역해서 자막을 실시간으로 붙여주고 있었다. 이것만으로도 외국인들은 대충 방송의 내용을 이해하고 따라올 수가 있었다.

"살인자라면 '그림자의 도시'에서 이미 하지 않았나요?"

"루이는 킬러였고, 이분이 말씀하신 것은 그냥 살인자 같은데요."

"똑같은 거 아닌가요?"

"킬러는 직업이고, 살인자는 취미가 살인이죠."

우진의 대답에 이진아는 무섭다며 두 손으로 팔을 쓸어내렸다. 킬러와 살인자 모두 최악이지만 느낌상 후자 쪽이 더 악랄하고 끔찍했다.

"그러고 보면 루이는 순하고 착한 킬러여서 거부감이 적었던 것 같아요."

"그래서 걱정이 많았어요. 킬러 같은 직업이 동정받아선 안 되거든요. 그리고 루이는 순한 게 아니라 감정이 없어서 무감각했던 거죠. 그런 사람은 절대 좋은 사람이 아니에요. 그저 살인을 즐기느냐 아니냐의 차이만 있을 뿐, 사람에 대한 존중과 인정이 없다는 점에서 다 같이 나쁜 사람들이거든요."

우진의 설명에 이진아는 이해할 듯싶으면서도 두 사람의 차이점을 선뜻 알 수가 없었다.

"그럼 살인자 연기 좀 해주실래요? 루이와 비교해 보게요."

이진아의 부탁에 우진은 난처하게 웃었다. 아무런 설정 없이 갑자기 살인자 연기를 해보라고 하니까 어떻게 해야 할지 당황스러웠다. 무작정 무섭고 살벌한 표정을 짓는다고 다가 아니라서 나름대로 배역의 설정을 잡아야만 했다.

"갑자기 살인자라니 멜로에서 너무 건너뛰었네요."

"여기서 멜로를 할 수는 없잖아요. 물론 저는 괜찮지만요."

이진아가 자세를 바로 하고 상대역이 필요하면 언제라도 대기 중이라고 말했다.

"그럼 살인이 취미인 살인자 연기를 해보겠습니다."

두 번 생각할 것도 없이 바로 대답하는 우진을 보며 이진아는 고개를 돌리며 '쳇!' 했다. 그리고 채팅창에서는 물개 박수 치는 이모티콘들이 올라왔다.

"이분들 아까까진 멜로물이 보고 싶다고 하고선!"

우진의 멜로 연기는 보고 싶지만, 지금은 아니라는 사람들의 반응을 보며 이진아가 툴툴거렸다. 이진아가 채팅창의 글들을 챙기며 분위기를 잡는 동안 우진은 빠르게 캐릭터 연구에 들어갔다.

당당하게 말은 했지만 루이와 다른 살인자 연기를 하려면 복잡한 감정 묘사가 필요했다. 짧은 시간 안에 그들의 차이점을 극대화해서 보여주려면 과장도 필요하고 그 안에 짧은 스토리도 필요했다.

최근 우진이 생각하는 살인자의 이미지는 '백의 고백'의 로이드였다. 한국에 와서 다시 한번 '백의 고백'을 읽으며 우진은 로이드의 심리를 분석하는 데 주력했다. 그래야 일리야의 마음을 이해하는 데 조금이라도 도움이 될 것 같아서다.

그러다 보니 살인자 이야기에 자연스럽게 로이드부터 떠올랐다. 딱히 다른 모델이 없다면 로이드를 연기해 보는 것도 나쁘지 않을까 했지만, 이 상황에서는 부적합하다는 걸 느꼈다. 우진이 강조하고 싶은 것은 킬러든 살인자든, 절대 동정받아선 안 되는 자들이란 점이다. 하지만 로이드라는 캐릭터는 아무리 나쁜 짓을 해도 그를 쉽게 미워할 수가 없었다.

그의 결핍이 동정을 사고, 그의 아름다운 외모가 사람을 휘어잡고, 그의 분노가 이해를 받으면서 싫어하기에는 너무 매력적인 캐릭터가 돼버렸다.

과연 자신이 로이드를 연기할 수 있을까 하는 부담감과 하고 싶다는 열망 사이에서, 우진은 상황과 어울리지 않는 캐릭터는 과감하게 포기했다. 대신 로이드에게서 몇 가지 설정만 가져와 연기할 캐릭터에 스토리를 부여했다.

잠시 고민하던 우진이 고개를 숙이자 이진아가 카메라를 바라보며 손가락을 입에다 가져다 댔다. 이 자리에 없는 시청자들이 소리를 내는 일은 없겠지만, 인터넷으로 실시간 방송을 보는 이들 대부분이 이 순간 침을 삼켰다. 쉴 새 없이 올라오던 채팅 글도 서서히 줄어들었다.

고개를 푹 숙인 우진은 두 손을 마주 잡고 계속 꼼지락거렸다. 부산한 손짓이 왠지 불안한 정서를 보여주는 것 같아 조마조마했다. 그러다 불현듯 고개를 든 우진의 얼굴에 시청자들은 멈칫했다. 그들이 상상했던 살인자는 잔인한 인상에 눈빛이 악랄한 인물이었다.

살인자라면 보통 연쇄살인범을 떠올리게 마련이다. 그들이 체포되는 장면을 뉴스로 보면 마스크로 가리지 못한 눈빛만이 머릿속에 둥둥 떠다니곤 했다. 그들의 흐리멍덩한 눈동자에서 흐르는 살기와 차분함이 공포를 자아냈다.

사람들이 우진에게 기대했던 연기도 여기서 크게 벗어나지 않았다. 하지만 고개를 든 채 우진은 그들의 상상을 파괴했다.

눈웃음을 치며 예쁘게 웃는 미소가 너무 아름다워서 정신이 혼미해졌다. 멍하니 보고 있으면 시간이 어떻게 흘러가는지 알 수가 없었다. 붉은 입술이 움찔거리며 무언가를 말하려는 순간에는 보는 사람의 입안이 말랐다.

어쩌면 저렇게 사랑스럽고 아름다운지. 저 얼굴로 무언가를 소원하면 그게 무엇이든지 모두 들어주고 싶었다. 여리고 연약한 어린 짐승 같아서 보호해 줘야만 할 것 같았다. 나비가 아무런 경계심 없이 꽃에게 다가가듯, 시청자들은 저도 모르게 얼굴을 모니터 가까이 가져갔다.

"나비인 줄 알았는데 애벌레처럼 볼품이 없구나, 너는. 재미없게……."

그 순간 우진은 그의 앞에 있는 가상의 존재에게 비웃듯 말했다. 엄지로 다른 손가락 끝을 긁던 것을 멈추고, 점점 일그러지는 눈썹에선 짜증이 물씬 피어올랐다. 처음 순수하고 아름다웠던 그의 얼굴은 어느새 분노와 원망으로 뒤엉켜 있었다.

그것은 재미난 놀이를 방해받은 어린아이의 투정을 닮았고, 기대했던 물건에 실망한 어른의 분노와 비슷했다.

진심으로 눈앞에 있는 가상의 인물에게 화가 나서 미치겠다는 표정이었다. 그리고 그 분노는 광폭하게 변하면서 점점 살기로 변했다. 천사의 얼굴에서 미친 살인마로 변하는 과정이 적나라하게 카메라에 담겼다.

그리고 어느 순간 우진은 번들거리는 눈빛으로 무언가를 해결한 듯 시원하게 웃었다. 처음의 달콤하고 사랑스러운 미소는 여전한데 더는 아까처럼 마음을 흔들지 못했다. 아니, 다른 의미로 시청자들의 마음을 뒤흔들었다. 공포와 절망으로 뒤범벅이 되어서 채팅방은 몇 분 동안 글 하나 올라오지 않았다.

살인자에게 향하는 정의로운 분노도 생기지 않았다. 그저 그들을 잠식한 것은 대항할 수 없는 절대적인 공포였다.

전부 혹은 아무것도 아닌

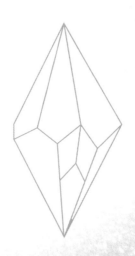

〈현재 할리우드에선 '백의 고백'이 영화로 제작된다는 소문이 돌고 있다. 이 소설의 영화 제작 이야기는 오래전부터 있었으나 작가와 연결이 되지 않아 도중에 무산된 전적이 많았다. 작가와 직접 연락이 되는 출판사 대표는 당시 L. 드미트리가 소설의 영화 제작에는 매우 회의적이라는 의견을 대신 전하기도 했었다.

그래서 이번에도 그와 비슷하지 않겠냐는 의견이 팽배했다. 하지만 이번만은 조금 다를 거라는 업계 관계자의 증언이 나왔다. 일리야 터너가 영화 제작과 관련해 작가를 대신하여 전면에 나서기로 했다는 소문이 있기 때문이다.

관계자의 설명에 의하면 L. 드미트리가 영화 제작에 필요한 모든 전권을 일리야 터너에게 맡겼다는 것이다. 한때 L. 드미트리로 의심받은 과거가 있던 일리야 터너의 등장은 여러 가지로 의미를 지녔다.

엄청난 신비주의를 유지하는 L. 드미트리 못지않게 일리야 터너 역시 대중 앞에 서는 것은 꺼리는 것으로 유명하다. 그런 그가 타인의 작품을 위해 이렇게 앞으로 나선다는 것은 개인적인 친분이 앞서지 않은 이상 불가능한 일이다.

두 작가의 팬덤이 사이가 안 좋기로도 유명한 것과 달리, 정작 당사자들은 원만함을 넘어선 교분을 나누고 있음이 이번 일로 드러나게 되었다. 어쩌면 일리야 터너가 L 본인일 수도 있겠지만, 그런 가능성은 예전부터 희박하다는 의견이 주였다.

이제는 누구도 그런 의견을 내놓지 않게 된 이상, 일리야 터너가 자유로이 L. 드미트리와의 친분을 드러내는 데 꺼리지 않게 된 것 같다는 의견도 많다.

아직 영화 제작에 관련된 자세한 진행 과정은 알려진 바가 없다. 하지만 제작자와 일리야 터너는 '백의 고백'의 주인공인 '로이드'를 캐스팅하는 것을 가장 중요한 사항으로 뽑고 있다고 한다. 이를 위해서 제작자는 대대적으로 오디션을 준비할 계획이라고 전해왔다.)

ㅡ내가 '백의 고백'을 얼마나 좋아하는데 이것들이 작품 망칠 일 있냐? 제발 만들지 마라! 제발!

ㄴ저는 윗분과 반대 의견입니다. 전 정말 로이드라는 인물을 제 눈으로 보고 싶거든요. 로이드가 그린 환상적인 그림도 요즘 기술이라면 충분히 재현할 수 있을 거예요.

ㅡ요는 로이드 역을 할 만한 배우를 찾는 거겠죠. 요즘 영화 제작 기법은 걱정하지 않는데, 배우가 가장 걱정이 되네요.

ㄴ또 출동이네. 고백이 시어머니들. 감독이 알아서 만들게 제발 그

냥 내버려 둬라. 원작 두고 영화나 드라마 만들면 꼭 원작 팬들이 감 나라 배 나라 해서 결국 망쳐요. 지들 때문에 망했는데도 그걸로 또 까는 걸 보면 정말 양심도 없는 것들이라니까.

└어차피 저 영화 미국에서 만들기 때문에 우리가 이러쿵저러쿵해 도 씨알도 안 먹히니 흥분할 필요 없습니다. 그리고 미국 쪽 원작 팬은 우리보다 더하면 더했지 절대 덜하지 않을걸요?

─'백의 고백' 원작 팬들 장난 아닌 거로 유명하지 않나요? 일리야 터너에게까지 덤벼서 그의 팬들하고 맞짱 뜨다 져놓고 정신 승리하는 거로도 유명했죠. 하여튼 로이드로 캐스팅될 배우에게 미리 애도를 보냅니다. 그쪽 동네 시어머니들은 마음에 안 들면 총 들고 덤빌걸요?

└그쪽 원작 팬은 채우진 팬하고 좀 비슷한 것 같더라고요.

└아니요, 제가 보기엔 채우진 팬은 일리야의 팬덤하고 비슷해요. L.의 팬덤은 이리저리 돌아다니며 싸움 거는 쌈닭이고, 일리야 팬은 평소에는 정말 점잖고 매너 있거든요. 그러다가 다른 쪽에서 전쟁 걸 면 피 터지게 싸워서 승리를 쟁취하죠. L.의 팬들이 못 이긴 유일한 상 대가 일리야 팬덤이에요.

└그럼 채우진 팬과 일리야의 팬이 싸우면 승리는 누구?

─'백의 고백'? 그게 뭐예요? 일리야 터너는 또 누구고? 유명한 사 람인가요?

└님, 여기서 이러지 말고 도서관부터 가세요.

'백의 고백'의 영화 제작이 거론된다는 이야기에 미국은 물론 전 세계가 들썩였다. 매번 이야기는 나왔지만, 언제나 제작자 측 에서 설레발을 치다가 작가의 동의도 받지 못하고 무산되곤 했었다. 그러나 일리야 터너가 전권을 이임받아서 제작자와 작가의 가교 역할을 한다는 소문은 이번만은 다를 것 같다는 기대를 품게 했다.

하지만 마냥 반길 수만은 없는 것이 작품이 품고 있던 고유한 분위기와 로이드의 매력을 얼마까지 연출할 수 있을지가 걱정이기 때문이었다.

기대와 우려를 한 번에 받으면서 로이드의 캐스팅 오디션에 모든 이들의 관심이 쏠렸다. 자세한 일정과 조건도 나오지 않았는데 벌써 오디션을 준비하는 배우들도 있었다. 특히나 업계 관계자는 L. 드미트리가 특정 인종으로 로이드를 확정한 바가 없다는 말을 전하면서 큰 파문을 일으켰다.

이는 아시아권 배우도 로이드에 도전할 수 있다는 가능성을 의미했다. 원래 '백의 고백' 원작 팬들 사이에서도 로이드가 아시아계 인물일 거란 설정을 미는 이들이 제법 있었다. 그래서 팬들에게는 달리 놀라운 뉴스가 아니었지만, 아시아계 배우에게는 새로운 희망이 보이는 이야기였다.

그래서인지 젊은 남자 연예인들 사이에서는 '백의 고백'을 읽는 열풍이 불고 있었다.

"씨발, 뭔 놈의 책이 이렇게 어려워?"

"그냥 나처럼 포기해. 그럼 편해져. 게다가 우리한테까지 오디션을 볼 기회가 있을 것 같냐?"

"또 모르지! 빌리지의 도야, 그 새끼도 오디션 봐서 저번에 할리우드 영화 찍었잖아."

"그건 그 새끼가 키 크고 얼굴이 잘생겨서 그랬지, 결코 연기력 때문이 아니야. 나오는 신에 비해 대사도 별로 없었잖아."

다른 이들이 보면 이미 성공한 아이돌인데도 사람이란 게 욕심이 한도 끝도 없는 법이었다. '델리오스'의 이삭은 벌써 할리우드까지 진출한 다른 경쟁자를 보면 초조해질 수밖에 없었다. 할 수만 있다면 오디션에 도전해 보고 싶은데 '백의 고백'이란 소설 자체가 그에게는 너무 어려운 소설이었다.

분명 상업 소설이라고 들었는데 웬만한 문학 서적보다 읽기가 더 어려웠다. 잔인한 묘사는 참을 수 있지만, 어려운 미사여구가 무슨 뜻인지를 몰라서 사전에서 단어를 찾아가며 읽어야만 했다.

오디션은 예전에 포기한 같은 팀의 준하는 이삭의 노력이 가상하면서도 참으로 덧없어 보였다. 그 역시 소설에 너무 어려운 단어들이 많이 나와서 읽는 것을 포기했지만, 인터넷으로 찾아본 '백의 고백'에 관련된 내용을 보면 도저히 자기들 몫이 아니었다.

"그거 원작 팬들이 완전 장난 아니라더라. 오디션 결과 주목하겠다고, 조금이라도 마음에 안 들면 가만 안 있을 거라고 협박하고 난리래."

"그래도 나는 외모는 좀 되지 않냐. 보니까 로이드가 연약하고 아름다운 외모라고 하는데 나 정도면 좀 되지?"

이삭이 손등으로 턱을 받치며 준하에게 상큼하게 웃었다. 뽀얀 피부와 제법 귀엽게 생긴 얼굴이 나쁘지는 않았다. 하지만 외모와 상관없이 가수와 배우는 몸에서 흘러나오는 특유의 분위기부터가 달랐다. 처음 연기를 시작하는 가수가 화면에서 배우들과 어울리지 못하고 겉도는 이유기도 했다. 이삭 역시 어중간한

포지션을 가지고 있었다. 나쁘지는 않은데 왠지 배우로선 부족해 보였다.

물론 데뷔하고 인기를 얻은 이후로 소속사의 케어를 전폭적으로 받으면서 능력과 미모가 한층 향상된 것은 부정할 수는 없었다. 그래서 델리오스의 비주얼 담당으로 이삭은 한 치의 부족함 없이 잘해주고 있었다. 그래도 배우가 가지고 있는 화면 장악력과 카리스마가 아직 그에게선 보이지 않았다.

게다가 '백의 고백'의 로이드는 외모로 해결될 배역이 아니었다. 단순히 여리고 연민을 느끼게 하는 예쁘장한 남자가 아니라는 뜻이었다.

"내가 그 책을 읽다가 포기하긴 했지만 솔직히 넌……."

준하가 말을 하다가 그대로 입을 벌리고 멍하니 한곳을 바라봤다. 준하의 시선을 따라간 이삭 역시 똑같은 표정을 지으며 그들에게 다가오는 한 남자를 보았다. 사람에게서 빛이 난다는 게 이런 것이구나 두 사람은 동시에 생각했다.

"안녕하세요!"

눈이 마주치자 반갑게 인사하는 채우진을 본 준하가 더듬거리며 물었다.

"여, 여긴 뭣 때문에?"

지금 그들이 있는 곳은 DS 카페였다. DSTV와 비슷한 맥락으로 건물 전체에 DS 소속의 연예인들 굿즈 판매와 음식점 겸 카페를 운영하는 곳이었다.

수입 창출의 하나지만, 장수환 대표는 그보단 소속 아티스트의 홍보와 팬들과의 소통을 주목적으로 이곳을 만들었다.

그래서 소속 아티스트들에게 시간이 나면 틈틈이 카페에 놀러 가라고 권했다. 굳이 사람들과 어울리지 않아도 그들이 자리를 잡고 앉아 있는 것만으로도 그곳을 찾은 팬들에게는 충분히 큰 서비스가 될 테니 말이다. 대신 팬들도 아티스트들이 먼저 원하지 않으면 찾아가 사인이나 사진을 요구하지 않는다는 규칙이 있었다.

연예인들은 와서 그냥 편하게 놀다가 가고 팬들은 그걸 지켜보면서 만족하는 시스템이었다. 그러다 마음이 동하면 팬들과 어울려 시간을 보내거나 사인을 해주기도 했다.

연예인들은 사인이나 사진을 요구받거나, 거절할 때마다 들어야 하는 싫은 소리가 없어서 의외로 편한 마음으로 이곳을 자주 찾았다.

하지만 아무래도 DS 카페를 찾는 이들은 아이돌과 그들의 팬이 많았다. 적극적이기도 하고 팬들과 소통이 자연스러운 팬 문화를 가져서 기회를 잘 활용했다.

건물 안에 카페뿐만 아니라 웬만한 실내 놀이 시설이 다 갖추어져 있어서, 한곳에서 많은 것을 해결할 수가 있었다. 여유 시간이 없는 젊고 활기찬 아이돌들에게는 이만한 놀이터가 없었다.

그런 이유로 델리오스의 이삭과 준하도 DS 카페를 자주 이용했다. 어디를 가나 알아보는 사람들이 많지만, 다른 곳과는 다르게 무조건 사인해 달라고 몰리는 사람이 이곳에는 없었다. 스케줄 사이에 애매하게 시간이 남으면 여기 와서 편하게 쉬었다 가기 좋았다.

누구는 사람들이 못 알아봐서 굴욕을 당했다는 에피소드가 있었지만, 적어도 델리오스는 어디 가서 그런 일은 당하지 않을 정도로 유명했다. 하지만 그런 그들조차도 채우진을 직접 본 적은 몇 번 되지 않았다.

같은 소속사라고 해도 활동 분야가 달라서 자주 만날 일이 없었다. 방송을 같이한 적도 없고, 트레이닝과 녹음 등으로 본사 건물을 자주 찾는 델리오스와 달리 채우진은 대표님을 만날 일이 있을 때나 오곤 했다.

인사는 몇 번 했지만, 친해질 계기가 없어서 서로 편한 사이는 아니었다. 무엇보다 이제는 채우진이 연예인 사이에서도 연예인이 돼버린 상태라서 이런 우연한 만남이 놀라울 따름이었다.

"대표님이 자주 이용하라고 권해서요."

작품 활동이 없는 동안에는 DSTV와 카페에 가끔 얼굴 좀 보여주라는 장 대표의 부탁을 우진은 착실하게 이행하고 있었다.

"그, 그렇구나. 그런데 여기에 앉으시려고요?"

준하가 놀라서 앞자리를 보았다가 우진을 올려다보며 물었다. 우리한테 아는 척해준 것도 영광인데 합석까지 하는 거냐고 얼굴로 묻고 있었다.

"자리가 없어서 합석하려고 했는데 안 되나요?"

우진의 말에 준하는 카페 안을 둘러봤다. 그의 말대로 비어 있는 테이블이 하나도 없었다. 다른 테이블에 앉은 연예인들이 준하와 이삭을 부러운 시선으로 보고 있었다.

"아니요! 여기 앉으세요."

준하가 두 손으로 앞자리를 가리키며 우진에게 권했다. 그런데 반기는 준하와 다르게 이삭은 고개도 들지 못하고 힐끔힐끔 우진을 몰래 살펴보았다. 준하가 우진과 가볍게 대화를 나누는데도 끼어들지 않고 괜히 읽고 있던 책만 만지작거렸다.

이쯤 되니 우진도 뭔가 이상하다 싶어서 힐끗 이삭을 보았다. 그러다 자신을 몰래 보고 있던 그와 시선이 마주쳤다. 여기까지는 괜찮은데 그 순간 이삭은 화들짝 놀라면서 몸을 부르르 떨었다.

"제가 불편하세요?"

데뷔 연도와 나이가 비슷해서 편하게 말을 놓을 만하지만 아직 그럴 정도의 친분은 없었다. 우진은 정중하게 행동했다고 생각했는데 자신의 무엇이 그를 불편하게 만들었나 싶어서 더욱 조심스러웠다. 준하도 이삭의 이상 행동에 왜 그러냐고 팔로 툭툭 쳤다.

"그게 아니라 제가 그걸 봤거든요."

가만히 있으면 더욱 오해를 살 것 같아서 이삭은 결국 머뭇거리다 대답했다.

"네? 뭘요?"

"며칠 전에 DSTV에서 연기했던 그 영상이… 요."

"아……."

"하필 그걸 어제 자기 전에 보는 바람에……."

그래서 밤새 악몽을 꿨다는 이삭의 대답에 우진은 어색하게 웃을 수밖에 없었다. 그냥 살인자 연기를 보여달라고 해서 진지하게 연기를 했을 뿐인데 그 후의 반응이 예상과는 아주 달랐다.

연기 직후에 이진아는 바싹 얼어붙어서 말을 더듬으며 진행도 제대로 못 했다. 채팅창은 일시적으로 조용하다가 갑자기 봇물 터지듯 글들이 한꺼번에 올라왔다. 방금 자신들이 본 게 뭐냐고, 너무 무서워서 순간 모니터를 부술 뻔했다는 농담 아닌 농담부터, 잠시 애정이 흔들렸다는 고백 글로 가득했다.

아마 작품 속에서 그런 모습을 봤다면 연기력에 감탄했을 것이다. 작품 속 캐릭터에 이입해서 채우진과는 별도로 받아들였을 테니 말이다. 하지만 방금까지 웃으며 이야기하다가 보여준 연기였기에 현실과 선뜻 구별되지 않았던 탓이 컸다.

바로 옆에서 우진의 연기를 본 이진아의 상태는 더욱 안 좋았지만, 인터뷰가 거의 끝나갈 즘에 생긴 에피소드였기에 그럭저럭 방송은 무사히 끝낼 수 있었다.

하지만 문제는 나중에 그 장면만 편집돼서 인터넷에 올라온 동영상이었다. 그 후로 동영상을 본 사람과 안 본 사람으로 우진을 대하는 태도가 확연히 달라졌다.

엘리베이터가 와도 우진이 타려고 하면 타지 않거나, 이미 타고 있던 사람 중에선 그의 눈치를 보며 슬며시 내려 버리는 사람이 생겼다. 학교에서 살짝 부딪쳤는데 잘 모르는 선배가 과도하게 우진에게 사과하기도 했다.

드라마에서 악역을 연기하다 식당에서 쫓겨났다는 이야기와 비슷한 상황이 자꾸 연출되었다. 그래도 욕하거나 쫓아낸다는 것은 상대는 해준다는 의미인데, 우진의 경우는 사람들이 무서워하며 아예 그를 피했다. 데뷔한 이래로 사람들에게 이렇게 경원시당하는 것은 그로선 처음 있는 일이었다.

그래도 같은 연예인이라면 괜찮겠거니 했는데 이쪽도 반응이 별반 다르지 않아서 오히려 당황스러웠다. 방송에서 봤던 델리오스는 굉장히 유쾌한 친구들이라서 만약 동영상을 봤더라도 웃으며 장난을 칠 줄 알았던 것이다.

"그렇게 무섭지는 않았는데……."

우진은 변명처럼 중얼거렸다. 장수환 대표가 그런 자리에선 적당히 연기하는 것이라며 쓸데없이 연기력 낭비만 했다고 혀를 차서 더욱 억울했다.

"엄청 무서웠어… 요!"

우진의 말이 끝나기가 무섭게 이삭이 반박했다. 우진과 동갑인 이삭은 성격상 평소라면 말을 놓았을 텐데 오늘은 뒤에다가 '요'를 붙였다. 왠지 말을 놓으면 어젯밤 잠을 설치게 했던 채우진의 눈빛을 직접 볼 것 같아서다.

눈도 제대로 못 마주치는 이삭의 긴장을 풀어주려던 우진은 문득 그의 손아래 있는 책을 발견했다. 요즘 여기저기서 '백의 고백'을 읽고 있는 이들을 많이 목격하는 것 같았다. 오디션에 도전할 생각이 없는 이들조차 이번에 화제가 되면서 읽어보려고 가지고 다녔다.

"그래도 그 책보다는 덜 무섭지 않았나요? 난 예전에 그 책 읽다가 무서워서 덮은 적이 많았거든요."

대화 주제를 찾은 듯해서 우진은 조금 과장하며 말했다. 그래도 로이드에 비하면 자기는 무난한 연기를 했다고 생각하는 우진이었지만, 하나 잊은 사실이 있었다.

"로이드는 그래도 불쌍하기라도 하잖아… 요."

이삭은 아름답게 웃다가 서서히 악의 본성을 보이며 변하던 우진의 연기가 아직도 머리에서 떠나지 않았다. 그 극명한 변화가 더욱 큰 공포를 자극했다. 한편 살인자란 저런 게 아닐까 하는 생각이 들었다.

평소에는 전혀 아무런 티가 나지 않다가, 오히려 호감 가는 얼굴로 사람들을 안심시키고 유혹하고서 사냥하는 악마의 얼굴이 저럴 것 같았다. 악마란 어쩌면 사람들 사이에서 평범하게 숨어 있다가 인간이 약해져 있을 때 혼연히 본색을 드러내는 존재가 아닌가 싶었다.

그 짧은 동영상 하나에 이런 감정까지 느끼게 하는 채우진의 연기에 감탄할 수밖에 없었다. 연기가 꿈인 이삭은 방금까지 읽고 있던 '백의 고백'을 보다가 문득 채우진을 번갈아 보았다.

"이 책 가질래, 요?"

"네? 읽고 있었던 거 아니에요?"

우진은 책의 갈피끈이 아직 삼분의 일 정도에 끼어 있는 것을 보며 물었다.

"아니, 왠지 내게 필요 없을 것 같아서……."

이삭의 말에 준하는 놀라서 잠시 그를 보았다. 모르는 단어가 나오면 사전까지 찾아서 보던 노력을 알기에 그가 이렇게 쉽게 '백의 고백'을 포기하는 게 놀라웠다. 그러나 채우진을 보고 이내 알겠다는 듯 고개를 끄덕였다.

준하는 동영상을 보지 않아서 이삭의 반응을 이해하지는 못하지만, 채우진의 연기력은 인정하는 바였다. 오디션을 보는 거야 자기 발전에 도움이 되겠지만 현실적으론 희망이 없다는 건 누구나 알고 있었다. 아무래도 가능성을 따진다면 이삭은 물론 국내의 어느 배우도 로이드를 두고 채우진과 경쟁한다는 게 불가능해 보였다. 저 채우진이 있는데 누가 그를 이길 수 있을까.

"필요하지 않더라도 한번 읽어보세요. 저도 이거 계속 포기하다가 겨우 읽었는데 읽기 잘했다 싶더라고요. 그리고 이왕이면 번역본보다는 원본으로 읽는 게 더 좋고요. 번역본은 어려운 단어로 미사여구를 너무 현란하게 사용한 감이 있어서, 원본의 실감 어린 표현을 제대로 살리지 못했거든요.”

“원본이라면 영어로 쓴 거? 나 영어 못해!”

원본을 읽어보라는 말에 이삭이 놀라 팔짝 뛰었다. 오죽했으면 우진에게 말이 편하게 나오기까지 했다. 간단한 단어들은 알지만 책을 읽을 정도는 아니었다. 막말로 한글로 쓴 책도 사전 봐가며 읽어야 하는 수준인데 무슨.

“오디션 보려고 읽고 있었던 거 아니에요?”

“그랬지…….”

“미국에서 제작할 거라 오디션은 물론 영화 촬영도 영어로 할 텐데…….”

감정 처리가 중요한 연기에서 언어는 매우 중요했다. 무엇보다 미국 현지에서 촬영하고 개봉할 것인데 어설픈 발음으로 연기했다가는 원작 팬들의 비난을 피할 수가 없을 터였다. 물론 그러기 전에 오디션에서 떨어질 확률이 높겠지만 말이다.

우진의 말에 그제야 이삭과 준하는 두 눈을 크게 떴다. 미국에서 제작하지만, 주인공이 아시아계일 수도 있다는 이야기에 그럼 한국어로 연기할 수 있겠다고 막연히 생각하고 있었다.

“로이드가 한국어를 한다면 그것만큼 원작 파괴는 없을 것 같은데요.”

제작진이 그런 무리수를 둘 리가 없다는 말에 이삭과 준하는 현실을 깨달았다. 빌리지의 도야가 오디션에 통과했던 이유는 잘

생기고 키가 큰 것도 있었지만, 영어를 무지하게 잘한다는 점도 있었다. 조연조차 그랬는데 미국 영화에서 주인공이 영어를 못한다? 말이 되지가 않았다.

"아, 아……."

"어차피 넌 가망이 없었다니까."

예전에 이미 포기한 준하가 자신은 그랬던 적이 없었던 것처럼 이삭을 놀렸다. 수많은 아이돌과 배우들을 잠시 설레게 했던 오디션 열풍은 1차 관문에서 수많은 이에게 절망을 선사했다.

◆　　◆◆◆　　◆

일리야를 보는 셀레나의 시선에 날이 서 있었다. 언제나 그를 향해 존경과 존중이 가득했던 그녀의 눈빛이 처음으로 불만과 투정으로 가득했다.

{일을 너무 키우셨어요.}

{뭘 말이냐?}

{오디션 말이에요. 제가 원했던 것은 이런 상황이 아니에요.}

처음 오디션을 제안했던 셀레나의 의도는 후보로 뽑은 네 명의 배우를 대상으로 비밀리에 시험을 보자는 것이었다. 그런데 일리야가 업계 관계자를 통해서 대대적으로 오디션을 홍보해 버렸다. 이미 후보로 뽑은 배우가 있고, 오디션은 그들만을 대상으로 한다고 발표하기에는 상황이 미묘하게 커져 버렸다.

무엇보다 '백의 고백' 원작 팬들의 분위기가 자못 험악하기까지 했다. 은근히 일리야 터너에게 경쟁심을 품고 있던 L. 드미트리의 팬들이었다. 그래서인지 이번 영화 제작의 전권을 일리야가 맡았다는 것을 그들은 인정하려고 하지 않았다. 어쩌면 일부러 영화를 망치려는 게 아닌가 하는 의심까지 품고 있었다.

L. 드미트리가 누구인지도 모르는 상황에서 이렇게나 일리야에게 적대감을 품는 것이 이해가 안 되면서, 재밌기도 했다. 그들은 절대 일리야와 L이 동일 인물이라고 생각하지 않았던 것이다. 왜냐하면 일리야는 '백의 고백' 같이 도전적이고 실험적인 작품을 쓸 수 없다는 게 그들의 주장이었다.

겨우 한 권의 책으로 세계 문학계를 뒤흔든 L. 드미트리에 대한 그들의 자부심은 대단했다. 미국뿐만 아니라 전 세계가 사랑하는 작가인 일리야 터너를 상대로 이런 모함을 함부로 하는 유일한 집단이 우습게도 L의 팬이었다. 어쩌면 그들은 일리야를 L의 경쟁 상대로 여기는 게 아닌가 싶을 정도였다.

그런 일리야 터너가 '백의 고백'의 영화 제작에 참여한다니 L의 팬들은 복장이 터질 만했다. 그래서 L이 누구인지 알고 있다는 출판사 사장에게 공식적인 확인을 요청하기도 했다. 분명 중간에서 뭔가 오해가 생겼거나, 모종의 압력에 의해서 L이 어쩔 수 없이 허락한 게 아니냐고 의심했다.

"일리야와 L은 원래 친한 사이입니다."

이 증언으로 모든 상황이 종결되었다. 자신들이 숭배하는 L이 일리야를 믿고 일을 맡겼다니 더는 반박할 근거가 없고, 대신 의심의 눈길을 보내며 감시하고 있었다. 하나라도 걸리면 가만 안

두겠다는 상황에서, 비밀리에 이미 정해진 후보만으로 오디션을 보게 된다면 그 뒷감당이 무서운 상태까지 와버렸다.

원작이 있는 작품을 실사화할 경우, 기존 팬을 품고 가지 않으면 제작 내내 잡음이 생기게 마련이다. 개봉해도 이것저것 트집 잡으면서 흔들어대면 초반에 필요한 화력을 날릴 수가 있었다. 제작자로선 좋으나 싫으나 그들을 품고 가야 하는데 그렇다고 마냥 팬들의 의견을 따를 수가 없는 게 문제였다.

원작 팬에 의해 좌지우지돼서 만들어진 작품치고 잘된 경우가 없었다. 가장 좋은 방법은 팬들이 제작자를 신뢰하고 작품의 완성을 기대 어린 마음으로 기다리게 만드는 것이었다. 그런데 일리야로 인해 처음부터 삐끗하고 말았다.

{아직 저와 계약도 안 하신 분이 판을 이렇게 키우시면 어떻게 해요.}

{그깟 계약……}

사인만 하면 되는 것 가지고 되게 귀찮게 군다고 일리야는 눈살을 찌푸렸다. 현재 그의 에이전시와 셀레나는 조건을 조정하고 있지만, 조만간 계약은 성사될 예정이었다. 몇 년을 거부하고 피했던 것치고 일은 굉장히 빠르게 추진되고 있었다.

{이렇게 되면 팬들이 수긍하는 결과가 나오도록 대대적으로 오디션을 볼 수밖에 없어요.}

{그럼 그렇게 하면 되지, 뭘 걱정이냐?}

{혹시 후보 중에 마음에 든 배우가 없었나요?}

일리야가 괜히 이런 짓을 할 리가 없으니 분명 뭔가 꿍꿍이속이 있을 것 같아서 셀레나는 불손하게 그를 노려봤다.

{그 시선 굉장히 불쾌하군.}

{선생님의 의중이 궁금한 거예요.}

{험난한 고난 끝에 얻은 것일수록 귀한 법 아닌가. 우리끼리 오디션을 봐서 로이드를 결정한다고 해서 그걸 저치들이 인정해 줄까? 내가 경험한 그들은 절대 우리의 선택을 인정하지 않을 거야.}

누구보다 L의 팬들에게 당한 것이 많은 일리야는 그들의 성격을 잘 알고 있었다. 아무리 이쪽에서 합리적이고 정직한 답안을 내놓아도 그들은 절대 만족하지도 믿어주지도 않을 것이다. 장담하건대 당장 그들이 추천하는 배우를 캐스팅해도 바로 돌변해서 이것이 불만이고, 저것이 부족하다며 흠집을 잡고도 남을 이들이었다.

{하지만 오디션 결과를 그들이 인정해 줄 거라는 보장도 없잖아요.}

{누가 그들에게 인정받고 싶다고 했나? 난 그들을 제외한 모든 사람에게 인정을 받고 싶은 거야. 그들의 마음은 중요하지 않아. 오히려 그들이 고집을 피우면 피울수록 아집으로 보일 정도로 완벽한 캐스팅을 보여주면 되겠지.}

어찌 보면 자신의 팬인데도 일리야는 그들에게 냉정했다. 그렇다고 일리야 터너의 팬들이라고 다른 대우를 받는 것은 아니었다. 그냥 그는 모두에게 무관심하고 냉정한 것으로 공평함을 몸소 실천했다.

{그러면 제가 괜한 짓을 했던 건가요?}

셀레나는 자신이 뽑아온 후보가 더는 아무 의미가 없게 된 것을 가리켜 말했다. 하지만 일리야는 고개를 저었다. 애초에 로이드를 맡을 배우를 먼저 찾아오라고 말한 것은 그였기 때문이다.

{아니, 네가 가져온 명단은 아주 유효했어. 내 마음을 움직이는 데 큰 몫을 했으니 말이다. 단지 똑같은 조건에서 많은 배우와 경쟁해서도 그가 최후까지 남아서 로이드를 쟁취할 수 있을지, 갑자기 궁금해지더란 말이지.}

{역시 심중에 담아둔 배우가 있으셨군요.}

셀레나가 짐작하기에 일리야가 마음에 들어 한 배우는 에드윈 러커와 채우진 둘 중의 하나인 듯했다. 명단을 보면서 일리야가 반응을 보이고 유심히 살펴본 배우는 두 사람뿐이었으니 말이다.

{그렇다고 해서 뭐가 달라지는 것은 아니지.}

예전에도 말했듯이 일리야는 누군가에게 편파적인 혜택을 줄 생각은 없었다. 오히려 왔던 기회도 빼앗아서 시험에 들게 했다.

{편한 길 놔두고 고생길을 열어주셨네요.}

이미 절반은 합격한 사람보고 다시 시험을 보라며 바닥으로 밀어버리는 건 무슨 심보인가 싶었다.

{아이는 강하게 키우는 법이란다.}

일리야의 대답에 셀레나는 순간 말을 잃었다. 가정을 이룰 만큼 누군가를 사랑해 본 적이 없는 일리야는 그만큼 아이도 별로 좋아하지 않았다. 그런 그의 입에서 나오는 교육관은 썩 좋을 것 같지가 않았다. 셀레나는 에드윈 혹은 채우진에게 잠시 위로를 보냈지만, 결국 자기 일이 아니라 곧 잊어버렸다.

그러다 일리야와 대화하다 보면 늘 떠오르는 사람, 아버지가 생각난 셀레나는 새로운 사실을 깨닫고 씁쓸하게 웃었다. 사람을 깊이 사랑하지 못하는 일리야와 사람을 가볍게 사랑하는 아버지는 다른 듯 닮은 삶을 살고 있다는 걸 깨달은 것이다.

{아직도 그곳 비밀번호를 알려줄 생각이 없으세요?}

아버지가 내기를 제안했던 이후 일리야에겐 처음으로 하는 질문이었다. 예전에는 아무렇지도 않게 자주 물어보던 것을 괜히 의식하게 되니 말하는 것이 껄끄러웠다. 덤덤하게 말하고 싶었는데 이상하게 목소리에 기대감이 섞이는 것도 무척 신경이 쓰였다.

{정식으로 물어보지도 않았는데 말해줄까 말까 고민하는 것도 웃기는 이야기 아니냐?}

그도 맞는 말이라 셀레나는 어색하게 웃고 말았다. 중간에서 서로의 이야기를 전달하는 것은 셀레나였지만, 아버지는 일리야에게 정식으로 비밀번호 건을 물은 적이 없었다. 마치 알아서 대답하라는 식이었다. 그 오만함을 일리야는 상대도 하지 않았다.

증조할아버지의 재산이지만, 셀레나는 이 건에선 어떠한 권한도 없어서 그녀가 묻는 것은 정식이라 말할 수도 없는 부탁이었다. 사정까지는 아니더라도, 찾아와서 정식으로 부탁하지도 않는데 일리야로선 먼저 나서서 알려줄 의무가 없었다. 물론 일리야 본인도 별 열의가 없기는 마찬가지였다.

{증조부께서 돌아가신 이후로 그곳에 한 번도 가지 않으셨죠?}

{주인도 없는 곳을 마음대로 드나들 정도로 내가 염치를 모르지 않아.}

{그래도 추억이 많은 만큼 그립지 않으세요?}

{내 그리움은 그곳에 있지 않단다. 그건 아마도 네 아버지도 마찬가지일 거다.}

그래서 조르지오도 안전 가옥의 비밀번호를 알아내기 위해 그리 필사적이지 않은 것이다. 일리야의 말에 셀레나는 그건 아닌 것 같다는 표정을 지었다. 그렇게 중요하지 않다면 그녀에게 더스틴과의 결혼 허락을 전제로 비밀번호를 알아오라는 말은 하지 않았을 테니 말이다. 의문을 가지는 셀레나에게 오늘따라 일리야는 친절했다.

｛그리움은 마음에서 나오는 것이고 우리는 그저 핑곗거리가 필요한 거뿐이야. 마음대로 그리워해도 부끄럽지 않을 매개체. 그것은 집일 수도 있고, 수집품일 수도 있고, 사람일 수도 있겠지. 뚜껑을 열지 않는 이상, 우리는 그 안에 들어 있는 것을 상상하며 언제까지나 즐거워할 수 있단다.｝

｛모르겠어요. 아버지나 선생님이나 참 어렵게 생각하시는 것 같아요.｝

셀레나는 딱히 그리움이란 감정을 잘 알지 못했다. 단어가 가지고 있는 의미와 느낌은 알겠지만, 그 감정에 사로잡힌 적은 한 번도 없었다. 지금껏 보고 싶은 사람을 보지 못했던 적이 없었고, 귀중한 사람과 이별해 본 적도 없었다. 그런 의미에선 그리움을 알지 못한다는 것은 축복이었다.

그러나 아버지와 일리야를 보면 그리움이 꼭 슬픔을 의미하는 것 같지는 않았다. 오랫동안 누군가를 그리워할 만큼 그들에게는 찬란했던 한 시절이 있었고, 그때의 그들은 분명 행복했다. 그런데도 마음대로 그리워하지 못하는 그들의 굳어버린 심장이 조금 서글프단 생각이 들었다.

하지만 최근 일리야는 예전 같지 않고, 매우 활기차고 밝아 보였다. 그래서인지 '백의 고백'의 영화 제작에도 적극적이었고,

대화하기가 수월해졌다. 얼마 전까진 찾아오면 쫓아내기 바빴는데 요즘은 셀레나를 붙잡고 기꺼이 대화하는 걸 즐겼다. 아버지에게 들은 적이 있던, 할아비 앞에서 즐거워하던 일리야의 모습이 이런 모습이 아니었을까 상상이 됐다.

물론 자신은 할아버지와는 비교도 안 되겠지만, 이 순간이 일리야에게는 추억을 더듬고 그리워하는 시간이 되기를 바랐다. 그리고 나중에 세월이 흘러 자신에게 그리움이 될 이 순간을 셀레나는 기쁘게 받아들였다.

◆　　◆◆◆　　◆

이미 배우이거나 배우를 꿈꾸는 이들에게 꿈의 오디션이 열렸다. 오디션을 전담하게 된 미다스 에이전시는 세계 각지에 있는 지부에 각각 한 명의 배우를 후보로 추천해 달라는 공문을 보냈다. 각 지부에서 1차로 합격한 후보에게 미국에서 열리는 최종 오디션에 참가할 기회가 주어진다는 것이 주 내용이었다.

아시아에서는 한국과 일본에 지부가 있는 미다스 에이전시는 빠르게 일정을 잡고 오디션 준비에 돌입했다.

각 지부에서 진행하는 오디션은 딱히 국적을 따지지는 않았지만, 중복 응시자를 막고자 한국과 일본 지부의 오디션 진행 일정을 똑같이 잡았다. 그리고 신청자의 정보를 공유해 두 곳 모두에 원서를 넣는 이는 발각되는 즉시 탈락 처리한다고 공고했다. 그래서 두 나라를 제외한 타국의 배우들은 어느 곳에 응시하는 게 나을지 고민하는 양상을 보였다.

그리고 응시 기간이 끝난 후 발표된 오디션 경쟁률은 뜻밖의 결과를 보였다.

한국에는 삼백여 명이 지원한 반면에 일본은 천여 명이 넘었던 것이다. 두 곳 모두 언뜻 경쟁률이 높은 것 같지만, 일반 영화만 해도 이 정도는 모이는 수치였다. 할리우드 영화, 그것도 세간의 주목을 받는 영화의 주인공 1차 오디션치고는 적은 수였다.

아시아에서 오디션에 응시한 이들은 대부분이 한국, 일본, 중국계 배우들이었다. 이 세 나라의 남자 배우의 수만 집계해도 어마한데 의외로 적은 수가 오디션에 도전한 셈이었다. 이유는 여럿이었지만, 가장 큰 장애물이 결국은 언어였다. 원작에 충실하게 제작될 예정이라 로이드는 무조건 영어를 구사해야만 했다. 많은 배우가 알아서 꿈을 접을 수밖에 없는 조건이었다.

그리고 오디션 신청 기준을 이삼십 대로 제한하고, 주조연에 상관없이 한 편 이상의 작품에 출연한 경험이 있는 배우만이 응시 자격이 있었다. 배우 희망생들에게는 아예 기회조차 주지 않은 것이다. 기회 박탈이라는 비난도 있었지만, 제작자가 원하는 것은 신선한 얼굴이 아닌 노련한 배우라는 점에서 어쩔 수 없는 선택이었다.

영화에 대한 일련의 기대가 너무 지나쳐 부담감을 느끼는 배우도 상당했다. 그 때문에 자신의 연기를 스스로 분석하고 평가하다 시도조차 못 하고 결국 포기한 예도 있었다. 쟁쟁한 배우들 사이에 끼여서 기가 죽고 싶지 않다는 자존심이었다. 그래서 으레 응시했을 것으로 생각했던 배우들이 오디션을 보지 않는 경우도 생겼다.

그런데 정말 뜻밖인 것은 일본 오디션에 신청한 배우의 국적 중에는 한국인이 제법 많다는 점이었다. 그러고 보면 경쟁률이 서로 비등할 것이라는 처음의 예상을 깨고 한국 오디션이 현저하게 경쟁률이 낮았다.

일각에서는 그게 서로 눈치를 보다가 한쪽으로 쏠린 것이라는 해석이 있는가 하면, 한국 오디션에 도전할 유력한 신청자를 피하려다가 생긴 현상이란 말도 있었다.

사실 응시자 대부분은 최종 합격까지는 바라지도 않았다. 그저 지부의 1차 합격이라도 되었으면 하는 바람으로 응시한 이들이 많았다. 그것만으로도 일단은 아시아권에서는 독보적인 연기력을 갖춘 젊은 남자 배우로 인정받는 계기가 될 테니 말이다. 그래서 어떻게든 합격하는 것이 목적인 이들의 눈치 작전은 정말 치열했다.

그리고 그들은 자신들의 최고 경쟁자가 될 수 있는 이가 한국 지부에 접수했다는 정보를 입수하자마자 미련 없이 일본 지부에 지원했다. 이런 쏠림 현상은 타국의 배우들도 같은 생각을 했다는 점에서 나온 결과였다.

그들은 오로지 단 한 명을 피해 가려다가 더 높은 경쟁률 속에 빠지고 말았다.

◆　　◆◆◆　　◆

오디션은 응시자들에게 무작위로 부여해 준 번호순으로 총 사흘에 걸쳐 진행되었다. 번호순으로 세 명이 심사 위원 앞에서 연기와 함께 카메라 테스트를 보는 방식이었다. 이번 오디션에서는 대본이 미리 발부되지 않아 배우들은 심사 위원 앞에 설 때까지 자신이 어떤 테스트를 받을지 알 수가 없었다.

그런 의미에서 첫날에 오디션을 본 이들이 불리할 거라는 예상이 있었으나 이는 억측이었다. 심화한 경쟁 속에서 먼저 심사를 본 배우는 누구에게도 오디션 내용을 말하지 않았다. 같은 소속사 배우가 다음 날에 오디션이 있어도, 소속사 사장의 애원과 협박에도 입을 꾹 다물었다. 그만큼 간절하기도 했고, 야망이 컸던 것이다.

어쩌다 보니 사흘 마지막 날에 오디션을 보게 된 우진 역시 아무런 정보 없이 다른 응시자들과 함께 대기실에서 차례를 기다리고 있었다. 주위의 사람들이 힐끔힐끔 그를 보기만 할 뿐 직접 말을 걸거나 인사하는 이들은 없었다.

한국 오디션의 경쟁률을 떨어뜨린 주범으로 지목받는 채우진과 같은 날 오디션을 본다는 것이 그들에게는 큰 부담감으로 다가왔다. 이런 마당에 연예인의 연예인이라도 반가울 리가 없었다.

"젠장, 왜 하필 같은 날이야. 쪽팔리게 비교만 당하는 거 아니야?"

"난 제발 같은 조만 아니게 해달라고 빌고 있다."

"헉! 그건 생각도 못 했네? 채우진 번호 몇 번인지 알아?"

"알면 내가 이렇게 조마조마하지는 않지. 다음이 내 차례인데 어떻게 하냐."

가서 물어볼 수도 없고 자기 번호가 다가올수록 속은 타고 미칠 지경이었다. 번호가 불릴 때마다 모두의 시선이 채우진에게 몰렸다. 그가 가만히 있으면 번호가 불린 이들은 기뻐하고, 남은 이들의 초조함은 더욱 거세졌다.

"저기 박민 아니야? 저 연기력으로 배짱도 좋다."

"그래도 요즘은 많이 좋아졌더라. 그보다 박민이 이 오디션을 볼 만큼 영어를 잘했었나?"

데뷔와 나이는 박민이 한참 위지만, 어차피 그에게는 들리지 않을 소리라 호칭 따위 무시했다. 게다가 평소 아이돌 출신 배우를 무시하기로 유명해서 두 사람에게 박민은 썩 좋은 이미지가 아니었다.

"글쎄. 예전 드라마에선 발음이 좀 구리던데 그거야 개인 교습 받으면 나아질 문제니까. 솔직히 말해서 박민이 아무리 늘어봤자 연기는 도야, 너보다 더 못하는 것 같던데?"

오늘은 경쟁자이지만, 그에 앞서 친구가 하는 칭찬에 빌리지의 도야는 싱긋 웃었다. 솔직히 외모밖에 볼 거 없는 박민도 이제는 예전 같지가 않았다. 관리를 잘 받아서 외모만으로는 절대 삼십 대로 보이지 않지만, 그래도 이십 대가 가지고 있는 푸르름과 싱그러움에는 비할 수가 없었다. 배우에게 가장 중요한 것이 무언인지 그를 보면 새삼 깨닫는 게 많았다.

"차라리 박민과 같은 조면 좋겠다. 적어도 연기력으로 박민 정도는 압살해 줘야지 오늘 오디션 본 보람이 있을 텐데."

안 될 거라고 괜한 헛바람 들지 말라는 소리에도 불구하고, 오디션에 도전해서 당당하게 할리우드에 진출한 도야였다. 원래 캐릭터가 대사가 별로 없는 역이었는데, 사람들은 그가 연기를 못해서 각본이 수정됐다고 생각하는 이들이 많았다. 아이돌 출신 배우에 대한 선입견은 지독하리만치 깨부수기가 힘들었다.

그래서 오늘 좋은 결과를 내지 못하더라도 심사 위원으로 나온 영화 관계자들에게는 도장을 꽉 받고 싶었다. 적어도 박민보다는 괜찮은 배우라는 걸 말이다.

"다음 응시자들 대기해 주세요. 257번."

"257번, 여기 있습니다."

번호를 부르며 확인하는 진행 요원의 부름에 도야가 손을 번쩍 들며 대답했다.

"258번, 258번 안 계십니까?"

도야의 다음 번호를 몇 번이나 불러도 대답이 없자 진행 요원은 258번을 펜으로 그었다. 응시만 하고 나오지 않은 사람들이 의외로 많았다. 특히 외국인들은 일정을 맞추지 못하고 포기한 이들이 종종 있었다.

"259번."

자신의 번호에 무뚝뚝하게 손만 드는 박민을 보고 도야는 야릇한 미소를 지었다. 이런 식으로 도와주는 신에게 그 짧은 순간 감사 기도까지 드렸다. 도야가 박민을 보듯, 그 역시 도야에게 얼핏 시선을 주었다.

잠시 스치고 지나가는 시선 속에 상대에 대한 무시와 안심이 적나라하게 보였다. 서로가 서로를 만만한 경쟁자로 취급한 것이다.

"260번."

같이 테스트를 받을 조의 마지막 번호가 불리자 도야와 박민은 동시에 주위를 둘러봤다. 그리고 자신의 번호가 불리자 손을 드는 260번을 확인하고 동시에 일그러진 얼굴을 어쩌지 못했다.

감사 기도를 한 지 몇 초도 지나지 않아서 도야는 신에게 탄원해야만 했다.

세 사람은 오디션장에 들어가기에 앞서 대기실로 안내되었다.

"257번 양도야 씨."

"네!"

"풋!"

진행 요원이 번호와 함께 도야의 본명을 부르자 박민이 참지 못하고 웃음을 터뜨렸다. 분명 비웃음이 분명한 반응에 도야는 박민을 노려보았다. 도야의 시선에도 아랑곳하지 않고 박민은 자신을 부르는 소리에 대답했다.

"260번 채우진 씨."

"네."

하지만 이번에는 박민이 채우진을 노려보는 장면을 연출했다. 왠지 서로 물고 물리는 관계 같은 구도였다.

"앞으로 나와서 한 장씩 뽑아주세요."

진행 요원이 가리키는 곳에는 손 하나 들어갈 수 있는 구멍이 나 있는 상자가 있었다. 설명이 의하면 이번에 L. 드미트리가 오디션용으로 직접 총 세 신을 새로 썼다고 한다. 신마다 각기 번호를 매겨서 뽑은 숫자와 일치한 대본을 받아 십 분간 외워서 심사를 볼 예정이라고 했다. 그리고 같은 번호를 뽑으면 같은 대본으로 심사를 본다는 보충 설명도 있었다.

채우진과 다른 번호를 뽑기를 기도한 도야는 3번을 뽑았다. 그리고 박민과 채우진은 같은 1번이었다.

결과를 보고 웃는 도야와 표정이 굳은 박민, 그리고 아무런 표정 없이 가만히 있는 채우진. 아직 시작도 하지 않은 싸움의 신경전이 날카로웠다.

각자 자기 번호에 해당하는 대본을 받은 세 사람에게 주어진 시간은 정확히 십 분이었다. '백의 고백'을 열 번도 더 읽은 도야는 대본을 받자마자 자신 있게 첫 장을 넘겼다. 새로 썼다고 하지만 어차피 원작에 포함된 내용일 테니 대사도 크게 벗어나지 않아 금방 외울 수 있을 거라 기대했다.

"어?"

도야는 대본의 겉표지를 보았다가 다시 안의 내용을 보았다. 분명 '백의 고백'이라 쓰여 있는데 대사는 전혀 모르는 내용이었다. 새로 썼다는 게, 책을 대본용으로 다시 쓴 게 아니라 아예 새로운 내용을 첨가한 것이었다.

그보다 곤란한 것은 지문이 하나도 없다는 점이었다. 그냥 등장인물 이름과 대사밖에 없는 대본에 도야는 황당하기까지 했다. 모르는 내용에 지문조차 없으니 상황을 이해하기가 어려웠다. 하지만 원작을 읽은 것이 도움이 되어서 대본의 내용이 어떤 이야기인지 대충 유추할 수가 있었다. 내용을 이해하자 대사는 금세 외울 수가 있었다.

"십 분 다 됐습니다."

시간이 되자 진행 요원은 야속하게도 세 사람의 대본을 한꺼번에 수거해 갔다. 지문이 없어서 대사가 짧아 외우기는 쉬웠지만, 그만큼 로이드의 심리와 행동을 파악하기가 어려웠다. 십 분은 내용을 이해하고 대사를 외우기도 벅찬 시간이었다.

"안으로 들어가시면 됩니다."

십 분이 지난 시간에 맞춰, 앞 조의 심사가 끝났다. 안내를 받으며 오디션장으로 들어가자, 진행 요원과 카메라 기사를 제외하고 다섯 명의 심사 위원들이 그들을 기다리고 있었다.

"257번 양도야 씨부터 먼저 하겠습니다. 신은 3번입니다."

번호순으로 가장 먼저 불린 도야의 얼굴 앞에 클래퍼보드의 슬레이트가 딱 소리를 내고 사라졌다. 숨 막히게 조용하고 모두의 시선이 자신에게 쏠린 와중에 도야는 그동안 연구했던 로이드의 성격대로 연기를 시작했다.

{허헉!}

방금까지 막 뛰었는지 도야는 숨을 몰아쉬며 괴로워했다. 메마른 입술을 훔치며 고개를 든 그의 눈빛이 날카롭게 빛났다. 총명해 보이는 눈동자가 빠르게 주위를 살피다 자신을 쫓아오는 이가 아무도 없자 이내 입에서 안도의 한숨이 나왔다.

{당신이 바라던 행복을 내가 주었어.}

도야는 손가락을 눈높이로 올려 살펴보았다. 가늘고 기다란 손가락은 피아노 대신에 붓을 들었다. 한때 그의 엄마였던, 정확히는 세 번째 양어머니가 바라던 피아노 건반 대신 붓을 든 손이었다. 그리고 이 손으로 방금까지 그녀의 초상화를 그렸다.

{엄마는 늘 나한테 착하게 자라야 한다고 했는데 사실 난 착한 게 뭔지 몰라. 그래서 엄마가 늘 원했던 것을 줬는데 왜 그렇게 울어요?}

도야는 혼잣말하다가 잔인하고 살벌하게 웃었다.

신은 '백의 고백'의 원본에는 없는, 로이드의 첫 번째 살인에 관련된 이야기였다. 그의 첫 번째 살인은 그의 세 번째 양어머니였다. 화가인 로이드는 초상화를 그려주는 것으로 생계를 이어가고 있었다.

그는 역동적이고 사실적인 화풍으로 사람들에게 인기가 많았다. 제법 이름이 알려지고 유명해지면서 부유층의 초상화 의뢰가 점점 들어오기 시작했다. 그리고 한 저택에서 그는 한때 자신의 어머니를 만나게 되었다.

몸이 약한 로이드의 병원비 때문에 너무 힘들어하던 그녀는 아이를 파양하길 원했다. 그러나 결사코 반대하는 남편 때문에 뜻대로 되지 않았다. 그러던 어느 날 남편이 사고로 눈이 멀자 결국 그녀는 더는 참지 못하고 이혼을 요구했다.

그렇게 집을 떠난 어머니는 호화로운 저택에서 배가 나온 못생긴 남편과 그에 못지않게 고약하게 생긴 아이들 사이에서 그림처럼 웃으며 살고 있었다.

가족 초상화를 그리기 위해 온 화가가 로이드라는 걸 안 순간 파르르 떨던 그녀의 얼굴은 정말 가관이었다. 하지만 이내 교양 어린 목소리로 로이드를 모른 척 외면했고, 남편과 아이들을 챙기면서 로이드 앞에서 행복한 가정을 보여주었다.

그 모습을 화폭에 옮기며 로이드가 가졌던 복잡한 생각들이 원작에는 자세히 나오지 않고 몇 줄로만 묘사되었다. 그걸 일리야는 이번에 새로 써서 오디션용 대본으로 사용한 것이다. 소설을 자세히 이해하고 있는 이들만이 자연스럽게 연기할 수 있기에 심사용으로 더없이 좋은 대본이었다.

〔크크크, 마침 붉은색이 떨어졌는데 다행이네.〕

로이드는 자신의 두 손을 내려다보며 짐승처럼 낮게 웃었다.

도야는 로이드가 평소에는 연약하지만 살인 직후에 보이는 광기에 주목했다. 그리고 살해 후 뒤처리 역시 깔끔하게 할 정도로 똑똑한 캐릭터라는 걸 강조했다. 그래서 도야의 로이드는 차가운 이성과 광기가 절묘하게 혼합된 캐릭터였다.

양어머니에 대한 애증으로 살인을 저지른 이후, 내면에 감춰져 있던 살인 충동을 깨닫고 광기에 사로잡히는 과정 역시 잘 표현했다.

도야의 연기가 끝나자 심사 위원들은 아무 말 없이 제각각 점수를 매기기에 바빴다. 연기가 끝나면 심사 위원들의 질문이 쏟아질 줄 알고 잔뜩 긴장했던 도야에게는 맥이 빠지는 장면이었다. 야심차게 준비한 대답들이 아까웠지만, 진행 요원의 지시에 따라 자리에서 물러나야만 했다.

그래도 심사 위원들에게 좋은 인상을 남기기 위해 그들이 보지 않아도 도야는 다섯 명 모두에게 하나하나 고개 숙여 인사했다. 그러자 심사 위원 중 한 명이 고개를 들고 그에게 살짝 미소를 지어 보였다.

"259번 박민 씨 준비하세요. 신은 1번입니다."

도야의 연기가 끝나자 다음 차례인 박민이 호출됐다. 한쪽에 마련된 의자에 앉아서 도야의 연기를 구경하던 박민이 자신 있는 표정으로 클래퍼보드 앞에 섰다.

'딱' 하고 슬레이트가 부딪치는 소리가 나자 그는 감고 있던 눈을 떴다. 박민과 채우진이 뽑은 1번은 도야가 연기했던 3번의 앞선 내용으로, 양어머니를 만나고 갈등하는 순간이었다.

[당신이 여기서 그렇게 웃고 있으면 어떡해.]

평소 영어 발음이 좋지 않다는 소리를 듣던 박민이 오늘은 매우 달랐다. 다른 신보다 대사가 많은 편인 1번 대본을 십 분 만에 외워서 정확하고 유려하게 대사를 이어갔다. 그가 연기하는 로이드는 가련하고 삶에 지쳐 있었다.

앞서 도야가 냉정하면서 광기 어린 로이드를 보여주었다면 박민은 애처롭고 연약한 여린 남자를 연기했다. 그 때문인지 심사 위원 중 한 명은 그의 연기를 보며 눈가를 훔치기도 했다.

박민의 연기가 끝나자 도야 때처럼 누구도 그에게 질문은 하지 않았다. 눈물을 훔치던 심사 위원이 잠시 머뭇거렸으나 이내 점수를 매기기 위해 고개를 숙였다.

"다음은 260번 채우진 씨입니다. 신은 1번입니다."

박민이 내려오자 바로 채우진이 호명되었다. 도야와 박민은 동시에 우진을 두고 운도 좋은 놈이라고 생각했다. 대본을 보는 시간은 똑같이 십 분이었지만, 앞사람이 연기하는 동안 대기하는 시간을 무시할 수가 없었다. 그리고 다른 사람의 연기를 보고 참고할 수도 있으니 최대한 나중에 연기할수록 유리한 게 당연하다고 생각했다.

그 때문에 누구인지 모르겠지만, 오늘 불참한 258번이 그렇게 원망스러울 수가 없었다. 그들은 정작 우진이 제 연기를 고민하느라 두 사람의 연기는 신경도 쓰지 않았다는 걸 꿈에도 몰랐다. 그리고 우진과 다르게 두 사람은 그가 연기를 시작하자 눈에 불을 켜고 지켜보았다.

그런데 우진은 처음부터 오디션장의 가운데가 아닌, 한쪽 벽에 가서 팔짱을 낀 채 왼쪽 어깨를 벽에다 기대고 삐딱하게 섰다.

{당신이 여기서 그렇게 웃고 있으면 어떡해.}

같은 대본으로 하는 연기인데 채우진은 박민과는 완전히 다른 연기를 했다. 울먹거리고 원망 어린 시선으로 양어머니를 바라봤던 박민과는 확연히 달랐다. 가늘게 뜬 눈으로 누군가의 움직임을 찬찬히 좇던 눈동자에 깃든 것은 빈정거림과 관찰이었다.

한없이 건조하면서 관망하는 자세는 마치 모델의 이모저모를 살피는 예술가의 날카로운 시선과도 비슷했다.

{그렇게 억지로 웃으면 우리가 대체 뭐가 돼. 더 행복하게 웃어야지. 그래야 우리가 버림받은 보람이 있잖아.}

그 순간 우진의 시선이 아래를 향했다. 키 작은 누군가가 자신의 바지를 잡아당길 때 보이는 행동이었다. 연약하고 귀여운 것에게 보내는 너그러운 미소가 우진의 입가에 슬쩍 어렸다.

그는 벽에 기대던 몸을 바로 세우며 한쪽 무릎을 꿇었다. 마치 어린아이와 시선을 맞추듯이 말이다. 우진은 현재 자신의 앞에 있는 어린아이를 머릿속으로 그리고 있었다.

아이는 로이드의 외모를 신기해했다. 예쁘다면서 하얀색의 머리칼을 손가락으로 잡아당겼다. 그 순간 우진의 머리가 앞으로 쏠렸다가 몸까지 휘청거렸다. 멀리서 양어머니가 달려와 아이를 말렸지만 이미 아이의 손에는 하얀 머리칼이 여러 가닥 남아 있었다. 그걸 잠시 바라보던 우진의 시선이 점점 위로 올라갔다.

{아이가 참 착한가 봐요. 말도 잘 듣고, 건강하고…….}

로이드의 말에 양어머니는 움찔하며 아이의 양어깨를 붙잡았다. 죄책감 어린 눈빛 너머로 보이는 불안이 로이드에게 전해졌다.

{너는 좋겠구나.}

아이에게 흥미를 잃은 로이드는 자리에서 일어서서 이제는 자신보다 더 작은 양어머니를 내려다보았다.

{건강한 아이를 두셔서 행복하시겠어요.}

로이드의 말에 양어머니는 더듬거리며 당신도 건강해 보인다고 가벼운 덕담 같은 말을 했다. 죄책감에서 벗어나고 싶어 하는 확인에 로이드는 손으로 목덜미를 쓰다듬으며 시큰둥한 목소리로 대답했다.

{그러게요. 사람 목숨이란 게 은근히 질기더라고요.}

그 순간 로이드는 무언가를 깨달은 듯 양어머니를 보았다. 내내 피식거리며 비웃음 서렸던 태도가 갑자기 진지해졌다. 무료하던 눈동자가 사탕을 기다리는 어린아이처럼 생기가 돌고 예리하게 반짝였다.

{건강하게 오래 사셔야 해요.}

내 그림 속에서, 라고 작은 목소리로 중얼거렸다. 어려운 문제의 정답을 찾은 듯 로이드는 해맑게 웃었다.

채우진의 로이드는 도야와 박민이 보여줬던 것과 사뭇 달랐다. 감정이 넘치지 않았고 뜻밖에도 밝은 성격이었다. 젊고 전도유망한 화가로서 가지고 있는 자부심이 엿보였고, 굉장히 입체적이면서 세심했다. 양어머니와 이야기하면서도 자신의 다리에 달라붙은 아이의 머리를 쓰다듬어 줄 여유가 있고, 양어머니의 행동 하나하나를 살피는 시선이 굉장히 날카로우면서 건조했다.

채우진의 로이드는 다른 배우들과 확연히 다른 점이 있었다. 그것은 그가 양어머니에게 광기는 물론 어떠한 애증조차 보여주지 않았다는 것이다.

우진의 연기가 끝나고 그 역시 아무런 질문을 받지 않았다. 몇몇이 묻고 싶은 말이 있는 듯했지만, 다른 배우들과의 형평성을 위해선지 곧 고개를 저었다. 이후로도 아직 80여 명의 배우가 더 남아 있었다.

참가자 모두에게 일일이 질문하는 것도 고역이었고, 그렇다고 몇 명만 추려서 질문하는 것은 나중에 뒷말이 나올 우려가 있었다. 그래서 이번 오디션에서는 질문 자체를 하지 않기로 이미 약속을 해둔 상태였다.

어차피 1차 오디션에서 요구하는 것은 연기력과 외모였지, 연기에 임하는 배우의 생각이 아니었다. 그것은 최종 오디션에서 평가할 사항이라 심사 위원들은 자신들의 궁금증을 애써 억눌렀다. 배우의 의도를 모른 채로 그의 연기를 어떻게 평가할 수 있는지는 의문이었지만, 심사 위원들은 정말 있는 그대로 보이는 것만을 평가하기로 오디션의 기준을 세워둔 상태였다.

그것이야말로 공평한 심사를 위한 방법이라고 함께 공모했던 것이다.

◆　　◆◆◆　　◆

오디션이 끝나도 배우들의 승부는 끝나지 않았다. 오히려 이제부터 본격적인 전쟁의 서막이 열리는 싸움터였다. 어쩌면 배우 본인들의 연기보다 더 계산적이고 치열한 각축의 장이 바로 여기에 있었다.

"하필 상위 세 명이 같은 날, 같은 조에서 시험을 봤군요."

"고민할 것 있나요? 그냥 최고점 받은 채우진으로 뽑으면 되지 않습니까?"

최민환의 말에 두 명의 심사 위원이 고개를 끄덕였다. 그러자 심사 위원 중에 유일한 여성인 권소현이 이의를 제기했다.

"가장 점수가 높다고는 하지만 2위인 박민과 겨우 1점 차이밖에 나지 않는 점수잖아요. 이럴 때는 신중히 해야 한다고 생각합니다."

"그런 의미에서 3위인 도야도 너무 아깝지 않습니까? 상위 세 명이 각각 1점 차이라면 재고해 봐야 하지 않을까요?"

두 사람의 말에 나머지 세 사람은 어이가 없었다. 채우진을 비롯한 세 명의 점수 차이가 거의 나지 않는 것은 저 두 사람 때문이었다. 다른 응시자들에게는 거의 최하점을 주던 사람들이 각각 박민과 도야에게는 만점을 주었고, 채우진에게는 평균보다 조금 낮은 점수를 주었기 때문이다.

"애초에 채우진에게 그 점수를 줬다는 게 말이 되지 않은 평가 아닙니까?"

점수는 각기 연기, 외모. 영어 발음, 세 가지 항목으로 나눴는데 급기야 권소현은 채우진의 외모 점수도 낮게 줬다.

"발음 때문에 그렇잖아요. 아니, 영어도 잘하는 친구가 그런 구린 발음이라니 웬일이래요? 반면 박민은 엄청 정확하고 고급스럽지 않았나요? 우리나라를 대표하는 배우라면 그 정도 품위는 있어야죠."

권소현의 대답에 최민환은 어이가 없어서 손에 쥐고 있던 펜을 떨어뜨렸다.

"로이드는 LA의 빈민가 출신이잖습니까. 채우진은 그것까지 고려해서 LA 사투리로, 그것도 빈민가 출신들이 사용하는 억양으로 연기를 했잖아요."

최민환이 채우진에게 높은 점수를 준 이유 중의 하나였다. 연기야 나무랄 데 없지만 이런 디테일한 것까지 신경 쓰고 연기했다는 것이 놀라웠다. 사실 다른 응시자들은 영어로 연기하는 것만으로도 벅차서, LA 본토 발음과는 너무 먼 억양을 구사했다.

반면에 채우진은 그런 것은 아무것도 아닌 것처럼, 마치 LA에서 나고 자란 것처럼 자연스럽게 표현했다. 최민환이 학교를 LA에서 다니지 않았다면 절대 알 수 없었을 세심한 표현이었다.

"그랬습니까?"

다른 심사 위원 역시 그것까지는 몰랐는지 놀라서 물었다.

"네! 우리나라 번역본에는 잘 표현되지 않았지만, 원본을 보면 로이드의 대사 중에 LA의 빈민가 출신들이 잘 사용하는 단어들이 많이 나옵니다. 그런데 고급스럽고 품위 있는 영어를 사용하는 로이드라니, 퍽이나 재미있겠네요."

최민환의 지적에 권소현이 콧방귀를 뀌며 대꾸했다.

"어차피 우리나라 배우가 될 리는 없잖아요. 그냥 상징적인 의미로 참여하는 오디션인데 이왕이면 우리나라를 대표하는 배우를 보내야죠."

권소현은 LA 본토 발음이고 뭐고 상관없다는 듯 계속 박민을 밀었다. 그녀가 유독 박민을 지지하는 이유를 아는 한 명은 고개를 돌리고 한숨을 내쉬었다. 어쩌다가 이 자리에 그녀가 심사 위원으로 뽑혔는지 모르겠지만, 그들로선 그녀의 존재 자체가 재앙이었다.

"채우진만큼 우리나라를 대표하는 배우가 어디 있습니까?"

참다못한 심사 위원 하나가 짜증을 내자 이번에는 도야를 지지했던 심사 위원인 박한영이 반박했다.

"채우진은 이미 클 만큼 크지 않았습니까. 그냥 둬도 성공할 텐데 뭐 하러 밀어줍니까. 채우진은 그냥 두고 우리 자라나는 새싹이나 한번 멋지게 키워봅시다. 도야는 저번에 할리우드에서 영화도 찍었고 아직 젊으니 가능성이 무궁무진하죠. 반면 박민은 이제 슬슬 지는 해 아닙니까."

"지는 해는 무슨! 이제 겨우 서른 중반인 친구에게 말이 심하네요. 막말로 이들 중에서 박민만 한 한류 스타가 어디 있다고 그러세요!"

"말을 정확히 해서, 요즘은 채우진이 대세예요."

아닌 말로 최근 한류의 중심에는 채우진이 있었다. 게다가 아시아를 벗어나지 못한 박민에 비하면 채우진은 아메리카와 유럽에서도 인기가 많았다.

"도야가 있는 빌리지도 만만치 않죠."

"빌리지는 박민에 비하면 동네 문방구 수준인데 어딜 끼어들려고 그러는 거예요."

권소현과 박한영이 서로 치고받는 동안 다른 세 명의 심사 위원은 팔짱을 끼고 둘을 한심하게 바라봤다. 미다스 에이전시의 한국 지부 대표인 최민환은 이마를 매만졌다.

공평한 심사를 위해 자신을 뺀 네 명의 심사 위원은 영화계에서 추천을 받아 뽑은 인물들이었다.

그런데 권소현과 박한영은 아무래도 다른 속내가 있는 듯했다. 물론 다른 이들도 은근히 뒤에서 밀어주는 후보가 있었을 것이다. 하지만 이렇게 대놓고 드러내지는 않았다. 물론 그들이 밀었던 배우가 최후 삼 인에 들 정도의 깜냥이 아니었던 것도 있을 것이다.

그에 비해 저 두 사람은 첫날부터 응시자들에게 어이없는 점수를 줘서 평균을 깎아놓는 무리수를 뒀다. 이런저런 핑계를 대며 점수를 주는데 심사는 개인적인 역량이라 뭐라 할 수가 없었다. 그들의 깐깐함이 공평하게 적용된다면 상관없었다. 하지만 두 사람의 공정함은 마지막 날에 깨졌다. 각각 도야와 박민에게만 만점을 주는가 하면, 약속이나 한 것처럼 채우진에게는 비슷하게 낮은 점수를 줬다.

최민환은 문득 박민에게 스폰서가 있다는 소문이 생각났다. 그리고 권소현을 보니 사정이 어떻게 돌아가는 모양인지 알 것 같았다.

국제기업인 미다스 에이전시의 한국 지부를 맡고 있지만, 최민환은 주로 해외에서 업무를 보는 편이라 한국 연예계의 깊숙한 내막까지는 잘 몰랐다. 그래서 심사 위원으로 추천받은 이들 중에 평소 친분이 있는 사람을 제외하곤 다른 몇몇은 그들이 가지고 있는 간판을 기준으로 삼았다.

권소현은 원래 재계 쪽 인물이었는데 몇 년 전부터 엔터 사업에 투자하며 목소리를 키워왔다. 그리고 이제는 문화 재단의 이사장직까지 역임해서 오늘 이 자리에까지 오게 된 것이다. 그러고 보니 박민의 영어 발음이 좋아지고, 대사가 가장 많은 1번 대본을 골랐는데도 대번에 외우고 연기한 것을 보면 의심이 갔다.

오디션용 대본이 공개된 것은 첫날이었지만, 심사 위원이라면 충분히 빼돌릴 수 있었고 박민에게는 하루라는 시간이 있었다. 그만하면 대본을 연구하고 연기를 준비하기에는 넉넉한 시간이었다. 박민치고는 굉장히 우수한 연기를 보여준 것엔 분명 이유가 있을 것 같았다.

"다른 거 다 떠나서 난 채우진의 로이드 연기는 틀렸다고 봐요. 박민처럼 대번에 연민이 느껴지지는 것도 아니고, 그렇다고 도야처럼 살벌하지도 않은 밋밋한 연기였잖아요."

박민이 연기했을 때, 심사 위원 중에서 유일하게 운 그녀가 채우진의 연기를 폄하했다.

"그건 저도 같은 생각입니다. 양어머니에 대한 원망과 분노를 도야와 박민만큼 보여주지도 않았죠."

처음으로 권소현과 박한영의 의견이 일치했다. 양어머니를 살해하고 보여주었던 섬뜩한 로이드와 애증으로 갈등했던 로이드, 그 어느 것도 채우진은 보여주지 않았다. 그가 보여주었던 로이드는 세밀하고 시니컬한 화가 그 자체였다.

채우진이 연기한 로이드는 화가가 모델을 바라보는 시선으로 양어머니를 보았고, 그림의 결과를 상상하며 흐뭇해했다. 그 어디에도 분노한 살인자의 모습은 전혀 찾아볼 수가 없었다.

"하지만 연기 자체는 완벽하지 않았습니까? 대사만 읊기 바빴던 다른 배우들과 다르게 모노드라마처럼 세세한 동작 연기까지 했고요. 분명 양어머니의 아이가 하얀 머리카락을 신기해하는 것 같다는 대사가 있었는데도 배우 대부분이 그냥 무시하고 밋밋하게 서 있지 않았습니까?"

박민도 아이에게 머리카락을 잡아당겨지는 연기를 했지만, 그는 서서 했다. 아이의 키에 맞춰 무릎을 꿇은 것은 채우진 혼자뿐이었다. 무엇보다 아이에게 머리카락이 잡혔을 때, 숙인 고개 사이로 언뜻 보이는 귀찮음과 장난치는 아이가 썩 싫지 않은 복잡한 표정 연기가 절묘했다.

"연기라는 게 원래 해석이 다양하지 않습니까. 난 채우진이 나름 다른 해석을 보여준 거로 생각합니다."

최민환을 제외한 다른 두 명은 적극적으로 채우진을 밀었다. 그들이 각자 밀었던 배우들은 근사치에 닿지 못하고 모두 탈락하고 말았다. 그렇기에 굉장히 객관적인 시선으로 심사 위원의 본분을 다할 수가 있었다.

"'백의 고백'은 원작에 충실할 거라고 했는데 다른 해석을 보이면 어떡해요!"

"그럼 권 이사장님은 채우진의 연기가 원작에 충실하지 않아서 그를 반대한다는 겁니까?"

"네, 바로 그거예요!"

단호하게 대답하는 권소현을 보고 최민환은 슬쩍 웃으며 가방에서 새로운 대본을 꺼냈다. 본사로부터 받은 오디션 대본에는 원래 L. 드미트리가 쓴 지문과 각주가 아주 자세하게 쓰여 있었다. 그런데 정작 오디션을 볼 때는 그 모두를 빼고 대사만 남겨두었다.

연기자가 즉흥적으로 동작과 심리를 연구하고 마음대로 연기해 보라는 것이었지만, 얼마만큼 로이드를 이해하고 있는지 파악하기 위함이었다.

"여기 본사에서 보내준 대본입니다."

최민환은 네 명의 심사 위원에게 처음으로 대본 원본을 나눠줬다.

"이런 게 있었으면 진작 보여줬어야죠!"

대충 훑어봐도 빽빽한 지문에 권소현이 화를 냈다. 이것만 있었으면 박민이 더욱 좋은 연기를 보여줄 수 있었을 거라는 안타까움이 그대로 드러났다.

"본사 방침이었습니다. 우선 읽어보세요."

최민환은 이렇게 말했지만, 사실은 함께 원본을 보았던 임원이 심사 위원에게는 공개하지 말라고 신신당부를 했다. 한국의 실정을 잘 모르는 최민환과 달리 그 임원은 심사 위원이 원본을 보면 분명 유출될 거라고 확신했다. 오늘 권소현을 보니 그의 말을 듣길 정말 잘한 것 같았다.

"이건……."

세 개의 대본 중에서 1번 대본부터 읽어보던 심사 위원들은 하나같이 감탄인지 침음인지 모를 소리를 냈다.

"놀라울 정도로 채우진의 연기와 똑같죠?"

"이거 혹시 유출된 거 아닌가요?"

다른 누구도 아닌 권소현이 제일 먼저 유출을 의심하니 웃음부터 나왔다.

"의심하신다면 조사를 해보면 되겠죠. 이 원본을 읽어본 사람은 우리나라엔 나를 포함해 세 명뿐이니 조사는 쉬울 겁니다. 아니, 이왕 말이 나온 김에 이번 오디션에 대본 유출이 있었는지부터 조사해 볼까요?"

최민환의 말에 나머지 세 명이 일제히 권소현을 보았다. 그들도 내심 의심하는 구석이 있었던 것이다. 권소현은 자신에게 쏠리는 시선을 무시하고 선심 쓰듯 최민환을 믿는다며 한발 물러섰다.

"로이드가 양어머니를 보며 살인 충동을 느낀 것은 그녀에게 버림받았다는 삐뚤어진 애증이 아니란 말입니다."

오히려 로이드는 그녀의 선택을 이해했다. 그 정도는 파악할 지성이 있었고, 세상을 이해할 만한 나이가 되었기 때문일 수도 있었다. 로이드는 무조건 애정을 갈구하는 미치광이가 아니었다. 마찬가지로 처음부터 광기에 미친 살인마 역시 아니었다.

"원작에 이런 구절이 있죠. '그녀를 이해하지만 그녀가 느끼는 죄책감에 나는 구역질이 났다. 그녀가 나를 보고 미안해할수록 우리는 오히려 죄인이 되었다' 라는 구절이 있거든요."

혹자는 이 부분을 양어머니에게 느끼는 로이드의 애증이라고 해석했지만, 정확히는 분노보다 자존심이 상한 것이 컸다. 언제나 약자 취급하는 태도와 불쌍한 것을 보는 시선이 그는 싫었다.

내가 너희를 버림으로써 너희는 더욱 불행해졌을 거라는 그 오만한 생각이 어이가 없기도 했다. 그래서 로이드는 단지 그녀보다 우위에 서고 싶었다. 무엇보다 그녀는 정작 행복하지도 않았다. 감히 자기가 불행한 주제에 누굴 동정하고 안쓰러워한단 말인가.

당신이 여기서 그렇게 웃고 있으면 어떡해.

이 대사를 박민은 애증으로 절절하게 연기했지만, 채우진은 맘껏 조롱하는 투로 연기했다. 채우진이 로이드의 심리에 더 가까이 다가갔다는 방증이었다.

당신이 버려서 우리가 불행했던 것이 아니라, 당신 같은 사람이 너무 많아서 우리가 힘들었다는 것을 로이드는 양어머니를 통해서 깨달은 것이다. 그리고 그런 사람들을 하나씩 없애면 본래의 자신을 똑바로 보는 사람들만 남아 있을 거란 희망을 품었다.

그래서 로이드는 자신이 가지고 있던 능력을 이용해서 처음으로 살인을 계획하게 되었다. 화가의 본능으로 그는 양어머니를 모델로 대했고, 그녀가 원하는 행복한 삶을 그림에다가 가둬두는 작업을 했다. 양어머니가 늘 말하던 착한 아이가 되라는 꾸지람을 받아들여 그녀를 행복하게 만들어주었다.

그것은 심술이고 화풀이며 분노였지, 결코 애정이 남아서 보인 행동이 아니었다. 로이드에게 양어머니는 자신을 세상에서 격리하려는 적이었으며 방해물에 지나지 않았다.

"채우진이 새로운 해석을 보여준 것으로 생각했는데 사실은 원작을 제대로 파악한 것이었군요."

"그러게 말입니다. 사실 내가 채우진에게 높은 점수를 준 것은 다른 배우들과 전혀 다른 연기를 했다는 것이 컸거든요. 사흘 동안 똑같은 연기만 보다가 정말 새로웠지요."

"하긴, 전부가 무서운 살인자 아니면 예쁘고 불쌍한 척하는 연기뿐이었으니."

"그것도 이미 다른 사람이 보여줬던 연기였죠. 오리지널에는 한참 부족해서 보는 우리가 부끄러울 지경 아니었습니까."

최민환의 말에 다른 심사 위원들은 동의하거나 웃고 말았다.

사흘간 보았던 오디션에서 연기자 대부분이 얼마 전에 채우진이 보여주었던 살인자 연기를 따라 했던 것이다. 재미있던 것은 타국의 배우들도 크게 다르지 않았다는 점이다.

그나마 도야와 박민이 조금은 다른 시도를 하려고 노력했지만, 채우진의 영향에서 결코 자유로울 수가 없었다. 얼마나 채우진의 동영상을 봤으면 자신도 모르는 사이에 눈썹과 입술의 모양마저 똑같이 따라 할까 싶었다. 심사 위원으로선 결국 그들의 점수를 박하게 줄 수밖에 없었다.

이게 권소현과 박한영이 채우진에게 낮은 점수를 줬음에도 그가 1등을 한 이유였다. 채우진이 보여준 로이드를 이해하지 못했지만, 보여준 것만으로 충분히 완벽한 연기였던 것도 한몫했다.

이미 다른 곳에서 보여줘서 너무 유명해진 살인자 연기를 또다시 보여줄 수 없어서, 다른 식으로 해석한 로이드를 보여줬다고 심사 위원들은 생각했다. 그런데 이렇게 대본의 원본을 보니 그의 해석과 연출력은 완벽했다.

"채우진이 되면 너무 뻔한 결과잖아요! 새로운 도전도 없는데 오디션은 뭐 하러 봐요? 그리고 대본대로 연기하는 게 무슨 연기야. 새로운 해석을 한 박민의 노련함이 정말 빛나지 않았나요?"

"아까와 말씀이 다르십니다?"

분명 아까는 원작에 충실하지 않아서 반대한다고 하지 않았냐고 지적하자 권소현은 못 들은 척 다른 말을 했다.

"박민이 그동안 우리나라 연예계에 끼친 공로를 생각하면 이 정도 혜택은 줘야 한다고 생각해요."

"누가 들으면 박민이 원로인 줄 알겠습니다. 공로상 뽑는 것도 아니고, 엄연히 기업에서 정식으로 보는 오디션에 그게 무슨 소립니까. 점수는 멋으로 줬습니까? 그냥 점수대로 1등을 뽑으면 간단한 문젭니다."

"연기를 어떻게 점수로만 따집니까! 도야같이 미래가 창창한 아이를 키워줘야지 우리나라 문화 사업이 발전한다니까요!"

결국은 그들의 주장은 다시 도돌이표가 되었다. 지문이 고스란히 있는 대본을 보여줘도 소용이 없고, 그냥 점수대로 합격자를 뽑자는 말도 소용이 없었다.

"그럼 셋만 다시 불러서 오디션을 봅시다."

최민환의 말에 권소현과 박한영의 얼굴이 활짝 폈다. 반면 다른 심사 위원들은 입가에 맺히는 비소를 굳이 감추지도 않았다. 도야와 박민이 다시 연기한다고 해서 채우진보다 잘할까? 아무리 생각해도 답은 아니올시다였다.

"그럼 일정을 다시 잡아서……."

"아니요. 지금 당장 부르면 됩니다. 혹시나 해서 오늘 오후 세 사람의 스케줄을 비워두라고 했거든요. 추가 심사가 필요할 경우 언제든지 시간을 낼 수 있도록 말입니다."

이런 사태를 예상한 것은 아니지만, 혹시나 있을 의견 차이로 추가 심사가 있을 가능성까지 모두 준비해 둔 상태였다.

"그리고 심사 위원님들께는 죄송하지만, 세 사람이 오기 전까지 여길 나가지 말고 전화도 사용하지 않으셨으면 합니다. 여러분을 믿지만 괜한 오해를 만들지 않는 게 서로에게 좋지 않겠습니까?"

최민환은 대본을 들어 보이며 심사 위원들을 둘러봤다. 지문과 각주가 있는 원본 내용을 배우에게 전하는 것은 그리 많은 시간이 필요하지 않았다. 누군가가 화장실을 핑계로 그사이에 이곳으로 오고 있는 배우에게 원본 내용을 전한다면 진정한 심사는 이뤄지기가 어려웠다.

"찬성입니다. 서로 오해 살 일은 없어야죠. 배우들이 올 때까지 우리 모두 이곳에서 가만히 기다립시다."

"재심사라, 그거 좋군요. 사실 채우진에게 점수를 좀 짜게 준 것 같아서 후회했는데 다행입니다."

"아! 생각해 보니 그러네요. 나도 이번에 그냥 만점이나 줄까요, 누구들처럼?"

의미심장한 심사 위원들의 말에 권소현과 박한영은 찔끔했다. 그리고 재심사가 마냥 좋지만은 않다는 것을 깨달았다.

이미 세 명의 심사 위원들은 채우진으로 마음을 정한 상태였다. 그 와중에 재심사한다고 해서 그들이 처음보다 나은 점수를 도야와 박민에게 줄지도 의문이었다. 자신들조차 재심사 때는 채우진에게 전보다 낮은 점수를 줄 계획인데 저들이라고 그러지 말라는 법이 없었다.

그렇게 된다면 채우진과 1점, 혹은 2점 차이라는 타이틀마저 사라질 수가 있었다. 1등도 못 하면서 얻은 것 없이 전부 잃을 수도 있다는 이야기였다.

지금의 점수인가, 아니면 재심사인가를 두고 권소현과 박한영은 선택의 기로에 섰다. 다른 사람들 눈에는 참 보잘것없는 패인데도 두 사람에게는 세상에 없는 고민처럼 심각했다. 너무 한심한데 그렇다고 비웃을 수가 없어서 나머지 세 사람은 약속이나

한 것처럼 딴청을 부렸다.

　한숨을 내쉬던 최민환은 결국 손으로 얼굴을 감쌌다. 할 수만 있다면 저 두 사람을 뽑기 전, 그날로 다시 돌아가고 싶었다.

당신을 미치게 하는 것들

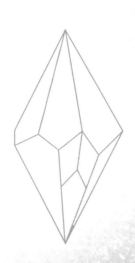

'백의 고백'의 감독이 정해졌다.

파렐 보브. 기이하고 환상적인 작품을 연출하고 내용까지 놓치지 않아 마니아는 물론 일반 대중의 기호까지 사로잡았다는 평을 듣는 감독이었다. 그야말로 흥행과 예술성 모두를 갖춘 몇 안 되는 능력자 중의 하나였다.

그가 메가폰을 잡는다는 이야기에 평론가는 물론 원작 팬들까지도 반기는 분위기였다. 로이드의 기이하고 환상적인 능력을 표현하는 데 이제는 걱정할 필요 없다며 한시름 놓기도 했다.

파렐 보브는 오디션은 '로이드'만 한정해서 보겠다고 발표했다. 다른 배역들은 이미 심중으로 정한 배우가 있고, 추후에 일리야 터너와 의논해서 캐스팅하겠다는 의견을 내놓았다. 그에 대한 응답으로 일리야 터너는 자신은 로이드의 캐스팅에만 관여할 생각이며, 그 외의 사항은 감독의 직권에 맡기겠다고 밝혔다.

이는 곧 L. 드미트리가 가장 신경 쓰는 것이 로이드의 캐스팅이라고 간접적으로 밝힌 것과도 같았다. 그래도 파렐 보브는 일리야에게 캐스팅에 대한 조언을 부탁했지만, 그는 감독 마음대로 하라며 손을 저었다. 일전에 자신의 작품을 영화로 제작했을 때도 일리야는 이런 반응을 보였었다.

일리야는 정말 로이드 이외에 다른 캐릭터들은 누가 해도 상관없다고 생각했다. 감독이 오죽 알아서 잘하겠냐 싶었던 것이다. 이때까지 그의 마음은 진심이었다.

◆　　◆◆◆　　◆

{왜 하필 이안 어서리야?}

감독의 의견을 존중하며 최대한 그의 권한을 보장하겠다고 인터뷰하고, 파렐 보브의 부탁을 거절한 지 일주일도 안 돼서 일리야가 셀레나에게 언성을 높이는 일이 생기고 말았다.

{알버트 역에 그만한 배우는 없… 죠.}

언제나 똑 부러지고 야무진 셀레나가 일리야의 시선을 피하며 어렵게 대답했다. '백의 고백'에서 로이드 다음으로 중요한 인물이 알버트였다. 그런데 로이드의 양부이며 유일한 안식처이자 방관자인 알버트 역에 이안 어서리가 캐스팅되자, 일리야는 분노했다.

사람을 좋아하지 않는 만큼, 딱히 싫어하는 사람도 없는 일리야가 유독 반감을 품은 사람이 몇 있었다.

이안 어서리, 그가 바로 인터뷰 중에 '백의 고백'을 대중에게 소개한 배우였던 것이다. 일리야가 가만히 있다가도 살의를 느끼고, 그가 나오는 작품은 아예 보지도 않을 정도로 미워하는 이유였다. 그런데 그런 이안이 자신의 작품에 캐스팅된 아이러니가 벌어졌으니 어처구니가 없었다.

예전부터 이 작품이 영화화된다면 알버트 역에 도전하고 싶다던 이안의 숙원이 이루어진 셈이지만, 일리야에게는 재앙이었다. 이안 어서리를 외면하다 보니 그가 그런 인터뷰를 했던 사실조차 몰랐다.

〔우리, 영화는 없었던 일로 하면 안 될까?〕

일리야는 오래 고민하지도 않고 바로 영화 제작을 백지화하자는 말부터 불쑥 꺼냈다. 이제 와 자기가 나서서 이안 어서리는 절대로 안 된다고 말하는 것보다, L. 드미트리를 천하의 변덕쟁이로 만드는 게 더 낫다고 생각한 것이다. 어차피 세상에 얼굴도 내밀지 않은 인물이니 어떤 비난을 받든 상관없다는 무책임한 생각을 했다.

〔유감스럽게도 이미 1차 오디션 결과가 나왔어요. 선생님이 너무 판을 크게 만들어서 이제 무르기에는 너무 부담이 커요. 미국에서는 세 명, 미다스의 각 지부에서 여섯으로 총 아홉 명이 뽑혔어요.〕

셀레나는 어림도 없다는 듯이 한 뭉치의 서류를 일리야에게 내밀었다. 미다스 에이전시가 뽑은 1차 오디션 결과였다.

영화를 제작하면서 엎어지는 일은 자주 있지만 국제적으로 오디션까지 봤는데 중단한다면 이건 신용의 문제였다. 투자에서부터 제작까지 주도하는 콘스차 재단으로선 매우 심각한 타격을 받을 수 있는 일이었다. 무리하게 제작을 진행했다는 비난을 면치 못할 것이고, 이사장인 셀레나는 그만한 책임을 져야만 할 것이다.

마지못해 셀레나가 건넨 서류를 한 장, 한 장 넘겨보던 일리야는 이내 재밌다는 표정을 지었다. 아홉 명의 후보 중에 네 명이 셀레나가 뽑아온 배우들과 겹쳤다. 그는 모르겠지만, 네 명뿐만 아니라 셀레나가 탈락시켰던 두 명도 그 명단 안에 있었다. 셀레나의 비서가 제대로 일을 했다는 방증이었다.

{결국 이변은 없었군.}

{그거야 최종 합격자가 누구인지 봐야 알겠죠.}

이변이 생길지, 뻔한 결과가 나올지는 아직 모르는 일이었다.

{그래서 정말 영화는 덮으실 생각이세요?}

심각한 셀레나의 물음에 일리야는 아무 대답이 없었다. 슬쩍 합격자 명단을 내려다보더니 귀찮다는 듯 손을 휘휘 저었다. 1차 합격자 명단이 마음에 들어서 이안 어서리 문제는 일단 접겠다는 표시였다.

하지만 셀레나는 안심할 수가 없었다. 아니, 오히려 더 불안해지고 말았다. 일리야가 '아이'라고 불렀던 배우가 만약에 떨어지면 그의 마음이 또 어떻게 변할지 모르는 일이었다.

일리야는 나름대로 이성적이고 차분한 성격이지만, 예술가의 기질은 어쩔 수가 없었다. 변덕스럽고 즉흥적인 결정을 내릴 때, 그는 뒷감당에 대해서는 생각하지 않았다. 언제나 주위에서 해결해 주고 편을 들어주었기에 비난을 받을 일도 없었다.

이번 일도 마찬가지였다. 영화 제작이 취소되더라도 일리야에게 돌아갈 부담보다는 콘스차 재단과 셀레나가 받을 비난이 더 컸다.

{오디션 결과가 어떻게 나오더라도……}

{처음부터 그건 각오하고 시작한 일이다. 이안 어서리는 생각지도 못한 변수지만, 만약의 사태가 벌어진다면 그냥 안 보면 되겠지.}

일리야는 슬쩍 셀레나를 보며 조금은 너그럽게 웃었다. 그녀 역시 그에게는 '아이'라고 불리기에 부족함이 없는 대상이었다. 그로서는 무리한 부탁을 해대는 당찬 셀레나가 귀찮기도 하지만, 그가 너그러워지는 몇 안 되는 사람 중의 하나였다.

누구 못지않게 셀레나가 곤란해지거나 힘들어지는 일이 생기는 것을 원치 않았다. 이안 어서리가 아무리 싫어도 셀레나를 궁지에 모는 짓은 애초에 할 생각이 없었다. 그냥 어깃장을 놓는 것으로 제 감정을 드러내는 것에 만족했다.

{나이가 들수록 눈에 밟히는 것들이 왜 이리 많은지……}

{네?}

{나이가 들면 마음이 약해져서 문제란 소리다.}

일리야의 대답에 셀레나는 그건 아닌 것 같다는 생각을 했지만, 콘스차답게 속마음을 숨기는 것은 잘했다. 하지만 랜스키를 상대했던 일리야를 속일 수는 없었다. 악동처럼 구는 조르지오와 비교해도 속이 훤히 보였다. 그리고 일리야는 셀레나의 무표정을 일시에 무너뜨릴 방법을 알고 있었다.

{그런데 예전에 네가 말했던 친구도 이번 오디션에 응시했다던? 꽤 유명한 친구라지 않았나?}

일리야는 합격자 명단을 톡톡 쳤다. 여기에는 있지 않은 것 같은데 어떻게 된 거냐는 물음에 셀레나는 아쉬운 표정으로 고개를 저었다. 더스틴도 오디션에 도전했지만, 아직 그에게는 조금 부족했던 모양이다. 심사 위원의 평을 들어보면 마지막까지 각축을 벌이다 아깝게 탈락했다고 한다.

연기력보다는 너무 밝은 이미지가 강해서 로이드에는 어울리지 않는다는 평가가 있었던 것이다. 셀레나도 같은 의견이었음에도 아쉬운 것은 어쩔 수가 없었다.

{아직 부족한 게 많은 친구예요.}

{부족한 게 많아도 좋은 친구인가 보구나. 너 같은 친구가 이렇게 생각해 주니 말이다.}

셀레나의 얼굴을 찬찬히 살펴보던 일리야는 희미한 미소를 지었다. 이제는 과연 새로운 세대들의 시대가 온 듯했다. 그들이 만들어 나갈 미래가 자못 궁금해지기 시작했다는 것은 정말 자신이 나이가 든 것인가 싶었다.

문득 그는 여태 붙잡고 있었던 로이드를 놓아주고 새로운 세대가 만들어내는 새로운 '로이드'를 받아들여야겠다는 생각이 들었다. 지난날의 아픔과 미련에 집착해서 추하게 늙어가는 것보다는, 새로운 세대가 만들어가는 시대에는 조연이 되어 지켜보는 것이 왠지 그의 다음 임무 같았다.

여전히 기록하는 자로서 새로운 세대가 만들어가는 이야기를 글로 써 내려가는 건 똑같겠지만, 아마도 예전과는 다른 내용이 될 것 같았다. 그래서 다음에 그가 쓰게 될 이야기 속의 아이들은 부디 행복하길 빌었다.

난고 끝에 채우진이 한국 지부의 오디션 합격자로 발표되자 대중은 당연한 결과로 받아들였다. 결과에 대한 이견보다는 채우진과 박민이 1점 차이밖에 나지 않았다는 것에 사람들은 경악했다.

그만큼 박민이 잘했을 것으로 생각하기보다는 오디션에 부정이 있지 않고선 절대 나올 수 없는 결과라고 믿었다. 채우진과 박민을 알고 그들의 차이를 아는데 도저히 이해가 가지 않은 점수 차이였다.

이런 반응을 예상하지 못한 박민 측이 초반에 과하게 여론 몰이를 한 영향도 컸다. 박민이 앞에서 집중포화를 받는 동안, 그 뒤에서 빌리지의 도야는 잔잔한 주목을 받았다. 채우진과 2점밖에 차이가 나지 않는 건 살짝 수긍이 가지 않지만, 그래도 어느 정도 잘했으니 그 점수를 받았을 거라는 생각이 지배했다.

"웃기고 있어! 도야의 삼촌이 심사 위원에 있었다는 걸 모르니 하는 소리지!"

오디션 관련 기사와 반응들을 살펴보던 황이영이 분통 터져 죽겠다며 가슴을 팡팡 쳤다. 끝이 좋으면 다 좋다고 하지만, 채우진과 1점 차이로 아깝게 오디션에 떨어졌다고 박민 측에서 기사를 내자 도야 역시 언론 플레이에 가세했다.

박민이 욕을 먹는 거야 당연하지만, 그 틈 사이로 도야가 치고 올라와서 재평가받는 것은 배알이 뒤틀렸다. 더욱이 장수환 대표에게서 도야와 심사 위원의 관계를 전해 듣고는 더욱 화가 났다.

"정확히는 친삼촌이 아니고 평소 삼촌이라고 부를 만큼 아버지와 친한 분이라고 하셨어요."

우진이 황이영의 말을 정정하자 그녀는 눈에 쌍심지를 켜고 입으로 불을 토해냈다.

"우진아, 너 남자들의 우정을 무시하니? 아버지끼리 호형호제하는 사이면 그건 그냥 삼촌이야! 피보다 진한 무촌 몰라?"

가족끼리 친척보다 더 친하게 지내는 사이라니 황이영의 말에도 일리는 있었다. 하지만 우진이 개인적으로 평가하기에 도야의 연기는 나쁘지 않았다. 자신만의 로이드에게 빠져서 도야와 박민이 연기할 때 제대로 보지 않았지만, 들리는 소리까진 어쩔 수가 없었다.

도야는 도망치며 숨을 토해내는 표현과 대사하는 목소리에 감정을 담아내는 것이 유려했다. 두 사람의 얼굴을 보지 않은 상태에서 목소리만 들어보면 박민은 무미건조하게 대사를 처리하는 감이 있었다.

"다른 사람은 안 봐서 뭐라고 할 수 없지만, 적어도 박민보다는 연기가 더 좋았는데 점수가 낮은 게 이해가 안 되네요."

그 이유는 권소현이 우진을 의식해서 그보다 더 낮은 점수를 줬기 때문이었다. 채우진에게 점수를 낮게 줘야 하는데 아무래도 도야가 그보다 더 잘할 것 같지는 않으니 아예 더 낮은 점수를 주고 시작한 것이다. 고만고만한 점수를 받는 처지에서 1~2점은 당락을 좌지우지할 수 있는 큰 점수였다.

"네 외모 점수를 5점 만점에서 2점을 줬다면 말 다한 거지. 우린 이런 거 기사로 안 낸데?"

이해관계가 얽힌 연예계에서 오디션 심사가 공정하게 이뤄질 거라는 기대는 없었다. 하지만 세간의 이목이 쏠린 오디션에서 이렇게 대놓고 편파적으로 심사할 줄은 몰랐다. 그만큼 둘도 없는 기회라는 것을 알겠지만, 욕심이 너무 과했다 싶었다. 박민과 도야가 오디션 점수로 언론 플레이하는 만큼 우리도 뭔가 해야 하지 않겠냐 싶어서 황이영은 답답해했다.

"그래서 사람들이 알아서 해주고 있잖아."

우진의 스케줄을 정리하던 강호수가 그러니 진정하라고 황이영을 달랬다.

박민이 아까운 석패를 운운하면서 언론 플레이를 하는 바람에 사람들의 호기심을 자극해 버린 우를 범해 버렸다. 솔직히 그의 연기력은 이미 정평이 나 있는 상태였고, 내세울 거라고는 외모뿐이었는데 그마저도 채우진에게 밀린 마당에 그의 무엇이 고득점을 받게 했는지 말이다.

결국은 조용히 있던 심사 위원들에게까지 인터뷰가 쇄도했다. 눈치는 있었는지 권소현은 인터뷰를 사양했고, 박한영은 대충 얼버무리는 수준으로 답했다. 최민환이야 미다스의 한국 지부장으로 오디션에 대해 좋은 발언만 할 수밖에 없었다. 하지만 다른 심사 위원은 그럴 이유가 없었다.

〈LA의 빈민가 출신인 로이드에게 맞춰 영어를 구사한 채우진에게 발음이 구리다며 점수를 낮게 준 분이 있었죠. 처음에는 작품 분석을 제대로 하지 않은 것 같다고 비난하다가 그게 아니라는 것이 밝혀지자, 배우가 새로운 시도도 할 줄 모르는 앵무새라고 억지를 부리는 바람에 애좀 먹었습니다.〉

(채우진의 외모에 2점을 준 분이 박민에게는 5점 만점을 주셨더라고요. 외모야 주관적인 판단이니 뭐라고 할 수는 없지만, 그분은 오디션이 무슨 공로상인 줄 아셨던 모양입니다. 1점이라도 엄연히 점수 차가 난 상황에, 그동안의 노고와 공로를 생각해서 뽑아야 한다고 계속 주장하시더군요. 재미있는 건 공로라면 채우진도 못지않은데 그건 그냥 무시하더란 말이죠.)

점수로 장난질하고 우기기는 박한영도 같았지만, 그건 자라나는 새싹에게 기회를 주자는 귀여운 정도의 억지였다. 권소현처럼 기상천외한 핑계를 대면서 떼를 쓰지는 않았다. 워낙에 권소현이 진상을 부려서 상대적으로 인상이 흐릿해진 덕분에 그는 공격 대상에서 빠지고 말았다.

이런 인터뷰가 나오니 박민을 밀어줬다는 한 명의 심사 위원이 누구인지 사람들이 캐기 시작했다. 그러다 예전부터 암암리에 돌던 박민에게 스폰서가 있다는 소문까지 다시 부상하고 있었다. 아직은 스폰서 당사자가 심사 위원인 것까지는 밝혀지지 않았고, 그 영향으로 점수가 높은 것 아니냐는 이야기가 나오고 있었다.

"어차피 박민과 권소현의 뒤를 캔 기자가 몇 있을 거야. 그들 중에서 한 명 정도는 이번에 터뜨리지 않을까?"

한창 논쟁거리가 된 지금이 기사를 터뜨리기 딱 좋은 시기였다. 강호수는 자신이 기자라면 때를 놓치지 않을 거라고 말했다.

"어차피 박민 소속사나 권소현이 막겠죠."

"하지만 더 많이 제시하는 쪽이 있다면 이야기는 달라질걸."

"아!"

강호수의 말에 조용히 듣고만 있던 우진이 알겠다는 듯 감탄성을 터뜨렸다.

박민에게 스폰서가 있다는 이야기를 예전부터 들었지만, 대상이 누구인지는 이번에야 알게 되었다. 그리고 자연스럽게 알게된 그녀에 대한 정보로 유추해 보면 강호수의 말이 무슨 의미인지 알 것 같았다. 황이영이 이해하지 못하자 강호수가 간단하게 설명해 주었다.

"권소현의 전남편."

그제야 황이영도 알겠는지 고개를 까닥였다. 현재 권소현은아이의 양육권을 가지고 전남편과 재판 중이었다. 협의 이혼으로 깔끔하게 갈라섰고 아이가 아직 미성년자라 양육권은 권소현이 가졌지만, 그녀가 면접교섭권을 인정해 주지 않자 전남편이소송을 건 상태였다. 하지만 뒤늦게야 그녀의 외도를 알고 화가난 그가 행동에 나선 내막이 있었다고, 장수환 대표가 이야기해주었다.

"재판에 유리하려면 스캔들만큼 좋은 게 없잖아."

"이혼하고 나서 사귄 거라고 주장하면 문제없죠."

권소현은 이혼해서 혼자인 몸이고 박민도 미혼이니 스캔들이나도 사귄다고 하면 끝이었다.

"만약 이혼 전에 두 사람이 함께 찍힌 게 있다면 이야기는 달라지지."

이혼은 재작년에 했지만 박민과의 관계는 그 이전부터 있었으니 사람 일이란 모르는 일이었다. 저녁이나 새벽에 호텔이나 한사람의 집에서 나오는 장면이 찍혔다면 이야기는 재미있게 된다.

그런 사진을 가지고 있는 기자 혹은 파파라치가 있다면 현재 굉장히 행복한 고민을 하고 있을 상황이었다.

"그건 권소현이 더 많이 부르면 소용없는 소리잖아요."

스캔들이 터지면 손해가 가장 큰 쪽은 권소현이니 분명 필사적으로 막을 것이고, 그러다 보면 부르는 액수도 자연 높아질 수밖에 없었다. 그래서 황이영은 강호수의 생각에 매우 회의적이었다.

"아마 권소현한테는 딜을 넣지 않을 거예요."

하지만 우진은 황이영의 생각과 달랐다.

예전 이연이 낸 교통사고를 기자가 덮어준 것은 그게 돈이 되기 때문이었다. 덮어주면 DS와 TM 양쪽에서 돈을 받을 수 있지만, 만약 기사로 내면 어느 쪽에서도 돈이 나오지 않는다. 그냥 특종만 냈다는 자부심만 느끼고 끝이다.

하지만 이번 경우는 양쪽의 경제 수준이 비슷했고 어느 쪽에 붙어도 금전적인 이득을 취할 수가 있었다. 그래서 권소현의 전 남편에게 붙는 것이 경제적 이득과 함께 기자로서 특종까지 함께 거머쥘 기회였다.

만약에 권소현의 전남편이 기자의 거래를 거절한다면 그때 그녀에게 가서 운을 떠봐도 늦지 않았다. 하지만 아마도 권소현의 전남편은 자신에게 찾아온 절호의 기회를 놓치지 않을 것이다. 기자로선 괜히 거래한다고 양다리를 걸치며 양쪽에 앙금을 만드니 한 사람하고만 완벽하게 계산하는 게 깔끔했다. 그렇게 해서 불시에 터지는 기사는 아무리 권소현이라도 막기 어려울 것이다.

"어디까지나 그럴 수도 있다는 이야기예요."

자신을 따라다니는 기자들을 보면 박민도 그에 못지않을 것 같았다. 오랜 시간을 시달려 온 만큼 덜미가 잡히지 않도록 애초에 조심스럽게 행동했을 수도 있었다. 게다가 기자가 박민이나 권소현과 더 친하다면 조용히 넘어갈 가능성 역시 컸다.

"하여튼 사람들이 하나같이 마음에 들지 않아."

박민이나 권소현은 지저분한 방법으로 연예계를 진흙탕으로 만들고 있었다. 이런 사람들이 계속 성공하니 다른 사람도 결국은 따라 하고, 안 하면 손해라고 생각하는 것이다. 당장 공정하게 경쟁한 우진은 괜히 박민과 도야 따위와 엮여서 이게 무슨 수모인가 싶었다.

만약 우진이 지금처럼 인기를 누리고 있지 않았거나 상황이 조금이라도 안 좋았다면 아무리 실력이 좋아도 이번 오디션에서 떨어졌을 것이다. 황이영이 보기엔 우진이 최고지만, 어쩌면 어딘가에 있을 또 다른 채우진은 이런 식으로 희생되고 사라졌는지도 모르는 일이었다.

"내가 무슨 힘이 있나, 나는 우리 우진이나 지키련다."

오디션의 내막을 사람들에게 알리고 싶지만 채우진의 스태프로서 할 수 있는 일과 할 수 없는 일이 있었다. 그래서 황이영은 할 수 있는 일을 하기 위해서 '채우진'을 검색해 여론을 돌아보고 잘못 알려진 사실은 정정하기 위해 노력했다.

"응?"

채우진의 연관 검색어에 '채우진 티셔츠'가 있어서 검색한 황이영이 당황해서 우진의 팔을 툭툭 쳤다.

"우진아, 이것 좀 볼래?"

"무슨 일이 생겼어요?"

문제가 되는 기사라도 올라왔나 싶어서 황이영이 보여주는 폰을 보는데 뉴스가 아닌 누군가의 SNS였다. 거기에는 왠지 낯설지 않은 티셔츠를 입은 여성의 사진이 있었다. 얼굴은 모자이크가 되어 있었고 사진의 화질이나 구도로 봐선 카페에서 몰래 찍은 듯했다.

〈이분 최소 채우진의 골수팬 인증하시네요. 어떻게 저 옷으로 코스프레할 생각을 다 했을까?〉

─코스프레는 아니고 옷만 커버해서 입은 거겠죠. 난 아무리 채우진이 좋아도 저 옷은 도저히 아니던데 대단한 분이시네요.
─저 옷 그거죠? 저번에 LA에서 입어서 팬들 사이에서 난리 났던 티셔츠! 사연이 많아서 팬들에게 여러모로 의미 있는 옷이긴 하지만 저건 너무했다.
─난 여러분들이 더 대단합니다. 아니, 그냥 좀 흔하고 흔한 티셔츠인데 저걸 또 알아보네.

SNS에 올라온 것은 한때 슬리퍼 청년이었을 당시 채우진이 입었던 티셔츠와 똑같은 옷을 입은 한 여성의 사진이었다. 사연 많고 제법 정도 든 옷이었지만, 목이 늘어나서 추레하다며 제발 버리라고 하소연까지 했던 거라 그의 팬이라면 모를 리가 없는 옷이었다.

유명인이 입어서 유행시키는 아이템이 있다지만 저 옷은 아무리 팬이라고 해도 절대 따라 할 패션 소품이 아니었다. 남성들 사이에선 흔하게 볼 수 있는 옷차림이라도 여성이 굳이 똑같이 만들어서 입고 다닐 만한 것이 절대 아니었다.

현재 SNS에선 저 정도면 중증이라는 반응과 오히려 귀엽다는 의견이 반으로 나뉘고 있었다.

"이 옷, 그 옷 맞지?"

"글쎄요. 맞는 것도 같고 아닌 것도 같고……."

수년을 입은 자기 옷이지만 이렇게 사진으로 보니 확신하기 어려웠다. 우진은 되레 사진만 보고 자신의 티셔츠와 똑같다고 말하는 이들이 더 대단하다고 생각했다.

"팬들의 눈썰미를 과소평가하면 안 돼. 셀카라고 올린 사진 배경에 있는 인형이나 물건 가지고도 연애하는 상대까지 찾아내는 게 팬들이라고. 내 한 맺힌 눈으로 봐도 이 옷은 그 옷이 맞아. 리폼한 것도 아닌 진품이야!"

이 옷 때문에 당한 수모가 얼마인데 절대 못 알아볼 리가 없었다. 그리고 그녀가 이렇게 자신하는 이유는 하나 더 있었다.

"이 실루엣! 그 여자가 확실하게 맞거든."

의자에 앉은 옆모습을 찍은 사진은 모자이크로 얼굴을 알아보긴 힘들었지만, 황이영은 보는 순간 그녀가 앞집 여자라는 걸 알아볼 수 있었다. 우진이 버리려고 내놓은 물품을 훔쳐갔을 유력한 용의자인 스토커라는 걸 아는 이상, 볼 때마다 유의 깊게 살펴본 결과였다.

"오늘도 네가 안 보는 사이에 날 아주 죽일 듯이 노려보더라."

이제는 일이 있을 땐 강호수와 황이영이 올라가서 우진을 데리고 나왔다. 그때마다 앞집 여자도 나와서 함께 엘리베이터를 타고 내려오다 보니 황이영과 자주 부딪치게 되었다.

우진이 앞을 보고 서 있는 동안 뒤에서 여자들만이 아는 시선을 교환하면서 전쟁을 벌이기도 했다. 그런 관계로 황이영은 앞집 여자의 이모저모를 눈으로 새겨두었다. 이제는 멀리서 뒷모습만 봐도 알아볼 정도였다.

"하여튼 그 여자가 진품이 있는데 굳이 이미테이션을 만들어서 입고 다닐 리는 없고, 이러려고 훔쳤겠지."

황이영은 SNS에 올라온 사진을 보면서 용을 쓴다고 혀를 찼지만 웃을 수만은 없었다. 회사에서도 이 일을 심각하게 받아들이고 있어서 우진이 계속 혼자서 지내는 것을 걱정하고 있었다. 그래서 결국 친구인 현민에게 부탁해서 함께 지내고 있었다. 우진이 혼자서 이여린과 만나는 틈을 주지 않으려는 방편이었다.

하지만 언제까지 이럴 수는 없어서 오디션 때문에 우진이 미국에 가는 동안 회사에서는 다시 이사를 계획 중이었다. 이번에는 최대한 극비리로 이사 갈 집을 알아보고 있었다. 처음엔 우진도 이여린에게 강경하게 대응하려고 했지만, 생각지도 않은 오디션 일정으로 되도록 참고 있었다.

어떤 의미에서든 지금이 이여린에게 주어진 마지막 기회였다.

◆　　◆◆◆　　◆

채우진의 티셔츠는 결국 실시간 1위에 오를 정도로 화제가 되었다. 시간이 지나면서 그녀를 아는 이들의 증언이 하나씩 나오기 시작했다. 원래 채우진의 팬이었다는 것과 남자 친구가 버리려던 티셔츠였다는 이야기도 나왔다. 한편에선 그녀의 남자 친구가 보살이라는 이야기가 나오면서 재미난 에피소드로 사람들의 뇌리에 남았다.

"그 여자 또 왔다."

초인종 소리가 들리자마자 쪼르르 달려가 인터폰을 본 현민이 질린 표정으로 우진에게 말했다. 이어린 때문에 혼자서는 집 밖으로 나갈 수가 없었던 우진은 현민이 온 이후로 많은 자유를 얻었다. 수업을 같이 들으니 학교에 갈 때 함께 움직이기가 딱 좋았고, 지금처럼 이어린이 찾아올 때도 현민이 상대했다.

현민도 부모의 시선에서 벗어나 넓은 집에서 친구와 지내는 것이 재미있었고 학교와도 가까워서 좋았다. 하지만 밤마다 초인종을 누르는 이어린은 한여름의 공포 영화보다 더 끔찍했다. 솔직히 이것만 빼면 이곳에서 지내는 것에 그도 불만은 없었다.

"저 여자는 왜 저녁 10시만 되면 벨을 누르는 걸까? 파블로프의 개 실험이라도 하는 거야, 뭐야."

"이번엔 또 뭐냐고 물어봐."

우진의 요구에 현민은 눈을 가늘게 뜨며 친구를 노려봤다.

"그런 말을 꼭 문 뒤에 숨어서 하고 싶냐?"

열린 문 뒤에 숨어서 얼굴만 빼꼼히 내밀고 있는 우진을 보며 현민은 혀를 찼다.

이어린이 찾아올 때마다 현민이 그녀를 맞았는데 이유는 매번 달랐다. 어느 날은 음식을 너무 많이 만들었다거나, 집 안의 전등을 갈아야 한다거나, 컴퓨터가 이상하니 좀 봐달라는 것들이 있었다. 그것도 꼭 저녁 10시에 우진이 집에 있을 때만 찾아왔다.

그때마다 현민은 있는 것도 남아서 버리고 있다, 전등은 관리실에 말하면 바꿔줄 것이고, 컴퓨터는 자신도 컴맹이니 AS를 부르라고 친절하게 답해줬다. 목소리는 친절했지만 절대 문은 열어주지 않았다. 그런데도 우진은 뭐가 무서운지 꼭 문 뒤에 숨어서 저러고 있었다.

"그냥 본능적으로 몸이 알아서 이렇게 숨는 걸 어떻게 하냐."

우진이 멋쩍은 표정으로 문 뒤에서 나와 현민에게 다가가는 사이에도 벨은 계속 울리고 있었다.

"우리가 일일이 상대해 주니까 미련을 못 버리나?"

"그럴 수도 있겠다. 우리가 그동안 너무 매너 있게 행동했어."

우진의 의문에 현민은 동의하며 인터폰의 전원을 아예 꺼버렸다. 집 전체에 울리던 초인종 소리가 일순간에 사라지자 두 사람의 표정이 동시에 편안해졌다. 문을 열어주지 않고 인터폰 너머로 거절해도 그녀의 방문이 은근히 압박이고 부담이었다.

"그런데 넌 오디션 준비 안 하냐?"

문밖의 이여린을 머릿속에서 떨치고자 현민은 괜히 우진에게 말을 걸었다.

"하고 있잖아."

우진은 조금 전까지 읽고 있었던 '백의 고백'을 들어 보였다. 그리고 현재 우진은 열심히 다이어트 중이었다. 'Guardian angel' 때 만들었던 몸을 포기하고, 오디션에서 마르고 연약한 로이드를 만들기 위해 음식을 절제하고 있었다. 그걸 뻔히 알면서 뭐 하러 묻는지 모르겠다는 반응을 보였다.

"그런 거 말고. 다른 경쟁자들 작품 분석 같은 거 안 해? 적을 알아야 그에 맞춰 대응할 거 아니야."

"어떻게?"

"누구는 연기 스타일이 어떻고, 저 사람은 이렇게 연기한다는 걸 알면 좀 도움이 되지 않을까?"

"하지만 그들이 전에 했던 연기는 로이드가 아니잖아."

한 작품에서 연기한 것을 다른 배역에서도 똑같이 연기하는 배우라면 굳이 신경 쓸 필요가 없었다. 굳이 그들의 연기 스타일을 연구한다고 무슨 도움이 될 것인가 싶었다.

"다른 사람이 어떤 연기를 하는지는 중요하지 않아. 그들을 안다고 해서 내 연기가 좋아지는 것도 아니고, 그들을 모른다고 해서 내가 로이드를 연기하는 데 불리해지는 것도 아니야. 뭣보다 굳이 찾아보지 않아도 그들이 나왔던 작품은 이미 다 봤다."

이번 오디션에 합격한 배우 중에 신인은 없었다. 감동적인 스토리를 가진 신인의 등장이나 탄생 같은 드라마는 없었다. 그냥 뻔한 결과라고 할 수밖에 없을 정도로 연기파로 유명한 배우들이 뽑혔다. 그래서인지 우진은 그들이 나왔던 작품은 거의 다 본 상태였다.

따로 분석이랄 것이 필요 없을 정도로 그들의 연기 스타일은 이미 알고 있었다. 몇몇은 그들이 연기할 로이드의 모습이 어느 정도 예상이 되었고, 몇몇은 도저히 상상이 되지 않았다. 전자는 걱정할 필요가 없고, 후자는 그들의 작품을 다시 보고 분석해 본들 시간만 버리는 격이었다.

"그런가. 하긴……. 하지만 다른 사람은 몰라도 텐노 테루아만은 꼭 이겨라!"

"이게 한일전이냐?"

한국에서 우진이 합격했듯이, 미다스 일본 지부에서는 일본 배우인 텐노 테루아가 합격했다. 아역 배우 출신으로 다양한 장르와 실험적인 작품에 출연한 경력이 있는 배우였다. 혼혈로, 잘생긴 외모와 뛰어난 연기력으로 한국에서도 제법 팬이 많았다. 하지만 오디션이란 경쟁에서 한국인과 일본인이 붙게 되니, 자연히 열기가 한일전에 못지않은 분위기로 흘러가고 있었다.

최종 오디션에서 떨어지는 건 괜찮은데 텐노 테루아만은 이기고 져야 한다는 응원의 글이 많았다. 박민과 도야가 여론 몰이를 하면서 점수를 공개해 버린 바람에 사람들은 오디션을 무슨 점수로 등수를 매기는 게임으로 인식해 버린 것이다.

"요즘 나만 보면 합격하라는 게 아니라 누굴 이겨달라는 사람들이 너무 많다."

우진이 1차 오디션에 합격했다는 소식에 본인은 떨어졌으면서도 더스틴은 진심으로 축하해 주었다. 하지만 전화 말미에 '크리스토퍼 에거스'는 꼭 이겨야 한다는 당부를 전하며 경쟁자였던 이에 대한 앙금을 보였다. 겨우 오디션의 당락을 가지고 성격 좋은 더스틴이 이런 말을 했을 것 같지는 않았다.

평소 사이가 좋지 않았거나, 오디션 과정 중에서 일이 있었던 듯싶었다. 하지만 유감스럽게도 우진이 경계하는 배우 중의 하나가 크리스토퍼 에거스였다. 그는 도저히 어떤 연기를 할지 상상이 가지 않는 배우였다.

"그래서 자신 없어?"

우진의 푸념에 현민이 눈썹을 치켜들며 물었다. 이미 그의 마음속에는 한일전이 벌어지고 있었기에 친구의 앓는 소리는 용납할 수가 없었다.

"이왕이면 누구 하나만을 이겨달라는 말 대신, 꼭 로이드가 되라는 응원이 더 힘이 된다는 소리다."

애초에 오디션을 봤다는 것은 그 배역을 꼭 하고 싶은 마음이 있기 때문이었다. 여기서 더 유명해지고 싶다거나 누군가를 이기기 위한 호승심이 아닌, 오로지 '로이드'가 욕심이 나서였다. 누구에게도 양보할 생각이 없었고, 정말 최선을 다해 도전할 생각이었다. 그러기에 굳이 부탁하지 않아도 경쟁자들을 이겨야 할 이유가 우진에게는 분명히 있었다.

한일전의 연장선으로 생각하는 사람들이나, 개인적인 감정으로 우진을 응원하는 더스틴이나, 결국은 그들이 싫어하는 대상만 이기면 결과는 어떻게 되든 상관없어했다. 우진이 최종 합격을 하면 좋겠지만, 아니어도 테루아와 크리스토퍼만 꺾으면 된다는 한정된 경쟁의 틀에서 생각하고 있었다.

그러나 우진의 목표는 겨우 한두 명 이기는 것이 아니었다. 그래서인지 누구누구만은 꼭 이기라는 소릴 들을 때마다 어떻게 반응해야 할지 난감했다. 예전보다 넉살이 좋아지기는 했지만, 난 그들 모두를 이기고 오디션에 합격할 거라고 뻔뻔하게 말할 정도의 내공은 아직 부족했다.

"잠깐, 이 소리는 뭐지?"

조용한 집 안에서 갑자기 울리는 음악 소리에 현민이 놀라서 인터폰부터 보았다. 다행히 꺼진 인터폰에서는 아무 소리도 나지 않았다. 오죽이나 시달렸으면 전화벨 소리를 초인종으로 착각한 것이다.

"내 전화야. 호수 형이 이 시간에 무슨 전화지?"

우진은 서둘러 전화를 받으면서 걱정부터 했다. 저녁 늦게 오는 전화치고 반가운 소식일 경우는 거의 없기 때문이다.

—우진아, 괜찮아?

"네? 전 괜찮은데 갑자기 무슨 일이에요?"

전화를 받자마자 급하게 묻는 강호수의 목소리가 초조하고 급박했다. 우진은 자신이 모르는 사이에 무슨 안 좋은 일이라도 생겼나 덩달아 목소리가 착 가라앉았다.

—정말 아무 일도 없어? 너 지금 어디에 있는데?

"당연히 집에 있죠."

—관리실에서 너한테 무슨 일이 있는 것 같다며 나한테 방금 전화가 왔는데?

"무슨 소리예요? 버젓이 집에 있는… 아! 뭔 소린지 알겠네요. 우선 그것부터 정리하고 다시 전화할게요."

우진은 우선 전화를 끊자마자 꺼놓은 인터폰의 전원부터 켰다. 환하게 켜지는 화면에는 이여린과 관리실 직원이 초조한 얼굴로 연신 벨을 누르고 있었다. 더불어 조용했던 집 안에 초인종 소리가 시끄럽게 울려 퍼졌다.

관리실에는 비상 연락처로 강호수의 폰 번호를 알려준 상태였다. 무슨 일이 생기면 바로 그에게 연락이 가게 되어 있었는데 오늘 처음으로 그게 작동한 모양이었다. 무슨 일인가 싶어서 현민도 우진의 옆으로 다가와 인터폰의 화면을 보았다.

"정말 가지가지 한다."

보자마자 사태가 어떻게 된 것인지 짐작한 현민이 화가 나서 현관문을 벌컥 열었다.

"안에 계셨군요?"

관리실 직원은 현민을 보자마자 안심한 표정부터 지었다.

"이 저녁에 무슨 일입니까?"

"여기 이분이 아무래도 이 집에 일이 생긴 것 같다고 하셔서요. 관리실에서 콜을 했는데도 안 받으셔서 올라왔습니다."

이여린이 그냥 방문객도 아니고 채우진과 같은 펜트하우스에 사는 입주민이라 그녀의 말을 무시할 수가 없었다. 분명히 안에 있는 걸 아는데 아무리 벨을 눌러도 반응이 없다면서 울며 도움을 요청하는데 관리실도 난리가 난 상태였다.

"저분이 밤마다 계속 벨을 누르는 바람에 시끄러워서 인터폰을 꺼놓은 상태였습니다."

"아……."

화가 난 현민의 설명에 관리실 직원은 뭔가 알겠다는 표정으로 이여린을 보았다. 연예인이 여럿 사는 만큼 그들의 팬들을 상대한 경험이 풍부한 직원이었다. 아직 이런 경우는 없었지만 입주민이 팬이 아니라는 법은 없었다. 그러자 이여린은 억울하다는 표정으로 반박했다.

"무슨 소리예요! 매일 일이 있어서 찾아왔을 때는 아무 일이 없었는데 오늘 유독 연락이 안 돼서 저도 놀란 거라고요. 그리고 당신만 괜찮으면 어떻게 해요! 우리 우진 씨가 안전한지 확인하기 전까진 전 못 가겠어요."

이여린이 말하는 뉘앙스가 이상해서 관리실 직원은 살짝 뜨끔

한 표정을 지었다. 친근하게 '우리 우진 씨'라고 아무렇지 않게 부르고, 매일 찾아왔다는 대목에서 이거 혹시 뭔가 있는 게 아닌가 싶었다. 그동안 잘 사귀다가 헤어지고 남자 쪽에서 안면 몰수하는 게 아닌가 싶기도 했다.

가끔 헤어진 애인이 찾아와서 난리 치는 경우가 많았는데 이번 일도 그런 경우인가 싶었다. 하지만 상대가 하필 입주민이라서 무작정 말리거나 쫓아낼 수 없는 처지였다. 입주민 간의 분쟁은 이유가 무엇이든 관리실에선 개입하기가 늘 난처했다. 현민도 같은 것을 느끼고 뭐라고 쏘아주려는데 우진이가 나타나 그를 뒤로 보내고 대신 앞으로 나섰다.

"걱정해 주셔서 고맙지만 오늘 일은 도를 넘으셨네요. 매일같이 전등 좀 갈아달라고 하고, 이것저것 고쳐달라고 저녁 10시만 되면 벨을 울리는데 우리도 노이로제 걸리기 직전입니다. 아무리 이웃사촌이라고 하지만, 적당히 예의 좀 지켜주셨으면 좋겠습니다. 오죽했으면 인터폰을 꺼놨겠습니까."

"우진 씨!"

이여린이 충격받은 듯 눈가를 파르르 떨며 눈물을 떨궜다. 눈을 깜박일 때마다 주르륵 흐르는 눈물이, 모르는 사람이 보면 정말 처량하고 애달프게 보였다. 순간 현민도 자신이 너무 심하게 대했나 싶어서 살짝 미안할 정도였다.

"알 만한 사람은 다 아는 게 제 이름이지만, 그렇게 부르는 것도 이웃 간에 너무 실례라고 생각하지 않습니까? 예의 좀 지켜주세요. 그럼 저도 이웃으로 그쪽을 존중해 드리겠습니다. 그러기 전까진, 우리 집을 서성이던 스토커들과 그쪽을 같이 취급하겠습니다."

"스토커라니, 어떻게 그런 심한 말을 하세요!"

"그건 본인이 잘 알겠지요."

이여린에게 최대한 감정을 참고 무뚝뚝하게 충고한 다음에 우진은 관리실 직원을 보았다.

"저 때문에 고생이 많으신데 이렇게 폐를 끼쳐서 죄송합니다. 많이 놀라셨죠?"

"아, 아니요."

평소에 얼굴 마주치면 꼬박꼬박 인사하고, 이곳까지 찾아오는 팬들 때문에 미안하다며 관리실에 이것저것 챙겨주던 채우진이었다. 직원들 사이에서도 정말 예의 바르고 착한 청년이라며 매일같이 입에 침이 마르도록 칭찬하곤 했다.

이곳에 살았고, 현재 사는 연예인은 채우진만 있는 게 아니었다. 하지만 그처럼 예의 바르고 경우를 아는 연예인은 처음이었다. 오죽했으면 관리실 직원들끼리 저렇게 사람이 좋아서 정글 같은 연예계에서 어떻게 버티냐고 걱정까지 했더랬다.

그런데 이여린을 대하는 태도가 서늘하고 냉정한 것은 그렇다 쳐도, 화가 난 상태에서도 자신을 보며 바로 예의 바르게 행동하는 것이 절대 호락호락한 인물이 아니라는 게 느껴졌다. 감정을 이만큼 절제할 수 있는 사람은 나이 많은 이들 중에서도 많지가 않았다.

"앞으로 저분이 오늘 같은 일을 또 저지르면 그냥 무시하세요. 이웃이라고 참는 것도 오늘이 마지막입니다. 찾아보면 아시겠지만, 이렇게 매일 찾아올 사이도 아니고 그냥 참으니 점점 정도가 심해지는 것 같아서 저도 어쩔 수가 없습니다."

우진은 손가락으로 슬그머니 CCTV가 있는 쪽을 가리켰다. 관리실에서 관리하는 CCTV에도 그동안 이여린의 행동이 고스란히 찍혔을 테니 확인해 보라는 의미였다.

우진은 관리실 직원에게 먼저 인사하고 이여린에게도 살짝 고개를 끄덕이는 것으로 예의를 지켰다. 하지만 분위기가 꼭 이게 너를 상대하는 마지막이라는 경고가 물씬 풍겼다. 현관문이 닫히고 여간 무안한 게 아닌 관리실 직원은 이여린에게 조심스럽게 말을 걸었다.

"일단 걱정했던 것과 달리 아무 일도 없으니 안심하시고 댁에 들어가십시오."

아까는 연민이 느껴질 정도로 불쌍했는데, 지금은 서릿발 내리는 눈밭에 서 있는 것처럼 그녀에게서 냉기가 흘렀다. 더는 이곳에 있기 싫어진 그는 대충 인사하고 엘리베이터를 타고서 내려가 버렸다. 오로지 이여린만이 복도에 서서 우진의 집 현관문을 노려보았다.

"야, 안 가고 밖에 계속 있어! 어떻게 하지?"

우진이 강호수에게 상황을 설명하고 돌아오자, 따로 밖에 설치한 CCTV를 확인하던 현민이 질린 표정으로 화면을 보여줬다.

"내일 아침까지 저러고 있으면 어떻게 하지?"

"어떻게 하긴. 우리는 당당하게 그냥 지나치면 되지. 누가 밖에 계속 서 있으라고 했나."

"그러다가 흉기 들고 덤비면 어떻게 하려고?"

"설마?"

우진은 자신이 이여린을 막아내지 못할 정도도 아니거니와, 한국에서 그런 일은 절대 일어나지 않는다며 고개를 저었다.

"어떤 일이나 최초는 있는 법이야. 그리고 우리나라도 안티 팬의 공격은 좀 있잖아. 오늘 일 때문에 안티 팬으로 돌변하면 어떻게 하려고, 센 척은!"

이여린이 스토커에서 안티 팬으로 전향하는 건 상관없지만, 저 집념을 가지고 공격적으로 변하지 않을까 걱정이 되었다. 그래서 우진에게 살살하지 그랬냐고 핀잔을 주었다.

"가만히 있으면 한도 끝도 없었을 거야. 공격성을 띠든 다른 방법을 모색하든 지켜보면 알겠지."

"그렇다고 너무 부추기지는 마라."

"편안하게 쉬어야 할 집이 저 여자 때문에 오기 싫은 곳이 돼버렸는데 그럼 어떡해. 좋게 좋게 넘어간다고 해서 나아질 게 아니라면 그냥 끝까지 가버리는 것도 나쁘지 않아."

이쪽이 연예인이라서 매사에 조심하고 웬만해선 그냥 넘어가니까 저쪽은 자신이 뭘 해도 괜찮다고 생각하는 듯했다. 관리실 직원 앞에서 마치 자신과 무슨 사이라도 되는 듯이 말하는 것을 듣고 우진은 더는 그냥 둬서는 안 되겠다고 작심했다.

현재 회사에서 새로운 집을 알아보고 있다니 웬만해선 참으려고 했지만, 그냥 무시했다가 관리실에 이상한 소문이라도 돌게 되면 그때는 상황이 걷잡을 수 없게 된다. 혹여 나중에 일이 생기면 아까 그 직원이 변조한 목소리와 모자이크한 얼굴로 인터뷰를 할 가능성도 없지 않았다.

"왠지 그날 분위기가 이상하더라고요. 꼭 싸우기도 한 것 같고, 사귀다가 헤어졌는데 여자가 매달리는 것 같더라고요. 채우진 씨, 그렇게 안 봤는데 참 모질더라고요."

대충 상상해도 이런 내용이라서 우진이 참지 못하고 나선 것이다. 아마 나중에는 우진이 이곳 입주민도 아니게 될 테니 편을 들어주지 않을 가능성도 있었다. 차라리 저 여자 때문에 이사 갈 수밖에 없었다는 알리바이를 지금부터 만들어놓는 게 나을 것 같았다.

"다만 오디션 준비하는 동안까지만 조용히 있어주면 좋겠다. 적어도 내 팬이었다면 말이지."

지금은 그녀가 자신의 팬이라고 생각하지 않았다. 그러나 적어도 그녀에게 생각이라는 게 있고, 정말 자신을 좋아하는 마음이 있다면 오디션을 보기까지는 잠잠히 있어주길 바랐다.

하지만 불길한 예상은 언제나 맞아떨어졌고, 이여린은 최악의 선택을 함으로써 자신의 가치를 우진에게 보여주려고 발악했다.

〈오늘 우연히 이상한 SNS를 발견했지 뭐예요. 만든 지 며칠 되지도 않은 계정인데 사람들 반응이 벌써 장난이 아니더라고요. 혹시 발악 이분들은 알고 계시나 해서 이곳에 글 올립니다. 처음엔 좀 이상한 양반인가 했는데 그분이 올린 내용이 하나같이 의미심장해서요.

저번에 채우진 티셔츠 입고 사진 찍혔던 여성도 이분 같고, '아침 만들어놨으니 꼭 챙겨 먹어!' 라고 적힌 포스트잇과 공부한 흔적이 가득한 노트를 찍은 사진에서도 우리 지니 글씨체가 보이고, 침대 위에 앉아서 찍은 셀카의 배경은 전에 방송에 나왔던 지니 방과 똑같아요.

그냥 보면 이건 빼도 박도 못하게 증거가 너무 많더라고요. 저는 지니가 연애하는 건 어쩔 수 없다고 생각하고, 반대하고 싶지도 않아요. 그런데 이런 식은 아니지 않나요? 여성분 좀 경솔한 것 같기도 하고 좋게 보이지 않더라고요. 게다가 요즘 지니 정말 중요한 시기인데 너무 속상합니다.〉

소원바라기에 올라온 글 하나로 그곳은 거의 초토화가 됐다. 이미 알고 있었지만 긴가민가해서 조용히 있었던 이들까지 가세해 하나의 토론장이 형성되었다. 하나씩 따져보면 분명 채우진의 티셔츠가 맞았고, 글씨체는 물론이거니와 셀카에 나온 방은 예전 예능에서 나왔던 우진의 방과 똑같았다.

그 사이에 또 올라온 사진은 낯선 방이었지만, 우진이 직접 그렸다고 한 그림이 벽에 붙어 있었다. 처음에는 그녀에게 그림을 선물했나 싶었는데 방의 인테리어가 남성적이었고, 곳곳에 보이는 소품이 예전 우진의 방에 있던 것들이었다.

이내 올 초에 우진의 본가가 인테리어 공사를 해서 방송에 나왔을 때와 내부가 바뀌었다는 말이 나왔다. 즉, 두 번째 올린 사진은 바뀐 채우진의 방일 가능성이 크다는 이야기였다. 그 와중에도 문제의 그녀는 SNS에 채우진과 관련된 사진들을 하나씩 계속 올렸다.

마치 소원바라기에서 나오는 이야기를 모두 알고 있다는 듯이 하나의 반론이 나오면 일체의 설명 대신 그에 맞는 사진들을 올리는 것이다. 그로 인해 그녀가 소원바라기의 회원이라는 것도 어느 정도 짐작되는 상황에까지 이르렀다.

문제는 소원바라기에서만 끝나는 게 아니었다. 언제나 SNS와 인터넷에서 화젯거리를 살피던 연예부 기자가 사실 파악을 떠나 '이런 이야기가 돌고 있다' 라는 식으로 기사를 쓴 것이다. 이는 소원바라기에 처음 문제의 SNS 관련 글이 올라온 지 한 시간도 안 되는 사이에 벌어진 일이었다.

우진의 오디션 준비를 위해서 미국행을 준비하느라 바빴던 강호수와 황이영이 미처 알고 대응할 시간조차 없었던 것이다. 기사가 나오고 나서야 알게 된 황이영은 부랴부랴 사태를 파악하느라 정신이 없었고, 강호수는 우진에게 먼저 상황을 알렸다.

"결국은 일이 벌어졌네요."

"SNS에 첫 글이 올라온 날을 보니까 너한테 한 소리 들은 다음 날부터야."

"제가 잘못한 건가요?"

"이런 사진까지 찍은 것을 보면 언젠가는 터질 일이었던 것 같다."

집에 몰래 들어와서 물건만 훔쳐간 줄 알았는데 셀카까지 찍을 여유가 있었던 것을 보면 상상 이상으로 대범한 성격임이 분명했다. 우진이 우희에게 쓴 메모들이 교묘하게 연인들끼리 주고받는 밀어로 변해 있는 것을 보면, 이것도 작정하고 훔친 것이 맞았다.

'삶, 그리다' 에서 우진의 방이 공개되고 공부하는 장면이 나와서 팬들이라면 그의 글씨체를 모를 수가 없었다. 게다가 이여린은 인테리어 공사를 하기 전과 후의 사진을 모두 올려서 그만큼 오랜 시간을 채우진과 함께했으며, 집에 자주 드나들 만큼 그의 가족들과도 친밀하다는 뉘앙스를 풍겼다.

"또 새 글이 올라왔다."

이여린의 SNS를 계속 살피던 강호수가 '또' 냐는 표정으로 이마를 찌푸렸다. 이번에는 우진이 DSTV에 나와서 여자 친구가 없다고 인터뷰했던 부분을 캡처해서 올렸다. 하지만 다른 것들과는 다른 점이 이번 것은 사진 밑에 글이 있었다. 그런데 내용이 '그래도 난 울지 않아. 그를 이해하고 있어' 라는 글이었다.

"이건 또 뭔 소리야!"

그래도 지금까지는 그나마 참고 보던 우진이 이번엔 자리에서 벌떡 일어나 파르르 몸을 떨었다. 이여린의 글이 다른 의미로 소름이 끼쳤다.

"감수성이 꼭 중2 같네……."

"설마 사람들이 내가 저런 여자와 사귄다고 정말 믿지는 않겠죠?"

우진은 스캔들보다 다른 것을 더 걱정했다. 이런 유치한 글이나 올리는 사람과 사귀는 사람이라는 오해를 받는 게 너무 끔찍하게 싫었다.

"유감스럽게도 증거가 너무 많아서 믿는 사람이 많은 것 같다."

극히 소수지만 심지어 응원하는 사람도 있었다. 이런 글을 올리면 채우진에게 전혀 도움이 되지 않는다는 사람들과 싸우며 그를 비난하기도 했다. 여자가 이런 글을 쓰게 만드는 것은 비겁하다며, 당당하게 연애 사실을 밝히는 것이 남자답다고 주장했다.

"어떻게 할까? 반박 기사부터 내는 것이 좋겠지?"

일단은 장수환 대표의 지시가 있어야겠지만 강호수는 먼저 우진의 의견부터 물었다.

"굳이 그럴 필요 있나요? 이렇게 자기 스스로 무단 침입한 증거를 내놓는데 먼저 신고부터 하죠."

본가의 CCTV에 찍힌 것과 김광식 기사가 찍은 영상만으로도 이쪽 증거는 충분했다. 아주머니와 청소 업체의 증언까지 더하면 확실했다. 이여린이 성형을 해서 그동안 확신하지 못했다가 이번에 알게 되었다고 주장하면 되었다.

"우선 글부터 내리게 해야지."

"정말 아무 사이도 아닌데 반박 기사를 내는 것도 우습고, 글을 못 쓰게 하면 더욱 의심하는 사람들이 생길걸요. 마음대로 하라고 하세요. 자기 행동에 대한 대가를 치러야 한다는 걸 모르는 나이도 아니잖아요."

어쩌면 스캔들인데도 우진은 너무 여유롭고 초조한 기색조차 없었다. 의아한 강호수의 시선을 느꼈는지 우진은 설핏 웃으며 말했다.

"스폰서 사건이 터진 적도 있는데 이 정도는 그에 비하면 약과죠. 게다가 요즘은 스캔들 터져도 공개 연애만 잘하고 아무렇지도 않던걸요."

블루핏과의 폭력 사태에서부터 시작해서 노래 도용과 스폰서 사건까지, 누구는 평생 하나도 겪어보지 않을 일을 우진은 몇 년 사이에 모두 당해봤다. 그에 비하면 이 정도는 약과였다. 그리고 요즘 연예인은 스캔들이 터져도 바로 인정하고 공개 연애를 해서 그런지 팬들도 어느 정도 포기하는 심정으로 지켜보는 듯했다. 무엇보다 이제 채우진의 인기는 이런 스캔들 하나로 흔들릴 기반이 아니었다.

"며칠 끈다고 해서 제가 치명타를 받을 정도는 아니죠?"

잠시 생각해 본 강호수는 이내 고개를 끄덕였다. 온갖 풍파를 헤쳐온 채우진의 팬이 이런 글로 며칠 사이에 흔들릴 일은 없었다. 그리고 기자들도 논란 정도로만 보도하고 있지, 이여린 측에 서지는 않고 있었다.

채우진에 관한 보도는 늘 조심스러워했고, 그의 인기가 국제적이라서 어느 정도 보호해 주는 경향도 있었다. 심지어는 이여린을 정신 나간 팬으로 취급하는 기사도 올라오고 있었다.

"그렇기는 하지. 그냥 이런 글 자체가 보기 싫으니 막자는 이야기였어."

"경고하고 따지면 그조차도 압력이 들어왔다는 식으로 왜곡할 거예요."

이여린이 지금껏 보여 준 태도로 봐서는 결코 쉽게 물러날 것 같지가 않았다. 어떤 이는 십여 년이 넘는 시간 동안 스토커에 시달리다 못해서, 집 안까지 침입한 후에야 참지 못하고 신고했다는 이야기를 들은 적이 있었다. 하지만 이여린은 십 년은커녕 몇 년 되지도 않았는데 벌써 주거침입은 물론 옆집으로 이사까지 따라 왔다.

벌써 이런데 십 년이 지나면 또 어떤 식으로 업그레이드할지 상상조차 되지 않았다. 우진은 대중의 시선이 두려워서 피폐한 상황을 참고 넘어갈 생각이 없었다. 그리고 앞으로 제2의 이여린, 제3의 이여린이 나오지 말라는 법도 없었다.

스토커가 어떤 대접을 받고 어떤 결말을 보는지 똑똑히 알려줄 필요가 있었다. 어설픈 용서는 또 다른 범죄를 용인하는 행위, 그 이상도 이하도 아니었다. 우진은 두 손으로 머리카락을 헤집으며 눈을 감았다.

오늘은 그냥 가만히 있어도 로이드의 우울증이 자신에게 전염되는 것 같았다.

◆　　◆◆◆　　◆

채우진 측에서 아무런 반박 기사가 나오지 않자 차츰 SNS의 글이 사실로 굳어지기 시작했다. 예전 채우진이 인터뷰에서 만약 연애를 하게 되면 최대한 상대를 배려해서 공개하지 않을 거라고 말했던 것을 거론하며, 이여린의 행동을 좋게 보지 않는 이들 역시 많았다. 채우진 같은 연인이 있다면 누구라도 자랑하고 싶겠지만, 이런 식은 아니지 않으냐고 그만 글을 내리라 달래는 이들도 있었다.

채우진의 팬은 그가 어떤 발표도 하지 않은 상태에서 섣불리 이여린을 비난하지는 않았지만 그렇다고 그녀를 인정하지도 않는, 유보하는 태도를 보였다. 집에 드나들 정도라면 부모님도 아는 관계일 텐데 그런 상대를 함부로 대할 수는 없었던 것이다.

한편으론 채우진과 DS에서 조용히 있는 것에 뭔가 이상함을 눈치챈 팬들도 많았다.

소원바라기만 해도 채우진과 직통으로 통하는 강호수와 황이영이 잠잠했다. 그리고 카페에서 활동하는 진희엄마와 가온의 디자이너 등, 채우진과 가까운 친인들이 SNS와 관련해서 아무런 글을 남기지 않았다.

이를 이상하게 여기는 발악이들에게, 가끔 법적인 조언을 해주었던 회원이 '거론할 가치조차 없어서 그랬겠죠'라고 짤막하게 언급했을 뿐이었다.

이런 와중에 눈치 빠른 누군가가 의문 하나를 던졌다. 채우진과 함께 찍은 사진은 그렇다 쳐도, 이번에 그가 새로 이사한 집 사진은 왜 없냐는 질문 글이 올라온 것이다. 부모님과 함께 사는 본가에도 드나들었다면 독립한 그의 집은 오죽하겠냐는 호기심에서 비롯된 의문이었다.

질문 글이 올라오자마자 이여린은 자신의 거실 베란다에서 보이는 전경을 찍어서 올렸다.

일전에 소원바라기에서 현재 채우진 집에서 보이는 전경으로 예상되는 사진이 몇 장 올라온 적이 있었다. 옛날 오피스텔 건물의 분양 글에 있는 사진과 층이 다르지만 같은 건물에 사는 사람들이 인터넷에 올렸던 것들을 모아놓은 것들이었다. 그것과 거의 일치하는 풍경 사진에 사람들은 더는 의심할 수가 없었다.

◆　　◆◆◆　　◆

채우진의 애인이라 예상되는 여성의 SNS가 논란이 된 지 하루가 지나자, 차츰 방송에서도 이를 언급하기 시작했다. 어조는 굉장히 조심스럽고 아직 단정할 수 없다는 논조였지만, SNS에 올라온 사진 하나하나를 굉장히 자세히 설명해 주었다. 몇몇 패널들은 문제의 여성을 동정하거나 이해한다는 듯이 말하기도 했다.

"당연히 가족끼리 다 알고 지내는 사이지."

김혜령은 우아하게 차를 마시며 가늘게 혀를 찼다. 그녀가 배우로 활동하던 시기부터 알고 지내던 고려일보의 황준희 기자는 귀를 쫑긋하며 녹음기를 꺼냈다. 오랜만에 만난 두 사람의 이야기는 식사가 끝나자 본격적으로 시작됐다.

"그 이야기는 채우진 씨가 본가와도 연락하고 지낸다는 이야긴가요?"

예전에는 서로 말을 편하게 놓고 지내는 사이였는데 김혜령이 채무석과 결혼한 후로는 이렇게 말을 높이며 조심스럽게 상대하는 관계가 되었다. 오래전부터 알고 지낸 사이인 것은 맞지만, 그녀가 상류층에 속하게 되면서 이런 자리를 가지는 일은 매우 드물었다.

보통 김혜령이 언론을 이용할 일이 있을 때나 이렇게 직접 만날 뿐이었다. 그래서 사실 황준희도 김혜령의 개인사에 대해서는 잘 몰랐다. 하지만 두 사람의 관계가 이렇듯 오래 유지된 것은 아무래도 김혜령이 꾸준히 황준희를 잊지 않고 때마다 챙겨주기 때문이었다.

오늘도 김혜령이 먼저 연락해서 준비한 자리였다. 요즘 그녀에 관해 항간에 떠도는 소문이 극악하지만, 그래도 아직은 바른정식품의 사모님으로서 많은 걸 가지고 있는 여자였다. 무엇보다 채무석이 재판보다는 협의이혼을 원해서 끈질기게 지금까지 버티고 있었다.

이런 마당에 그녀가 기자를 만나 굳이 해명한답시고 잠잠해지려는 소문에 다시 불을 지필 것 같지는 않았다. 그렇다면 남은 것은 채우진에 관한 이야기라서 황준희는 기대를 품고 이 자리에 나왔다. 아나나 다를까, 김혜령의 입에서 나오는 이야기는 채우진과 현재 스캔들이 난 아가씨에 대해서였다.

"친모 눈치를 봐서 대놓고는 못 하지만 뿌리가 어디 가나. 우진이도 사람인데 친가 재력은 무시 못 하지. 사람들이 그 애에 대해 몰라서 그렇지 얼마나 야망이 큰 아이인데, 사시 포기한 거? 잘만 하면 가람이고 바른정이고 다 자기 것이 되는데 그게 눈에 차겠어?"

"그렇다면 채우진 씨와 부군의 사이가?"

"안 좋을 이유가 있어? 우영이가 그렇게 가고 허전해하는 아버지 비위를 어찌나 잘 맞추는지 나도 놀랐다니까. 천생 연기자는 연기자인가 싶더라."

김혜령의 말에 황준희도 고개를 끄덕였다. 채우진이라고 욕심이 없을 리가 없었다. 가람호텔과 바른정식품은 자본이 탄탄한 중견 기업에 무엇보다 대표인 채무석이 보유한 주식만으로도 경영권을 완벽히 방어할 수 있었다. 매년 발표하는 우리나라 부자 순위에서 몇 년째 상위권에서 내려올 생각을 하지 않는 위인이 채무석이었고, 그의 장자가 바로 채우진이었다.

"언제부턴가 친부랑 연락하면서 우리 집에도 그 아가씨하고 몇 번 왔었어. 하지만 이 이야기는 어디 가서 하지 마. 거기 친모는 모르는 것 같으니까."

눈을 찡긋하는 김혜령에게 황준희는 열심히 고개를 끄덕였다.

"거기 모친도 불쌍하지. 아들이 무슨 맘을 먹고 뒤에서 어떻게 행동하는지도 모르고 말이야. 만약 이 사실이 세상에 알려지면 우진이 그 아인 그런 적 없다고 시치미 뚝 뗄걸. 말한 나만 나쁜 년 되고 거짓말쟁이 되는 거라고."

세상에 누가 계모 말을 믿어주겠냐며 김혜령은 손수건으로 눈가를 꾹꾹 눌렀다.

"그 정도 되면 익명의 제보자 하나 정도는 나오지 않을까요?"

"어디 하나뿐이겠어! 우리 집에 일하는 사람만도 몇이고, 그들도 다 눈과 귀가 있는걸."

김혜령은 의미심장한 미소를 지으면서 익명의 제보자는 넘치고 넘친다며 미소 지었다.

"그런데 그 아가씨는 갑자기 왜 이런 짓을 했을까요?"

"남녀 관계를 누가 장담하겠어. 제법 진지하게 사귀는 것 같던데 요즘은 우진이가 좀 시들한가 봐. 그래서 그 아가씨가 안달이 난 거지. 좋을 때는 세상에 둘도 없는 사람처럼 대하다가 마음이 식으니까 그렇게 무서울 수가 없다면서 우는데, 내가 그 아가씨한테 뭘 해줄 수 있겠어."

계모가 무슨 힘이 있어서 우진을 설득하겠냐며 김혜령은 안타까워했다.

"우진이를 보면 역시 피는 못 속인다는 말이 맞더라고. 어찌나 여자관계가 복잡한지."

"복잡한가요? 그런 소린 못 들어봤는데요."

오히려 연예부에서는 채우진보고 수도승이냐는 소리까지 들리는 마당이었다. 황준희가 그건 아닌 것 같다고 말하자 김혜령이 코웃음을 쳤다.

"모두 몰라서 그렇지, 그 아이가 얼마나 영악한……."

김혜령은 말을 끝맺지 못했다. 그녀의 앞에 앉아 있던 황준희도 너무 놀라서 입을 벌리고 김혜령을 보았다. 아니, 정확히는 그녀의 뒤에 갑자기 등장한 한 여자를 쳐다보았다. 김혜령과 이야기하는 데 빠져서 미처 몰랐는데 그들만 있던 룸에 들어온 중년부인이 김혜령의 머리에 물을 뿌린 것이다.

"이게 뭐야!"

머리에서부터 흘러내리는 물을 어떻게 할지 몰라 김혜령은 소리부터 질렀다. 이야기하고 있는데 갑자기 머리 위에서부터 물이 쏟아져 내렸다. 무슨 일인가 싶어 얼굴을 훔치며 자리에서 일어나다가 그제야 뒤편에 서 있는 여자를 발견했다.

"너, 뭐 하는 인간이야?"

정황상 그녀가 자신에게 물을 쏟았다고 생각한 김혜령이 앙칼지게 소리치다가 멈칫했다. 형형한 눈빛으로 자신을 노려보는 여자의 얼굴이 선뜻 기억이 나지 않으면서 낯이 익었다.

"너 뭐야? 내가 누군 줄 알고 감히 이런 짓을 해! 죽고 싶어?"

"이미 죽었잖아."

"뭐?"

"넌 날 이미 죽였다고."

서늘한 목소리로 건조하게 읊조리는 여자의 목소리를 듣고서야 김혜령은 상대가 누구인지 알아챘다.

"강혜민?"

채무석의 두 번째 부인이자, 죽은 채우영의 친모였다. 원래 나이보다 늙어버린 얼굴과 부스스한 머리 때문에 처음에는 몰라봤는데 목소리를 듣고서야 알 것 같았다. 얼굴이 많이 변해서 몰라봤지만, 저 눈빛과 원독에 젖은 목소리만은 채우영의 장례식 때 보고 들었던 그대로였다.

"너였어? 돈이 좋아서 새끼 버리고 도망간 주제에 아직도 그 소리야? 그렇게 소중했으면 품에 꼭 안고 보살필 것이지 어디서 행패야. 우영이가 나 때문에 죽었어? 너 때문에 죽은 거야. 죽어도 같이 그 집에서 죽든가, 박은수처럼 지지리 궁상떨면서 함께 나갔어야지. 미친년이 누구한테 책임 전가야!"

김혜령의 말이 끝나자마자 강혜민은 그녀의 뺨을 짝 소리 나게 때렸다.

"이년이 주제 파악도 못⋯⋯!"

다시 한번 뺨을 맞은 김혜령은 손가락에 묻은 코피를 보고 눈에 불을 켜며 강혜민을 노려봤다. 자신은 사람을 때리고 소리 지르며 물건을 때려 부숴도, 절대 제 손끝 하나 다치는 것은 용납하지 않는 김혜령이었다.

"너 정말 미쳤구나. 눈에 뵈는 게 없⋯⋯."

이번에도 말을 끝맺지 못하고 강혜민에게 또다시 뺨을 얻어맞았다.

"또 말해봐. 말할 때마다 때릴 테니까."

"이게!"

처음엔 경향이 없어서 계속 당하던 김혜령이 손을 치켜들었지만, 손목이 강혜민에게 잡혀서 바로 제압당했다. 깡말라서 뼈밖에 없는데 힘은 어찌나 센지 김혜령이 도저히 빠져나올 수가 없었다.

"놔, 이거 못 놔? 너! 나한테 이러고도 무사할 줄 알아?"

"고소하고 싶으면 그렇게 해. 무엇보다 내가 바라는 일이니까."

"꺅!"

붙잡고 있던 손목을 꺾어 김혜령을 바닥에 내동댕이친 강혜민은 진심으로 그녀가 자신을 고소하길 바라는 얼굴을 하고 있었다. 만약 그렇게 되면 굉장히 재미있을 거라고 미친 사람처럼·쿡쿡 웃기까지 했다.

상황과 분위기가 이상하게 돌아가자 황준희는 슬그머니 자리에서 일어났다. 미친 중년 부인을 말리기보다는 녹음기와 노트를 가방에 넣고 서둘러 자리를 뜨려던 그녀는 유감스럽게도 소원을 이루지 못했다. 중년 부인이 갑자기 그녀의 가방을 낚아챘기 때문이다.

"당신 뭐예요?"

어찌나 손아귀 힘이 강한지 허무하게 가방을 뺏긴 황준희가 벌벌 떨면서 강혜민에게 물었다. 뺏은 가방에서 녹음기를 꺼내던 강혜민은 무표정한 얼굴로 슬쩍 황준희를 보았다.

"나? 저년이 하는 소리 못 들었어?"

녹음기를 챙긴 강혜민은 백만 원짜리 수표와 함께 가방을 던지듯 돌려주면서 말했다.

"당신도 고소하고 싶으면 얼마든지 해."

"잠깐, 그걸 가져가면 어떡해! 돈이면 다 되는 줄 알아? 이봐! 그리고 당신이 누군지 알아야 고소를 하든가 말든가 하지!"

황준희로선 백만 원보다 뺏긴 녹음기가 더 중요했다. 저 안에 든 내용이 이깟 수표보다 더 가치 있었다. 하지만 상대의 눈빛이 너무 형형하고 무서워서 감히 맞상대하기 겁이 났다. 황준희의 부름에 어느새 룸을 나가고 있던 강혜민이 멈추고 뒤를 돌아봤다.

"눈에 뵈는 게 없는 년."

아까 김혜령이 자신에게 했던 말을 그대로 돌려주는 강혜민의 얼굴에 순간 생기가 돌았다. 그러니 첫인상과 달리 젊고 조금은 아름다워 보였다. 이제야 살아야 할 이유를 찾은 듯 그녀의 입에서 즐거운 흥얼거림이 흘러나왔다.

유리 성

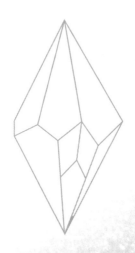

타인을 이해하는 데 가장 필요한 것은 공감과 정보이다.

그런 의미에서 강혜민은 박은수를 이해하지 못했다. 어떻게 저렇게 평온하고 아무 생각 없이 사는지 말이다. 금수만도 못한 것들이 저렇게 아가리를 벌리고 있는데 그게 보이지도 않는지 너무 태평하다 여겼다.

하긴 직접 당하기 전까지 강혜민도 저렇게 한가하고 평화로웠던 적이 있었다. 특히 자신이 안전하다고 생각하면 주위에서 하는 경고도 귀에 잘 들어오지 않는다. 예민한 사람의 쓸모없는 걱정이라고 치부하기 쉬웠다.

그러나 당한 만큼, 아는 만큼 보이는 처지에선 이런 상황이 답답하고 초조했다. 그래서 그녀는 박은수를 설득하거나 이해하려는 것을 포기하고 오로지 김혜령을 상대하기 위해 모든 전력을 쏟았다.

　정보를 모으고 그것들을 통해 상황을 파악하고 결과를 예측하는 것은 강혜민의 특기였다. 예전엔 몰랐던 자신의 재능을 이혼 후에 발견한 그녀는 이것을 통해 나름대로 성과를 이루기도 했다. 하지만 이를 통해 되찾고자 했던 소중한 아들은 이제 세상에 없었다.

　사실 아들이 살아 있었다고 해도 그곳에서 데리고 나올 수는 없었을 것이다. 현실적인 문제를 인지하는 것과 꿈을 꾸는 것은 달라도, 그때는 적어도 희망이 존재해서 행복했다. 그런데 지금은 꿈을 잃어버리고 남은 것은 복수밖에 없었다.

　하지만 스스로 뿌듯해하던 자신의 성공은 거대한 성을 무너뜨리기에 너무 역부족이었다. 그저 야금야금 견고한 성벽에 구멍을 내는 것과 계속 달걀을 던지는 것으로 제 분을 토하는 것 말고는 없었다. 그냥 하루하루 죽지 못해 사는 게 이런 거구나 하며 살아갔다.

　그러다 어느 날 박은수를 만나고 삶의 방향이 조금씩 달라졌다. 자신과 달리 잘 사는 박은수를 보고 부러우면서 무엇보다 안심이 되었다. 누군가의 행복에 질투가 아닌 행복한 대리 만족을 느낄 수 있는 감정이 자신에게 남아 있다는 것에 안심이 되기도 했다.

　괴물을 상대하면서 괴물은 되지 말자 다짐하고 또 다짐했다. 이제 남은 유일한 희망은 아들이 있을 천국에 가는 것뿐인데 괴물이 되어 그마저도 꿈꿀 수 없게 되는 것은 싫었다.

　창문 밖에서 따뜻한 일상을 사는 가족을 지켜보는 것도 나쁘지 않았다. 김혜령은 자신이 상대할 테니 박은수는 지금처럼 쭉 행복하게 살면 되었다.

하지만 박은수의 가족과 김혜령의 정보를 모으면 모을수록 안심이 되는 게 아니라 오히려 걱정되고 불안해지기 시작했다.

특히 몇 년 전에 김혜령이 채우진에게 했던 짓을 알게 되면서 초조함은 도를 넘기 시작했다. 그녀가 꾸던 악몽의 내용이 바뀌기 시작한 것도 그때부터였다.

관 속에 누워 있던 아들의 얼굴이 언젠가부터 채우진으로 바뀌어 있었다. 재수 없는 꿈이라고 욕하다가 예지몽이 아닐까 걱정하는 날들이 반복됐다. 강혜민은 자신에겐 그런 능력이 없다고 다독이며 애써 마음을 다스렸다.

아들이 죽기 전날에도 그녀는 정말 행복한 꿈을 꾸었다. 그래서 더욱 현실을 끔찍하게 만들었던 빌어먹을 꿈을 더는 믿지 않았다. 악몽은 그저 그녀에게 다음 날을 살아갈 의지를 불태우게 하고 목표를 되새기게 하는 구실밖에 되지 않았다.

하지만 점점 초조하고 불안해지는 마음 때문에 마냥 무시할 수가 없었다. 김혜령을 공격하기 위한 수단으로 TM의 주식을 모으다 보니, 연예계 정보에 민감할 수밖에 없었다. 자연히 채우진의 소식을 매일같이 듣게 되었다.

아들의 형이라고 생각하니 남 같지 않고 정이 가는 것은 어쩌면 당연한 순서였다. 마음이 갈수록 밤에 꾸는 악몽이 끔찍한 예지몽처럼 느껴지기 시작했다. 그래서 단순히 김혜령의 주위를 살피던 것을 떠나 적극적으로 동향을 주시하게 되었다. 그녀가 어딜 가고 누굴 만나며 무슨 이야기를 하는지 철저히 감시하고 살폈다.

그리고 드디어 오늘 그동안 가졌던 의문이 풀렸다.

"대체 무슨 생각인가 했는데 이런 거였어?"

김혜령이 무언가를 꾸미기 위해 사람을 만나는 곳은 몇 군데로 한정되어 있었다. 가람 호텔이나 자신이 소유한 건물이 보안이 좋을 테지만, 그곳들은 너무 사람들이 많고 눈에 띄는 장소였다. 최대한 주목받지 않을 외진 곳이면서 나름대로 믿을 만한 장소를 추려 일을 도모했다.

하지만 김혜령에겐 유감스럽게도 그 대부분은 이미 강혜민의 소유가 됐다. 오늘 김혜령이 황준희 기자와 만난 레스토랑 역시 작년에 강혜민의 손에 들어온 곳이었다.

건물까지 함께 매수하면서 일부러 예전 사장은 월급 사장으로 이름만 그대로 두게 했다. 사장이 바뀌지 않은 덕분에 김혜령은 아무런 경계심 없이 계속 이용해 왔고, 그녀가 나눈 대화 내용은 고스란히 강혜민이 보고 들을 수가 있었다.

오늘도 다른 날처럼 몰래 설치한 카메라와 녹음기로 그들의 대화를 실시간으로 듣고 있었다. 그러다 도저히 화를 참기 어려워서 그만 일을 저지르고 말았다. 앞날을 위한다면 그냥 참고 있었어야 했는데 그게 되지 않았다.

그런데 막상 속은 후련하고 즐거웠다.

강혜민에게 김혜령은 막연한 두려움의 대상이었다. 앞에 서는 것만으로도 괜히 움츠려지고 기가 죽기도 했다. 아들의 장례식 때도 그저 화내고 노려보는 것 말고는 할 수 있는 게 거의 없었다.

그날 머리라도 쥐어뜯었거나, 오늘처럼 마음껏 뺨이라도 때렸다면 가슴속 응어리가 지금보다는 좀 더 작았을지도 몰랐다.

"진작 이랬어야 했어."

어차피 김혜령도 자신과 같은 살과 피로 이루어진 특별할 게 없는 인간이었다. 때리면 아프고 피가 나는 똑같은 사람인데 뭐가 무섭다고 두려워했을까 싶었다.

솔직히 말하면 가장 두려운 상대는 채무석이었다. 그의 그림자가 김혜령에게 드리워져 항상 그녀를 어둠 속 거대한 괴물로 느끼게 했던 것이다.

"그렇다면 먼저 그림자부터 거둬내야겠지."

이혼한 후에서야 강혜민은 채무석이란 사람에 대해 자세히 알게 되었다. 그리고 김혜령에게서 채무석을 치운다면 그녀도 별것 아니라는 걸 깨달았다.

하지만 문제는 그게 가능한가였는데 이제 그 실마리가 조금씩 보이기 시작했다. 오늘 같은 일이 생겼는데도 채무석 측에서 조용한 것을 보면 알 수 있었다.

정상적인 상황에 이런 일이 생겼다면 채무석은 절대로 그냥 넘어가지 않았을 것이다. 애정 때문이 아니라 자존심과 자신의 사람을 건드렸다는 불쾌감으로 바로 경고를 건네고도 남을 사람이었다. 하지만 이제 김혜령이 무슨 짓을 당해도 채무석은 신경도 쓰지 않고 있었다.

"그래, 지키지 못한 것은 내 잘못이야. 나도 인정한다고. 하지만 그렇다고 해서 너희들 죄가 사라지는 것은 아니잖아."

뒷조사 과정에서 찍은 김혜령의 사진과 자료로 가득한 벽을 보며 강혜민은 혼잣말로 중얼거렸다.

"내 죄는 달게 받을 테니 너희도 그 죗값을 받아."

지키지 못한 게 잘못이면 이번에는 지키면 된다. 똑같은 실수는 한 번이면 족했다. 무너뜨릴 생각만 했지 누군가를 지켜줄 생각은 미처 못 했던 그녀에게 비로소 새로운 희망이 생겼다. 지금껏 해왔던 일에서 크게 달라진 것은 없었지만, 마음가짐을 어떻게 가지느냐에 따라 세상이 다르게 보이고 자신감이 생겼다.

몇 년 전부터 멈춰 있던 시계가 '똑딱' 하고 소리를 내며 움직이기 시작했다.

강혜민은 김혜령이 젊은 아가씨와 함께 찍힌 사진을 보며 엷게 웃었다. 지금부터 할 일이 무척 많았다. 당장 오늘 김혜령이 만났던 기자가 우진의 기사를 쓰지 못하게 막는 것이 먼저였다.

장담하건대 이제는 김혜령보다 자신이 할 수 있는 일이 더 많았다.

◆　　◆◆◆　　◆

장수환 대표는 DSTV와 DS 카페에 각별한 애정을 품고 있었다. 아티스트들이 팬들과 소통하고 그들과 편안하게 접촉하면서, 대중과 공감할 수 있는 하나의 방편이라 생각하기 때문이다.

업계 사람들은 장수환이 DS만의 선민사상을 추구한다며 비난을 쏟아내곤 했다. 그들에게는 아티스트의 예술성을 침해하지 않기 위한 노력이 자본을 내세운 신선놀음으로 보였던 것이다. '네가 그러면 우린 뭐가 되냐'는 소리를 들으라는 듯 뒤에서 크게 떠들어댔다.

경영은 오로지 이윤만을 추구하는 게 아니라 바라는 이상과 결과물이 따로 있는 법이었다. 장수환은 자신과 이상이 다른 이들을 굳이 설득할 생각은 없었다.

하지만 대중이 그런 오해를 하고 DS 소속의 아티스트를 색안경을 끼고서 보는 것은 원하지 않았다.

오로지 장수환 개인의 아티스트가 아닌 대중에게 더욱 가까이 다가가고 그들의 사랑을 받는 행복한 예술인으로 만들어주는 것이, 그의 임무이자 도리라고 여겼다. 그래서 대중에게 다가가는 방법으로 기획한 것이 DSTV와 DS 카페였다.

기존의 미디어를 벗어나 자유롭고 단도직입으로 대중과 소통하는 것에 아티스트들 역시 반가워했다. 그동안 장수환 대표의 과보호가 고마우면서도 답답했던 것이 사실이라 그의 변화를 적극적으로 반겼다.

하지만 DSTV의 모든 프로를 다 좋아하는 것은 아니었다.

'돌격! 문을 열어라'는 DSTV에서 가장 인기가 많은 반면에 아티스트들이 가장 꺼리고 싫어하는 방송이었다.

어떤 내용이냐 하면 MC가 DS 소속 아티스트들의 이름이 적힌 뽑기를 뽑거나, 돌림판을 돌려서 걸린 이들의 집을 무작정 찾아가는 내용을 생방송으로 진행하는 프로였다.

방송 시간이 되면 오늘의 돌격 상대를 고르는 과정이 몇 분 나오고 영상이 끝나는 순간, 진행자들이 오늘 걸린 주인공의 집 대문 앞에서 초인종을 누르는 장면으로 이어지면서 그때부터는 실시간으로 방송이 되었다. 그래서 방송 시간인 저녁 10시 05분까지 시청자는 오늘의 주인공이 누구인지 몰랐다.

주인공을 뽑는 과정은 미리 녹화할 수밖에 없다지만, 주인공

집에 도착하기까지를 정말 극비로 진행하기 때문에 DS 소속의 아티스트들은 이 프로를 싫어했다.

만약을 대비해 '돌격! 문을 열어라' 방송이 있는 날은 풀 메이크업으로 대기하는 이도 있다고 앓은 소리를 하기도 했다. 게다가 한 번 걸렸다고 안심했는데 다음에 또 걸리는 이도 있어서 원성은 더욱 자자했다. 회사에서 자체적으로 운영하는 방송이라 거부할 수가 없었고, 제작진에게 떼를 써도 소용이 없었다.

그나마 정규 방송과 다른 인터넷 방송이라 상황에 따라 한 달에 한 번, 혹은 두 번밖에 하지 않아서 다행이었다. 더욱이 팬들이 너무 좋아해서 마냥 불만을 터뜨릴 수도 없었다.

"제발 들어가게 해주세요. 곧 생방송 시간이란 말이에요."

'돌격! 문을 열어라'의 MC 중 한 명인 오영희는 1층 로비에서 자신들을 막는 경비원들에게 애교를 부렸다. 하지만 눈썹 하나 까닥하지 않는 그들 때문에 고개를 돌리며 입술을 삐죽였다.

"여기서 이러지 말고 이쪽으로 오십시오."

이야기를 전해 듣고 관리실에서 온 직원은 제작진들을 펜트하우스 전용 엘리베이터 앞으로 안내했다. 거기는 사람들이 드나들 일이 없어서 조금 소란스러워도 괜찮았다.

"채우진 씨 소속사에서 진행하는 프로라서 저흴 들여보내도 문제는 없을 겁니다."

오영희 대신 앞으로 나선 또 다른 MC인 김학천이 사람 좋은 미소를 지으며 직원을 설득했다. 아직 국민 MC까지는 아니어도 김학천이라면 몰라보는 사람이 없을 정도로 유명하고 인기도 많았다. 카메라와 함께 나타나면 어딜 가나 프리패스였던 그가 오랜만에 진땀을 흘리며 방송을 위해 몸을 낮췄다.

"그건 잘 모르겠지만, 방문자일 경우엔 입주민의 허락이 없으면 엘리베이터를 타실 수 없습니다. 저와 이야기하는 것보다 채우진 씨에게 직접 연락하는 게 나을 겁니다."

'돌격! 문을 열어라' 라는 방송은 물론 DSTV라는 게 있는 줄도 모르는 직원 역시 이 상황이 난처하기는 마찬가지였다. 김학천과 오영희는 그도 좋아하는 MC였다. 하지만 그로선 방송보다는 회사 규칙을 지키는 게 더 중요한 문제였다.

하지만 규칙을 지켜야 하는 것은 김학천도 마찬가지였다.

"이건 서프라이즈 방송이라서 몇 분이라도 먼저 알면 안 되거든요. 저희가 초인종을 누르면 당황해하며 억지로 문을 여는, 그 장면이 이 프로의 하이라이트인걸요."

초인종을 누르는 동시에 문을 열어주지 않더라도 인터폰을 통해, 그 안에서 당황한 기색을 보이는 목소리와 분위기를 잡아내는 게 방송의 포인트였다. 절대 몇 분이라도 대기하고 준비할 시간을 줘서는 안 돼서 채우진에게 방문을 알리고 엘리베이터를 탈수가 없었다.

물론 현관 앞이 아닌 1층 로비에서 초인종을 누를 수는 있었다. 인터폰 너머로 당황하는 목소리를 듣는 것은 어디서나 마찬가지일 테니 말이다. 다만, 제작진이 엘리베이터를 타고 올라가는 시간이라면 세수하고 옷을 갈아입기에는 충분했다.

그동안 문을 열어주기 전에 세수하고 옷을 갈아입은 이들 역시 있었지만, 시간이 충분하지 않아서 머리에 묻은 물기를 닦아내지 못하거나 티셔츠나 바지를 거꾸로 입는 장면이 연출되곤 했다.

이 모두가 시간이 없어서 서두르다가 생긴 에피소드라 제작진은 채우진에게 조금의 여유도 줄 생각이 없었다.

어떻게든 재미를 반감시킬 수가 없어서 제작진과 MC들은 서로 머리를 맞대고 의논했다. 돌림판에 다트를 던져서 채우진이 걸렸을 때의 환희는 온데간데없이 사라지고, 모두가 초조하게 시계만 보고 있었다.

"5분 후면 방송 시작입니다."

처음에는 돌림판에 다트를 던지는 과정이 나가겠지만, 그래 봤자 5분도 안 되는 분량이었다. 기껏해야 앞으로 10분도 남지 않았다는 뜻이었다. 그 후로는 바로 채우진의 집 초인종을 누르면서 생방송으로 이어져야만 하는데 아무래도 그것 불가능해 보였다.

"채우진 씨 매니저한테 연락하면 안 될까요?"

"그럼 다이렉트로 채우진 씨에게 연락이 갈걸."

"방송의 재미를 위해서 비밀을 지켜달라고 하면 되죠."

"하지만 여태껏 비밀을 지킨 매니저는 사실상 한 명도 없었잖아."

말로는 절대 비밀을 지키겠다고 하고선 몰래 연락해서 미리 준비하게 한 이들이 방송 초반에 있었다. 그래서 이후로는 아예 매니저에게도 알리지 않고 찾아갔다. 하지만 이렇게 경계가 삼엄해서 현관 앞까지 못 가는 경우는 오늘이 처음이었다.

"차라리 장 대표님한테 연락하는 게 어떨까?"

"오오~! 그런데 연락처를 알고 있어요?"

좋은 의견이라고 감탄하다 정색하는 오영희의 질문에 김학천은 자연스럽게 제작진을 보았다. 다른 소속사 출신의 MC들과 다르게 제작진은 모두 DS 소속의 정직원들이었다.

하지만 일개 직원이 대표의 전화를 알 리가 없었고, 하필 지금은 저녁이라 사무실에 전화해 봤자 아무도 받지 않을 터였다.

짧은 시간 고민해 보던 제작진은 그래도 시도는 해보자는 생각에 자신들이 아는 윗선 중의 한 명에게 전화를 걸었다.

야금야금 시간이 흘러 이제는 녹화한 부분이 나가고 있었다. 이러다가 녹화분이 끝나면 실시간으로 이 상황이 방송으로 나갈 텐데, 이도 어찌 보면 재미있는 에피소드로 연출할 수 있을 것 같았다.

"이러다가 채우진 씨가 방송 보고 내려오는 거 아니에요?"

"그럼 그것대로 재미있겠네."

어차피 인터넷 방송이라 형식은 자유로웠다. 진행이 어긋났다고 해서 위에서 경고하는 일도 없었다. 즉흥적인 재미와 참신함이 최고 덕목인 방송이라, 초조하면서도 뒷감당에 대한 걱정은 없었다.

"어어, 녹화분 끝나갑니다. 이제 생방으로 돌릴 수밖에 없어요."

"대표님하곤 연결 안 됐어요?"

"아직이요. 자, 스탠바이 들어갑니다."

한쪽에서는 계속 전화를 걸고, 다른 한쪽에선 카운트다운을 세는 바람에 김학천과 오영희는 옷차림을 살피면서 바로 생방송 준비를 할 수밖에 없었다. PD가 결국은 큐사인을 주자 김학천은 난처한 표정으로 첫 멘트를 날렸다.

"오늘의 돌격은 아마도 실패일 것 같습니다. 아직 저희가 이 관문을 통과하지 못했거든요."

김학천이 엘리베이터 앞을 가로막고 있는 직원과 경비원을 가리키며 말했고, 오영희는 옆에서 우는 시늉을 하며 그를 도왔다.

"채우진 씨 허락이 있기 전까지는 절대 안 된다고 우리를 보내주지 않아요. 이 프로가 정말 리얼이라는 것을 이렇게 증명하고 싶지 않았다고요."

"이러다가 채우진 씨가 이 방송을 보고 내려오지만 않길 바랍니다. 대표님하고는 아직 연락 안 됐나요?"

일부러 더 제작진을 채근하는 김학천의 옆에서 오영희가 누군가를 발견하고 손으로 가리켰다.

"어? 그런데 저분, 채우진 씨 매니저 맞죠?"

오영희는 1층 로비로 들어서는 건장한 사내를 보고 소리쳤다.

채우진의 매니저는 외모와 달리 정중하면서 스윗한 이름 덕분에 연예계와 팬들 사이에서 제법 유명했다. 워낙에 위압감 넘치는 외모 덕분에 한번 보면 웬만한 연예인보다 더 뇌리에 남는다는 이유도 있었다.

펜트하우스 전용 엘리베이터로 향하던 강호수는 자신을 가리키는 소리에 순간 멈칫했다. 그리고 방송 장비를 들고 있는 일련의 무리와 김학천을 보자마자 바로 시간부터 확인했다. 대번에 상황을 인지한 강호수가 빠른 걸음으로 그들에게 다가왔다.

"오늘 우진이가 걸린 겁니까?"

"네, 그래서 도움 좀 구하려고 했는데 이렇게 만나다니 운이 좋네요."

이렇게 만났으니 함께 위로 올라가면 되는 일이었다. 옆에 딱 달라붙어서 혹시나 채우진에게 전화하는 걸 막으면 되니 일거양

득이었다. 김학철의 대답에 강호수는 난처한 표정을 지으며 고개를 저었다.

"죄송하지만 오늘은 안 될 것 같습니다."

"혹시 갑자기 스케줄이 생긴 건가요? 아니면 채우진 씨가 외출할 일이라도? 뭐든지 저희는 괜찮습니다. 정규 방송이 아니라 시간을 꼭 채울 필요는 없거든요. 우린 얼마든지 상황에 맞출 수 있으니까, 제발 몇 분이라도 찍게 해주세요."

그냥 집으로 쳐들어가서 당황하는 채우진과 이야기를 좀 나누기만 해도 방송은 성공한 거라고 간절하게 설득했다.

"그게 아니라……."

모호하게 대답하던 강호수는 순간 멈칫했다. 지금 괜히 머뭇거리거나 안 된다고 하면 현재 우진의 상황과 맞물려 괜한 오해를 살 수가 있었다. 하필 연애 스캔들이라서, 저녁 시간에 갑자기 집을 공개할 수 없다고 버티면 누구라도 이상한 상상을 할 법한 상황이었다.

하지만 현실은 그렇게 아름답지가 않았다.

오늘 우진은 이여린을 고소했고 아직 그녀에게는 연락이 가지 않은 상태였다. 정확히는 그동안 모은 증거품과 증언을 토대로 SNS의 계정 주인을 주거침입과 절도죄로 고소했다. 언론에도 알려지지 않아서, 뭣도 모른 그녀는 오늘은 다른 때보다 이른 시간부터 우진의 집을 찾아와서 행패를 부리고 있었다.

SNS에 글을 올리고부터 그녀는 대담해지고 이성을 잃은 듯 행동했다. 응원하거나 힐책하는 사람들의 반응을 보며, 자신이 정말 우진의 애인이라도 된 듯이 착각에 빠져 버렸다.

이제 말로 통할 단계를 벗어나서 강호수가 올 수밖에 없었다. 이런 상황에서 카메라를 대동하고 위로 올라간다니 상상조차 하기 싫었다.

"하긴 요즘 채우진 씨가 오디션 준비 때문에 바쁘고, 여러모로 힘들다고 들었는데 오늘 방송은 캔슬하는 게 좋겠군요."

김학천은 눈치가 좋았다. 이 시각에 강호수가 나타난 것과 그의 머뭇거리는 태도로 지금 위쪽 상황이 카메라를 가지고 갈 형편이 아니라는 걸 재빠르게 판단했다. 좋은 말로 오늘 방송은 돌격 실패라고 에둘러서 말했지만, 그가 무슨 상상을 하는지 강호수는 짐작이 갔다.

예상대로 최악의 분위기가 형성될 조짐이었다. 문제의 SNS가 본격적으로 화제가 되면서 우진의 열애설이 돌고 있는데, 이 시각에 그의 집에 갈 수 없다면 원인은 뻔하지 않겠냐는 추측이 누구라도 가능했다.

그렇다고 저들을 데리고 위로 올라가기엔 현재 이여린이 현관을 두들기며 개지랄을 하고 있어서 생방송으로 내보내기에는 적절치 않았다. 이도 저도 못하는, 이건 일개 매니저가 결단을 내릴 문제가 아니었다.

"저기 장 대표님하고 전화 연결되었는데 강 매니저님 바꾸시랍니다."

작가가 폰을 두 손으로 꼭 쥐고서 조심스러운 태도로 강호수에게 건네주었다. 그로선 장수환 대표와 이렇게 통화한 자체가 매우 어렵고 부담스러운 모양이었다. 그게 행동으로 고스란히 보여서 우스운데도 누구도 그를 비웃지 못했다.

"네, 강호숩니다."

그래서 담담하게 전화를 받는 강호수의 태도를 놀라워했다. 카메라가 돌아가고, 현재 생방송으로 나가고 있는데도 MC와 제작진은 일제히 '오~!' 하며 감탄했다. 특히 장수환과 직접 통화까지 한 작가의 눈동자에 잠깐 존경심이 스치고 지나갔다.

거기에 더해서 가만히 장수환의 이야기를 듣고 있던 강호수가 고개까지 젓는 게 아닌가. 제왕적인 오너는 아니지만, 임원도 아닌 매니저가 감히 장수환 대표에게 '아니오' 라고 반박하는 모습이 새롭기까지 했다.

그러나 월급쟁이의 최후는 결국 위에서 시키면 해야 한다는 것을, 강호수는 그대로 보여주었다.

"알겠습니다."

한숨과 함께 떨떠름하게 대답한 강호수는 전화를 끊고 김학천에게 말했다.

"방송에 협조하랍니다."

"정말요?"

"하지만 지금 올라가면 좋은 모습이 아니라 어느 정도 각오하시는 게 좋을 겁니다."

"네?"

잠시 위를 쳐다본 강호수는 체념한 듯 입을 열었다.

"지금 우진이 집 앞에 스토커가 찾아와서 난동을 부리고 있거든요."

장 대표의 허락에 기뻐하던 제작진은 강호수의 대답에 순간 멈칫했다. 하지만 오영희는 엉뚱한 부분에서 의문을 제시하며 분개했다.

"아니! 우린 그렇게 애걸복걸해도 여기서 막더니 어떻게 스토커는 그냥 통과시켜 준 거예요?"

오영희가 눈을 부라리며 아까부터 자신들을 막고 있던 관리실 직원을 노려봤다. 당신들 카메라 앞이라고 열심히 일한 척했던 거 아니냐는 의심의 눈초리기도 했다.

"그게 외부인이 아니라, 이곳에 사는 사람이라서 어떻게 막을 수가 없어요."

강호수의 대답에 관리실 직원은 알겠다는 표정을 지어 보였다. 일전에 이여린이 관리실에서 난리를 피우는 바람에 펜트하우스까지 올라갔던 당사자가 바로 그였다. 그날 내려와서 우진의 말을 기억하고 CCTV를 확인해 보니 정말 가관이 아니었다.

처음 채우진이 이사 올 당시 요청에 따라 현관 앞에 CCTV를 설치해서 누가 오가는지 알 수 있게 했었다. 그전에 살던 아이돌 멤버들이나 이곳에 사는 다른 연예인들의 경우, 사생활을 보호하기 위해 되도록 현관 주변에 있는 카메라는 치우게 했던 것과는 비교되는 조치였다.

채우진이 이런 사태를 예상한 것은 아니겠지만, 사생활을 포기할 만큼 많은 시달림을 받았다는 걸 짐작할 수 있는 대목이었다.

그리고 아나 다를까, CCTV에는 이여린이 저녁마다 채우진의 집에 찾아가 벨을 누르는 모습이 고스란히 찍혀 있었다. 끊임없이 벨을 누르거나 가끔은 아무것도 하지 않고 가만히 현관을 바라보고 있는 모습이 정말이지 소름 끼쳤다.

채우진이 외출할 때면 어떻게 알고 나와서 꼭 같이 엘리베이터를 타고 지하 주차장까지 내려가거나, 일부러 넘어진 척하면서 채우진과 접촉하려는 것을 그가 요령 좋게 피하는 것까지 CCTV로 확인한 후라, 강호수가 말하는 스토커가 누구인지 대번에 알 수가 있었다.

"아, 그분이 또 그럽니까?"

관리실 직원이 아는 척을 하자 강호수가 한숨을 쉬며 고개를 끄덕였다. 어차피 내일이면 우진이 SNS의 계정 주인을 고소했다는 것이 알려질 터였다.

장수환 대표는 아예 방송으로 그녀가 우진의 집 앞에 사는 스토커라는 걸 만방에 알리기로 작정했다.

우진이 스토커에게 어떻게 당하고 있는지 생방송으로 보여주면 나중에 따로 기자회견을 할 필요도 없고, 대중에게 남아 있을지 모를 일말의 의심도 일소시킬 수 있었다. 무엇보다 앞으로 이와 비슷한 일이 생겨도 사람들은 일단 거르고 의심부터 할 것이다.

어차피 현재 이여린 혼자 현관 앞에서 난리를 피우고 있을 테니, 그녀를 적당히 말리면서 실체를 보여주란 지시에 강호수의 마음은 그저 심란했다. 배우도 아닌데 카메라 앞에서 어떻게 이여린의 실체를 제대로 까발릴 수 있을지 자신이 없었다.

"함께 올라갈까요?"

"아니요. 어쨌든 이곳 입주민이라 여러모로 곤란하실 테니 제가 처리하겠습니다."

관리실 직원의 도움을 거절하며 강호수가 먼저 엘리베이터에 올라탔다. 그의 뒤를 따라 '돌격! 문을 열어라' 팀도 안으로 들어갔지만, 분위기가 무겁게 내려앉아 말발 좋은 오영희도 덩달아 긴장하며 입을 다물었다.

하지만 메인 MC인 김학천은 카메라가 돌아가는 지금, 장수환 대표가 군이 왜 그들을 데리고 올라가라고 허락했는지 짐작할 수가 있었다. 사실 이런 처지에 방송을 막는다면 루머까지 곁들여 더한 후폭풍을 맞을 테니 다른 대책이 없는 것도 사실이었다.

"그분이 유명하신가 보네요. 관리실에서도 대번에 아는 걸 보니."

"뭐, 그렇죠."

멀뚱히 있을 수만은 없어서 김학천이 먼저 질문을 했다. 어쨌든 현재 그들은 생방송 중이었다.

"대략 지금 무슨 일이 벌어지고 있는 겁니까?"

"매일 저녁 10시 전후로 집에 찾아와 초인종을 누르고 별일도 아닌 부탁을 하는 바람에, 얼마 전부터 상대하지 않고 인터폰을 끈 모양이더라고요. 그런데 오늘은 아까부터 계속 현관문을 두들기고 소리를 지르고 있다고 하네요. 우진이 직접 나가서 상대하겠다는 것을 말리고 지금 제가 온 겁니다."

"그거 좀 위험하지 않나요?"

"위험하죠. 자기가 마치 우진이 애인인 줄 아는 것 같아요. 요즘 왜 이리 자기가 우진이 애인이라고 나서는 사람들이 많은지."

"아……."

강호수의 말에서 풍기는 뉘앙스에 김학천과 오영희는 서로 눈짓을 주고받았다. 방금 말은 현재 SNS의 그녀가 우진의 애인이라는 것을 간접적으로 부인한 것과 마찬가지였다.

"채우진 씨가 워낙에 인기가 많잖아요. 저도 할 수만 있다면

막 애인이라고 말하고 다니고 싶은걸요."

"그건 범죄지!"

오영희의 말에 김학천이 과장된 표정으로 싫은 티를 냈다. 하지만 강호수의 반응은 그까짓 것은 아무것도 아니란 듯 무덤덤했다.

"그 정도는 범죄도 아니죠."

"그게 범죄가 아니라면 대체 어떤 환경에서 사는 겁니까?"

김학천이 질문하는 순간 엘리베이터 문이 열렸다.

"저런 환경 속에 삽니다."

강호수는 문이 열리자마자 대답과 함께 눈앞의 현장 속으로 뛰어갔다. 그의 뒤를 따라 엘리베이터에서 내린 MC들과 제작진은 아연하게 눈앞에 보이는 장면을 그저 멍하니 바라봐야만 했다.

분명 스토커 한 명이 현관 복도에서 난리를 피우고 있다고 했는데, 현재 그들 앞에 펼쳐져 있는 광경은 이야기와 달랐다.

채우진이 한 여인의 손목을 붙잡아 높이 치켜들고 있었고, 또 다른 남자 한 명은 여자의 뒤쪽에서 그녀의 어깨와 팔을 붙잡고 있었다.

그런데 붙잡혀서 허공에 높이 들린 여자의 손에는 과도가 있었고, 그녀의 손목을 붙잡고 있던 채우진의 손에서는 피가 흐르고 있었다.

"119, 누가 119 좀 불러요!"

"아니, 그보다 경찰부터 불러야 하는 거 아니야?"

강호수는 그렇다 쳐도 갑자기 나타난 사람들을 보고, 현민은 심각한 표정으로 그들에게 소리쳤다.

"그냥 둘 다 부르세요!"

다친 사람도 있고, 칼 들고 난리 피우는 사람도 있어서 구급차
든 경찰이든 모두 필요한 상황이었다. 하지만 이여린을 공격하려
는 강호수를 막는 것 역시 무엇보다 급했다.

"형, 형, 아니에요! 우릴 공격한 게 아니라 자해하려는 걸 막다
가 다친 거예요."

현민의 말에 이여린의 왼손을 잡고 꺾으려던 강호수가 멈칫했
다. 그러고 보니 이여린에게 절대 문을 열어주지 않기로 했는데
우진과 현민이 집 밖으로 나온 것부터가 이상했다. 아무리 이여
린이 칼을 들고 설쳐도 대상이 없다면 누구도 다칠 일은 없었다.

"CCTV로 밖을 보고 있는데 갑자기 칼을 들고 자기 목에 대는
거예요. 그걸 보자마자 정신없이 나와서 말리다가 조금 다쳤어
요. 우릴 공격하려던 건 아니었어요."

강호수에게 사정을 이야기하며 우진이 착잡한 표정을 지었다.
아무리 싫은 사람이래도 피를 흘리고 다치는 것을 그대로 둘 수
는 없었다. 이여린의 목에 가느다란 상처를 확인한 강호수는 공
격하려던 동작을 방어 자세로 바꿨다.

"이렇게 날 걱정하면서 왜 냉정한 척 굴었어? 왜 사랑하지 않
은 척했던 거야?"

이여린은 우진의 행동이 도저히 이해가 가지 않는다는 듯 따
져 물었다.

"저기요. 사람이 눈앞에서 죽겠다는데 가만히 있으면 그게 더
이상한 거 아닙니까?"

"아니, 당신은 날 사랑해. 사랑하고 있으면서 언제나 그걸 부
정하잖아. 사람들 시선이 그렇게 무서워?"

"난 당신이 더 무섭습니다."

강호수가 오기 전에도 이와 똑같은 말을 여러 번 들어서 우진은 이제 진력이 다한 표정이었다. 하지만 이여린은 그의 태도가 너무 무심하고 차갑다고 억장이 무너진 것처럼 굴었다.

"나한테 이러지 말아요."

"그건 내가 묻고 싶습니다. 대체 이러는 목적이 뭡니까? 아니, 목적은 알겠는데 이렇게 한다고 당신한테 좋을 게 하나도 없잖아요."

애정을 갈구하려면 다른 좋고 정상적인 방법도 많은데 왜 이렇게 매번 극단적인 선택을 하는지 이해가 되지 않았다. 그녀가 다른 선택을 했다고 해서 기회가 있을 것 같지는 않지만, 그래도 적어도 팬으로서 존중은 받았을 것이다.

"다음에 같이 오자고 했잖아. 내가 원한다면 천국을 제외한 모든 곳에 함께 가겠다고 했으면서, 다른 꽃은 이제 향기조차 맡아지지 않는다고 오로지 나만을 위해 산다고 했으면서 왜 날 모른 척해?"

"네? 내가 언제요?"

하도 어이가 없어서 이여린의 손목을 잡고 있던 우진의 손에서 힘이 빠졌다. 그러자 그녀는 칼로 자신의 목을 다시 그으려고 했다. 강호수가 재빨리 막지 못했으면 크게 피를 볼 뻔한 상황이었다.

"우진아, 비켜! 죄송하지만 실례하겠습니다."

우진을 옆으로 밀어내고 이여린의 손목을 잡은 강호수는 그녀에게 양해를 구했다. 그리고 현민이 잡고 있던 그녀의 왼손도 꼭 붙잡았다. 남자 둘이서 붙잡고 있던 이여린을 강호수는 수월하게 제압했다.

"'그림자의 도시'와 '붉을 적'!"

"응?"

"방금 저 여자가 한 말이요. 처음엔 무슨 소리인가 했는데 채우진 씨가 했던 광고에서부터 드라마와 영화 대사잖아요."

"아⋯⋯!"

오영희의 말에 그제야 김학천도 생각났다며 고개를 끄덕였다. 처음에는 이여린이 했던 말에 무슨 의미가 있는 줄 알았는데, 모두가 그가 봤던 채우진의 작품 속 대사였다. 뻔한 대사였지만, 작품에서는 연인에게 그만한 낭만적인 속삭임은 없었다.

지금도 여자는 채우진이 작품 속에서 연인에게 했던 대사들을 마치 자신에게 했던 말인 듯 따지고 있었다. 왜 그 말을 지키지 않느냐고, 왜 찾아와도 만나주지 않느냐고 악다구니를 썼다.

"괜찮으세요?"

강호수에게 이여린을 맡기고 한숨 돌린 우진이 다친 오른손을 살피고 있자 오영희가 손수건을 꺼내며 물었다.

다행히 크게 다치지는 않았지만 이여린의 손목을 꽉 쥐고 있었던 바람에 피가 계속 흘렀다. 오영희가 다친 부분을 손수건으로 감싸자 금세 붉게 젖어 들었다.

"저 여자는 누구야? 저 여자 때문에 나한테 그랬던 거야?"

오영희라면 제법 유명한 MC인데도 이여린은 그녀를 알아보지 못했다. 핏발이 선 눈으로 오영희를 노려보며 칼을 든 손으로 어떻게 해보려고 했지만, 강호수가 워낙에 단단히 붙잡고 있어서 꼼짝을 못했다.

그때 현민이 부른 관리실 직원과 경비원이 도착했다. 그들은 현장을 둘러보고 일단 강호수와 함께 이여린을 그녀의 집 앞으로 데려갔다.

"저러다 저 집에서 시끄럽다고 항의하는 거 아니에요?"

복도에 쩌렁쩌렁 울리는 이여린의 비명과도 같은 목소리 때문에 옆집에서 항의하지 않을까 김학천은 현실적인 걱정을 했다.

"괜찮아요. 저 여자 집이거든요."

현민의 대답에 사람들은 새삼스러운 눈으로 이여린을 다시 보았다. 시세를 어느 정도 알고 있어서 이런 곳에 살 정도면 재력도 있을 텐데 왜 저러고 사냐는 한심함, 설마 채우진을 따라 이사 온 거 아니냐는 의심이 교차했다.

"우진이가 이곳에 이사한 후에 따라서 온 거예요."

사람들의 의문을 해소해 준 현민은 우진에게 다가가 그를 살폈다. 평소와 달리 우진의 얼굴이 희게 질린 것이 아주 나빠 보였다.

'돌격! 문을 열어라' 팀도 같은 생각이어서 우르르 우진에게 다가갔다. 그들은 현재 생방송 중이라는 것도 잊고 우왕좌왕했지만, VJ만이 본분을 잊지 않고 카메라에 우진의 초췌한 얼굴을 담았다.

얼굴 살이 예전보다 많이 빠져서 야위고 창백한 채우진은 하얀 티셔츠와 트레이닝 바지로 편한 차림이었다. 급박했던 당시의 상황을 말해주듯 안타깝게도 맨발로 벽에 머리를 기대고 서 있는 그의 모습은 너무 청초해서 마치 소년 같았다.

"아, 배고파."

하지만 그의 입에서 나오는 말은 이미지와는 전혀 달랐다.

"김밥, 라면, 족발……."

"안 돼!"

관리실 직원과 경비원에게 이여린을 맡기고 우진의 상태를 살피러 온 강호수가 그 소리를 들었는지 대번에 소리쳤다. 동시에 평소엔 먹으라고 해도 안 먹던 음식을 다이어트를 시작하면서 부쩍 찾는 우진을 자상하게 달랬다.

"일단 병원부터 가자. 가서 영양제 맞으면 괜찮아질 거야."

"삼겹살 먹으면 다 나을 것 같아요. 피도 흘렸겠다, 삼겹살이 보약⋯⋯."

"여기 가장 가까운 병원이 어디였더라?"

강호수는 우진의 말은 들은 척도 안 하고 현민에게 물었다. 현민이 대답할 찰나, 엘리베이터에서 소리가 났다. 경비원들이 또 올라왔나 싶어서 모두의 시선이 문을 향했는데, 뜻밖에도 이번에 내리는 이들은 경찰과 119 구급대원들이었다.

"상해 신고를 받고 왔습니다."

경찰이 주위를 둘러보며 말하자 강호수가 나서서 그들을 안내하며 상황을 설명했다.

"상해까지는 아니고, 자해하려는 것을 막다가 두 사람 모두 다친 상황입니다."

"그 부분에 대해서는 조사가 필요할 것 같습니다."

막말로 자해인지, 쌍방 혹은 한쪽의 일방적인 폭행이 있었는지는 아직 모르는 일이었다. 신중한 경찰의 태도에 강호수가 이해한다며 CCTV 제공과 할 수 있는 모든 일을 돕겠다고 약속했다. 한편 구급대원은 피를 흘리는 우진을 보고 먼저 그에게 다가 갔다.

"저보다 저쪽부터 봐주세요. 칼날에 목이 살짝 그어졌는데 아까 몸부림을 치면서 상처가 벌어진 것 같거든요."

처음에는 피가 나지 않았는데 아까 오영희한테 칼을 들고 덤비고 사람들이 말리는 과정에서 얼핏 보니 목에서 피가 나는 것 같았다. 무엇보다 신체적 정신적으로 문제가 많은 이여린이 우선이었다. 당장 살펴줄 가족도 보이지 않았고, 또다시 자해하기 전에 막는 게 우선이었다.

"그런데 우리 중에 누가 신고를 했죠?"

문득 이상해서 김학천은 고개를 갸웃거렸다. 자신은 물론 여기에 있던 누구도 전화하는 걸 보지 못했기 때문이다. 처음엔 119와 112를 찾긴 했지만, 너무 놀란 나머지 누구도 실제 신고한 사람이 없었던 것이다. 기껏해야 현민이 관리실에 전화한 것이 다였다.

김학천의 물음에 모두 일제히 고개를 저었다.

"그럼 누가 신고한 거야?"

"시청자들이 했네요."

답은 생방송 도중에 채팅방을 관리하던 작가에게서 나왔다. 그녀도 정신이 없어서 내내 채팅방을 살피지 못하다가 한시름 놓고 살펴보니 그곳은 아주 난리가 나 있었다. 생방송으로 지켜보던 시청자들은 제작진이 놀라서 아무것도 하지 못하는 것을 지켜보다 답답해서 대신 신고부터 했던 것이다.

하지만 실시간으로 접속해서 시청하고 있던 이들만도 십만이 넘는 상황에서 한꺼번에 신고 접수가 몰리는 사태를 초래했다. 어쩌면 전국에서 가장 조용한 곳은 되레 이곳일지도 몰랐다.

"무슨 시청자요?"

아직 상황을 잘 모르는 우진은 기운 없는 목소리로 사람들에게 물었다. 만난 적은 없지만 김학천과 오영희는 아는 얼굴이라 먼저 그들에게 가볍게 인사부터 했다.

"그런데 여긴 웬일이세요?"

이곳에 사는 다른 사람을 만나러 왔다가 온 김에 자신을 찾아온 건가 싶었지만, 주위를 둘러보니 왠지 낯익은 환경이다 싶었다.

"어디서 촬영이라도 있나요?"

"네, '돌격, 문을 열어라'를 촬영 중입니다."

"그러시군요. 고생이 많으시……."

우진은 벽에 기대고 있던 몸을 재빨리 바로 세우며 다시 주위를 살폈다. 카메라에 붙어 있는 DSTV 마크와 오늘 날짜를 확인하고서야 머릿속에서 번개가 쳤다.

우진 역시 '돌격! 문을 열어라'가 무슨 방송인지 잘 알고 있다. 이여린 때문에 정신이 없어서 잊어버렸지만, 안 그랬다면 그도 오늘 긴장하면서 대기하고 있었을 것이다.

"그러니까, 그럼 오늘 걸린 사람이 그럼……."

손가락으로 자신을 가리키는 우진에게 김학천이 미안한 표정을 지으며 고개를 끄덕여 주었다.

"그럼 저 카메라는 지금 생방송 촬영 중이겠군요. 저를……."

"그렇죠."

김학천의 대답에 우진은 다친 손에서부터 시작해서 자신의 옷차림과 맨발을 차례대로 보았다.

제 몰골을 재차 확인하고 다시 카메라를 보던 우진은 조용히 등을 보이며 돌아섰다. 그리고 배고프다고 흐느적거렸던 것과는 비교도 안 되는 잽싼 동작으로 집 안에 뛰어 들어갔다.

"어, 어, 채우진 씨!"

팔을 뻗어 그를 잡기도 전에 방금까지 배고프다고 힘겨워하던 채우진은 현관문을 열고 그 안으로 숨어버렸다.

"저 녀석, 오늘 종일 집에 있으면서 세수도 안 했거든요."

현민이 슬며시 다가와서 친구의 이상행동을 해명해 주었다. 오늘은 수업이 없어 종일 집 안에서 뒹굴었기에 세수할 이유가 없었다. 말을 하면서 현민은 슬며시 손가락으로 눈가를 비볐다.

"아침에 세수했거든!"

안에 들어가서도 밖의 동태를 살피던 우진이 바로 반박했다. 현민은 그럼 말고라는 표정을 지으며 어깨를 으쓱였다.

"그럼 빨리 나와. 병원부터 가고 서에 가서 조사도 받아야 할 거 아냐."

비록 인터넷이지만 생방송을 탔으니 경찰도 그냥 넘어가지는 못할 것이다. 어쨌든 경찰서에 가서 조사를 받아야만 할 분위기라 그 전에 병원부터 가는 게 시급했다.

"끝나고 오는 길에 삼겹살 사줄게."

"잠깐만 기다려."

현관문 앞에 계속 서 있었는지 문이 닫히고 후다닥 안으로 들어가는 소리가 어렴풋이 들렸다. 당당하게 세수했다고 외쳤지만, 아까의 몰골로 다시 카메라와 시청자 앞에 당당히 설 자신이 없는 모양이었다.

"뭘 사준다고?"

언제 왔는지 강호수가 현민의 뒤에서 위압감 넘치는 목소리로 되물었다.

"사주기만 한다고요. 사준다고 했지 먹이겠단 소린 안 했어요."

찔끔한 현민이 진동 안마기처럼 고개를 좌우로 마구 흔들어댔다. 온종일 풀떼기만 먹어야 했던 우진의 일과는 아무래도 영양제로 끝날 모양이었다. 먹고 운동으로 칼로리를 소모하기에는, 로이드라는 캐릭터가 워낙에 나약한 분위기라 건강미가 넘쳐서도 안 되었다. 이래저래 운동 안 하고 무조건 식이 조절로 살을 뺄 수밖에 없었다.

지금껏 다이어트라는 걸 해본 적이 없었던 우진은 배우가 돼서 겪은 가장 힘든 시기가 언제냐고 묻는다면 당연히 지금이라고 말할 자신이 있었다. 스토커와 스캔들, 하다못해 연기 때문에 고생스러운 게 아니라 다이어트가 원인이었다.

"그런데 방송 진행 안 하세요? 방송 보면 굉장히 말을 많이 하시던데."

현민은 강호수의 뜨거운 시선을 피해, 방송 진행이고 뭐고 멍하니 있는 MC들과 제작진을 보며 고개를 갸웃거렸다.

"지금 이 상황에서 방송할 만큼 저희가 멘탈이 강하지 못해요."

오영희는 아까 자신을 노려보던 이여린의 눈빛을 떠올리며 몸을 부르르 떨었다. 아직도 같은 공간에 있긴 했지만, 경찰이 온 후로는 그래도 안심이 되어서 그나마 긴장이 풀린 게 이 정도였다.

"그런데 여러분은 생각보다 평안해 보이네요."

예전에 방송에서 우진의 친구로 나왔던 현민을 기억한 김학천이 은근히 그에게 인터뷰를 유도했다. 멘탈은 약할지 몰라도 직업 정신은 투철했다.

"유혈 사태는 처음이지만, 이런 게 오늘이 처음은 아니라서요. 그냥 매일 공포 영화 한 편씩 찍고 있었다고 생각하면 됩니다."

멀쩡한 집 놔두고 이곳에서 자기가 왜 살겠냐는 현민의 하소연에 오영희가 과장되게 고개를 끄덕였다. 멘탈 어쩌고 하더니, 기회를 주니 그녀 역시 어느새 진행을 하고 있었다.

"우진이가 독립한 이유도 스토커가 집에까지 들어와 물건을 훔쳐가서 가족들한테 피해 갈까 봐 나와 사는 건데, 뭐 피하려다가 뭐 만난 격이죠."

묻지도 않은 말을 술술 해주는 현민 덕분에 MC들은 이 난국에서도 조금은 수월하게 방송을 이어갈 수가 있었다. 아무래도 채우진에게 이런 걸 바라면 너무 매정한 방송인이라고 욕을 들을 텐데 현민이 있어서 너무나 다행이었다.

하지만 경찰들이 이여린에게 진술서 작성을 위해 함께 서에 가자고 하면서 잠시의 평화는 깨졌다.

"당신들이 뭔데 나보고 오라 가라 하는 거야! 너희들 누가 보낸 거야? 우리 사이를 방해하려고 그 여자가 보낸 거지? 난 절대 못 가. 어머님, 어머님 좀 불러줘. 우진 씨 어머님은 우리 사이를 인정해 줬단 말이야. 이 집도 그분이 마련해 주고 우리 사이를 축복해 줬는데 당신들이 뭐라고 우리 사이를 방해하는 건데! 그 여자가 이러라고 시킨 거지!"

이여린이 자신을 붙잡은 경찰들의 손을 뿌리치면서 가만두지 않겠다고, 너희들 모두 고소하겠다고 소리를 질렀다. 마침 재빨리 세수하고 옷을 갈아입은 우진이 밖으로 나오면서 그 소리를 들었다.

"우리 어머니가 뭐?"

"어머님이 우리 사이를 허락해 주셨는데 당신은 뭘 그렇게 불안해하는 거야? 그 여자가 아직도 무서워? 어머님이라면 우릴 방해하는 그 여자도 처리해 주실 거야. 그러니 걱정하지 마."

경찰들에게 끌려가면서도 횡설수설하는 이여린을 보며 우진은 현민에게 저게 무슨 뜻인지 알겠냐고 물었다.

"뭐긴 뭐야, 미친 소리지."

"그런데 그 여자는 또 누구야?"

막말로 우진의 어머니에게 두 사람 사이를 허락받았다는 환상에 빠졌다고 쳐도 이여린이 악의를 가지며 말하는 '그 여자'가 누구인지 짐작할 수가 없었다.

"뭘 그렇게 진지하게 생각해. 가상 연애라면 라이벌도 있겠지."

우진의 작품 속 대사가 자신에게 한 말이라고 단단히 믿고 있다면 가상의 라이벌도 존재하지 않을 리가 없었다. 악역이 존재하지 않는 드라마와 영화가 거의 드문 것처럼 말이다.

"그 여자라면 혹시 절 말하는 걸까요?"

아까 이여린에게 오해를 받은 오영희가 턱을 매만지며 진지하게 말했다. 한데 그녀에게 덤비던 이여린을 떠올리면 그게 꼭 황당무계한 소리 같지가 않았다.

"설득력이 있어."

뜻밖에도 오영희의 의견은 설득력이 있었는지 모두가 동시에 긍정적인 반응을 보였다. 그리고 이를 생방송으로 보고 있던 시청자들은 얼굴을 잔뜩 구기며 '그건 아니야!' 라고 전국에서 소리치고 있었다.

채팅방에선 제발 그 생각은 넣어두라는 글과 스릴러를 개그물로 만들지 말하는 하소연이 끊임없이 올라왔지만, 현장에서 이여린의 눈빛을 직접 마주한 사람들은 진지하게 오영희의 라이벌 설을 밀었다.

"제대로 닦고 나오지 이게 뭐냐? 어라, 옷도 뒤집어 입었네."

모두가 심각한 와중에 현민은 아직도 물이 뚝뚝 흐르는 우진의 앞머리칼과 뒤집어 입어서 밖으로 드러난 상의 라벨을 가리키며 지적했다.

자신의 상태를 재차 확인한 우진은 말없이 집 안으로 슬며시 들어갔다. *그가 안으로 들어가는 순간, 카메라에 잡힌 채우진의 얼굴은 포커페이스가 무너져 살짝 상기된 상태였다.*

이날 '돌격! 문을 열어라'는 최고의 시청률과 함께 평소 방송이 추구하던 소기의 목적까지 모두 달성했다.

◆　　◆◆◆　　　◆

(채우진의 스토커 A 씨가 말한 '어머님'은 누구?)

어제저녁 많은 사람을 경악하게 한 사건이 벌어졌다. DSTV의 '돌격! 문을 열어라'에서 채우진의 집을 방문하는 도중, 그가 스토커의 자해를 막는 장면을 의도치 않게 생방송으로 방영하게 된 것이다.

CCTV를 확인한 경찰은 A 씨(여, 24)가 자해하려던 것이 맞으며, 이 사건은 채우진과 그의 친구인 B 씨가 이를 막으려다가 생긴 과실치상이라고 결론 냈다. 채우진은 치료 후, 경찰서에서 조사를 받고 새벽에 귀가한 것으로 알려졌다.

상처는 불가피한 상황에서 생긴 것이기에 이를 두고 A 씨에게 법적인 대응을 할 생각은 없다고 했다. 대신 CCTV를 증거로 제출하며 그녀가 매일같이 채우진에게 행했던 그간의 행동들을 바탕으로 스토킹 신고를 했다.

그런데 일련의 과정에서 놀라운 사실이 알려졌다. 어제 낮에 주거침입과 절도로 채우진이 이미 누군가를 신고했었다는 것이다. 상대는 바로 며칠 전부터 화제가 되었던 SNS의 계정 주인이었다.

사정은 이랬다. 올 초에 채우진의 본가에 의문의 도둑이 들었다고 한다. 그날 도둑은 채우진이 버리려고 내놓은 물건들과 오랜 시간 동생에게 보냈던 메모들을 훔쳐갔다. 채우진 측은 이를 단순한 도둑이라기보다는 스토커의 소행으로 판단했다.

하지만 CCTV에 잡힌 것만으로는 범인 확인이 어려워서 신고를 하지 못하고 있었다. 그러다 이번 SNS에 올린 사진들이 잃어버린 물건들과 채우진 본가의 내부 사진이라는 것을 확인하고, 계정 주인이 문제의 스토커라 추측하고 신고했다. 그런데 뜻밖에도 조사 과정 중에 SNS의 계정 주인과 A 씨가 동일 인물이라는 게 밝혀졌다.

경찰은 이 두 사건을 하나로 보고 A 씨를 심층 조사할 계획이라고 발표했다.

그러나 이 사건은 다른 관점에서 바라볼 문제가 하나 남아 있었다. 이는 어제 생방송에서 A 씨가 말했던 '어머님'의 존재가 과연 누구인가 하는 질문에서부터 시작한다. 채우진 본인은 물론 시청자 역시 당연히 그의 생모를 떠올렸지만, 이에 대해 지금부터 의구심을 제기하려고 한다.

사람들은 A 씨의 거짓말 혹은 정신적인 문제로 치부했지만, 얼마 전에 목격한 장면을 떠올리면 본 기자는 고개를 갸웃거릴 수밖에 없다. 그것은 바로 김혜령이란 존재에서 시작한 의문 때문이다.

한때 유명한 배우이기도 했던 김혜령은 많은 사람이 알다시피 채우진의 친부와 혼인한 관계이다. 얼마 전에 본 기자는 김혜령을 목격했고, 당시 그녀에게는 일행이 있어 아는 체를 하지 못한 아쉬움이 있었다.

그런데 어제 방송을 보고 A 씨가 왠지 낯이 익다는 생각에 그날 찍은 사진들을 찾아보았다. 기자의 본능으로 유명인을 보면 먼저 사진부터 찍는 습성 때문에 당연히 그날의 사진 역시 있었다.

그리고 김혜령과 함께 있던 일행은 기억대로 A 씨가 맞았다. 서로 마주 보며 웃고 있던 화기애애한 분위기는 절대 한두 번 만난 사이처럼 보이지 않았다.

그렇다면 혹시 A 씨가 말한 '어머님'은 김혜령이 아닌가 싶어서 채우진 측에 문의를 해보았다. 그러자 채우진 측에선 그가 11살 이후로 친부와 김혜령을 만난 적이 없었다는 답변을 주었다.

친부의 부인이라는 점은 이해하지만, 이런 소원한 관계에 놓여 있는 계모가 과연 의붓아들의 연애 문제에 관여할 권한이 있는지는 매우 의심스럽다. 그러기에 A 씨가 말했던 '어머님'이 김혜령이 아닐까 하는 추측이, 기자의 어리석은 착각이기를 바라본다.

새벽부터 쏟아진 많은 기사 중에서 단연 화제를 낳은 것은 A 씨라 불리는 이여린과 김혜령의 관계에 의구심을 제기한 기사였다. 무엇보다 말미에, 채우진이 11살에 김혜령과 만났다는 부분이 특히 주목을 받았다.

채우진이 11살 때 부모님이 이혼한 후에 친부는 재혼했지만, 이도 몇 년 후에 헤어지고 세 번째로 혼인한 사람이 김혜령이었다.

그런데 11살에 채우진이 김혜령을 마지막으로 만났다는 말은 많은 의미를 내포하고 있었다. 아무리 둔해도 그때부터 채우진의 친부와 김혜령이 관계가 있었다는 것 정도는 짐작할 수 있었다.

그러면서 지금까지 알려지지 않은 채우라의 모친이 혹시 김혜령이고, 채우진의 부모가 이혼한 이유에 그녀가 있는 것이 아닌가 하는 의견들이 나오기 시작했다.

또한 SNS의 주인이 이여린이란 것이 알려지면서 더는 누구도 그녀가 채우진의 연인이라고 생각하지 않았다. 전날 이여린이 피웠던 난동을 실시간으로 목격한 사람들은 그 광기 어린 눈동자와 발악하던 목소리가 여전히 생생해서 소름이 끼쳤다.

생방송이다 보니 카메라에 잡힌 그녀의 얼굴을 모자이크할 수가 없었고, VJ 역시 정신이 없어서 초반에 그녀의 얼굴을 고스란히 찍어버린 실수를 해버린 것이다. 그러다 보니 그녀를 아는 주변인들의 증언까지 나오면서 연인설은 더욱 말도 안 되는 루머로 치부되었다.

이여린과 김혜령의 관계를 의심하는 첫 번째 기사 이후로 이를 뒷받침하는 후속 기사들이 마치 기다렸다는 듯이 줄줄이 나오기 시작했다.

〈A 씨가 성형수술을 한 병원 관계자 曰, A 씨는 평소 고객이었던 김혜령 씨의 측근이 데리고 왔으며 결제도 그쪽에서 한 것으로 안다.〉

〈현재 A 씨가 사는 오피스텔의 실소유주는 '나는 A를 직접 만난 적이 없다. 계약자가 따로 있으며 보증금과 월세 역시 그쪽에서 받고 있었다. 전에 살던 계약자에게 거액을 제시해서 이사 가도록 설득했다는 이야기를 들은 적이 있다'라고 인터뷰. 실계약자는 김혜령 씨의 비서와 동일인이라는 게 밝혀졌다.)

그 밖에 채우진의 친가에서 오래전에 일했거나 최근에 그만둔 고용인들의 인터뷰도 있었다. 그들은 최대한 말을 아꼈지만, 부모의 이혼 후에 그 집에서 채우진을 본 일은 없었다고 한결같이 말했다. 그들은 채우진이 친가와 철저하게 단절된 관계를 유지했다는 것을 강조했다. 짧은 시간에 쏟아지는 기사는 마치 예전부터 준비해 둔 것처럼 많은 내용과 증거를 제시했다.

그러나 오후에 들어서자 차츰 잦아지면서 포털 사이트의 메인에 올라왔던 기사들은 하나씩 사라졌다. 삭제된 것도 있고, 아니더라도 일부러 검색하지 않은 한 쉽게 보기 어려운 곳으로 옮겨졌다.

일순 방어하는 쪽의 승리로 보였지만, 이미 많은 이들이 기사를 보았고 그것만으로도 성과는 컸다. 일방적인 정보는 사람들의 상상력과 추리력을 자극하며 의견을 하나로 몰아갔다. 이번 경우는 워낙 증거가 많아서 마녀 사냥이라는 반박도 그리 나오지 않았다.

여전히 이여린이 말한 '그 여자'가 누구인지는 모르겠지만, 그녀가 말한 '어머님'이 김혜령이라는 것은 의심의 여지가 없었다.

그리고 김혜령이 절대 좋은 의도로 이여린을 부추기고, 그녀를 성형시켜 주며, 집을 얻어준 게 아니라는 것만은 어림짐작할 수 있었다.

◆　　　◆◆◆　　　◆

"일을 이 지경으로 만들었다면 그에 대한 변명이 있을 것 같은데."

채무석의 비난에 김혜령은 아직 붉게 부어오른 뺨을 내보이며 소리쳤다.

"당신은 이 얼굴을 보고도 그런 소리가 나와요? 이런 걸 보면 어디서 어떻게 다친 거냐고, 괜찮으냐고 묻는 게 먼저잖아요."

김혜령은 제가 한 일이 있었기에 몇 주 만에 집을 찾은 채무석이 반갑다기보다는 무서웠다. 그래서 부러 다친 뺨을 내보이며 가련한 척을 했다.

"밖에서 맞고 다닌 게 자랑인가?"

그러나 걱정은 정상적인 부부 사이에서나 있는 대화법이었다. 이혼 이야기가 나오기 전에도 채무석은 딱히 아내의 건강을 챙기거나 걱정하는 사람이 아니었다. 다만, 남에게 무시당한 일이 생긴다면 그에 맞춰 보복은 해주는 사람이었는데 그의 무심한 태도에서 이제 그런 바람은 어려운 것 같았다.

"너도 이제 한물가긴 갔구나. 강혜민, 그 여자한테 맞고 다니니 말이야."

더욱이 그 원인을 알고 있는데도 가만히 있다는 것은 이제 김혜령을 자신의 사람으로 취급하지 않는다는 의미이기도 했다.

"내가 누구한테 맞은 줄 알면서도 그런 소릴 하는 거예요? 당신 전부인이잖아! 그년이 미쳐서 괜한 오해를 하는 바람에 날 이렇게 만들었는데 어쩜 그렇게 태평할 수 있어요? 그년이 하고 다니는 꼬라지를 봐요. 어디 가서 당신 전부인이라고 말하고 다니면 당신이라고 좋을 것 같아요?"

그러니 단속 좀 하라고 에둘러 말했다. 한번 상대해 본 결과 강혜민은 아예 미쳐 있었다. 아무것도 무서운 게 없는 미친 여자를 상대하기엔 자신은 잃을 게 너무 많았다.

"글쎄, 이제는 나도 상대하기 까다로운 거물로 커버려서 말이야."

말을 하면서 채무석은 슬쩍 웃기까지 했다.

그는 강혜민에게 그런 능력이 있는 줄 몰랐다. 그저 고분고분하고 의욕 없이 적당히 살아가는 사람이라고 생각했다. 그런 의미에서 당시 채무석은 그녀보다 김혜령을 높이 평가했다. 그래서 이혼도 미련 없이 했고 헤어진 후로 바로 잊고 살았다.

"그러고 보면 셋 중에 가장 모자란 게 너군."

잠시 한심하다는 표정으로 김혜령을 내려다보던 채무석은 이내 피식 웃으며 고개를 저었다. 자신이 선택한 사람이었기에 그녀를 욕해봤자 결국은 자기 얼굴에 침 뱉기였다.

그는 이혼이 인생의 실패라고 생각하지 않았다. 하지만 자신의 선택이 잘못됐다는 걸 인정하는 순간 그것은 실패가 되었다. 애정이 없어서, 더는 살 부대끼고 살고 싶지 않을 정도로 정나미가 떨어져서 헤어지는 것에는 아무런 부끄러움을 느끼지 못했다.

하지만 상대의 미련하고 무능력한 행동에 실망하게 되면서 전략적인 이혼을 할 수밖에 없게 된 처지는 무엇보다 모멸적이었다.

한 번뿐인 인생을 타인의 시선 때문에 참고 억누르고 사는 것만큼 어리석은 짓은 없었다. 그러나 감정의 변화와는 별개로 자신이 실수했다는 것을 깨닫게 만드는 상대의 저급함은 견디기 어려웠다. 저런 사람 때문에 자기가 놓쳤던 것들을 떠올리면 더욱 그랬다.

김혜령은 자기 덕분에 채무석의 사업이 번창했다고 주장하지만, 애초에 박은수와 이혼만 하지 않았어도 겪지 않았을 어려움이었다. 오히려 김혜령이 저지르고 다닌 일을 뒷수습하고 다닌 것이 더 치명적으로 굴욕이었다.

몇 년 살지 않아 그녀에게 환멸을 느끼면서도 이혼하지 않은 것은 자신의 선택이 잘못됐다는 것을 인정하기 싫어서였다.

하지만 계속 미루면 단순히 실수였던 선택이 인생의 실패로 연결될 것 같아서 결단을 내려야 했다. 무엇보다 이제 그녀에게서 얻을 게 하나도 없었다. 여자로서의 매력도 비즈니스 파트너로서의 가치까지, 아무것도 없었다.

"난 네가 인스턴트인 줄 알았어. 몸에는 나쁘지만 맛있는."

"인스턴트라니! 어떻게 부인에게 그런 말을 할 수가 있어요?"

"말의 문맥을 이해할 줄 모르나? 내 말은 인스턴트인 줄 알았는데 그것보다 못하다는 소리를 한 거야."

채무석의 말에 김혜령의 얼굴이 붉게 타올랐다. 아무렇지도 않게 사람의 자존감을 뭉개는 데는 그를 따라올 자가 없었다. 버벅거리는 그녀에게 채무석은 눈썹 하나를 찡그리며 무덤덤하게 말을 이었다.

"알고 보니 그냥 상한 음식이었던 거지."

"그러는 당신은!"

"말과 행동을 같이해 주면 안 될까? 날 비난하고 싶으면 이혼 도장에 도장부터 찍는 게 어때. 난 적어도 말과 행동은 일치하잖아."

나는 상한 음식과 같이 살기 싫어서 이혼을 요구하니, 너도 내가 싫으면 빨리 이혼 서류에 도장을 찍으라는 말이었다.

이혼 직전까지 몰린 부부가 서로를 욕하는 것은 다반사였다. 하지만 이혼하기 싫은 사람은 적어도 상대를 비난해서도, 그의 잘못을 지적할 자격도 없다는 게 채무석의 생각이었다. 단점을 모두 알고 있으면서도 참고 살자고 결심했다면 그냥 입을 다무는 게 옳았다.

"물론 네가 어떻게 해도 이혼을 포기할 생각은 없지만."

"내가 쉽게 물러날 줄 알아?"

"그래서 이런 짓을 벌였나?"

채무석은 아들과의 일은 길게 생각하고 있었다. 그의 부모님은 조급해서 하루라도 빨리 우진을 데려오라고 했지만, 그는 생각이 조금 달랐다. 백 세 시대에 맞게 그는 아직 정정했고, 활력적이었다.

가람이건 바른정식품이건, 앞으로 몇십 년은 그가 직접 경영할 자신이 있었다. 당장 후계를 결정할 이유도 없었고 우진이 서둘러 사업을 배울 필요도 없었다. 막말로 사업적 감각과 능력이 없다 여기면 그냥 전문 경영인을 골라 일을 시키면 된다.

괜히 능력 없는 녀석을 자리에 앉혀서 자신이 그동안 쌓아온 왕국을 무너뜨릴 일말의 가능성도 만들 생각이 없었다. 그리고 친부라면 이를 가는 우진과 억지로 화해하기 위해 먼저 고개 숙이고 들어갈 마음도 없었다.

현재 채무석이 보고 있는 것은 몇십 년 후, 우진이 결혼하고 낳을 자식이었다. 어릴 적부터 밖에서 천방지축 제멋대로 자란 녀석보다 차라리 어린아이부터 제대로 차근차근 교육하는 게 효율적이고 성공 가능성이 컸다.

하지만 그렇게 하자면 우진과 지금 상태의 관계를 유지해서는 힘들었다.

그래서 채무석은 조금씩 거리를 좁혀가기로 했다. 가랑비에 옷 젖듯이, 그리고 만약 우진이 곤란한 일을 겪게 되면 앞장서 도와주는 식으로 이미지를 개선해 나갈 생각이었다.

굳이 우진과 친해질 필요는 없었다. 그저 아들이 친가가 가지고 있는 재력과 쓸모를 깨닫고 스스로 알아서 고개를 숙이거나, 아니면 남들이 말하는 핏줄이 당겨서 우진이 먼저 다가올 가능성을 언제나 열어둔 상태였다.

그런데 김혜령이 미친 스토커를 끌어들여서 일을 이상하게, 꼬이게 만들어 버린 것이다. 덕분에 친가에 대한 우진의 경계심과 혐오만 더욱 높아졌다.

"대체 무슨 생각으로 그따위 짓을 저지른 거지? 그런 미친 것을 감히 어디에다 갖다 대!"

"왜 안 돼요? 나 같은 것도 이 집안 며느리가 됐는데 그 아이라고 안 될 것은 없죠. 나름대로 명문대에 다니고 똑똑한 아가씨던데 뭐가 그리 마음에 안 드는 거예요?"

김혜령은 고소를 지으며 살살 남편의 속을 건드렸다.

"그걸 지금 말이라고 하는 거야? 어떻게든 우진에게 재를 묻히려던 네 속셈이야 알겠는데 일을 하려면 제대로 했어야지. 오히려 되로 받은 지금 네 꼴을 보라고!"

더불어서 부부라는 이유로 함께 흙탕물을 뒤집어쓴 채무석의 꼴도 현재 말이 아니었다.

"분명 박은수와 그 잘난 친정이 꾸민 짓일 거야. 날 매장하려고 오래전부터 치밀하게 작정한 게 분명하다고. 내 뒷조사를 하고, 내 사람들과 집에서 일했던 것들을 일부러 매수한 거야! 여보, 제발 날 구해줘요. 당신이 날 버리면 그것들이 날 가만두지 않을 거예요. 앞으로 당신이 뭘 하든 아무런 간섭도 하지 않을게요. 그냥 죽은 듯이 조용히 살게요."

지금 채무석의 아내 자리에 있는데도 이런 공격을 받는데 만약 이혼이라도 하게 되는 날이면, 아마도 지금껏 저질렀던 모든 일이 파헤쳐지면서 사회적으로 매장당할 수가 있었다.

"내가 잘못되면 우라는 어떡해요. 그래도 당신 옆에 유일하게 남아 있는 자식은 우라뿐이잖아요. 제발 우리 딸을 봐서라도 내게 이러지 말아요. 내가 어떻게 Rome을 막을 수가 있겠어요."

"이번 일을 왜 Rome에서 했다고 생각하는 거지?"

"그거야 당연히……."

자신에게 악의와 원한을 가졌으면서 채무석의 아내를 이렇게 궁지에 몰 수 있는 재력과 권력을 지닌 것은 아무리 생각해도 박은수와 그 친정밖에 없었다.

"너에게 원한을 품은 여자가 또 한 명 있잖아."

채무석이 붉게 부은 뺨을 빤히 바라보자 김혜령은 무의식중에 왼뺨을 어루만지다가 눈을 휘둥그레 떴다.

그러고 보니 아까도 채무석이 강혜민을 두고 상대하기 까다로운 거물이 되었다고 했다. 처음엔 그만큼 완전히 미쳤다는 뜻으로 받아들이고 무심코 넘겼는데 그게 말 그대로라면.

"그래, 저번에 TM의 최고 대주주가 되면서 전문 경영인을 내세워 너에 대한 자료를 검찰에 풀어버린 것도, 오늘 오전에 네가 한 짓을 언론에 싹 뿌린 것도 모두 강혜민이야."

"어, 어떻게……."

약해 빠지고 미친 여자가 어떻게 그럴 수가 있냐며 김혜령은 고개를 저었다. 언제나 자신의 발밑에서 꿈틀거리던 지렁이만도 못했던 것이 어떻게 그런 힘을 가졌는지 이해하지 못했다.

"그래서 내가 말했잖아. 셋 중에서 네가 제일 모자란다고. 아, 그러고 보니 넌 상한 음식도 아니군. 남에게 기생해서야 겨우 살아가는 벌레인가."

어쨌든 박은수와 강혜민은 채무석이 아닌 자신의 삶을 선택했고 당당하게 이겨 나갔다. 여성으로서 크게 매력적이라고 여기지 못했는데, 인격과 자질만 따진다면 그들만큼 멋진 이들도 없었다.

"어, 어떻게 나한테… 어떻게 그런 소릴… 나쁜 새끼!"

"너와 내 차이가 뭔지 알아? 난 적어도 내가 악질이라는 걸 부정하지 않아."

그렇다고 후회하는 건 아니었다. 그저 자신이 나쁜 놈이라는 것을 잘 알아서 그에 맞춰 능력을 키우며 살았다. 죄책감에 시달리지 않으면서, 남을 탓하지도 않았다. 모든 나쁜 짓의 주체는 자신이었으며 딱히 부끄러울 것도 없었다.

"그래서 날 방해하는 것들은 가차 없이 쳐낼 수 있어. 그런데 넌 뭘 할 수 있지?"

그리고 채무석이 가장 싫어하고 경멸하는 것이 능력 없는 실패자였다.

"나 없이는 방어도 공격도 제대로 못 하는 것이 지금의 너야. 나라면 그게 가장 수치스러울 텐데 넌 부끄러움조차 없다는 게 문제야."

가볍게 혀를 찬 채무석은 자신의 바지를 잡고 늘어진 김혜령을 떼어내고 방을 나갔다. 그는 거실에서 대기하고 있던 집사에게 고갯짓으로 안방을 가리키며 말했다.

"한 시간 줄 테니 저 안에 있는 사람과 물건 모두 치워."

그동안은 김혜령과 말을 섞는 게 귀찮아서 집을 나와 호텔에서 지냈지만, 이제 이 집을 나갈 사람은 그가 아닌 김혜령이었다.

남에게 자랑하던 아름다운 성이 무너지기 일보 직전이었다. 먼저 그 안의 것들부터 교체하고 그래도 가망이 없으면 부수고 다시 지으면 된다.

채무석에게 인생이란 늘 그랬다. 쉬운 것은 없었지만 그렇다고 어려운 것도 없었다.

운명은 언제나 그의 편이었고 신은 늘 그를 사랑했다.

그들이 사랑했던

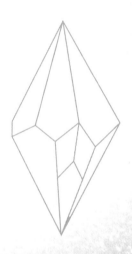

오지 않으려는 것일까.

우진은 시각을 확인하고 차가운 생수를 한 모금 마셨다. 평일 오전의 공원은 한가할 줄 알았는데 뜻밖에 사람이 많았다. 애완 동물을 산책시키는 사람들, 선캡을 쓰고 경보하는 아주머니, 나무에 등을 치면서 정체불명의 감탄을 터뜨리는 아저씨, 틀린 방법으로 운동기구를 이용하는 부부.

"저러다 관절 나가는데……."

가서 고쳐주고 싶은 오지랖은 다행히 먼저 행동에 나선 사람 덕분에 누그러뜨릴 수 있었다. 하지만 바른 운동 방법을 가르쳐 주는데 부부는 우리도 잘 알고 있다면서 오히려 쏘는 소리를 했다.

"가만히 있기 잘했다."

괜히 혼자 무색해진 우진은 4월의 하늘을 올려다보았다.

오랜만에 미세 먼지가 없는 맑은 날이라 사람들이 기다렸다는 듯 공원으로 나온 것 같았다. 그래서 구석에 자리한 벤치에 앉아 있으면서도 몇 번이나 모자를 고쳐 써야만 했다. 만나기로 한 사람은 오지 않고 공원에 사람은 많으니 시간이 지날수록 점점 초조해졌다.

한참을 기다린 것 같은데 실상 약속 시각에서 겨우 15분이 지났을 뿐이었다. 그러나 만나기로 한 시각보다 10분 먼저 나와 기다린 바람에 체감상 많이 기다렸다고 느껴졌다.

시계를 보고 멋쩍게 웃던 우진은 오늘 만남이 물거품이 되더라도 실망하지 않을 마음의 준비를 했다.

상대가 오늘 나오지 않는다고 해도 우진은 이해했다. 만나기를 꺼리는 그녀를 설득해서 겨우 약속을 잡은 것이니 막판에 마음이 변했다고 해도 어쩔 수 없었다.

경보하던 아주머니가 앞을 지나가자 우진은 무의식중에 모자를 매만지는 척하면서 고개를 숙였다. 공원에서 젊은 사내가 할일 없이 벤치에 앉아 모자를 푹 눌러쓰고 있는 모습이 의심스러웠는지, 아주머니의 걸음이 갑자기 빨라졌다.

너무 수상하게 굴었나 싶어서 서둘러 허리를 펴는데 머리 위로 그림자가 드리워졌다. 천천히 고개를 들어 앞을 바라보니 여태 그가 기다리고 있던 이가 앞에 서 있었다.

"아, 안녕하세요."

급하게 일어나서 모자를 벗고 인사하려고 하자, 강혜민은 그러지 말라고 손을 내저으며 우진의 옆자리에 그냥 앉았다.

"이런 곳에서 만나자고 한 것은 나니까 예의는 차릴 필요 없어요."

오늘 만나기를 청한 것은 우진이었지만, 약속 장소와 시간을 정한 쪽은 강혜민이었다.

"답답한 곳이 싫어서 여기서 보자고 해놓고선 나중에 후회했네요. 지금이라도 어디 들어갈까요?"

"아니요. 전 여기도 괜찮습니다."

두 손을 무릎에다 놓고 우진이 딱딱하게 대답했다. 강혜민을 부를 호칭이 마땅치 않아 생략하다 보니 대화가 매끄럽지 못했다. 그러기는 강혜민도 마찬가지여서 어색하게 앞만 보며 멀뚱히 앉았다.

우진은 이번 일이 있고 나서 장수환 대표에게 전후 사정을 듣고서야 강혜민에 대해 알게 되었다.

이여린과 '돌격! 문을 열어라' 생방송은 전혀 예상하지 못한 뜻밖의 사건이었다. 계획하지 못한 일이 벌어졌는데 언론의 대응이 굉장히 체계적이었다. 갑자기 쏟아지는 정보 속에서, 우진은 상상조차 못 했던 전개에 당사자이면서 되레 당황하고 말았다.

부모님은 물론 외가에서도 미처 몰랐던 사실이라는 걸 알고 당연히 장수환 대표가 한 일인 줄 알았더니, 뜻밖에도 그에게서 강혜민에 대해 듣게 되었다.

장 대표가 강혜민을 인지하게 된 것은 그녀가 TM의 최고 주주가 되면서였지만 딱히 교류가 있었던 것은 아니었다. 그런데 이여린의 일이 생방송을 타자마자, 강혜민에게서 먼저 연락이 왔다는 것이다. 이미 준비해 놓은 자료를 푼 것은 그녀였고 장수환 대표는 그에 보조를 따랐을 뿐이라고 말했다.

그런 이야기까지 듣고 가만히 있는 것이 뭣해서 우진이 먼저 그녀에게 연락을 넣었다. 어쨌든 도움을 받았으니 고맙다는 인사는 해야 도리일 것 같았다. 하지만 막상 만나고 보니 무슨 말을 해야 할지 몰라 어색하기만 했다.

"이번에 도움을 많이 받았다고 들었습니다. 정말 고맙습니다."

이여린에 대해선 어느 정도 준비를 해둔 상태였지만, 그녀 뒤에 김혜령이 있는 줄 모른 상태라서 어떤 변수가 도사렸을지 몰랐다. 강혜민의 도움으로 몇 시간 만에 여론을 정리하고 오히려 김혜령을 수세로 몰 수가 있었다.

"개인적인 감정이 다분히 섞인 일이라 인사받을 정도는 아니에요. 뭐랄까, 그냥 공동의 적을 가진 동료라고 생각해 줘요."

이런 일로 고맙다는 인사를 받는 게 어색한지 강혜민은 멋쩍은 듯 무릎 위에 올려놓은 가방을 의미 없이 매만졌다.

"동료라도 도움을 받았으면 당연히 고마워해야 할 일이라고 생각합니다."

강혜민이 보답을 바라서 한 일은 아닐 테니, 고마운 마음이라도 전하고 싶었다.

"고지식한 게 박은수 씨를 많이 닮았군요. 외모도, 성격도. 정말… 다행이에요."

외탁한 우진의 얼굴을 보며 강혜민은 다행이다 싶으면서 형용하기 어려운 아쉬움을 느꼈다. 우진이 채무석을 닮지 않아 좋으면서도, 아들과 전혀 비슷한 곳이 없는 얼굴을 보니 씁쓸하고 서운했다. 만약에 우진에게서 우영과 비슷한 부분을 찾았다면 감정에 복받쳐 이렇게 담담하지 못했을 것이다.

타인에게 그런 모습을 보이지 않아서 다행이다 싶으면서, 조금이라도 닮은 데가 있어서 우영이 살았다면 저렇게 컸을지도 모른다는 상상조차 하지 못하는 상황이 서글펐다.

"그런데 혹시 이여린 씨를 만난 적이 있으세요?"

"내가 그 여자를 왜 만나겠어요."

만나서 괜히 너희들 작전을 알고 있다고 알려줄 필요가 없었다.

"그렇다면 그녀가 말한 '그 여자'는 대체 누굴까요?"

이여린이 말한 어머님이 김혜령이라는 것을 알고 나서 우진은 '그 여자'의 정체가 궁금했다. 그렇게 악의를 품고 적의까지 보이는 상대라면 그냥 미친 소리로 넘어갈 게 아닌 듯했다.

경찰 조사에서 이여린은 그 부분에 대해서는 입을 다물었고, 경찰들도 그리 심각하다고 생각하지 않는지 대충 넘어가는 분위기였다.

"박은수 씨잖아요."

하지만 강혜민은 그게 뭐가 어렵냐는 듯 대답해 주었다.

"우리 어머니요? 김혜령한테도 어머님, 어머님 하던 사람이 우리 어머니한테 그럴 리가요."

"김혜령이 그렇게 주입했겠죠. 나는 너를 찬성하는데 박은수가 너를 싫어하고 반대한다면서. 모든 원망을 박은수 씨에게 쏠리게 만드는 건 쉬웠을 거예요."

그리고 스캔들이 터지면 박은수 때문에 한 여자의 인생이 불행해졌다는 식으로 여론을 몰아갔을 것이다.

"김혜령은 이 작전이 성공할 거로 생각했을까요?"

"성공하지 않더라도 구설에 오르면 연예인에게 좋을 게 하나도 없으니까요. 김혜령은 우진 씨가 싫은 만큼 배우로서 질투하는 마음도 꽤 클 거예요. 해명해도 안 믿는 사람은 끝까지 안 믿잖아요. 그런 사람들을 이용해서 흠을 내고 싶었겠죠. 들키더라도 우진 씨가 김혜령에 대한 반감으로 친부를 더욱 밀리한다면 그것만큼 성공한 것은 없잖아요."

우진이 언론과 여론에 떠밀려 이여린과 사귀면 고소해했을 테고, 강경하게 부정하면 나쁜 남자 이미지를 심어줘서 비호감으로 만들 계획이었을 것이다. 그리고 우진이 친가와 사이가 좋다는 가짜 뉴스를 만들려던 것은 그가 친부에게 가지는 거부감을 역으로 이용한 작전이었다. 김혜령으로선 여러모로 해볼 만한 모험이었다.

"김혜령에겐 우진 씨가 친가에 마음을 열고 거기 재산을 이어받는 게 가장 큰 악몽일 테니, 어떻게든 막고 싶을 거예요."

"그 여자한테 복수하려면 그렇게 하면 되는 건가요? 굉장히 쉽네요."

"그렇게 할 거예요?"

"어째 반기는 분위기시네요."

우진은 자신이 친가에 들어간다면 강혜민이 무척 싫어할 줄 알았는데 반색하며 되물어서 오히려 당황했다. 내내 담담하던 강혜민의 눈빛이 이 순간 너무 반짝이고 있었다.

"가장 최고의 복수가 맞으니까요."

"대신 그 사람이 원하는 걸 해주는 거잖아요."

우진이 말하는 그 사람은 친부인 채무석이었다. 굳이 따진다면 우진은 김혜령보다 친부에 대한 반감이 더 컸다. 어쨌든 부인을 배신하고 자식을 등한시하며 가장의 의무를 저버린 것은 그였다.

"아니요. 그 사람에게서 모든 것을 빼앗아올 기회이기도 하죠."

채무석이 가지고 있는 힘의 원천은 결국 그가 소유하고 있는 부에서 왔다. 그것을 빼앗는다면 결국 그도 필부에 지나지 않았다.

우진의 친할아버지가 쓰러진 후에 재산 대부분이 채무석에게 갔지만, 아직 보유하고 있는 주식이 제법 많았다. 우진이 친가로 들어가는 대가로 그것을 증여받고, 채무석에게도 어느 정도 받아낸다면 나쁘지 않은 시작이었다.

"그놈의 집안은 절대로 여자애에게 주식을 주지 않아요. 우라가 그 나이에 재산이 많은 이유도 김혜령이 주식 양도 이야기를 꺼내면 논쟁하는 게 귀찮아서 대신 부동산을 줬기 때문이죠. 그리고 김혜령과 이혼한다면 채무석이 혼자 살 것 같아요? 분명 다시 재혼할 텐데 그때면 상황이 또 어떻게 돌아갈지 몰라요."

만약에 재혼해서 아들을 낳게 된다면 지금 우진에게 가지고 있던 관심은 바로 사라질 것이다. 그렇다면 채무석은 누릴 것은 모두 누리면서 편안하게 살다가 갈 것이다. 이를 막기 위해 우진이 채무석을 상대로 칼을 든다면 강혜민은 적극적으로 도울 준비가 되어 있었다.

"그러라고 하세요."

"하지만!"

"그렇게 하면 한순간은 시원할지 모르겠지만, 그 대가로 제 남은 평생을 회사에 쏟아부어야겠죠. 제가 불행해지는 결과를 낳는다면 그건 복수가 아니라고 생각합니다."

빼앗았다가 버릴 수는 있겠지만, 그러기엔 가람과 바른정에 속한 직원과 그 가족들을 생각하지 않을 수가 없었다.

집안싸움에 애먼 사람들의 생계를 흔들 수는 없었다. 끝까지 책임지지 않을 작정이라면 처음부터 건드리지 않는 게 사람의 도리였다. 채무석이 그 도리를 지키지 않아서 문제인데 우진마저 그럴 수는 없었다.

"아……."

강혜민은 우진의 말에서 그가 얼마나 지금의 일을 좋아하고 있는지 느낄 수가 있었다. 그에게 중요한 것은 돈의 논리도 복수도 아니었다. 제 생각이 얼마나 단순하고 이기적이었는지 깨닫고 부끄러워졌다.

"미안해요. 내가 너무 내 생각만 했네요."

"아니요, 보통은 다 그렇게 생각하더라고요. 제가 좀 특이한 편이라는 거 압니다."

"가치관이 다른 거겠죠. 예전에도 이랬으면서 난 또다시 똑같은 실수를 할 뻔했군요."

잠시나마 우진에게 걸었던 기대는, 옛날 우영이가 후계자가 된다는 욕심에 눈이 어두웠던 그때와 다르지 않았다. 세속적인 욕심 때문에 가장 중요한 것을 놓쳐놓고도 사람은 이렇게 변하는 게 어려웠다.

"그래서 이번 기회에 예명을 쓰기로 했습니다. 채우진이 아닌 최우진으로요."

친가에선 우진이 양부인 최민우에게 입양되고 성본 변경하는 걸 동의하지 않고 있었다.

이쪽에서 스폰서 브로커인 김혜령의 약점을 쥐고 거래를 시도

하자, 그럼 이혼하겠다고 하는 바람에 외조부가 많이 당황하셨다고 했다. 뭐 저런 게 다 있냐면서, 한때 가장 이상적인 사윗감이라 여겼던 채무석에게 미친놈이라고 상욕을 퍼부을 정도였다.

계속된 협상 결과 일단은 우희의 입양과 성본 변경에 관한 동의는 받았다. 온갖 생색은 다 내면서 억지로 해주는 척했지만, 실상은 조금의 재산이라도 우희에게 갈까 봐 서둘러 동의서를 써 준 것뿐이었다.

지금은 우희가 아무런 욕심이 없지만, 나이가 들면서 어떻게 변할지 모르는 일이라서 조금이라도 어리고 세상 물정 모를 때 자기들한테서 떼어놓을 심산인 것이다.

"예명이라도 그쪽에선 반발이 심할 것 같은데."

"그러거나 말거나. 그 사람이 제게서 얻는 건 아무것도 없을 겁니다."

우진은 길게 보기로 했다. 당장은 힘들더라도 시간 싸움에서 유리한 것은 우진이었다. 그는 절대 채무석이 원하는 것을 주지 않을 테고 정히 급하면 급한 사람이 다른 곳에서 우물을 파면 되는 일이었다.

그것은 복수도 뭣도 아니었다. 그저 그를 사랑하지 않을 뿐이었다.

무심한 우진의 대답에 강혜민은 손으로 입을 가리며 웃었다. 그러고 보니 이것도 제법 통쾌한 방법이었다.

분위기가 좋아지자 우진은 생각이 났다는 듯 가방에서 노트와 펜을 꺼냈다.

"참! 저 사인 좀 해주시겠어요?"

우진은 강혜민에게 노트를 내밀며 사인을 청했다.

"내 사인을?"

"친구가 팬, 아니, 자기 멘토라고 혼자 우기고 다닙니다."

강혜민이 TM의 최고 주주라는 말에 현민이 가장 먼저 생각이 났다. 친구가 멘토로 삼고 있다는 분이 결국은 강혜민이라는 이야기여서, 어떻게 이렇게 이어지나 싶어 신기하기도 했다.

그래서 만난 김에 친구를 위해 그녀의 사인을 받고 싶었다.

"친구라면 혹시 TV에서 같이 나온 주식 하던 친구?"

방송을 봤는지 그녀는 대번에 우진이 말한 친구가 누구인지 맞췄다.

"네."

"그 친구 졸업하면 혹시 주식 관련 일을 할 거래요?"

"직업까지는 아니고 주식은 취미로 꾸준히 할 것 같아요."

"내가 보기엔 그냥 주식을 하지 않는 게 좋을 것 같던데. 정보가 느린 것도 아니면서 그렇게 감이 없기도 힘들 텐데 신기하더군요. 이미 꾼들이 단물 다 빨고 내뱉은 것만 주워 담으니, 참."

그러니 취미로라도 하지 말라고 강혜민은 딱 잘라 말했다.

"그 전에는 평범한 가정주부셨다면서요. 어떻게 그렇게 성공할 수 있으셨나요?"

장수환 대표에게 대충 들은 그녀의 성공 스토리는 매우 놀라웠다. 전문적으로 공부한 사람도 그녀처럼 짧은 시간에 성공하기란 어려웠다. 현민이 괜히 멘토라며 호들갑을 떤 게 아니었다.

"위자료를 많이 받았거든요."

"네?"

"다른 것도 마찬가지겠지만, 특히 정보는 투자한 금액에 따라 줄 수 있는 정보의 질이 달라요. 그리고 투자액이 많을수록 하이 리스크지만 하이 리턴이죠."

물론 돈이 많다고 해서 질 좋은 정보만을 얻는다는 보장은 없다. 많은 자료 중에 양질의 진짜만을 골라내는 것이 능력이었고, 강혜민에게는 그게 쉬운 일이었다.

"하지만 친구가 돈이 많더라도 주식은 하지 말라고 해요. 감이 떨어지는데 운까지 없으면 아무 소용없으니까."

"꼭 전하겠습니다. 그래도 사인은 해주세요."

멘토에게 들은 직설적인 조언에 실망할 현민을 위해 위로품으로 챙겨가겠다는 말에, 강혜민은 어색해하며 사인을 했다. 거래장과 계약서에나 하던 사인을 깨끗한 노트에 크게 하려니 영 이상했다.

"연예인은 이런 걸 잘도 하는군요."

"직업인걸요."

"그러고 보니 상처는 괜찮아요?"

"흉터는 생기겠지만 다행히 손금이 있는 부위라서 괜찮을 거랍니다."

깊게 베이지는 않았지만 이어린을 막으면서 손에 힘을 주는 바람에 상처가 넓어져서 어쩔 수 없이 꿰매야 했다. 성형외과에서 꿰맸지만 흉터는 어느 정도 고려해야 했다.

"어디 한번 봐요."

"밴드를 붙여서 상처는 보이지 않는데 의사 선생님이 예쁘게 잘 꿰맸다고 하시더라고요. 게다가 생명선 위로 지나서 오히려 예전보다 생명선이 더 길어졌어요."

우진은 생명선 위에 붙어 있는 밴드를 보여주면서 농담처럼 말했다. 원래 그의 생명선은 중간에 한 번 끊어졌는데 이번 일로 길게 이어졌다. 손금을 믿는 것은 아니지만, 사람들에게 이렇게 말하면 모두 그나마 다행이라며 웃었다.

"다행이다."

역시나 강혜민도 같은 말을 해서 우진은 웃음을 터뜨렸다. 우진이 웃는 얼굴을 찬찬히 바라보던 강혜민의 입가에도 잔잔하게 미소가 그려졌다.

"우리 우영이는 유독 생명선이 짧았어요. 그래서, 내가 그렇게 낳아서 그리 빨리 갔나 생각하고 가슴을 쳤던 적이 많았는데 정말 다행이에요."

우진은 웃던 그대로 어찌할지 몰라 슬며시 고개를 숙였다. 여기서 어설픈 위로를 하기에는 그녀의 모습이 너무 서글펐다. 이제 마흔인 그녀의 부스스한 머리카락에는 벌써 흰머리가 듬성듬성 나 있었고, 푸석한 얼굴에 있는 잔주름은 가만히 있어도 슬픈 표정을 짓게 하는 위치에 자리 잡혀 있었다.

"이런 이야기하려던 게 아니었는데 미안해요."

늘 하는 생각이라 무심코 말했는데 분위기가 이상해진 것 같아 당황하며 강혜민은 사과했다. 그녀의 경험상 이런 우울한 이야기를 좋아하는 사람은 거의 없었다.

"아니요, 저는 괜찮습니다. 제 동생 이야기인걸요."

우진의 말에 강혜민의 눈가가 곱게 휘어졌다. 우진에게 '동생'이란 말을 들으니 새삼 이상했다. 만약 둘이 만났다면 어떤 형제가 되었을까 상상해 보다 바로 고개를 저었다.

오로지 우진만을 생각한다면 둘이 만나지 않은 게 다행이었다. 막연하게 동생이 있었다는 이야기를 전해 듣는 것과 한 번이라도 얼굴을 본 동생의 죽음은 그 의미와 무게가 다를 것이다.

강혜민이 겪은 죽음의 의미는 산 자에게 주어진 고통이고 아픔이었다. 아들을 기억해 주는 사람이 많았으면 좋겠다는 것은 엄마의 욕심일 따름이었다. 나눌수록 무거워지고 힘든 것은 죽은 이에 대한 추억이었다.

세상에 슬픔이 하나 더 깊어진다고 해서 위로받는 게 아니었다. 강혜민이 우진에게 바라는 것은 함께 슬퍼하고 분노해 달라는 것도 아니었다.

"내가 부탁 하나 해도 될까요?"

"그럼요. 제가 할 수 있는 일이라면 최선을 다해 돕겠습니다."

선뜻 대답하는 우진에게 강혜민은 자상하게 웃어 보였다.

"행복해야 해요."

아까 그가 말했던 것처럼 잠깐의 복수보다는 오래오래 행복하게 사는 길을 선택하길 바랐다.

"행복한 할아버지가 될 때까지 건강하게, 옛날이야기처럼 그 후로 오랫동안 행복하게 살았다고 할 수 있도록. 우진 씨 동생의 어머니로서 부탁할게요."

참으로 모호한 관계였다. 채무석과 이혼하지 않았더라면 의붓어머니란 법적인 관계라도 있었겠지만, 지금은 그마저도 아니라서 뭐라 부를 호칭도 없는 관계였다.

하지만 적어도 타인보다 조금 가까운 사이라고 자부하며 강혜민은 부탁 아닌 부탁을 했다.

"고맙습니다."

"내가 부탁하는 거라니까요."

"그럼 저도 부탁 하나 드릴게요."

우진의 말에 강혜민은 그가 무슨 말을 할지 짐작했다.

"행복하세요. 그래서 건강하고 행복한 할머니가 돼주세요. 제 동생의 형으로서 부탁드립니다, 어머니."

타인보다 조금 가까운 관계에서 우진은 한 발짝 더 내밀었다. 어머니란 단어는 친어머니뿐만 아니라 친구의 어머니와 단골 가게 사장님께도 부를 수 있었지만, 방금은 그보다 좀 더 무겁고 다정한 어감이었다.

"어머니라, 오랜만에 듣네요."

우영은 활달하고 영리한 아이였다. 하지만 말을 배우기 전부터 한집에서 살았던 김혜령이 결국 계모가 되면서 너무 빨리 철이 들어버렸다. 그래서 그 작던 아이는 엄마란 말도 편하게 못 하고 조용히 '어머니'라고 부르며, 그녀의 옷자락을 살짝 잡는 것으로 애정을 나타내곤 했다.

"그렇지 않아도 요즘은 예전보다 조금 좋아지긴 했어요."

강혜민은 자신의 머리를 두 손으로 쓸어내리며 어색하게 웃었다. 우진이 자기 일을 열심히 하면서 행복해하듯이, 그녀 역시 채무석과 김혜령에게 복수하겠다는 일념으로 살면서 최근 조금은 즐겁다는 생각이 들었다.

아직 행복하지는 않아도 복수라는 것도 하다 보니 적성에도 맞고 즐거웠다. 남들은 강혜민이 복수에 미쳐 인생을 허비하고 있다고 말하지만, 그녀는 지금 자신의 방식대로 행복하게 살기 위해 노력하고 있었다.

"이렇게 보여도 내 목표가 천국에 가는 거예요. 절대로 허투루 살지 않아요. 천국이라니 우습죠?"

"아니요! 저도 천국에 가는 게 목표인걸요. 전생에 업보가 많아서……."

전생 이야기를 꺼내며 조용히 읊조리는 우진을 보며 강혜민은 오늘 처음으로 크게 웃고 말았다. 아니, 몇 년 만에 소리 내어 웃었다.

"그런 소릴 어디서 들었어요? 사주라도 봤어요, 아니면 영험한 스님이 그래요?"

"그, 비슷하게요."

"전생이라, 그럼 환생도 있다는 말인데 그런 게 정말 있었으면 좋겠네요."

그녀가 바라는 환생은 자신이 아닌 아들을 위한 바람이었다. 어딘가에서 태어나 그곳에선 좋은 부모에게 사랑받으며 행복하게 살았으면 하는 마음이었다.

"이런, 바쁜 사람을 너무 오래 붙잡고 있었네요. 곧 미국에 가야 하죠?"

오디션 때문에 모레 미국으로 떠나는 우진의 등을 밀며 이제 그만 가보라고 말했다.

"댁까지 모셔다 드리겠습니다."

"차 가지고 왔어요. 그리고 난 좀 더 여기 있다 갈게요. 그냥 집에 가기에는 아까울 정도로 날이 좋잖아요."

푸른 하늘과 이제 막 싹이 돋아나려는 나무 아래에 있는 그녀는 모처럼 기운이 넘쳤다. 자리에서 일어난 우진이 모자를 벗고 인사하려는 것을 막으며 강혜민은 그의 손을 마주 잡았다.

"이래 봬도 내가 채우진 씨 팬이에요. 앞으로도 좋은 작품 많이 부탁할게요. 그리고 친구한테 꼭 주식 하지 말라고 전하고요."

정보 수집 차원으로 찾아보다가 어느새 채우진이란 배우를 좋아하게 된 것은 사실이었다.

처음 만났을 때보다 편안해 보이는 얼굴로 그녀는 우진을 보냈다. 떠나는 그의 등을 보면서, 떠나는 사람의 등을 보는 게 쓸쓸하지 않은 건 정말 오랜만이라는 걸 문득 깨달았다.

우진의 전화를 받고, 약속 시각보다 훨씬 전부터 이곳에 와서도 계속 망설였다. 오랜만에 자신의 모습이 신경 쓰였고, 서글픔과 두려움이 교차하는 와중에 그래도 한 번은 보고 싶다는 마음이 커서 이곳에 왔다.

"만나길 잘했다."

아들의 형이, 좋아하는 배우가 생각보다 자상하고 좋은 사람이라는 것을 알아서 다행이었다. 얼굴은 닮지 않아도 그런 부분이 아들과 비슷해서, 그 작은 공통점 하나에 기쁘기도 했다. 남들은 비웃을지 몰라도 이런 작은 기쁨들이 하나씩 하나씩 모여서 그녀를 숨 쉬게 해주었다.

그러다 보면 언젠가는 행복해지는 날이 올 것 같았다. 그렇게 세월이 지나 나이를 먹다 보면 어느 순간 자연스럽게 행복한 할머니가 되어 있기를 바랐다.

◆　　●●●　　◆

〈오늘 회사에서 시달리다가 집에 와서야 기사를 챙겨봤는데 세상에 지니가 앞으로 '최우진'이란 예명으로 활동한다면서요! 그러니까 제가 그랬잖아요! 최우진 맞다고요.

사실 이제 와 고백하면요. 지니의 이름이 '최우진'이라고 최초로 유포한 사람이 바로 저예요. 저!

소원바라기 최고의 흑역사를 만든 바람에 그동안 숨죽이고 살았는데 이렇게 자진 신고 하는 날이 오네요. 하지만 이 모두가 김혜령과 발정 사장 때문이라서 기쁘지는 않고요. 일은 김혜령이 저질렀다지만 결국 똑같은 사람끼리 결혼해서 사는 거죠.

그렇지 않아도 핼쑥해진 지니 얼굴 보면 안쓰러워 죽겠는데 저 사람들은 그런 인정도 없나 봐요. 아, 글 쓰다 보니 생각나는 그날의 강매도 매정하시더라. 어서 오디션이 끝나야 우리 지니 삼겹살이라도 먹을 수 있을 텐데, 오디션이 닷새 후죠?〉

—저, 죄송한데 발정 사장이 누군가요?

〈바른정의 채 모 사장이요. 우리 지니 아버지는 최 사장님이시고, 채 씨는 그냥 발정 사장이죠. 그런데 웃긴 게 발정 사장 이제야 김혜령하고 이혼한답니다. 그냥 똑같은 것들끼리 평생 같이 살지 왜 헤어진대요?〉

—지니가 최우진이 되는 과정이 너무 험난하네요. 그래도 언젠간 꼭 예명이 아닌 본명이 되는 날이 오기를 응원합니다!

—오디션이 끝나도 결과에 따라 몇 개월은 삼겹살 구경도 못 할 겁

니다. 이번에 흑마늘이라도 보내줘야겠어요.

소원바라기에서는 우진이 '최우진'으로 활동하는 것을 적극적으로 반겼다. '최우진'이란 이름에 담긴 소원바라기의 흑역사를 모르는 이들에게 예전 이야기를 해주며 자신들의 선견지명을 자랑하기도 했다.

큰 충격을 주었던 이여린 사건은 우진이 절대 합의하지 않겠다고 해서 현재 팬들은 시원한 사이다를 마신 기분이었다. 이미지 때문에 고소를 취하하는 연예인들을 볼 때마다 느끼는 답답함이 우진에겐 없어서 좋았다.

다만, 김혜령은 이여린에게 집을 제공해 주고 성형수술을 시켜줬다는 것만으로는 범죄가 성립되지 않아서 무혐의로 끝났다. 우진의 스토커였던 이여린에게 먼저 접근한 것은 김혜령이었지만, 그녀는 우진과 어울릴 것 같아서 소개해 주려고 했다는 말 같지도 않은 핑계로 법망을 빠져나갔다.

하지만 그 일로 이혼은 피하기 어려울 거라는 게 연예계와 재계에서 보는 시선이었다. 그렇지 않아도 별거 중이었는데 이 일로 채무석에게 이혼의 정당성을 선물한 것이다. 아마도 그 어떤 벌보다 김혜령에게는 가장 끔찍한 형벌일 거라는 게 중론이었다.

그에 비해 이여린은 실형을 면하기 힘들어 보였다. 그녀가 직접 올린 SNS와 우진의 본가에 몰래 들어간 것에서부터, 그녀가 했던 온갖 추행들이 고스란히 찍힌 CCTV 영상이 빼도 박도 못한 증거가 되었기 때문이다. 어찌 보면 계모의 부추김에 놀아난 불쌍한 정신병자일 수 있지만, '돌격! 문을 열어라' 덕분에 그런 동정론은 전혀 생기지 않았다.

우진을 쫓아다녔던 사생팬들도 어느 순간 사라졌다. 자칫하면 자신들도 이여린과 동급으로 취급받을 가능성이 있었고, 문제가 생길 때 우진이 절대 용서가 없다는 것을 이번에 절실하게 느껴서다. 자해하는 이여린을 구해줄지언정 용서는 해주지 않는 분명한 태도를 똑똑히 목격한 것이다.

무엇보다 생방송으로 보았던 이여린의 모습이 너무 추해서 새삼 충격을 받은 것도 있었다. 어쩌면 남들에게도, 특히 우진에게 비치는 자신의 모습이 딱 저러지 않을까 싶어서 두렵기까지 했다. 이여린이란 반면교사는 어떤 것보다 효과가 좋은 충격요법이었다.

한편 방송을 시청한 일반 팬들은 당시 너무도 무덤덤한 우진의 모습에 안타까움을 느꼈다. 평소에 얼마나 시달렸으면 저런 일에도 아무렇지 않을까 싶을 정도였다. 그 때문에 팬들 사이에서는 사생팬을 성토하는 분위기가 확실하게 잡혔다.

그러나 팬들은 우진의 오디션을 위해서 참고 참았다. 우진이 스스로 자신은 법을 사랑한다 하였으니, 팬들 역시 법을 믿고 그냥 기다리기로 했다. 하고 싶은 말은 많아도 지금은 분노보단 치성을 올릴 시기였다. 그런 의미에서 우진의 팬들은 요즘 한창 영어 공부에 열중했다.

이유는 '백의 고백' 원작 팬들이 드세다는 소문 때문이었다. 만약 우진이 로이드가 되면 그쪽 팬들이 무슨 트집이라도 잡지 않을까 걱정이었고, 이를 방어하기 위해서는 영어가 필수라고 여긴 것이다. 그리고 'Guardian angel'이 개봉하면 영화평과 우진에 대한 정보를 미국 사이트에 알리기 위해서라는 것도 하나의 이유였다.

—여러분! 오늘 미국 언니인지는 모르겠지만, 하여튼 언니 같은 분이 쓴 소설 하나 발견했어요. 저번에 아카데미 애프터 파티에서 지니와 더스틴이 함께 찍은 사진 있잖아요. 그걸 바탕으로 그분이 한 편의 글을 썼는데 정말 재밌더라고요. 지니가 몹시 나쁜 놈으로 나오지만, 방대한 세계관과 정치 암투 등이 굉장히 치밀하고 재미있는 판타지 소설이라 추천합니다. 단순 팬으로 보기엔 왠지 전문가의 손길이 느껴지는 글이었습니다.

ㄴ저도 그 소설 읽었어요. 그런데 더 대단한 것은 그 소설에 맞게 짜깁기한 영상도 있더라고요. 덕 중의 덕은 양덕이란 말이 실감 나는 게 그쪽은 뭘 해도 스케일부터가 달라요. 요즘 미국 뉴비들한테서 자료들이 쏟아져 나와서 정말 행복하지 말입니다.

미국 팬들이 많아지면서 그들이 만든 우진의 자료들을 보기 위해서는 어느새 영어가 필수가 되어버렸다. 특히 최근 몇 달 동안은 우진이 LA에 있었던 관계로 그쪽 동네에서 나오는 사진과 에피소드들이 많았다. 글로벌 시대에 맞는 진정한 팬이라면 외국어 1~2개는 기본이라는 말이 그들에게는 절대로 농담이 아니었다.

겨울이 지나 이제 봄이었다. 우진이 국내에 없는 동안, 공부하기 딱 좋은 계절이 다가오고 있었다.

그리고 우진이 미국으로 떠난 이틀 후에 바람 잘 날 없는 한국 연예계는 또 한 번 몸살을 앓아야만 했다. 바로 박민과 권소현의 스폰 관계와 불륜 스캔들이 터진 것이다.

◆　　◆◆◆　　◆

'백의 고백'의 주인공 2차 오디션은 후보가 아홉 명뿐이라 일정은 하루였다. 그러나 사정에 따라 이후에 추가 오디션이 있을 수 있음을 미리 공지하였다.

심사 위원은 감독인 파렐 보브, 콘스차 재단에서 추천한 평론가와 미다스 에이전시의 관계자, 로이드와 함께 연기할 알버트 역의 이안 어서리, 그리고 마지막으로 일리야 터너가 심사 위원 자격으로 심사를 볼 예정이었다.

다만 일리야는 심사 위원석에 앉지 않고 따로 격리된 공간에서 배우들의 연기를 영상으로 보고 심사하기로 했다.

일리야 개인으로선 이안 어서리와 한자리에 앉아 있는 것이 싫었고, 진행 측에선 배우들이 그의 존재 자체에 부담감을 느낄 수 있기에 배려 차원으로 내린 결정이었다. 막말로 미국에서 L. 드미트리의 팬만 빼면 모두가 좋아하고 존경하는 작가가 일리야 터너였다.

그런 일리야의 앞에서 연기한다는 부담감은 아직 젊은 배우들에게는 쉬운 일이 아니었다. 이안 어서리조차 일리야를 직접 만난 자리에서 말도 제대로 못하고 몸을 덜덜 떨 정도였으니 연륜이 짧은 배우들은 안 봐도 뻔했다. 그의 소설을 읽었든 안 읽었든, 영어권 출신에게 있어 일리야는 위인전에나 나올 법한 인물 그 자체였다.

{그렇다고 정말 전화 한 번을 안 하다니, 얼마나 잘하는지 보자.}

{누가요?}

일리야의 투덜거림에 그와 함께 오디션 영상을 실시간으로 보고 있던 셀레나가 의아해하며 물었다. 워낙 작은 소리로 중얼거려서 전화를 안 한다는 불만만 조금 들은 터라, 누가 감히 일리야에게 연락을 하지 않나 궁금했다.

{그런 놈이 있다. 겨우 문자나 하고 말이야.}

일리야가 말하는 이는 당연히 우진이었다. 방금 일곱 번째 후보의 심사가 끝나고 다음 후보인 텐노 테루아의 이름이 불리는 게 스피커를 통해 들렸다. 그리고 마지막 아홉 번째 후보가 바로 우진이었다.

1차 오디션을 통과하고 나서 우진은 일리야에게 최종 오디션이 끝날 때까지 당분간 전화하지 않겠다고 통보했다. 문자도 아주 가끔 안부만 전했고, LA에 와서도 도착했다는 문자만 하나 달랑 보냈다. 일리야가 심사 위원이란 이유로 괜한 구설에 오르지 않기 위해 일부러 멀리하는 것이었다.

합격하고 나서 일리야와의 개인적인 친분으로 통과했다는 소리를 듣기 싫다는 말에, 그는 한참을 웃었다. 그것이 자신감인지 치기인지 무척 궁금했는데 오늘에야 확인할 수 있었다.

{혼혈이라면서 발음은 좀 아니군.}

테루아의 연기가 끝나자 일리야는 기다렸다는 듯 평을 내렸다. 외모는 나쁘지 않은데. 영어인데도 알아들을 수 없는 단어가 몇 개 있었다.

{혼혈이라도 모친이 프랑스인이고, 일본에서 태어나 자랐으니

까요.}

{억양이 특이하다 싶었더니 프랑스 억양까지 섞인 거로군. 차라리 일본어로 연기했다면 좋았을 텐데 아깝군.}

{감정을 터뜨리는 연기는 잘하는 편이에요. 하지만 생활 연기 부분에선 자칫 감정 과잉으로 보일 때가 있어요. 무엇보다 일본어와 프랑스어가 묘하게 섞인 발음이 가장 큰 문제지만요.}

비서가 뽑아서 올린 명단 중에 있던 텐노 테루아를 셀레나가 뺀 가장 큰 이유였다. 오늘 테루아는 자신의 강점이라 할 수 있는, 감정을 터뜨리는 연기를 보여줬다. 일리야처럼 테루아의 평소 연기 패턴을 모르는 사람에게는 훌륭한 연기로 보여 좋은 점수를 받을 가능성이 컸다.

그러나 역시 문제는 테루아의 이것도 저것도 아닌 영어 발음이었다. 미국에서 영화를 찍기에는 기본이 안 된 셈이라 결국은 탈락할 것이다.

{다음이 채(Chae)우진 차례군요.}

{채(Chae)가 아니라 최(Choe)야.}

{네?}

{최(Choe)라고. 며칠 전에 앞으로 최(Choe)로 활동할 거라고 선언했거든. 여기 서류에도 수정되어 있잖나.}

일리야는 자기 앞에 놓인 서류를 셀레나에게 보여줬다. 무심코 넘어가서 몰랐는데 확실히 성이 수정되어 있었다.

하지만 일리야의 말을 들어보면 그는 서류를 보고 안 것 같지가 않았다. 본인이 찾아 알았거나, 누군가에게 들었다는 것인데 모두 그답지 않은 일이었다.

순간 일리야가 마음에 들어 하던 배우가 누구인지 알 것 같았다. 어떻게 형성된 호감인지 몰라도 영화 제작을 순조롭게 진행할 수 있었던 게 결국은 채우진 덕분이었다.

그걸 너무 잘 알기에 셀레나는 자신이 심사 위원이 아닌 것을 다행으로 여겼다. 일리야의 마음을 알아버린 이상, 만약 자신이 심사 위원이었다면 분명 최우진을 객관적으로 평가하기 어려웠을 것이다.

반면 그가 떨어지면 어떻게 하나 걱정할 일은 없었을 거라는 안타까움도 동시에 들었다.

◆　　◆◆◆　　◆

오디션을 끝낸 크리스토퍼 에거스는 심사를 마치고 나가는 출구가 아닌, 처음 자신이 들어왔던 문으로 도로 나갔다. 그러다 마침 호명되어 들어오는 텐노 테루아와 어깨가 부딪치자, 더러운 것이 묻은 듯 인상을 쓰며 손수건으로 그 부분을 탁탁 털었다.

오로지 오디션에만 관심 있던 테루아는 서둘러 안으로 들어가느라 이를 보지 못했다. 잠시 그의 뒷모습을 노려보던 크리스토퍼는 쓸데없이 이를 갈았다.

(더러운 노란 원숭이들이 분수도 모르고 여기까지 기어 올라왔군.)

눈을 감고 제 차례를 기다리고 있던 우진은 앞에서 들리는 소리에 눈을 떴다. 붉은 기가 섞인 갈색 머리칼과 검은 눈동자의 크리스토퍼가 경멸이 가득한 시선으로 자신을 내려다보고 있었다.

{하얀 원숭이라고 깨끗한 건 아니지.}

우진은 팔짱을 끼고 다리를 꼬며 비아냥거렸다.

{이 새끼가 방금 뭐라고 했어?}

{냄새나.}

{뭐?}

{네 입과 몸에서 냄새가 난다고. 넌 씻지도 않냐? 더러운 새
끼야.}

여전히 팔짱을 낀 채로 고개를 모로 기울여 크리스토퍼를 올
려다보는 우진의 눈은 한심함과 역겨움으로 가득했다.

크리스토퍼가 사실관계와 상관없이 말한 인종차별적인 발언
과 다르게, 정말 그가 더럽고 추잡하다는 듯 보는 시선이었다.
자신도 모르게 정말 몸에서 냄새가 나는지 확인해 보려던 크리
스토퍼는 멈칫하며 으르렁거렸다.

{거짓말 작작해! 하여튼 동양 원숭이들은 입만 열면 거짓말이
라니까. 거기에 뻔뻔하기까지 하지. 그따위 피부색으로 감히 로
이드에 도전하다니 주제도 모르는 새끼들.}

험상궂은 표정과 험악한 분위기에 비해 그의 목소리는 작았
다. 그도 이런 발언이 다른 이에게 흘러가는 게 적절치 못하다는
것을 알고 있기에 보이는 태도였다. 즉, 나쁜 것을 알면서 나쁜
짓을 하는 정말 형편없는 놈이라는 뜻이었다.

{내가 더 하얘.}

짧고 굵은 우진의 반박에 크리스토퍼는 순간 말을 잃었다. 그
도 눈은 있어서 붉고 햇볕에 그을린 자신보다 우진의 피부가 더
맑고 깨끗하다는 것은 알았다. 하다못해 그 흔한 기미조차 우진

에게선 찾을 수가 없었다.

오늘 오디션 의상은 자신이 생각하는 로이드의 이미지에 맞춰 입는 대신 메이크업은 하지 말라는 제한이 걸려 있었다. 배우의 이목구비와 얼굴에 있을지도 모르는 흉터 등을 정확히 확인하기 위해서였다. 그래서 지금 우진과 크리스토퍼는 둘 다 메이크업을 하지 않은 민얼굴이었다.

하지만 똑같은 노 메이크업인데도 자신과 너무나 다른 우진의 깨끗하고 밝은 얼굴 때문에 피부색을 가지고 걸고넘어지는 것은 별 의미가 없게 되었다. 자칫하면 그렇게 우습게 여긴 동양인보다 더 못한 놈이라고 몰릴 것 같았다. 보는 눈이 있어서 큰소리는 치지 못하고, 그렇다고 여기서 그냥 물러가기에는 자존심이 상해서 도저히 참을 수가 없었다.

그때 크리스토퍼의 눈에 들어온 것은 말끔하고 고급스러운 우진의 옷차림이었다. 이거다 싶어서 그는 우진을 위아래로 깔보며 비웃었다.

{그게 네가 생각하는 로이드인가? 하긴 너 같은 것한테 이런 기회가 언제 오겠냐. 떨어지더라도 이번 기회에 감독 눈에 띄고 싶었나 보지? 아이고, 손톱에 낀 그 시커먼 것은 또 뭐야? 정말 더러운 새끼네.}

말을 하다가 우진의 손톱에 낀 검붉은 색의 얼룩을 보고 크리스토퍼는 비웃음을 터뜨렸다.

{옷장에서 제일 좋은 옷을 추려 입고 오면 뭐 하냐, 손톱의 때나 깨끗이 씻어라.}

크리스토퍼의 조롱에도 우진은 아랑곳하지 않고 도리어 상의를 쓰다듬으며 뿌듯해했다.

{이 옷 멋있지? 오늘 여기 오려고 패션 타운에 가서 칠십 달러에 샀는데 역시 모델이 좋으니 명품 양복 같지 않아?}

{이게 계속 거짓말을 하네. 어딜 봐서 그게 겨우 칠십 달러짜리야!}

아무리 봐도 이탈리아 명품 양복으로 보였기에 크리스토퍼는 어이가 없어서 헛웃음을 쳤다. 그 말에 우진은 두 손으로 귓가의 머리칼을 정리하며 씩 웃었다. 무척 만족스러운 표정으로 자리에서 일어난 우진은 크리스토퍼보다 1㎝가 더 컸다.

작은 차이가 명품을 만드는 것처럼 1㎝의 키 차이가 두 사람 사이에 커다란 간극을 만들었다. 살짝 아래로 내려다보는 우진의 눈과 마주한 크리스토퍼는 순간 놀라서 뒤로 물러섰다.

지금껏 위에서 아래로 내려다보면서 우진의 눈을 똑바로 마주할 일이 없었다. 우진이 눈을 감고 있거나 올려다보아도 속눈썹에 가려서 그의 눈동자를 제대로 볼 수가 없었던 것이다.

그런데 지금 그의 눈은 장난기 가득한 개구쟁이 같으면서, 정서가 불안해서 계속 이랬다저랬다 감정이 흔들리는 미치광이 같았다. 종잡을 수 없는 감정들이 그 눈동자에서 쏟아져 나와서 마주 보는 것만으로도 숨이 턱턱 막혔다.

{이래서 예술을 모르는 것들하고는 상대하면 안 돼. 이런 후진 옷은 또 어디서 구했데?}

우진은 흰 티셔츠와 낡은 청바지를 입은 크리스토퍼를 보는 것만으로도 짜증이 나서 인상을 구겼다.

{후지다니! 이게 얼마짜린 줄 알아? 너 같은 촌놈은 구경도 못

할 한정판······.}

크리스토퍼는 말을 하다가 우진의 표정에 그만 입을 다물었다. 자신을 향해 환하게 웃는 미소가 너무 아름다우면서 소름이 끼쳤다. 보는 것만으로도 정신을 빼앗길 듯 매혹적인데 가까이 가면 잡아먹힐 것 같은 두려움이 생겼다. 전혀 다른 감정이 한 사람을 보고 생긴다는 게 이해가 되지 않았다.

{너 아주 시끄럽구나. 마치 겁먹은 개새끼처럼.}

{······.}

{하지만 아무 곳에서나 짖으면 안 돼. 그럼 죽어.}

아무도 모르는 비밀을 몰래 이야기해 주듯 우진은 크리스토퍼의 귓가에 작게 속삭였다. 두 손을 주머니에 넣고 다리를 건들건들 흔드는 자세가 영락없는 양아치 건달이었다. 주머니에서 손을 꺼내면 그 손에 총이 들려져 있을 것만 같았다.

그래서 저도 모르게 부르르 떤 크리스토퍼가 뒷걸음을 치자, 우진은 주머니에서 손을 꺼내 빈손을 살랑살랑 흔들어 보였다.

{걱정하지 마. 나같이 연약한 놈이 빈손으로 어떻게 너 같은 개새끼를 때려잡겠어, 안 그래? 하지만 조금 궁금하기는 하다. 과연 우리가 다음에 다시 만나면, 넌 그때까지 숨을 쉬고 있을까?}

만약 살아 있다면 다시 만날 거라며 여운을 남기듯 말하는 소리에 크리스토퍼의 다리가 순간 힘이 풀려서 휘청거렸다. 우진이 하는 말에 겁을 먹었다기보다는 그에게서 풍기는 분위기가 정말 살인자 같았다.

살인을 아무렇지 않게 여기는, 마치 놀이처럼 즐기는 어린아이처럼 목소리에 깃든 장난기가 끔찍했다. 팔뚝에 닭살이 돋아나고 몸이 으슬으슬 떨리기 시작하자, 삼키지 못하고 입안에 고여 있던 침이 힘없이 줄줄 샜다.

그때 마침 진행 요원이 우진의 이름을 불렀다. 한 번 그쪽을 보고 다시 크리스토퍼를 보는 그 짧은 순간, 우진을 둘러싸던 분위기가 대번에 바뀌었다.

{이제 내 차례인가 보네요. 상대해 줘서 고마워요. 덕분에 마지막에 연습 좀 했습니다.}

{어, 어?}

어버버거리는 크리스토퍼에게 간단하게 인사한 우진은 아까와는 전혀 다른 사람이 되어 오디션장을 향해 걸어갔다. 방금 크리스토퍼가 만났던 살인자는 그 어디에도 보이지 않았다.

◆　　◆◆◆　　◆

우진은 오디션 마지막 타자로 심사 위원들 앞에 섰다. 그만큼 남들보다 주어진 시간이 많아서 유리할 것 같지만, 그렇게 큰 차이는 없었다.

미다스 에이전시는 순서에 따라 시간을 차등 배분해서 오디션 전용 대본을 배우에게 나눠줬다. 대본을 보고 연습하고 외우는 시간을 배우에게 똑같이 제공한 셈이었다. 생각할 여유는 조금 더 있을 수 있지만, 이미 많은 시간을 배역에 대해 고민하였기에 겨우 몇 시간 더 주어졌다고 해서 새삼 바뀔 것은 없었다.

오디션장은 어딜 가나 크게 다른 것은 없었다. 의자에 앉아 있는 심사 위원과 카메라, 그리고 진행을 돕는 사람들과 배우가 연기하기 위해 준비된 공간은 나라가 다르다고 해서 크게 달라지진 않았다. 하지만 오늘은 특별한 것이 더 있었다.

인물화로 치면 20호 정도로 보이는 캔버스와 화구들이 오디션장 중앙에 놓여 있었다. 위치로 보면 딱 연기를 위한 무대였다. 역시나 진행 요원이 캔버스 앞을 가리키자 우진은 그 앞에 서서 심사 위원들과 마주 섰다.

{최우진 씨, 한 시간 전에 배포한 대본은 다 읽어보았죠?}

{네.}

{그럼, 뒤에 있는 캔버스에 알버트를 그려보세요.}

{알버트를 말입니까?}

{그림은 그냥 그리는 시늉만 해도 좋습니다. 우리가 원하는 것은 로이드가 알버트를 그리게 된 상황과 그 과정이니까, 로이드가 알버트를 그리게 된 상황을 연기해 보세요.}

과제를 던져줄 테니 네 마음대로 연기해 보라는 것이다. 오디션용 대본을 나눠주기에 그 안에서 심사가 이루어지나 싶었는데 알고 보니 대본은 속임수였다. 대본에 몰두하게 만들어놓고 정작 다른 시험을 준비해 놓은 것이다.

로이드는 사람의 몸에 있는 색을 빼앗아서 그것을 물감처럼 이용해 그림을 그릴 수 있는 능력이 있었다. 타인의 머리카락 색과 눈동자 색, 그리고 피에서 나오는 색을 물감처럼 이용해 그림을 그렸다.

어떤 물감보다 선명하고 생동감 넘치면서 절대 변하지 않는 그 색들은 정말 아름다웠다. 그리고 색을 빼앗긴 사람은 로이드의 머리칼과 피부처럼 하얗게 변해 버렸다.

하지만 그것은 별로 중요한 게 아니었다. 정말 그가 가지고 있는 놀랍고 무서운 능력은 바로 사람의 영혼을 그림 속에다 가두는 것이었다.

사람을 죽이기 전에 동물들을 가지고 놀던 로이드가 우연한 계기로 강아지의 영혼이 캔버스, 정확히는 자신이 그린 그림 속에 살아 있는 것을 발견하면서 알게 된 능력이었다. 그렇게 해서 처음으로 로이드가 그림 속에 가둔 사람의 영혼이 바로 양어머니였다.

영혼이 들어간 그림은 묘한 분위기를 자아냈다. 보고 있으면 그림이 가진 스토리에 따라 무섭거나 슬프거나 행복한 감정들이 마치 그림 밖으로 흘러나오는 느낌이 들었다. 이는 누구도 연출할 수 없는 로이드만의 독특한 화법으로 구사되면서 사람들은 그의 그림에 열광했다.

그런 이유로 로이드는 절대로 알버트의 그림을 그리지 않았다. 실수로라도 그의 영혼을 그림 속에다 가두는 실수를 저지를까봐 두려웠기 때문이다.

그런 로이드가 알버트의 초상화를 그린다?

무엇 때문인지, 어떤 사정이 생긴 것인지 대본 없이 스스로 상상하며 연기해야만 했다.

파렐 감독의 말이 떨어지자 우진은 우선 상의부터 벗었다. 양복 상의를 벗어 한쪽에다 치우고 셔츠의 소매는 세 번 접었다. 그리고 신발과 양발을 벗고 맨발로 캔버스 앞에 섰다.

캔버스는 깨끗한 새 종이였지만, 축축한 붓과 바닥 여기저기에 튀어 있는 물감들을 보면 다른 배우들도 이 앞에서 그림을 그렸다는 것을 쉽게 추측할 수 있었다. 아마도 우진이 받은 과제와 똑같은 주제였을 가능성이 컸다.

똑같은 상황을 각기 다르게 해석한 배우들의 연기로 심사할 계획인 모양이었다. 우진은 깊게 생각하지 않고 붉은 물감을 팔레트에 짰다. 아까 대기실에서 즉흥적으로 로이드가 되어 크리스토퍼를 상대했던 것처럼 이야기를 만들기보다는 그냥 로이드의 마음으로 상황을 이끌어갈 생각이었다.

붓에 붉은 물감을 묻힌 우진은 캔버스에 빠르게 그림을 그리기 시작했다. 재빠르면서 거침없는 손길로 그리는 것은 한 남자의 초상화였다. 오로지 붉은색 한 가지로만 그리는 그림이었지만, 농담이 기가 막히게 잘 표현되어서 금세 누구의 초상화인지 알 수가 있었다.

{아, 이안이군요.}

{알버트를 그리라고 했으니 이안의 초상화를 그리는 게 맞죠. 그런데 정말 그림을 잘 그리네요. 겨우 5분 만에 인물의 특징을 완벽하게 잡아서 그리는군요.}

{쉿!}

우진이 그림을 그리는 것을 구경하며 서로 대화를 나누던 심사 위원들은 파렐이 손가락을 입에 가져다 대자, 얼른 입을 다물었다. 우진이 그리는 초상화에 빠져 현재 심사 중이라는 것은 잠시 잊은 것이다.

오로지 붉은 물감만으로 그린 초상화는 행복하게 웃고 있는 이안, 즉 알버트의 얼굴이었다. 붓의 터치가 대담하면서 역동적인 것이 정말 글에서 묘사한 로이드의 화법처럼 느껴졌다.

◆　◆◆◆　◆

　어느 정도 인물의 형태가 잡히자 로이드는 붓을 내려놓았다. 마음에 안 드는 부분은 손가락으로 조심스럽게 터치하기도 했다. 붓으로는 표현할 수 없는 묘사를 원할 때는 손가락을 이용해 그림을 그리다 보니 로이드의 손톱과 주변의 살갗이 늘 유화물감으로 얼룩졌다.

　{진작 그렸어야 했어.}

　뭔가 마음에 들지 않는지 로이드는 신경질적으로 머리를 긁다가 불안하게 캔버스 앞을 왔다 갔다 했다.

　{이럴 줄 알았으면 미리 그려뒀으면 좋았잖아. 이제 와 그려봤자 무슨 소용이야. 이 안에는 알버트가 없는데⋯⋯.}

　며칠 전에 알버트가 죽었다. 아버지가 그렇게 갑작스럽게 죽을지 몰랐던 로이드는 아무것도 하지 못하고 허망하게 그를 보냈다.

　그 자리에 자신이 있었다면 분명 알버트의 영혼을 놓치지 않고 그림 속에 담을 수 있었을 텐데.

　로이드는 화실에 걸린 다른 그림들을 둘러보았다.

　{너희들은 여기 있는데 왜 그만 없는 거야.}

　광기든 불안으로든 언제나 감정으로 물결치던 그의 눈동자는 기운 하나 없이 텅 비어 있어서, 마치 그의 영혼이 어딘가로 빠져나간 듯 보였다.

　{너희들은 죽어서도 사는데 왜 그는 정말 죽은 거지?}

　로이드는 문득 캔버스 주변에 뒹구는 화구 박스를 들어 그 안에다 붓과 도구들을 마구잡이로 집어넣었다.

{어차피 이젠 잘 그렸다고 말해주는 사람도 없는데 이따위 것들이 다 무슨 소용이야. 사람이 뒤져서 뒹구는 그림을 보여줘도 잘 그렸다, 따뜻한 기운이 느껴진다고 했지? 혹시 지금 보고 있어? 당신 아들은 이런 놈이야. 당신이 날 이렇게 만들었다고!}

화실에 걸려 있는 그림들을 두 팔로 가리키며 로이드는 킥킥거리며 웃었다. 인간의 영혼이 갇혀서 아우성치는 그림으로 가득한 화실은 또 다른 지옥도였다.

그러다 기운이 없어서 의자에 걸터앉은 로이드의 손끝에서 화구 박스가 떨어졌다. 바닥에 널브러진 붓들은 그냥 내버려 두고 씩씩거리며 숨을 쉬는 그의 뒤편으로 붉은 얼굴의 알버트 초상화가 있었다.

{내 실력은 고작 이 정도밖에 되지 않아. 사람들에게서 뺏은 색이 없는, 영혼이 담기지 않은 내 그림은 이렇게 초라하고 볼품이 없어……. 이런 형편없는 자식을 당신은 화가로 만든 거라고.}

방금까지 팔팔 뛰던 로이드는 생기라곤 하나도 찾아볼 수 없는 얼굴로 좌절했다.

아버지를 잃은 슬픔으로 절망하던 그는, 화가로서 가지고 있던 자존감마저 와르르 무너지고 말았다. 인간의 영혼이 담기지 않은 자신의 그림이 얼마나 볼품없는지 깨달은 것이다. 그렇다고 알버트의 초상화에 다른 이의 영혼을 담고 싶지는 않았다.

{제대로 된 화가가 되고 싶었어. 제대로 된 아들이 되고 싶었다고. 제대로 된 인간이 되고 싶었는데 왜 내게 기회를 주지 않는 거야? 아버지는 언제나 이렇게 제멋대로지! 나 같은 건 안중에도 없어. 내가 당신한테… 아들이긴 했어?}

로이드의 눈동자에 깃든 절망감이 그의 정신을 파먹었다. 하지만 사랑받고자 했던 열망과 버금가는 화가의 열정은 남아 있었다. 로이드는 천천히 고개를 숙여 화구 박스와 붓들을 다시 챙겼다. 하지만 아까처럼 아무렇게나 쑤셔 넣는 것이 아닌 차근차근 정리하는 손길이 조심스럽고 세밀했다.

〔이 모양 이 꼴이지만, 겨우 이 정도밖에 안 되는 놈이지만 나는 화가거든. 당신이 인정했던 최고의 화가.〕

로이드는 화구 박스를 다시 작업 책상에 올려놓고 잠시 알버트의 그림을 바라봤다.

〔날 화가로 키운 당신을 위대하게 만들어줄게. 그게 내가 당신을 사랑하는 방법이야.〕

살짝 고개를 돌려 옆모습을 보인 로이드의 입가에 점점 진한 미소가 어렸다.

새로운 삶의 전환기를 맞은 로이드의 눈빛은 다시 번들거리며 빛났다. 누구보다 아름답고 빛나는 로이드는 다시 죽음을 부르는 화가로 각성했다.

◆　　◆◆◆　　◆

우진은 짧은 시간 안에 알버트의 죽음을 맞이한 로이드의 슬픔, 절망, 화가로서의 좌절, 그리고 미치광이 살인자의 모습을 모두 보여줬다. 시시각각 변하는 표정과 눈빛이 다채로우면서 무엇보다 다중을 사로잡는 분위기가 압도적이었다.

그가 대사 하나 없이 그냥 표정 연기만 보여줬어도 충분히 로이드의 감정이 그대로 전달되고도 남을 표현력이었다. 사실 표현력이라고 설명하는 것보다 로이드가 잠시 이곳에 왔다 갔다는 게 맞았다.

그래서 괜히 팔을 쓸어내리는 심사 위원이 있는가 하면, 이안은 로이드 앞에서 알버트로 연기하고 싶어서 몸을 들썩였다. 말을 잃은 심사 위원들 사이에서 겨우 정신을 차린 파렐이 기침으로 오디션장에 머문 무거운 분위기를 흩어냈다.

{옷이 멋지군요. 그 슈트를 선택한 이유가 있습니까?}

연기에 대한 평은 나중에 심사 위원들끼리 나눌 이야기였고 파렐은 다른 배우들에게 했던 질문을 우진에게도 했다.

오늘 오디션을 본 배우 중에 우진을 비롯한 단 두 명만이 슈트를 입었다. 나머지는 모두가 편하고 소박한 옷차림이었다. 자신이 생각하는 로이드의 이미지에 가장 부합한 모습으로 꾸미고 왔다면 그에 대한 이유 역시 있을 터였다.

{소설 시작부터 로이드는 성공한 화가로 표현되지만, 어릴 적부터 겪었던 가난 때문에 돈을 쓰는 데 굉장히 신중하다는 표현이 몇 번 나왔습니다. 하지만 그의 집 내부를 묘사하는 장면이나, 장례식에 가기 위해 옷장을 열었을 때 옷들을 설명하는 부분에서 보면 그의 감각적이고 세련된 취향을 쉽게 유추할 수 있었습니다.}

소설에선 늘어진 하얀 티셔츠와 더러운 청바지로 과거 로이드의 어려웠던 시절을 묘사하곤 했다. 가난했던 어린 시절, 아버지는 앞이 안 보이고 달리 돌봐줄 사람이 없었던 소년이 하고 다녔을 외양은 뻔했다. 특별히 당시의 심정을 묘사한 부분은 없지만,

로이드는 타인의 시선과 그들이 내리는 평가에 매우 민감한 인물이었다.

{그러니 어릴 적에 놀림당했던 옷차림을 싫어했을 거라 생각했습니다. 그리고 나약한 모습과 남에게 무시당하는 것을 싫어하지만, 정작 본인 성격은 그렇지 못하죠. 그러니 옷으로 자신의 자아를 표현하기 위해 어른스럽게 차려입고 다녔을 가능성이 크지 않았을까요.}

대신 돈을 펑펑 쓰지는 못하고 싼 가격에 최대한 센스를 발휘해서 좋은 옷을 샀을 것 같다고 대답했다. 우진의 대답을 모니터로 듣고 있던 일리야는 잠시 눈을 깜박이다가 멋쩍게 목을 긁었다.

{사실은 그냥 아무 생각 없이 쓰셨죠?}

셀레나의 물음에 일리야는 결국 기침을 콜록거렸다.

{난 늘 독자의 상상력을 지지하는 작가로서……}

드물게 말을 어물쩍 넘긴 이유는 사실 당시 글을 썼을 때는 그런 세세한 설정 따위 생각할 여유가 없었기 때문이다. 그런데 새삼 우진의 설명을 들어보니 그게 맞는 것도 같아서 다른 변명은 하지 않았다.

참고로 슈트를 입고 온 또 다른 배우인 에드윈 러커는 로이드가 돈을 잘 버는 화가라는 점을 이야기한 것은 우진과 같았다. 하지만 성공한 화가의 미적 감각을 예로 들며 값비싼 슈트를 입고 왔다는 점에서 달랐다.

{하지만 최우진이 로이드에 대해 가장 많은 연구를 한 게 보이기는 하네요. 장례식에 갔던 로이드가 오랜만에 신은 구두가 갑갑하다며 뒤꿈치를 접어 신었던 것을 고려해서, 슈트에 운동화를

신은 걸 보면요. 무엇보다 그림을 그릴 때 맨발인 것도 그대로 표현하고요.}

그림을 그리던 로이드가 맨발에 묻은 물감을 바닥에 굴러다니는 수건에 쓱쓱 닦던 장면이 소설에 지나가듯 한 줄 있었다. 우진은 그것을 놓치지 않고 그대로 표현했다.

그 말고는 앞에 어떤 배우도 맨발로 그림을 그리지 않았다. 몰랐던 이들도 있겠지만, 배우 모두가 그걸 몰랐을 것 같지는 않았다. '백의 고백' 관련 사이트에 올라오는 분석 글만 읽어봐도 알게 되는 사실이기 때문이다.

오디션용 대본에만 집중하고 있던 상태에서 갑자기 생각지도 못한 시험을 받게 되면 아는 것도 잊어버리게 마련이다. 당황해서 주어진 것에만 급급한 나머지 본질을 놓치는 실수를 한 것이다.

여기에서 그냥 외우고 있는 사람과 완전히 이해하고 숙지한 사람의 차이가 나오게 된다. 오디션 대본은 그것을 알기 위한 하나의 장치였다.

그리고 우진은 손쉽게 그 장애물을 걷어차 버렸다. 셀레나의 평가에 일리야의 한쪽 입술이 살짝 올라갔다가 얼른 다시 내려왔다. 그래서 모니터만 보고 있던 셀레나에게 들키지 않고 평소의 무표정한 얼굴을 그대로 유지했다.

{그런데 알버트에 대한 로이드의 마음은 다른 배우와 색다르게 표현한 것 같아요. 다른 이들은 알버트에게 의지하면서 그의 무관심을 원망하고 힘들어했는데, 최우진은 너무 애틋하네요.}

우진 역시 알버트를 원망하고 제발 날 제대로 봐달라고 소리쳤지만, 보고 있으면 그게 너무 처절하고 애처로워서 괜히 서글

폈다. 셀레나의 평가에 일리야는 대답 없이 파렐 감독이 귀에 끼고 있던 이어폰과 연결된 마이크를 켜고 말했다.

{최우진에게 로이드는 왜 알버트를 죽이지 않았냐고 물어보게.}

일리야의 말에 파렐은 의아함에 눈썹을 치켜떴다.

로이드가 알버트를 죽이지 않은 것은 너무나 당연했다. 알버트는 로이드에게 아버지이자 세상의 중심이며 땅 위에 서 있게 해주는 하늘이었다. 그런 존재를 살해할 정도로 로이드는 미치지 않았다.

그러나 일리야의 질문을 그는 그대로 전달할 수밖에 없었다.

{자네의 로이드는 왜 알버트를 죽이지 않았나?}

뜬금없는 파렐의 질문에 다른 심사 위원들은 지금 이 양반이 무슨 소릴 하나 싶어서 모두 그를 보았다. 너무도 당연해서 아무도 의심조차 하지 않은 그따위 질문을 왜 하냐는 분위기가 오디션장에 맴돌았다.

{아직 기회가 있을지도 모른다는 희망 때문입니다.}

하지만 우진은 어리석은 질문에 진지하게 답했다. 그리고 그의 대답은 사람들이 생각하던 상식이 아니었다.

{응?}

{로이드의 가장 큰 두려움은 자신의 비밀을 아버지가 아는 것이었습니다. 그는 자신이 저지른 살인과 특이한 능력을 들키면 버림받을 거라는 공포에 잠식당하고 있었거든요. 아마도 마음속으론 그런 날이 오기 전에 차라리, 라는 생각이 분명 있었을 겁니다. 어쩌면 알버트가 그림 속에 사는 것이 더 행복할 거라 생각했을 수도 있고요.}

우진은 로이드가 절대 알버트는 죽이지 못할 거라는 전제를 부정했다. 아마도 로이드는 수많은 날 동안 항상 유혹에 시달렸을 것이다.

{왜냐하면 로이드는 죽음으로 인한 영원한 이별이 무언지 몰랐으니까요. 그래서 그에게 죽음은 한없이 가벼운 유희일 수 있었던 겁니다.}

누구보다 죽음과 가까이 있었지만 로이드는 정작 죽음을 잘 몰랐다. 그는 자신이 죽인 사람들의 영혼을 그림 속에 가둬두며 매일 관찰하고 즐겼다.

그들이 자신을 인식하지 못하더라도 그건 상관없는 일이었다. 그들은 그저 장난감이었고 자신의 선심으로 그림 속에서 계속 사는 것이라고 자만했다.

그래서 아버지의 죽음 역시 그와 비슷할 것이라 착각할 수 있었다. 독자들이 생각하는 죽음과 로이드가 느끼는 죽음은 그 의미부터가 달랐다. 절대적인 이별이 아닌, 그저 사자(死者)가 자신을 인식하지 못하는 일방적인 생활의 연속이라 치부했다.

죽음으로 인한 이별은 무서운 게 아니었다. 하지만 알버트에게서 받고 싶은 것은 너무도 분명했기에 그를 죽일 수가 없었을 것이다.

알버트는 로이드를 아끼지만 자신이 입양한 아이에 대한 의무감이 무엇보다 큰 사람이었다. 그리고 로이드에게 있어 알버트는 유일한 안식처였고 사랑하는 아버지였기에 두 사람이 서로에게 가지는 감정은 너무나 달랐다.

{아무런 기대조차 주지 않았다면 아마 로이드는 알버트를 죽

였을 겁니다. 그를 미워해서가 아니라 너무 사랑해서 이제는 편안하길 바라는 마음에서요. 하지만 알버트는 한 번씩 로이드에게 희망이란 선물을 툭툭 던져줬죠. 로이드는 조금만 기다리면 아버지가 자신을 완벽하게 사랑해 줄 거라는 꿈을 포기할 수 없었을 겁니다. 그래서 죽이지 못한 거죠. 사랑받고 싶어서.}

로이드에게 있어 죽음은 그저 게임이고, 가족을 잃어버린 자의 슬픔을 이해하지 못했다. 그에게 가족은 알버트가 유일했고, 그 전부를 잃기 전까지 로이드는 오만하고 무도했다.

{만약 작가에게 묻고 싶은 게 있다면 무얼 묻고 싶은가?}

이 질문은 오늘 모든 후보에게 공통으로 물은 항목이었다. 배우들에게선 다양한 질문이 나왔지만, 답을 해주려고 물은 게 아니었다. 그저 배우가 작품에서 가장 중요하게 여기는 것이 무엇인지 알고자 하는 물음이었다.

{알버트는 정말 로이드를 사랑하지 않았을까요?}

그런데 우진의 물음은 아까 파렐의 질문에 이어서 너무도 당연한 사실에 대한 의심처럼 들렸다.

{사랑받지 못했으니 로이드가 그렇게 방황한 게 아닌가.}

작가는 아니지만 파렐 감독은 대신 보편적인 상식을 말했다. 하지만 우진의 의문은 시원하게 해결되지 않았다.

사람마다 사랑하는 방식이 다른데 로이드는 그걸 알 정도로 사람들과 어울리지 못했다. 오로지 제한된 공간에서 알버트와만 지냈고, 자신을 놀리고 괴롭히는 또래 집단에 둘러싸여 살았다. 그리고 어쩌다가 TV에서 보는 드라마와 영화로 사람 사이의 감정을 배웠다.

그에게 있어 사람의 감정은 너무도 단순 명료했다. 그리고 그 것에서 벗어난 감정들의 미묘함을 구별하기엔 일상의 경험이 부족했다.

{사랑하는 방법을 잘 모르는 사람과 사랑받은 적이 없는 어린 아이의 만남이라면 상황이 다를 수 있지 않을까요? 감정이란 게 손에 꼭 잡히는 것이라면 모르겠지만, 어쩌면 알버트조차 자각하지 못한 마음이 있지 않았을까 상상해 보는 겁니다.}

{아름다운 꿈이군.}

파렐 감독은 우진의 추측을 낭만적이지만 현실성 없는 가설로 치부했다. 그건 너무 전형적인 드라마라 '백의 고백' 처럼 파격적인 소설에는 어울리지 않는 설정이었다.

알버트는 젊은 시절 화가의 꿈을 꾸었다. 재능이 있었음에도 어려운 환경 때문에 꿈을 접어야만 했던 그는 로이드가 화가가 되는 것을 적극적으로 지원했다. 사고로 받은 보상금으로 로이드가 미술 교육을 받을 수 있도록 한 것을 두고, 독자들은 알버트의 대리 만족이라고 단정했다.

{알버트는 보이지도 않은 눈으로 항상 로이드의 그림에서 좋은 느낌이 난다고 말했었죠. 너는 내게 최고의 화가라고. 그것을 로이드는 형식적인 칭찬이라고 여겼지만, 어쩌면 알버트는 로이드가 무슨 그림을 그렸든 다 좋았을 겁니다. 사랑하는 아이가 그린 작품이었으니까요.}

우진의 말을 들으며 셀레나는 어쩌면 그럴 수도 있겠다고 생각했다. 소설은 화자인 로이드 시점에서만 바라본 이야기라 어쩌면 누구에게도 보이지 않았던 알버트의 마음은 다를 수가 있었다.

그러나 작가가 일리야인 이상, 그런 환상은 저버리는 게 나았다.

{사랑하는 아이라니. 너무 이상적… 선생님?}

일리야보고 어떻게 생각하느냐고 묻기 위해 고개를 돌린 셀레나는 순간 멈칫했다.

앉아서 멍하니 모니터를 보고 있던 일리야의 눈에서 눈물이 흐르고 있었다.

•••

무의미한 라이벌

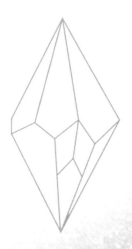

같은 것을 보아도 느끼는 감정이 사람마다 다 똑같을 수는 없다. 그러나 뛰어나게 우수한 것은 언제나 마음과 시선을 사로잡게 마련이다. 느끼는 정도의 차이는 있어도 좋은 것은 누가 봐도 좋고, 훌륭한 것은 누구도 부정할 수 없다.

　그러나 그것을 입 밖으로 꺼내 인정하는 것은 다른 이야기였다. 특히나 그로 인해 발생할 결과가 자신의 신조와 맞물려 있으면 머리가 복잡해진다.

　[최우진, 좋긴 좋았습니다. 하지만…….]

　성이 바뀌어서 잠시 헷갈렸지만 사람들은 빠르게 그의 바뀐 성에 익숙해졌다. 우진을 자연스럽게 최우진이라고 부른 다니엘 헌츠는 콘스차 재단에서 심사 위원으로 추천한 문화 평론가였다.

　누구보다 복잡한 심정인 그는 떨떠름한 표정으로 인정할 것은 먼저 인정했다. 배우가 아홉 명이나 되는데도 최우진 하나를 따라잡는 이가 없었다. 극단적인 감정의 표면을 연기했던 배우들과 다르게, 최우진은 감정 표현이 굉장히 폭넓고 다양했다.

오늘 오디션을 본 여덟 명의 배우가 연기를 못한 것은 아니었다. 충분히 잘했고 아낌없이 칭찬할 정도로 훌륭한 내면 연기를 보여주었다. 적어도 최우진의 연기를 볼 때까지는 말이다. 솔직하게 말하면 여덟 명의 배우와 최우진의 연기를 함께 평가한다는 자체가 그에게 미안할 정도였다.

그러나 다니엘은 섣불리 최우진을 로이드로 선택할 수가 없었다. 다른 배우와의 커넥션이 있었던 것도 아니고, 로이드는 꼭 백인이 맡아야 한다는 우월주의를 가진 것도 아니었다.

그는 그저 '백의 고백'의 로이드는 당연히 미국인이 되어야 한다는 생각밖에 없었다. 미국을 대표하는 작품의 주인공을 타국의 배우가 맡는다는 자체가 처음부터 이해되지 않는 일이었다. 그래서 그는 이번 오디션 방식을 강렬하게 반대했다.

미국의 대표 작품을 영화로 만드는데 왜 외국 배우들까지 오디션을 봐야 하는지 불만이 많았다. 다니엘은 이런 자기 생각을 숨기지 않았고 오디션 계획이 발표되자 가장 적극적으로 이를 비판했다.

그런데도 콘스차 재단은 다니엘 헌츠를 심사 위원으로 추천했다. 그가 심사 위원이 되면 최대한 타국의 배우가 합격하는 걸 막을 거라는 것은 자명한 일이었다.

투자자인 콘스차 재단의 의중이 의심스러운 선택이었지만, 내면을 살펴보면 나중에 나올지 모르는 잡음을 최대한 줄이기 위한 노력이었다. 다니엘 헌츠와 같이 생각하는 미국인이 은근히 많았던 것이다.

특히나 '백의 고백'을 한 번도 읽어보지 않은 이들은 이번 오디션 계획을 듣고 먼저 '왜?'라는 의문부터 보였다. 내용은 몰라도 제목은 알기 때문에 당연히 미국인이 맡아야 할 배역을 왜 외국에서까지 오디션을 보냐는 반발심 역시 컸다. 다니엘을 심사 위원으로 뽑은 것은 그들을 고려한 조치였다.

타국의 배우에게는 굉장히 불리하고 불합리한 조건이었지만, 그들이 합격했을 때는 최고의 광고가 따로 없었다. 누구보다 그들을 반대하던 다니엘마저 합격점을 줬다는 상징성은 매우 크기 때문이다.

{최의 연기는 발군이었지만 아무래도 외모는 에드윈 러커가 로이드에 더 가깝지 않았나요?}

차마 말을 잇지 못하는 다니엘에 이어 리나 오웬이 조용히 에드윈 러커를 지지했다. 미다스 에이전시의 이사인 리나 오웬은 로이드는 백인이어야 한다는 생각을 도저히 포기하지 못했다. 최우진이 너무 잘해서 그렇지, 다른 배우들이 연기를 못한 것도 아니었다.

그리고 나머지 여덟 중에서 제일 좋은 연기를 보여주고, 로이드와 가장 어울리는 외모를 가진 이는 에드윈 러커였다. 그녀에게 중요한 것은 배우의 국적이 아닌, 로이드와의 외모 싱크로율이었다.

다니엘과 리나는 이미 여러 차례 매체와의 인터뷰에서 자신들의 심사 기준을 분명히 했다. 그리고 편견으로 가득한 이 두 사람을 심사 위원에 적극적으로 추천한 이가 바로 일리야였다. 흑

막의 조종자인 그는 두 사람의 이야기를 듣고도 조용히 웃고만 있었다.

{그는 영국인이잖습니까. 그러느니 차라리 최우진이 낫죠.}

다니엘은 어차피 미국인이 아니라면 외모보다는 연기를 먼저 봐야 한다고 주장했다.

{그래도 에드윈의 어머니는 미국인이잖아요.}

리나는 다니엘이 원하는 부분을 콕 집어 알려줬다.

그녀는 에드윈과 최우진이 미국인이든 아니든 그건 상관없었다. 반면 다니엘은 백인이든 동양인이든 무조건 미국인이어야 한다는 전제가 가장 중요했다. 그리고 두 사람이 원하는 조건을 그나마 수용하고 있는 후보가 에드윈 러커였다. 아니나 다를까, 리나의 말에 다니엘의 눈동자가 심하게 흔들리면서, 그의 마음이 움직이는 행방이 훤히 드러났다.

{크리스토퍼가 좀 더 분발했으면 이런 고민 할 필요도 없었는데……}

그래도 아쉬운 마음에 괜히 크리스토퍼를 탓했다. 미국인 후보 중에서 가장 연기력이 좋았던 크리스토퍼는 유감스럽게도 최우진은 물론이거니와, 에드윈의 발치에도 닿지 않았다. 최종 후보 명단을 봤을 때부터 이런 결과가 나올 가능성을 어렴풋이 예상하긴 했지만, 막상 닥치니 결과는 더욱 처참했다.

평소에 연기력은 탁월한 배우라고 여겼는데 그 깊이가 아직 가벼웠다. 극과 극에 다다른 연기는 좋았지만, 그 중간에 이어지는 수많은 감정 표현은 부족했다. 텐노 테루아보다도 못한 연기였으나 다행히도 그는 발음 때문에 가장 먼저 탈락 명단에 이름이 올랐다.

이러니 결국은 상대적으로 미국과 인연이 있는 에드윈 쪽으로 마음이 쏠렸다. 하지만 심사 위원은 다니엘과 리나만 있는 게 아니었다. 더욱이 다른 두 명의 심사 위원은 그들과 다른 의견을 가지고 있었다.

〔하지만 두 분 역시 최우진의 연기에는 이론이 없다는 이야기죠?〕

〔나는 최의 외모도 매우 만족스럽던데요. 아홉 명의 배우 중에서 거의 유일하다시피 얼굴에 잡티도 없고 아름답지 않았습니까?〕

〔맞아요. 러커의 차가운 이미지가 얼핏 로이드와 어울릴 것 같지만, 유약하면서 아름다운 외모는 최우진이 단연 돋보이던걸요. 사실 로이드가 한 가지 이미지에 묶인 캐릭터는 아니잖습니까.〕

파렐 감독과 이안의 의견이 일치했다. 두 사람은 최우진의 연기와 외모까지 모두 만족스러웠다. 고루한 생각에 사로잡힌 다니엘과 리나가 그저 답답하고 짜증이 났다.

만약 그들이 최우진의 연기를 트집 잡았다면 이들이 다른 꿍꿍이라도 있나 싶어서 의심하겠지만, 그건 아니었다. 나름대로 신념 있는 반대라서 더욱 말이 통하지 않았다.

〔최우진의 연기에 불만은 없습니다. 보는 순간 매혹당하는 훌륭한 배우라는 것도 인정하겠는데 '백의 고백'은 우리 미국을 대표하는 작품 아닙니까? 그 상징성을 버리는 것이야말로 작품을 훼손하는 겁니다. 다만 우리 배우들이 부족한 점이 많으니, 굳이 꼽자면 그나마 에드윈이 낫겠군요.〕

〔외모는 객관적으로 보면 최우진이 더 나은 건 나도 잘 알아요. 하지만 이미지란 게 있잖아요. 로이드가 동양인이라니요. 난

한 번도 그런 상상을 해본 적이 없어요! 그게 어디 나 혼자만의 생각일까요?}

로이드가 동양인일 거라는 가설을 미는 독자들의 생각은 중요하지 않았다. 어차피 그것은 수많은 가설 중의 하나일 뿐이었고, 리나 오웬을 비롯한 수많은 이들이 로이드는 당연히 백인이라고 단정하고 있었다.

{난 최우진의 연기를 보고 그 말고는 다른 로이드를 상상조차 할 수 없겠던데요?}

{나 역시 그의 연기를 보며 그와 함께 작품을 하고 싶다는 생각을 했습니다. 당신들의 생각만 고집하지 말고 작품을 생각해 주면 안 됩니까? 그 누구보다 '백의 고백'을 사랑하는 내가 봐도 최우진만 한 배우는 없어요.}

이상하게 두 명씩 서로 의견이 갈리는 채로 팽팽한 대립이 이어졌다. 심사할 때 점수를 매기기는 했지만, 마지막으로 최우진의 연기를 본 후 점수는 아무 의미가 없어져 버렸다. 다니엘과 리나마저도 그에게 최고 점수를 준 상태였다. 그는 이제 점수를 매겨서 등수를 따질 배우가 아니었다.

그저 두 사람이 용납할 수 없는 조건을 가진 최우진은 안 된다고 고집하다 보니, 나머지 배우 중에서 가장 나았던 에드윈을 밀게 된 것이다.

{그런데 선생님은 어떻게 생각하십니까?}

파렐 감독은 문득 너무 조용해서 잠시 존재감이 잊힌 일리야에게 의견을 구했다. 2 대 2의 격한 상황에서 만약 일리야가 어느 한쪽 편을 든다면 이 지루한 논쟁을 끝낼 수 있었다.

감독으로선 최우진과 함께 작품을 하고 싶은 열망이 무엇보다 강했다. 하지만 일리야가 에드윈을 선택한다면 승복하고 받아들일 마음의 준비 역시 하고 있었다. 그만큼 존경하는 작가의 생각을 중요하게 여겼다.

이는 다른 사람들도 같은 마음이어서 네 사람의 시선이 일제히 일리야에게 쏠렸다. 이왕이면 그가 자신과 같은 의견이길 바라지만, 그렇지 않더라도 일리야 터너의 결정이라면 받아들이고 포기할 수 있었다.

심사 위원들의 논쟁을 가만히 듣고 있던 일리야는 자신에게 시선이 몰리자 말없이 탁자를 손가락으로 톡톡 쳤다. 사람들은 느릿한 그 동작에 답답함을 느낌과 동시에 이 상황을 해결해 줄 유일한 구세주처럼 간절하게 바라봤다.

[굳이 내 의견을 듣고 싶다면 내 선택은 최우진입니다.]

일리야의 말에 두 사람은 웃고 두 사람은 울상을 지었다.

[하지만 다른 두 분의 의견도 일리가 있다고 생각합니다. '백의 고백' 이 가지는 사람들의 기대와 상징성은 무시할 수가 없죠.]

이번에는 반응이 서로 반대가 되어서 웃고 일그러진 얼굴이 바뀌었다. 네 사람의 뒤바뀌는 반응은 아랑곳하지 않고 일리야는 차분하게 자신이 하고 싶은 말을 계속했다.

[그래서 여러분께 제안하자면 최우진과 에드윈 러커, 두 사람을 데리고 마지막 심사를 보는 게 어떨까요. 두 사람을 로이드로 분장시키고.]

일리야는 잠시 말을 멈추더니 좌중을 돌아봤다. 마지막으로 이안을 바라보던 시선이 평소보다 차가웠지만 음성만은 여전히

고요했다.

「어서리 씨가 알버트가 되어 두 사람과 각각 연기해 보는 겁니다. 외모가 중요하다면 누가 로이드와 가장 비슷한지를 봐야죠. 그리고 무엇보다 알버트인 어서리 씨와의 연기 합도 중요하지 않겠습니까?」

연기도 중요하지만 분장 후에 로이드 분위기가 나오지 않는다면 그건 당연히 탈락의 이유가 될 수 있었다. 막상 분장하기 전까지는 누구에게 유리하다고 말할 수 없는 제안이었다. 국적을 중요하게 생각하는 다니엘에게는 큰 의미가 없는 심사 방법이었지만, 리나로선 솔깃한 이야기였다.

로이드로 분장한 최우진과 에드윈을 앞에다 두고 비교하면 자신이 주장하는 게 무엇인지 분명하게 어필할 수 있을 터였다. 가장 적극적으로 찬성하는 리나의 동의에 이어 다니엘도 결국 고개를 끄덕였다.

어차피 국적은 바꿀 수가 없었다. 기량이 부족한 미국 배우를 주장할 수 없으니 차라리 두 배우 중에서 최고를 뽑기 위해선 해볼 것은 다 해보는 게 좋았다. 만약 에드윈이 로이드로 어울린다면 남아 있던 망설임까지 모두 버릴 수 있을 것 같았다.

파렐과 이안도 의견을 같이하면서 마지막 오디션이 결정되었다.

◆　　◆◆◆　　◆

에드윈 러커와 최종 오디션을 다시 보게 된 우진은 사람들이 그에게 바랐던 소원을 모두 채워주었다. 두 명만 남은 최종 심사의 후보가 되면서 자연스럽게 텐노 테루아와 크리스토퍼 에거스를 이긴 셈이 된 것이다. 하지만 마지막 심사가 바로 다음 날로 잡힌 바람에 우진은 그런 것을 따질 겨를이 없었다.

강호수와 황이영 역시 국내 반응을 알려줌으로써 우진의 사색을 방해하는 짓은 하지 않았다. 모두 제 일처럼 기뻐하고 응원하는 글뿐이었지만 지금은 그마저도 부담스러울 수 있었다. 특히 텐노 테루아만 이기면 좋겠다던 사람들은 우진이 여기까지 오니 은근히 그에게 거는 기대가 많아졌다.

후보 당사자는 물론 그들의 팬과 관계자들에게는 굉장히 긴 하룻밤이었다.

로이드 분장은 마지막 심사에서 가장 중요한 부분을 차지했다. 그래서 분장은 배우 개인이 아닌, 영화 제작진과 계약한 특수 분장팀이 맡았다.

로이드 분장에 대해 이미 의논이 끝난 상태라 갑작스러운 상황에도 그들은 거침없이 일을 진행해 나갔다. 그리고 공정성을 위해 최대한 똑같은 조건에서 우진과 에드윈을 로이드로 분장시켰다.

그 때문에 두 사람은 같은 공간에서 나란히 앉아 분장을 받아야만 했다. 몇 시간을 같은 공간에 있어야 해서 우진은 먼저 에드윈에게 인사를 했다. 그러자 에드윈은 무표정한 얼굴로 그냥 고개만 까닥이는 것으로 인사를 받았다.

예의 없는 행동이지만, 크리스토퍼처럼 사람을 무시하거나 차별하는 것처럼 느껴지는 않았다. 에드윈이란 사람 자체가 차갑고 타인에겐 관심이 없으면서, 경쟁자와의 친분을 쓸모없는 에너지 낭비로 여기는 듯했다.

그래서 우진도 이내 그에게 관심을 끊었다. 분위기는 어색할지언정 그게 가장 서로에게 편한 상태를 유지하는 방법이었다.

대화 없는 배우들 사이로 분장팀만 분주하게 움직였다. 영화 촬영 때는 머리카락을 탈색시킨 다음에 하얀색으로 염색을 하겠지만, 오늘은 오디션이라 일회성으로 컬러 왁스와 스프레이를 이용해서 머리카락을 하얗게 연출했다.

얼굴과 보이는 피부 역시 칠한다는 표현이 맞도록 하얗게 크림과 분을 바른 다음 픽서를 뿌렸다. 얼굴을 하얗게 칠하기만 하면 이목구비가 구분되지 않아서 얼굴이 굉장히 밋밋하게 보일 수 있었다. 그래서 기술적으로 음영을 넣어서 외모를 살리는 작업도 했다.

분장이 끝나고, 붉은 렌즈를 낀 두 사람은 미다스 에이전시에서 준비해 놓은 의상도 함께 입었다. 전날 오디션에서 슈트를 입었던 두 사람은 오늘은 낡고 허름한 청바지와 세련된 티셔츠를 똑같이 입었다. 이렇게 꾸며놓으니 마치 쌍둥이 같으면서 두 사람의 개성이 확연히 달라 보였다.

{보지 않아도 왠지 오늘 결과를 알 것 같다.}

오디션장을 향해 가는 두 배우를 보며 분장팀의 한 명이 작게 중얼거렸다.

{우리 내기할까?}

다른 누군가의 제안에 분장팀은 신이 나서 내기 장부를 만들었다. 하지만 그날 내기는 이루어지지 못했다.

◆　　　◆◆◆　　　　◆

　오늘도 일리야는 셀레나와 함께 따로 준비된 곳에서 모니터로 심사를 할 예정이었다.

　{직접 보는 게 더 정확한 심사를 할 수 있지 않을까요?}

　일리야 덕분에 심사 위원이 아니면서 심사 과정을 실시간으로 볼 수 있다는 점은 좋지만, 눈앞에서 배우들의 연기를 직접 보는 것이 심사에 도움이 되지 않을까 하는 생각이 들었다. 어제는 배우들이 어려워한다는 이유가 있었지만, 이제는 후보가 두 명인 데다가 일리야를 의식해서 멘탈이 무너진다면 그게 더 문제였다.

　{연극이 아닌 이상, 카메라를 통해 보이는 것이 무엇보다 중요하거든. 난 그 부분을 심사하려는 거다. 게다가 저 자리에 앉아도 안 보이는 각도의 얼굴을 모니터링하는 건 똑같아.}

　어차피 관객들이 보는 것은 카메라를 통해 편집된 영상이었다. 실제로 보는 것과 카메라에 찍힌 얼굴과 연기가 다를 경우, 영화배우에게 중요한 것은 후자였다.

　일견 일리야의 말이 맞기도 하지만, 어제 그가 우는 장면을 목격한 셀레나는 왠지 변명같이 들리기도 했다.

　아주 짧은 순간이었고, 이내 평정을 찾은 그가 바로 눈가를 훔치는 바람에 정말 그가 울었는지조차 환상처럼 여겨지는 장면이었다. 그런 모습을 다른 사람에게 보이지 않아서 다행이라는 생각이 들면서, 무엇이 일리야의 감성을 자극했는지 알고 싶기도 했다.

　하지만 그것을 알아내는 것은 아마 다른 사람의 몫일 것 같았다. 무엇보다 중요한 것은 오늘 그에게서 느껴지는 기운이 무척 맑고 편안하다는 점이다. 그를 알고 지낸 이후로 이런 모습은 처음이라서 셀레나는 이 긍정적인 변화를 적극적으로 반겼다.

{안타깝게도 최우진은 실제 얼굴보다 화면이 못한 것 같던데요. 아쉽지 않으세요?}

{그건 그 친구의 운명이니 어쩔 수가 없고. 오늘 우리가 심사할 사람은 최우진 한 명만 있는 게 아니잖니.}

예사로운 일리야의 대답에 셀레나는 의미심장한 표정을 지었다.

{하긴 실물보다 못한 최우진의 영상보다 얼마나 잘 찍히느냐가 오늘 러커의 운명을 좌우하겠군요.}

오늘의 심사는 에드윈 러커가 최우진보다 나은 부분이 있느냐에 모든 주목이 쏠린 상태였다. 다니엘과 리나가 다른 심사 위원들을 설득할 수 있느냐는 에드윈이 오늘 얼마나 잘해주느냐에 달려 있었다.

{오, 이제 시작인가 보군.}

일리야가 말하는 순간, 로이드로 분장한 최우진과 에드윈 러커가 오디션장 안으로 들어서고 있었다.

◆　◆◆◆　◆

오디션장으로 들어서는 두 명의 로이드를 보고 파렐 감독은 피식 웃고 말았다. 이건 물을 필요도 없이 이미 결론이 나와 버렸다. 하지만 애써 평정을 유지하며 가볍게 입을 열었다.

{오늘 대본은 잘 읽어봤습니까?}

파렐 감독은 우진과 에드윈이 분장을 받는 동안 나눠준 대본을 언급하면서 슬쩍 웃었다. 어제의 일이 있어서 배우들의 반응이 궁금하기도 했다.

그러나 질문을 받은 두 사람은 무덤덤한 표정으로 그렇다고 대답할 뿐이었다. 대본으로 심사를 하든, 어제처럼 즉흥 연기를 하든 상관없다는 반응이라 조금 맥이 빠졌다.

{오늘은 아까 나눠준 대본으로 심사할 겁니다. 다만 여기 있는 이안이 알버트로 함께해 줄 테니 모노드라마를 찍을 필요는 없습니다.}

어떤 식으로 심사를 진행하든 상관없던 우진과 에드윈은 이안과 함께 연기한다는 것이 뜻밖인지 처음으로 제대로 된 반응을 보였다. 두 사람 모두 이안과 연기하는 것에 살짝 흥분하기도 했다. 오늘 오디션에서 떨어진데도 이안과 연기해 본 경험은 큰 자산이 될 터였다.

{그럼 순서를 정해볼까요.}

순서는 후보가 두 명뿐이라 빠르고 간단하게 가위바위보로 정하기로 했다. 결과는 가위를 낸 우진이 보를 낸 에드윈을 이기면서 먼저 하게 되었다. 지금껏 계속 마지막 순서였는데 최종 심사에서 처음으로 먼저 연기를 하게 되었다.

자연스레 두 번째 순서가 된 에드윈은 심사 위원 근처에 있는 의자에 앉았다. 그냥 봐도 차갑고 건조해 보이던 그가 로이드로 분장하니, 그 분위기가 더욱 강해졌다. 가만히 있어도 차가운 냉기가 몸 주위에서 풀풀 피어오르는 착각이 들 정도였다. 상황이 상황이다 보니 심사 위원 옆에 있는 그가 조금도 어색하지가 않았다.

오디션을 보기 전에 제작진은 우진과 에드윈에게 상대의 연기를 관람할 것인지 먼저 의사를 물었다. 후보들이 결과에 의혹을 품지 않도록 상대의 연기를 확인할 기회를 준 것이다. 그리고 우진과 에드윈은 당연히 상대의 연기를 보길 원했다.

알버트로 분장한 이안은 심사 위원들에게 옆모습이 보이도록 자리한 의자에 앉았다. 그의 앞에는 지옥을 연상케 하는 끔찍한 그림이 놓여 있었다.

알버트와 그림 사이, 심사 위원을 마주 보는 위치에 선 우진은 신발 끝으로 바닥을 툭툭 쳤다. 균형을 제대로 잡지 못하고 건들건들 서 있던 우진이 입을 여는 순간, 연기가 시작되었다.

◆　　◆◆◆　　◆

{어때요?}

고개를 숙여 바닥을 내려다보면서도 로이드는 힐끔힐끔 알버트의 표정을 살폈다. 엉망으로 나온 시험 성적표를 보여주는 아이처럼 불안해하면서도 그의 눈은 장난기로 반짝였다. 그 모습이 너무도 사랑스러워서 제 나이보다 어리게 보이기도 했다.

{보이지는 않아도 네 그림은 언제나 좋은 느낌이 나서 기분이 좋단다.}

알버트는 오른손을 뻗어 거리가 있어서 손에 닿지 않은 그림을 쓰다듬듯 어루만졌다. 뿌듯하고 자랑스러워하는 알버트를 보며 로이드는 뭐라 형용하기 어려운 표정을 지었다. 칭찬을 들어서 기분이 좋으면서도, 알버트의 말이 빈말처럼 느껴져서 당장에 라도 울 것처럼 우물거리다가 끝내 고개를 돌리며 중얼거렸다.

{거짓말.}

그 말을 들었는지 알버트가 진지하게 대답했다.

{아예 안 보이는 게 아니란다. 이렇게, 이렇게 하면 조금은 보인다고 했잖아.}

알버트는 고개를 들어 이리저리 빛이 있는 방향을 찾아 얼굴을 움직였다. 그래 봤자 빛만 조금 보일 뿐 사물이 보이거나 하는 기적 따위는 없었다. 희미하게 들어오는 빛으로는 아무것도 보이지 않아서 알버트는 결국 궁금증을 이기지 못하고 물었다.

{그런데 이번에는 어떤 걸 그린 거냐?}

{바다. 출렁이는 푸르른 바닷속을 헤엄치는 물고기와 하늘을 나는 새들. 너무 평화로워서 지루한 일상 같은 풍경화예요.}

로이드는 피바다 속에 굴러다니는 시신들과 그 위를 날아다니는 까마귀를 평화로운 바다라고 묘사했다.

{상상만 해도 아름답겠구나. 네 마음이 평화로웠나 보지?}

알버트의 말에 로이드는 잠시 자신이 그린 그림을 바라봤다. 온통 붉은색으로 도배된 그림의 물감은 모델이 되었던 자들의 피에서 빼앗은 색으로 그렸다.

로이드는 인간이 가지고 있는 색 중에서 붉은 피를 가장 좋아했다. 맑고 투명한 색에서부터 검붉어서 탁한 검은색에 이르는 다양한 색을 가지고 있기 때문이다.

붉은 바다에 떠다니는 시체 속에는 그들의 영혼이 갇혀 제발 구해달라고 아우성치고 있었다. 오로지 로이드에게만 들리는 소리는 너무 시끄러워서 순간 그의 표정에 짜증이 밀려왔다.

{아니요. 평화를 찾으려고 그린 거예요.}

하지만 표정과 다르게 로이드의 목소리는 차분하고 온화했다. 알버트와 살면서 그는 자신의 감정을 마음껏 드러내면서도 감출 수 있는 법을 알게 되었다.

{세상이 너무 시끄러워요.}

아직도 들리는 영혼들의 외침에 로이드는 두 손으로 귀를 막았다. 알버트는 정작 그림은 보이지 않지만, 로이드의 작은 행동에서 그가 불편해한다는 것을 대번에 느꼈다.

{눈이 아픈 거냐? 선글라스는 잘 쓰고 다니는 거지?}

귀를 막는 행동을 눈을 매만지는 것으로 착각한 모양이다. 알비노들은 시력이 약하고 자칫하면 실명으로 이어지기 때문에 관리를 잘해야만 했다.

다행히 로이드는 시력이 좋은 편이지만 안심은 금물이라 알버트는 늘 잔소리처럼 선글라스를 챙겼다.

{선글라스를 끼고 그림을 그리면 색이 이상해져요.}

{그림을 그릴 때는 빼더라도 평소에는 잘 하고 다녀야지. 그런데 어디 다치기라도 한 게야? 어째 너한테서 피 냄새가 나는 것 같다.}

건성으로 두 귀를 막고 있던 로이드는 움찔하며 제 팔을 들어 냄새를 맡았다. 그래 봤자 맡아지는 건 진한 유화물감 냄새뿐이었다.

사실 피 냄새에 익숙해질 대로 익숙해진 로이드는 아무리 맡아도 물감과 피 냄새를 구분하지 못했다. 아마 그에게서 피 냄새가 난다면 어제저녁에 완성한 저 그림 때문일 터였다.

그는 알버트의 앞에 한쪽 무릎을 꿇고 앉아 아버지를 올려다보았다. 평소에는 그저 무심하고 그림밖에 모르는 양반이 어느 때는 굉장히 예민하고 눈치가 빨랐다. 곤란할 시기에 전혀 반갑지 않은 관심은 늘 로이드를 불안에 떨게 했다.

{네, 다쳤어요. 어제 다쳐서 피가 많이 났었는데 아직도 나나 봐요.}

알버트의 얼굴을 살피는 로이드의 눈빛은 혹시나 아버지가 무언인가를 눈치채지 않았나 두려움에 싸여 있었다. 동시에 혹시나 알버트가 이상한 낌새라도 느꼈는지 살피는 시선이 날카로웠다.

나비처럼 연약한 살인자는 불안에 떨면서도 눈빛만은 잔혹한 본성을 숨기지 못하고 활활 타올랐다. 알버트같이 진짜 맹인이라면 모를까, 자신을 샅샅이 살피는 살인자의 시선과 마주하면 누구라도 공포에 잠식당하고 말 것이다.

{잠깐!}

이안은 우진의 시선을 견디지 못하고 자리에서 벌떡 일어나고 말았다. 앞이 보이지 않는 연기를 하면서 초점 없는 시선으로 가만히 있었지만, 안 보이는 척한다고 정말 안 보이는 게 아니었다.

눈에 힘을 주면서 시야를 흐리게 만들었지만 자신의 눈을 뚫어지게 바라보는 우진의 시선을 도저히 피할 수가 없었다. 그리고 마주 보게 된 그의 눈빛에 영혼이 꿰뚫리는 것 같아 너무 무서워서 이안은 그만 숨이 막히고 말았다.

{미안합니다. 갑자기 속이 답답해져서…….}

차마 우진의 눈이 무서워서 피했다는 말은 못 하고 이안은 괜히 멀쩡한 가슴만 주먹으로 계속 쳤다.

｛괜찮으세요? 등이라도 두들겨 드릴까요?｝

우진이 그를 걱정하며 등을 두들겨 주기 위해 다가서자, 이안은 움찔거리면서 뒤로 물러나고 말았다. 부들부들 떨고 있는 손을 감추기 위해서 계속 주먹을 폈다 쥐었다 했지만, 몸 전체가 파르르 떨려서 그도 소용이 없었다.

이안의 이상 행동에 다른 이들은 놀랄 만도 한데 모두가 조용히 이안과 우진을 바라보고만 있었다. 몇 미터 떨어져 있는 거리에 있던 심사 위원들과 에드윈조차 우진의 연기에 몸이 굳어버려서, 이안의 심정을 십분 이해해 버린 것이다.

목소리는 한없이 순종적이고 연약한데 눈빛과 얼굴은 뭐라 묘사하기 어려운 광기와 잔혹함에 물들어 있었다. 그러면서 로이드의 음울한 감정의 무게가 너무 무겁게 다가왔다.

그냥 차갑거나 잔혹한 그런 게 아니었다. 이성적이고 한편으론 지적인 분위기를 풍기면서 오로지 눈빛 하나로 로이드의 불안과 여리면서 광폭한 감정을 여과 없이 보여주고 있었다.

불안정한 한 인간이 얼마나 불쌍하고 무서운지 그를 보는 것만으로 알 것만 같았다.

◆　◆◆◆　◆

｛저자의 연기력도 별거 없군.｝

당황하는 이안을 보고 일리야는 그의 연기력을 폄훼하며 비웃었다. 연기 도중에 벌떡 일어나서 우진의 심사를 망친 것도 못마

땅하지만, 그만큼 연기력이 부족해서 우진을 따라가지 못하고 물러선 것처럼 보였다.

{저건 연기력으로 밀린 게 아니라 어서리 씨의 눈이 멀쩡해서 생긴 어쩔 수 없는 상황인 것 같은데요. 아무리 안 보이는 척해도 보이는 걸 어떻게 해요.}

그러나 셀레나의 의견은 달랐다. 이안 어서리라면 오스카는 물론 칸에서도 남우주연상을 받은 경력이 있는 배우였다. 최우진의 연기에 휘말려서 감당하지 못했다기보다는 눈에 보이는 광경에 그만 겁을 먹은 것으로 판단했다. 이는 보통 사람이라면 누구나 어쩔 수 없는 반응이었다.

모니터를 통해서 조금은 여과된 장면인데도 셀레나는 겨울 바다를 찾은 것처럼 몸서리치게 몸이 오싹거렸다. 그 순간 최우진의 눈은, 아버지에게 익숙한 셀레나마저 감당하기 버거울 정도로 무거웠다.

자상한 아버지이지만 조르지오는 근본적으로 먹이사슬의 정점에 서 있는 지배자였다. 최우진이 연기한 로이드는 그녀의 아버지와 비슷하면서 다른 포식자의 눈을 하고 있었다.

그것은 미친 짐승의 눈빛이었으며, 그 옛날 동물원에서 보았던 우리 속에 갇힌 사자의 눈을 떠올리게 했다. 우리 안에 갇혀서 제 본능을 억제하고 억압받던 사자는 흉포함만 남아 있고 제왕의 위상은 어디에도 찾아볼 수가 없었다.

사육사의 눈치를 보며 그의 애정을 갈구하던 사자의 눈은 비극적이면서, 그 내면에 잔인한 본성을 감추고 있었다. 무심결에 그 눈을 똑바로 마주하고 며칠 동안 악몽을 꾼 경험이 있던 셀레나는 이안의 심정을 이해했다.

{하지만 배우라면 그걸 극복해야지. 맹인 연기를 하면서, 그건 연기일 뿐이고 눈에 보이는 것을 어떻게 하냐는 것은 변명에 지나지 않아.}

{그러는 척하는 거, 그것이 연기인 거죠. 어차피 최우진이라고 해서 다르지 않을걸요.}

{그럼 내기해 볼까?}

{내기요?}

{만약 배역이 바뀌었을 때도 최우진이 이안과 같은 반응을 보인다면 네 말이 맞는 거로 말이다.}

관건은 최우진이 보여주었던 눈빛 연기를 이안이 똑같이 재연할 수 있는가였다. 그렇지 못한다면 정말 연기력이 부족한 것이었지만, 이안 정도 되는 배우라면 그에 근사하게 흉내 정도는 낼 수 있을 거라고 봤다. 아무리 일리야가 이안을 싫어해도 그의 능력은 적확하게 파악하고 있었다.

{남의 연기지만 한번 본 거니 그와 가까운 연기는 할 수 있을 거다. 그 정도의 능력은 있는 배우니까.}

칭찬인지 비웃음인지 모를 평가에 이어 일리야는 넌지시 셀레나를 보았다. 내기에 응하겠냐는 제스처에 셀레나는 잠시 망설였다. 이 내기에 무슨 의미가 있는지 잠시 고민하는 그녀를 보며 일리야는 가볍게 웃었다.

{복잡하게 생각할 필요 없다. 그냥 재미있을 것 같아서 그러는 거니까.}

{내기라면 뭘 거실 건데요?}

하지만 셀레나는 일리야를 상대로 그게 무엇이든 가볍게 생각할 수가 없었다. 그는 항상 생각이 복잡했고 쉽게 가는 법이 없었다. 이 내기가 최우진에게 또 하나의 시련을 던져주고자 하는 모험인지, 아니면 내기를 통해서 셀레나에게 무언가를 얻기 위한 것인지부터 알아야만 했다.

{네가 이기면 그곳의 비밀번호를 알려주마.}

잠시 생각하던 일리야는 뜻밖의 것을 내기에 걸었다. 그가 말하는 그곳이란 안전 가옥의 비밀번호였다. 셀레나는 순간 일리야가 그 비밀번호에 얽힌 아버지와의 내기를 아나 싶어서 저도 모르게 화들짝 놀랐다.

{갑자기 왜 그러세요? 그리고 전 내기에 걸 만한 것도 없는걸요.}

일리야가 내건 것이 안전 가옥의 비밀번호라면 그에 상응하는 것을 내걸어야 하는데 유감스럽게도 셀레나에게는 그럴 만한 게 없었다. 일리야가 금전이 아쉬울 리가 없었고, 명예와 권력을 원하는 사람도 아니었다.

하지만 그건 일리야도 비슷한 생각이었다.

{우리가 서로 내기에 걸 만큼 아쉬울 게 뭐가 있겠냐. 그나마 너는 그곳의 비밀번호를 늘 궁금해해서 그러는 거다. 언젠가 말을 해줘야 한다면 네 아버지보단 너한테 말하는 게 더 나으니까. 대신 네가 지면 맛있는 식사나 한번 사렴.}

언제까지 그곳의 비밀번호를 자신만 알고 있을 수는 없었다. 그곳이 지금처럼 닫혀 있는 것도 아쉬웠고, 전문가들에 의해 해체되는 것도 원치 않았다. 그날이 언제가 될지 몰라도 만약 비밀번호를 알리게 되는 날이 온다면 그것은 셀레나에게 주는 그의 선물이 될 것이다.

하지만 지금은 그저 내기 자체에 의미가 있었다. 내기를 통해 무언가를 얻고자 하는 게 아니라, 이안을 골탕 먹이고 싶었고 우진의 연기력을 확인해 보고 싶을 따름이었다.

셀레나가 살짝 고개를 끄덕이자 일리야는 파렐과 연결된 마이크를 잡았다.

◆　　◆◆◆　　◆

일리야에게서 난처한 숙제를 받은 파렐 감독은 한숨을 내쉬었다. 이 양반은 매번 쉽게 넘어가는 일 없이 어려운 문제만 끌고 와서 사람을 괴롭히나 싶었다. 그래도 하릴없이 그는 다시 연기를 준비하는 이안과 우진을 멈추게 했다.

{이번에는 두 사람의 배역을 한번 바꿔보죠.}

사전에 없던 이야기에 이안은 자신이 한 실수 때문에 그런가 해서 멈칫했다. 파렐 감독은 걱정하는 그에게 귀에 있는 이어폰을 톡톡 치면서 일리야의 제안이라는 것을 알렸다.

{분장 때문에 감정이입이 잘되지 않겠지만, 서로 배역을 바꿔서 처음부터 다시 시작해 봅시다. 대신 이안은 다른 연기 말고 방금 최가 보여준 연기를 그대로 재연만 하세요.}

파렐 감독은 우진에게는 딱히 다른 말은 하지 않았다. 그것은 우진보고 배역이 무엇이든 네 연기를 해보라는 의미였다. 어떤 배역을 연기하든 결국 심사로 이어지는 것은 마찬가지라 역할이 달라졌다고 해서 가볍게 넘길 일이 아니었다.

우진은 로이드로 분장한 자신의 하얀 머리카락을 잠시 매만지다가 이안을 보았다. 검은 머리카락 사이로 있는 흰머리와 주름 있는 얼굴을 보고 로이드라고 생각하기는 좀 어려울 것 같았다. 그것은 이안도 마찬가지여서 서로 시선이 마주치자 어색하게 웃었다.

하지만 이내 감정을 바로잡은 두 사람은 처음에 했던 연기를 배역을 바꿔 다시 시작했다.

◆　　◆◆◆　　◆

{어때요?}

이안은 아까 우진이 했던 연기를 그대로 선보였다. 알버트의 모습을 하고 있는데도 전혀 어색하지 않고, 마치 로이드를 마주한 듯한 기분이 들었다. 그래서 알버트를 연기하는 우진 역시 매끄럽게 대사를 이어갔다.

{보이지는 않아도 네 그림은 언제나 좋은 느낌이 나서 기분이 좋단다.}

의자에 앉아 그림이 있는 곳을 바라보는 우진의 동공은 잠시 한곳에 집중했다가 한순간 서로 다른 곳을 향해 돌아갔다. 어디를 보는지 알 수 없는 눈동자는 사시 같았고, 아무것도 담기지 않은 동공은 텅 빈 것처럼 공허했다.

이안이 로이드의 대사를 할 때마다 고개를 움직이고 그의 목소리를 조금이라도 더 잘 듣기 위해 연신 귀를 움찔거렸다.

{그림을 그릴 때는 빼더라도 평소에는 잘하고 다녀야지. 그런데

어디 다치기라도 한 게야? 어째 너한테서 피 냄새가 나는 것 같다.}

우진은 걱정보다는 다그치듯 물었다. 주섬주섬 내민 손으로 이안의 얼굴을 더듬거렸다.

{네, 다쳤어요. 어제 다쳐서 피가 많이 났었는데 아직도 나나 봐요.}

이안은 아까 자신이 보고 겁에 질렸던 그 표정을 그대로 연기했다. 남의 연기를 따라 한다는 굴욕감이 아닌, 이걸 못하면 배우도 아니라는 자존심이 현재 그를 지배했다. 아까 우진에게서 공포를 느꼈던 자신에 대한 분노가 지금 로이드를 연기하는 데 도움이 되기도 했다.

덕분에 그를 보던 다른 이들의 심장이 철렁 내려앉았다. 확실히 우진이 연기했던 만큼은 아니지만 이도 충분히 파급력이 강했다. 이런 장면은 아무리 여러 번 봐도 적응이 되지 않았다.

그러나 이안과 마주하고 있는 우진만은 평온 그 자체였다. 아니, 그는 조금 다른 감정으로 격분한 상태였다.

{설마 손을 다친 것은 아니지?}

우진은 이안의 얼굴을 두 손으로 감싸며 손을 다치지 않았는지 걱정했다.

어디서, 어떻게, 얼마나 다쳤는지는 궁금하지 않고 오로지 손만 걱정하는 아버지에게 화가 난 로이드는 투정하듯 알버트의 손을 내치고 자리에서 일어섰다.

등을 돌려 버린 로이드를 향해 손을 내민 알버트는 그다음에 어찌할지 몰라서 손가락을 폈다가 다시 움츠리기를 반복했다. 그리고 무표정한 얼굴로 손을 거뒀다.

멍하니 앞을 바라보는 알버트의 표정에 잠시 수많은 감정이 흘러 지나갔다.

무능력한 자신의 처지에 대한 비탄, 아들을 걱정하는 마음, 그러면서 무얼 어떻게 해야 할지 몰라 당황스러운 어리석은 어른의 얼굴이었다.

하지만 이내 그는 더욱 단단한 표정으로 변했다. 아들만은 나약한 자신처럼 되지 않고 강한 사람이 되기를 바라는 마음이 고스란히 느껴지는 변화였다.

대사 한마디 없이 몸짓과 표정만으로 우진은 알버트의 마음을 자신이 해석한 대로 연기했다. 아까 보여줬던 미치광이 살인마의 흔적은 그 어디에서도 찾을 수가 없었다. 그저 안타까운 부정과 어리석은 선택으로 아들과 벽을 만드는 늙고 초라한 중년 남자만이 그곳에 있었다.

◆　　◆◆◆　　◆

{잘 봤습니다. 다음 에드윈 러커 씨 준비하세요.}

파렐 감독은 이로써 우진의 심사가 끝났음을 알렸다. 하지만 이안 때문에 대본에 있는 내용을 전부 연기하지 못한 우진은 이대로 끝내기가 너무 아쉬웠다.

로이드를 뽑는 오디션에 와놓고 알버트 연기만 끝까지 한 셈이라서, 우진은 파렐 감독을 돌아보며 물었다.

{아까 도중에 멈춘 로이드 연기는 어떻게 합니까? 전 마저 끝내고 싶은데요.}

{그건 괜찮습니다.}

파렐 감독은 우진에게 웃어 보이며 그만하면 충분하다고 답했다. 그뿐만 아니라 다른 심사 위원들도 슬쩍 고개를 끄덕이자 우진은 더는 주장하지 못하고 물러서야 했다. 뭔가 개운치 못한 감정을 남기며 방금까지 에드윈이 있던 자리에 앉았다.

찝찝함은 에드윈의 연기가 시작하자마자 이내 사라졌다. 평소 그의 연기를 높게 평가했기에 눈앞에서 어떤 연기를 하는지 볼 좋은 기회였다.

자기와는 다른 로이드를 보여줄 에드윈의 연기를 기대하던 우진의 얼굴이 일그러지는 것은 그로부터 몇 분이 지나지 않아서였다.

에드윈 러커는 차가운 인상으로 주로 지적인 배역을 자주 맡았지만, 신인 시절부터 살펴보면 굉장히 다양하고 폭넓은 연기력을 가지고 있는 배우였다. 어떤 연기를 할지 가장 예상이 가지 않으면서 기대가 컸다.

그런데 현재 에드윈이 연기하는 로이드는 굉장히 낯익고 친숙한 존재였다. 바로 아까 우진이 보여줬던 로이드와 비슷했던 것이다. 이안이 연기했던 것처럼 똑같지는 않았지만 묘하게 비슷한 연기 패턴이었다.

{잠시만요! 다시 하겠습니다.}

에드윈도 그것을 느꼈는지 연기하다가 돌연 손을 들고 다시 하겠다고 부탁했다.

{어때요?}

다시 시작하는 연기에선 에드윈만의 로이드가 얼핏 보였다. 초반에 우진이 보여주었던 사랑스러움은 없으나 특유의 차가우면서 냉철함으로 에드윈은 그만의 매력을 보여주었다. 하지만 그것도 잠시, 어느 순간에 에드윈은 또다시 우진의 연기를 따라 하고 있었다.

가장 최악은 그 스스로 자신의 연기가 어떤지 잘 알고 있다는 점이었다. 그래서 대사 한마디를 할 때마다 견디지 못하고 바로 다음으로 매끄럽게 이어가지 못했다.

{젠장!}

대사를 끝까지 잇지 못하고 에드윈은 자리에서 일어나 두 손으로 머리를 헝클어뜨렸다.

아까 이안이 연기를 멈췄던 대목과 똑같은 부분이었다. 하지만 그가 연기를 이어가지 못한 것은 이안과 전혀 다른 이유에서였다.

{죄송하지만 더는 못 하겠습니다.}

늘 냉랭하던 에드윈의 얼굴이 땀으로 범벅이었다. 그로 인해 부분마다 지워진 화장 얼룩으로 그의 얼굴은 벌써 지저분해졌다. 일그러진 얼굴은 당장에라도 울기 직전이라서 심사 위원 누구도 그에게 화를 내지 못했다. 지금 여기서 가장 힘들고 괴로운 것은 에드윈 본인이라는 걸 알기 때문이었다.

배우로서 우진의 연기를 따라 하는 자신을 더는 용납하기 어려웠던 에드윈은 심사 위원들에게 사과한 다음에 오디션장을 나가 버렸다.

소문처럼 성격이 단호한 것인지, 차마 부끄러워서 더는 이 자리를 견딜 수 없었던 것인지는 타인이 헤아릴 수 없는 문제였다.

{어, 어!}

심사 위원 중에서 가장 적극적으로 에드윈을 밀었던 리나 오 웬이 당황해 말을 더듬거렸지만 그렇다고 그를 붙잡지는 않았다. 오디션 도중에 그만두고 밖으로 나가 버린 건방진 행동에도, 심사 위원들은 불쾌해하지 않았다. 오히려 나가 버린 에드윈을 걱정해야 할 판이었다.

누구도 쉽게 말을 꺼낼 수가 없었다. 하필 에드윈은 우진의 로이드를 이안이 연기한 것까지 포함해서 두 번이나 보게 되었다. 최우진의 연기가 너무 강렬해서 아직도 머리에 맴도는데, 각인하듯 우진을 따라 한 이안의 연기까지 봐버렸으니 제대로 된 연기가 힘들 만했다.

그렇다고 누굴 탓할 처지는 아니었다. 아마 이안의 연기를 보지 않았더라도 에드윈의 머릿속에는 이미 우진의 로이드로 가득해서 다른 연기는 힘들었을 것이다. 차라리 에드윈이 먼저 연기를 했다면 좋았을 거라는 아쉬움이 있었지만, 그렇다고 해서 결과가 크게 달라졌을 것 같지는 않았다.

파렐 감독은 애써 표정을 관리하며 우진에게 말을 걸었다.

{일단 심사는 여기서 끝낼 수밖에 없겠군요. 심사 결과는 나중에 소속사를 통해 알려 드리겠습니다.}

인터뷰는 어제 했기 때문에 오늘은 따로 하지 않았다. 한다고 해도 에드윈이 나가 버렸으니 우진만 하는 것도 의미가 없는 일이었다. 상황이 이상하게 돌아가는 바람에 우진도 아무 말 없이 오디션장을 나올 수밖에 없었다.

"이러면 너무 찝찝한데⋯⋯."

경쟁자가 도중에 나가 버린 사태가 절대 반갑지 않았다. 절차에 맞게, 정정당당하게 경쟁하면서 결론을 기다리길 바랐는데 이건 무언가 허무했다.

"그렇다고 내가 절대 유리한 것도 아니니 설레발 칠 수도 없고."

에드윈이 오디션을 끝까지 못 맺고 나가 버렸다고 해서 자신에게 유리하다고 자신할 수 없었다. 오디션이 항상 공정할 수 없음을 우진은 잘 알고 있었다.

박민과 도야의 경우를 보면, 그게 한국만의 문제라고 생각되지 않았다. 아무리 공정하게 심사하려고 해도 그들도 결국은 사람이니 개인적인 이유와 기준이 크게 작용할 것이었다. 그렇다면 연기만으로 결과를 보장하기란 어려웠다.

무엇보다 연기력이 아닌 다른 조건이 심사의 기준이 된다면 자신이 떨어질 이유는 충분했다. 이미 심사 위원 두 사람의 인터뷰를 보고 그 기준이 무엇인지 아는 우진은 그것은 자기가 어쩌지 못하는 부분이라 고개를 저었다.

오늘은 그냥 아무 생각 없이 무작정 쉬고 싶었다.

{다 끝나셨습니까? 분장은 어떻게 하실 건가요? 지우고 가시려면 대기실 쪽으로 나가시면 되고, 그냥 가시려면 다른 곳 거치지 마시고 바로 숙소로 가셔야 합니다.}

오디션장을 나오자 대기하고 있던 직원이 두 개의 문을 가리키며 우진에게 설명했다.

한쪽은 대기실과 통하는 문으로, 분장을 지우려면 그쪽으로 가면 되었다. 다른 한쪽은 원래 오디션을 본 배우가 나가는 통로로 이어지는 문이었다. 앞쪽 문은 오디션 관계자들과 미다스 에이전시 사람들이 많았고, 뒤쪽 문은 긴 통로에 비상구와 엘리베이터만 있었다.

그래서 분장을 지우지 않고 가려면 뒷문을 통해 바로 지하 주차장으로 가는 것을 권했다. 로이드 분장이 비밀은 아니지만, 미리 언론에 노출되는 것은 피하는 게 좋았다.

우진은 분장을 지우는 것보다 목욕부터 하고 싶어서 후자를 선택했다. 이곳에서 분장을 지운다고 해도 제대로 된 시설이 갖춰진 게 아니라서 세수만 하는 게 고작이었다. 사람들에게 둘러싸여 어중간하게 지우는 것보다 그 시간에 빨리 숙소로 돌아가고 싶었다.

{그럼 최우진 씨 스태프에겐 지하 주차장에서 기다리라고 저희가 대신 전하겠습니다. 그리고 여기 모자.}

우진의 대답에 그럴 줄 알았다는 듯, 직원은 술술 이야기하며 미리 준비해 둔 모자까지 건넸다. 완벽까지는 아니더라도 어느 정도 머리카락과 눈은 가릴 수 있게 모자를 쓰고 우진은 뒤쪽 문으로 나왔다.

위층에서 내려오는 엘리베이터를 기다리고 있을 때, 문득 이상한 소리가 들렸다.

{흑, 흐읍…….}

간헐적으로 들리는 흐느끼는 소리에 우진은 주위를 두리번거리다가 닫힌 비상구 안쪽에서 들리는 소리라는 것을 깨달았다.

하지만 그쪽으로 걸음을 옮기거나 비상구 문을 열어볼 생각은 하지 않았다. 건너편에 누가 어떤 모습으로 있을지 예상이 되어서다.

엘리베이터가 도착하는 소리가 나자 비상구 안쪽에서 들리던 소리가 뚝 하고 멈췄다. 열리는 엘리베이터를 보며 우진의 마음도 덩달아 무거워졌다. 아래에서 기다리고 있을 스태프 앞에서 차마 울지 못하고, 저곳에 숨어서 우는 에드윈의 심정이 이해가 되어서다.

에드윈의 경우, 그를 괴롭히는 것은 오디션에서 떨어지고 아니고의 문제가 아닐 것이다.

배역이 자기에게 맞는 게 있고 아닌 게 있는 것처럼, 연기도 한결같이 잘할 수는 없었다. 그냥 안 되는 날이면 재수가 없었다고 속상해하면 끝날 일이지만, 남의 연기를 따라 한 것은 무엇으로도 해명할 수 없어서 참담할 것이다.

그 대상이 자신이라는 것에 우진은 우쭐함이 생기지 않았다. 오늘은 그저 저기에서 울고 있는 것이 자신이 아닌 것에 감사할 따름이었다. 우진은 이 바닥에서 언제라도 처지가 바뀔 수 있음을 이안을 보고 깨달았다.

오늘의 그는 평소 우진이 존경하고 좋아하던 배우의 모습이 아니었다. 너무 큰 기대를 했던 건지 모르겠지만, 그와의 연기는 무미건조했고 실망감마저 느꼈다. 마치 멈춰 버린 시계를 마주 보는 기분이었다.

가만히 있으면 도태하고 밀리는 곳이 이 세상이었다. 어느 지점에서 멈춰 버린 저 이안 어서리도 피해 갈 수 없는 섭리이기도 했다. 여유롭게 걸음을 멈출 시기가 아니었다.

오디션 결과가 어떻게 나오든 그것은 시작이지 결코 끝이 아니었다.

오디션이 끝나고 심사 위원들이 한자리에 모이자 다니엘과 리나의 착잡한 심정이 얼굴에 그대로 드러나 있었다. 오로지 미국인을 바랐고, 로이드는 백인이어야만 한다던 그들의 주장이 무색해져 버렸기 때문이다.

처음 최우진과 에드윈 러커가 오디션장에 들어서는 순간부터 두 사람의 마음은 이미 흔들리고 말았다. 분명 노 메이크업일 때는 에드윈이 로이드와 좀 더 어울리는 이미지를 가졌었다.

창백한 피부와 은발에 가까운 금색 머리카락과 건조해 보이는 지적인 얼굴까지, 조금만 손을 보면 바로 로이드가 되는 냉막한 얼굴 덕분에 리나의 주장은 일견 힘을 얻었다. 그런데 똑같은 분장을 하고 나란히 선 두 사람을 보는 순간, 시선이 자꾸만 최우진에게 쏠렸다.

에드윈이 하얀 피부와 하얀 머리칼과 붉은 눈동자로 그냥 분장한 사람 같았다면, 최우진은 정말 알비노처럼 자연스러워 보였다. 허무하고 신비로운 이미지에 아름답기까지 했다.

마른 몸에서 풍기는 유약함이 가만히 서 있어도 로이드를 연상시키면서 눈을 뗄 수가 없었다. 만약 그 모습 그대로 영화를 찍는다면 외모만으로 완벽한 영상이 나올 거란 예감이 들었다.

{이제 결론을 내릴 시간이 왔군요.}

파렐의 말에 이안은 고개를 끄덕이며 힘겹게 먼저 입을 열었다.

{내 의견은 전과 달라진 게 없습니다. 여전히 최를 지지하고 그만한 배우는 없다고 생각합니다. 문제는 도리어 내게 있는 것 같

습니다. 그와 연기할 것을 상상하면 기대가 되면서 두렵거든요. 과연 내가 그를 감당할 수 있을까요?}

자신감을 상실한 이안의 말에 일리야를 제외한 모두가 잠시 천장을 바라봤다. 배역을 바꾼 결과, 최우진은 알버트의 맹인 연기마저 이안을 넘어선 모습을 보여줬다. 이안의 고민이 그냥 하는 넋두리가 아니었다.

{이안이 아니라면 다른 배우는 더욱 감당하지 못할 겁니다. 차라리 로이드를 최가 아닌 다른 배우가 하는 게 영화 제작에는 더 편하겠죠.}

{그건 절대로 안 됩니다!}

파렐은 이안의 자존심을 세워주면서 그를 붙잡기 위해 입에 바른 소리를 했다. 그런데 이를 최우진은 포기하고 다른 배우를 캐스팅하자는 뜻으로 이해했는지 다니엘이 벌떡 일어나 흥분하며 반대했다. 다른 사람도 아닌 다니엘이 이러니 모두 당황해서 그를 올려다보았다.

소리를 지르고 나서야 자신이 무슨 말을 했는지 깨달은 다니엘 역시 잠시 눈을 끔벅거리다가, 어색하게 웃으며 슬며시 변명처럼 중얼거렸다.

{배우는 결국 연기력이죠.}

어제 우진이 로이드 연기를 했을 때는 어느 정도 버틸 만했다. 하지만 분장까지 한 모습을 보니 싱크로율이 너무 높았다. 외모에서부터 연기까지, 무엇 하나 빠지지 않는데 단지 *그*가 미국인이 아니라는 이유로 반대할 수가 없었다.

벌써 최우진이 연기할 로이드를 상상하면 가슴이 짜릿하게 떨리는데 다른 배우라니, 떠올리는 것만으로도 짜증이 났다. '백의 고백'을 사랑하는 만큼 완벽한 작품을 위해서는 이제 최우진이 아니면 안 되었다.

{나도, 최우진에 찬성합니다.}

다니엘에 이어 리나 역시 힘겹게 인정했다. 에드윈이 연기로 무너질 것은 예상하지 못했지만, 분장한 모습까지도 최우진에게 밀릴 줄은 상상조차 못 한 일이었다.

정확히 따지면 에드윈이 어울리지 않는 게 아니라 최우진과 함께 있으니 너무 비교되었다. 그만큼 최우진은 모든 게 앞서고 완벽했다.

{분장이 대단하긴 하더군요. 연기력은 어제도 인정했던 사항이지만, 분장 하나로 대번에 로이드로 보이다니 말이에요.}

{그 말에는 어폐가 있습니다.}

그동안 조용히 있던 일리야가 리나의 평에 반박하고 나섰다.

{분장 때문이 아니라 그는 오디션장에 들어설 때부터 이미 로이드였습니다.}

{그게 그 말이 아닌가요?}

분장이 잘 어울렸기에 안으로 들어서자마자 로이드로 보인 게 아닌가 싶었다.

{걸음걸이부터 표정까지, 오늘 최우진은 평소의 그와 완전히 달랐습니다. 러커가 로이드로 분장만 하고 안으로 들어왔다면 그는 문을 여는 순간부터 연기하고 있더군요. 그래서 분장과 따로 놀았던 러커와 다르게 최우진은 자연스럽게 우리에게 로이드로 인상이 박힌 겁니다.}

로이드를 보고 있었으니 당연하게 우진을 로이드로 받아들인 것이었다. 이 세상에서 로이드를 가장 잘 알고 있고, 개인적으로 우진을 알고 있던 일리야만이 눈치챌 수 있는 차이였다.

{이미 로이드인 사람을 상대로 이기려고 했던 것 자체가 코미디 아닌가?}

열쇠는 언제나
가까운 곳에 있다

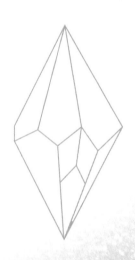

모든 사람이 만족할 만한 결과란 없다. 그걸 알면서도 우진은 오디션에 합격하고 나서 사람들의 반응에 민감해지고, 상당한 부담감을 가지게 되었다. 이는 자신감과 상관없는 책임감과 비슷한 무게의 감정이었다.

　그런 우진이었기에 일리야의 반응이 그 무엇보다도 중요했다. 그가 만족한다면 다른 사람의 의견은 크게 중요하지 않았다. 다행히 일리야는 자기 일처럼 축하해 주며 뜻밖의 제안까지 했다.

　{제가 갈 자리는 아닌 것 같은데요.}

　내기에서 진 셀레나가 사는 저녁 식사에 초대받은 우진은 조심스럽게 사양했다.

　{내가 초대한다는데 무슨 상관인가. 게다가 둘이 예전에 만난 적도 있다면서. 그냥 밥 한 끼 먹는 거뿐이니까 부담 가질 필요

없네.}

부담은 없었다. 다만 과연 셋이 만나 무슨 이야기를 할 게 있나 싶어서 어색한 것뿐이었다. 일리야와는 소설과 문학에 관한 공동 화젯거리가 많은데 솔직히 셀레나하고는 더스틴 말고는 나눌 주제가 없었다.

{그곳 고기가 정말 질 좋고 맛있어서 언젠가 꼭 자네에게 소개해 주고 싶었거든. 자네 매니저도 나와 함께 간다면 뭐라고 하지는 않을 거야.}

{고기…….}

오디션을 준비하며 급하게 다이어트를 하면서 아예 고기를 안 먹은 것은 아니었다. 주로 삶은 닭 가슴살과 지방이 거의 없는 소고기 부분으로 단백질을 보충했다.

하지만 우진이 원했던 것은 기름기가 넘치는 고기였다. 삼겹살이나 마블링이 아름답게 피어 있는 쇠고기를 지글지글 굽거나 진하고 맛있는 소스와 함께 먹고 싶었다.

그러나 오디션에 합격해 버린 바람에 급조했던 다이어트는 이제 체계적인 식이 조절로 변경할 계획이었다. 그건 우진이 앞으로 몇 개월은 기름진 고기를 먹을 수 없다는 이야기이기도 했다. 하지만 매니저인 강호수는 일리야와의 식사를 절대 반대하지 않을 게 분명했다. 그와의 식사 메뉴에 아무리 기름진 고기가 있더라도 말이다.

{그럼 가는 것으로 알고 셀레나에게 말하겠네.}

{아, 네…….}

다이어트에 관해 말한 적이 없는데 그는 마치 우진의 사정을 모두 꿰뚫고 있는 것 같았다. 뭐랄까, 이 기회에 맛있는 거나 사 먹여야겠다는 마음이 느껴지기도 했다.

{아, 그리고 자네가 로이드가 돼서 기쁘다고 내가 말했던가?}

{이번까지 합치면 세 번째입니다.}

{그래?}

일리야는 계면쩍기보단 잊지 않고 말해서 다행이라는 반응을 보였다. 진심으로 기뻐하는 일리야를 보니 우진도 덩달아 기분이 좋아지고 마음이 편해졌다.

그가 아는 선에서 일리야가 저렇게 대놓고 기뻐하는 모습을 본 적은 열 손가락 안에도 들지 않았다. 좋아하는 티를 내도 항상 조심스럽고 점잖았던 성격이라, 이런 모습을 보는 게 흔한 광경이 아니었다. 저렇게 좋아하는 것을 보면 랜스키였을 때 좀 더 많은 시간을 함께 보냈으면 좋았을 거라는 아쉬움이 들었다.

그렇다고 해서 앞으로 그들에게 시간이 많은 것도 아니었다. 우진은 며칠 후면 다시 한국으로 돌아가야만 했다. 오디션을 본 것뿐이지 촬영 일정이 제대로 잡힌 것은 아니었다. 캐스팅이 끝난 것도 겨우 로이드와 알버트뿐이었고 다른 배역들은 아직이었다.

그리고 가장 중요한 대본이 완성되지 않은 상태였다. 오디션용으로 나온 대본을 보았을 때 예상하긴 했지만, 영화 대본 역시 L. 드미트리가 직접 쓰고 있다고 알려진 상태였다. 현재 유유자적 여유를 부리는 일리야를 보면 진행은 척척 잘 되어가고 있는 듯했다.

막힘없이 일이 진행되고 있다 해도 크랭크인까지는 몇 달이 걸릴 예정이었다. 그래서 우진이 당장 미국에 있을 이유가 없었다.

지금은 인터뷰 때문에 일주일 정도 머무는 것뿐이었다.

이 말은 우진이 일리야와 보내는 시간이 그리 많지 않다는 뜻이기도 했다. 나중에 LA에 다시 돌아온다고 해도 그때는 촬영 때문에 또 바쁠 테니까 말이다.

그래서 일리야와 셀레나와 함께하는 식사가 기다려지기도 했다. 앞으로 이런 기회가 또 어디 있을까 싶었다.

◆　　◆◆◆　　◆

"그래도 이런 걸 바란 건 아니라고……."

우진은 눈앞의 인물을 보며 한국어로 작게 중얼거렸다. 다행히 한국어를 아는 셀레나는 갑자기 등장한 인물 때문에 정신이 없어서 우진의 말을 듣지 못했다.

{아버지가 여긴 무슨 일이세요?}

세 사람이 식사하는 자리에 갑자기 나타난 조르지오 때문에 셀레나는 반가우면서도 난처한, 이도 저도 아닌 모호한 표정을 지었다. 그도 그럴 것이 조르지오의 등장에 일리야는 밥맛이 떨어졌다며 대놓고 인상을 쓰고 있었다. 쥐고 있던 포크를 옆으로 치우고 그냥 고개를 반대편으로 돌려 버렸다.

{아만다와 식사하고 나오는데 매니저가 네가 왔다고 해서 와본 거다. 그런데 영 반갑지 않은 인물과 같이 있었군.}

조르지오는 서른 초반으로 보이는 금발 아가씨의 허리를 잡으며 좌중을 돌아보다 일리야를 발견하고 인상부터 찌푸렸다. 딸이 있다는 소리만 듣고 왔지 동행이 누구인가는 마저 듣지 않은 모양이다.

물론 이 자리에 일리야가 있다는 걸 알았어도 바득바득 찾아 왔을 조르지오라 결과가 바뀔 일은 없었다.

{LA에는 언제 오셨어요?}

{오늘.}

{요즘은 자주 오시네요.}

{어쩌다 보니.}

조르지오는 아만다를 턱으로 가리켰다. 저번에도 그렇고 오늘도 LA를 찾게 된 이유는 애인의 취향 탓이었다. 그토록 싫어하는 LA에 나들이도 오고 은근히 로맨틱한 구석이 있었다.

{셀레나, 오래간만이야? 어쩜 볼 때마다 예뻐지네.}

이번이 겨우 두 번째 만남인데 아만다는 몇 년을 알아온 것처럼 셀레나에게 손가락을 살랑살랑 흔들면서 인사했다. 백치미가 느껴지는 아만다의 외모는, 단순히 그렇게 보이는 게 아니라 정말 눈치가 없고 지식도 없어서 나오는 백치미가 맞았다.

그래도 마냥 미련한 사람은 아니었다. 아버지의 애인으로서 누릴 것은 다 누리면서 지켜야 할 선은 넘지 않고 있었다. 예전 아버지의 애인들이 마치 이미 콘스차의 안주인이 된 것처럼 굴었던 것과는 달랐다.

그래서 셀레나는 아만다를 경계해야 하는지, 아니면 편하게 대해야 하는지 잠시 갈등했다.

하지만 결국 아버지 애인이라는 사실은 변하지 않았다. 그것은 수년 동안 보았던 수많은 애인 중 한 명이라는 뜻이기도 했다.

{그런데 우리가 방해한 건 아니죠?}

이제는 아예 몸까지 틀어서 딴 곳을 보고 있는 일리야와 어색하게 가만히 있는 우진을 보면서 아만다는 눈을 예쁘게 깜박이며 물었다.

{나는 괜찮은데 아직 식사가 끝난 게 아니라 일행이 많이 불편하실 것 같네요.}

셀레나는 얼굴 봤으니 이제 당신들은 데이트나 마저 하라는 듯 아버지에게 시선을 보냈다. 조르지오 역시 딸의 얼굴이나 볼까 해서 여길 온 것이었다. 일리야만 있다면 모를까, 다른 일행을 보니 일 때문인 것 같은데 방해할 생각은 없었다.

{어머! 혹시 지니 아니에요?}

그런데 아만다가 우진을 보고 알은척을 했다. 그녀는 호들갑을 떨며 조르지오의 팔을 끌어당겼다.

{저번에 우리가 봤던 영화 있잖아요. 그 영화의 주인공이에요.}

아만다가 말하는 영화는 'The red'였다. 조르지오는 우진이 누구인지 얼굴을 보자마자 알아채서 별 감흥이 없었다. 그래도 딸이 투자하는 영화의 주인공이니 그만한 대접은 해주었다.

{이번에 오디션에 합격했다지? 축하하네.}

조르지오는 오디션 이야기를 하면서 슬쩍 일리야를 보았다. 그 역시 '백의 고백'의 저자가 일리야라는 걸 아는 분위기였다. 하지만 영화의 제작에 딸이 심혈을 기울이고 있다는 것을 알기에 우진에게 정중한 관심을 보였다.

조르지오가 내미는 손을 잡으며 우진은 가볍게 인사했다. 이곳에서 가장 신이 난 사람은 아만다 혼자였다.

{이렇게 만났는데 사인도 안 받고 헤어지면 아쉽잖아요. 자기

도 오랜만에 셀레나를 만났는데 그냥 갈 생각만 하지 말고 이야기 좀 나눠요.}

아만다는 누가 말릴 틈도 주지 않고 서버를 불러 자신들이 앉을 의자와 사인 받을 종이를 요구했다. 서버는 이미 준비해 뒀는지 바깥에서 의자 두 개를 가져와 식탁에 배치했다.

자리가 생기자 의자에 냉큼 앉은 아마다는 맹한 얼굴로 자신의 옆자리를 툭툭 쳤다.

{자기는 여기 앉아요!}

두 개의 의자는 우진과 셀레나 사이에 놓았다. 우진의 옆자리는 자신이 차지하고, 셀레나의 옆자리는 조르지오에게 양보한 아만다는 매력적인 미소를 지으며 눈을 깜박였다.

{그냥 앉으세요.}

셀레나는 아버지의 표정이 심상치 않자 분위기를 위해 얼른 자리를 권했다. 의자에 앉는 조르지오에게서 풍기는 냉랭한 기운으로 주위의 온도가 몇 도 내려간 기분이 들 정도였다.

방금까지 신사적이고 잘 웃던 그의 갑작스러운 변화는 그를 아는 사람들에겐 새삼스러울 게 아니었다. 그가 애인들과 오래가지 못한 이유 중의 하나가 수시로 변하는 조르지오의 성질을 그녀들이 감당하지 못했기 때문이다.

친절했다가도 한순간 마음에 들지 않으면 바로 돌변하는 그의 변덕도 변덕이지만, 평범한 사람은 감당하기 어려운 그의 강한 기운도 한몫했다. 실상 온도가 내려갈 리가 없는데도 그가 내뿜는 기운만으로도 서늘하게 느껴진다는 것 자체가 그랬다.

그런데 아만다는 특이하게도 그런 것에 아무런 영향을 받지 않았다. 아무것도 모른 척 오히려 더 예쁘게 반짝반짝 웃었다. 저 정도면 예전 애인들보다 오래가겠다고 생각한 셀레나는 다른 사람은 제쳐두고 우진을 살폈다.

일리야는 조르지오와 사이는 나빠도 알고 지낸 시간이 길어서인지 서로를 불편한 존재로 인식하지는 않았다. 그냥 싫어할 뿐이었다. 하지만 조르지오가 처음일 우진은 이런 상황이 무척이나 불편하고 어려울 것이 당연해서 먼저 사과부터 할 생각이었다.

그런데 최우진은 조금 전 조르지오가 내뿜던 기운에도 아랑곳하지 않고 있었다. 마침 서버가 종이를 가지고 오자, 사인을 위해 무심히 상의에서 펜을 꺼내고 있었다.

(정말 실물이 더 잘생겼다!)

아만다의 호들갑에, 미남의 기준이 더스틴이 되어가던 셀레나는 우진이 잘생기기는 했어도 그 정도는 아닌데 왜 저러나 싶었다. 그래서 유심히 아만다를 살펴본 결과 그녀가 무엇을 노리는지 눈치채고 말았다. 질투 요법은 시대와 세대를 넘어서 언제나 큰 힘을 발휘하게 마련이었다.

(부질없는 짓을 하네.)

(저런 게 매력이지.)

혼잣말을 중얼거리는 딸에게 조르지오는 무심하게 대답했다. 아만다는 조르지오가 딸을 만나고도 서둘러 자리를 뜨려고 했던 게, 젊고 잘생긴 최우진과 함께 있기 싫어서인 줄 착각한 듯했다. 그리고 조금 전에 제멋대로 구는 아만다 때문에 불쾌해하던 것도 그녀가 우진에게 관심을 보이는 것을 질투해서라고 판단한 것 같았다.

{저러다 애먼 사람 잡으면 어쩌려고 저런데요.}

셀레나가 아는 아버지는 질투로 사람을 잡는 성격은 아니었다. 하지만 만에 하나 정말 그럴 경우가 생긴다면 아무 상관없는 남자가 희생될 수도 있는 일이었다. 설마 조르지오가 질투를 표현하는데 너 보기 싫다고 조금 괴롭히는 것으로 끝낼 사람은 아닐 테니 말이다.

{양심이 있으면 나와 못 만나거든.}

어느 정도 화가 풀렸는지 조르지오는 나른한 기운을 풍기며 애인을 놀렸다. 딸에게 작게 속삭이는 음성이었지만, 바로 옆에 앉은 아만다에게는 충분히 들릴 소리였다.

조금 경망스럽다 느껴질 정도로 우진에게 호감을 표하던 그녀의 얼굴이 일순 일그러졌다. 아만다가 부르는 대로 사인 밑에 글을 쓰던 우진은 이 모든 상황을 지켜보면서 아무것도 모른 척했다.

{그런데 저분은 누구세요?}

우진에게 받은 사인을 열의 없이 접어서 클러치백에 넣던 아만다는 뒤늦게 일리야에게 호기심을 보였다. 우진을 이용하려던 것이 실패하자 이제야 시야에 일리야가 들어온 것이다.

{이분은 소설가 일리야 터너세요.}

일리야가 신비주의를 표방해도 L. 드미트리처럼 비밀주의자는 아니었다. 그래서 셀레나는 개의치 않고 일리야를 아만다에게 소개했다.

{아! 어디서 많이 들어본 이름인데 유명하신 분인가 봐?}

자기가 이름을 알 정도라면 정말 대단한 거라고 감탄하는 아만다를 보며 일리야는 대놓고 한심하다는 듯 중얼거렸다.

(어디서 저런…….)

(꼭 저런 사람이 누가 자길 못 알아보면 삐친다니까.)

굳이 애인 편을 들고 싶지는 않았지만 조르지오는 일리야를 놀리는 일이라면 상관없었다. 오히려 아만다가 일리야의 이름만 알 뿐 그에 관해 아무것도 모르는 것을 고소해했다.

그녀로 말할 것 같으면, 조르지오의 이름을 듣기도 전에 그가 누구인지 알고 적극적으로 접근했던 과거가 있었다. 목적의 순수성은 차치하더라도, 그만한 가치가 있느냐와 없느냐로 두 사람을 판단한다면 조르지오의 승인 셈이었다.

(나이가 들면 그에 걸맞게 점잖게 굴 수 없나?)

일리야는 킥킥거리며 웃는 조르지오에게 정색하며 당장에라도 교양 강좌를 읊을 기세였다.

(그렇게 고루해서 글은 어떻게 씁니까, 터너 선생.)

(고상하게 잘 쓰고 있으니 걱정할 필요 없네.)

(걱정한 게 아니라 비웃은 건데 착각도 심하군, 작가 선생은.)

서로 한마디씩 주고받으며 노려보는 시선이 장난이 아니었다. 그냥 봐도 앙숙 같은 두 사람을 보며 우진은 살짝 놀랐다.

랜스키 생전에 두 사람이 서로 경원시하는 것은 알았지만, 그것은 서로 어색하고 공통점이 없기 때문이라고 여겼다.

너무 성향이 다른 두 사람이라서 친해지긴 어려울 거라고 예상은 했어도 이렇게 사이가 안 좋을 줄은 몰랐다. 옛날에는 랜스키 때문에 눈치라도 봤던 것인지 이제는 대놓고 서로 으르렁거렸다.

하지만 예전과 달라지지 않은 게 있었다. 서로 옥신각신하면서도 꼬박꼬박 대화는 주고받고 있다는 점이었다.

두 사람에게 공통점이 있다면 그건 관심 없는 대상은 완전히 무시해 버린다는 것이었다. 애써 관계를 유지할 인내와 예의를 장착하지 못했기에 생긴 부작용이었다. 그런데 두 사람은 지금 상대를 싫어할지언정 외면하지 못하는 모습을 보였다.

잠시 랜스키의 시선으로 두 사람을 바라보던 우진은 실룩샐룩 움직이려는 입술에 힘을 꽉 주었다. 랜스키의 아이들은 크고 나이가 들었어도 여전히 귀엽게 놀고 있었다.

{두 분 다 그만하세요. 우리만 있는 것도 아니고 손님도 있는데 이게 무슨 짓이에요.}

두 사람이라고 지칭했지만, 셀레나는 조르지오를 노려보며 눈을 사납게 부릅떴다.

{손님? 저치와 함께 식사한다는 것은 더는 손님이란 의미는 아닌 거로 아는데?}

일리야가 손님과 함께 식사할 사람이 아니라는 건 누구보다 조르지오가 잘 알고 있었다. 일리야가 셀레나를 아끼는 것은 알고 있지만, 만약 그녀가 허락 없이 손님을 데리고 왔다면 그는 미련 없이 자리에서 일어났을 위인이었다. 즉, 여기 있는 최우진은 손님이 절대 아니라는 소리였다.

{자네는 무슨 악연으로 저런 인간과 얽힌 건가?}

조르지오는 손님이란 단어에서 파생된 의미를 새삼스레 깨닫고 우진을 다른 시선으로 보았다. 처음에는 그냥 오디션에 합격한 것 때문에 이 자리에 있는 줄 알았는데, 생각하면 할수록 일리야와 함께 이곳에 있다는 것이 너무 의아했다.

{악연이 아닌 좋은 인연입니다.}

일리야와 조르지오의 관계가 상상했던 것보다 나쁘다는 것을 알았지만, 우진이 보기에는 그저 나이 들어도 철이 안 든 개구쟁이들의 트집 잡기로 보였다. 그래서 조르지오를 보고도 마냥 기분 좋은 웃음이 절로 지어졌다.

{자네, 내가 누군지는 알고 있나?}

{네, 콘스차 양의 부친이라고 알고 있습니다.}

우진은 셀레나의 성을 강조하면서 조르지오에 대해 알고 있음을 알렸다. 그런데 날 보고도 그런 웃음이 나오느냐고 말하려던 조르지오는 일순, 예전에 자신에게 저런 미소를 지었던 소년 하나가 떠올랐다.

{그러고 보니 자네 더스틴과 영화도 찍었었지? 요즘 그는 잘 지내고 있나?}

늘 더스틴에게 관심을 가지고 조사하다 보니 조르지오는 은근히 아는 게 많았다.

{여기 오기 전에 통화했는데 굉장히 우울해하더군요.}

우진이 크리스토퍼를 제치고 로이드가 된 것을 누구보다 기뻐하던 더스틴은, 오늘 식사 자리에 초대받지 못한 것에 시무룩한 반응을 보였다.

{겨우 하루 못 만났다고 우울해하긴, 웃긴 놈.}

{아버지!}

조르지오의 말에 셀레나는 즉각 반응을 보였다. 최근 들어 그녀와 더스틴은 예전과는 비교도 안 되게 자주 만나고 있었다. 의식적으로 피하던 셀레나를 배려해서 거리를 두었던 더스틴이 이제는 그 배려를 걷어찼기 때문이다.

그리고 더스틴의 연락을 셀레나는 거부하지 않았다. 틈만 있으면 전화하고 만나다 보니 이것이 연애인지 아닌지 요즘 한창 헷갈리는 단계에 이르렀다.

분명한 것은 자주 보니 예전보다 좋아지는 감정이 더욱더 커지고 있었다. 그리고 어느새 더스틴에 대한 믿음도 굳건해지면서 미래에 대한 두려움도 옅어졌다.

그런데 방금 조르지오의 말은 분명 셀레나와 더스틴의 잦은 만남을 알고 있다는 투였다. 분명 아버지가 자신의 뒷조사를 하고 있다는 것을 추측할 수 있는 대목이라서 화가 났다.

한편 조르지오는 딱히 새삼스러운 일도 아닌 일에 왜 그리 화를 내냐는 반응을 보였다. 뒷조사는 딸 가진 아버지라면 누구나 하는 거라고 오히려 더 당당하게 굴었다.

{셀레나 요즘 연애하나 봐?}

평소에 백치미를 뿌리고 다니던 아만다는 이번만큼은 무척이나 눈치가 빨랐다. 연애라는 게 원래 관심 있는 분야이기도 하고, 셀레나의 일거수일투족이 그녀에게는 굉장히 촉각을 세울 일이기도 해서 그냥 지나칠 수가 없었다.

{네.}

방금까지 이게 연애인가 아닌가, 고민하던 셀레나는 아버지를 보며 당당하게 선언했다. 처음에는 욱하던 것도 있었지만, 대답하고 나니 더욱 확신이 들었다. 아버지 같은 사람도 연애랍시고 저러고 다니는데 자신이 하는 게 사랑이 아니고, 연애가 아니면 무엇인가 싶었다.

{왜 그렇게 보세요? 아버지도 그런 내기를 제안했을 때는 어느 정도 예상하고 계셨을 거잖아요.}

망연자실한 표정을 짓는 조르지오를 보며 셀레나는 도리어 태연했다. 내기를 핑계로 결혼 이야기를 먼저 꺼낸 것은 그 누구도 아닌 조르지오였으니, 이 사태 역시 예상 못 했다는 게 말이 되지 않았다. 결혼하려면 먼저 연애를 하는 게 맞으니 말이다.

{그건! 그것은 우리끼리 있을 때 말하자꾸나.}

조르지오는 가족이 아닌 사람들 앞에서 딸의 사생활을 이야기하고 싶지 않았다. 특히 이 자리에 내기의 열쇠를 쥐고 있는 일리야가 있어서 더는 대화를 이어가는 게 위험하다고 느꼈다. 하지만 그의 바람은 이루어지지 않았다.

{어머, 혹시 자기가 반대하는 사람과 만나는 거야?}

{조건부 결혼 허락은 하셨으니, 무조건 반대하시는 건 아니에요.}

남의 연애사와 결혼 문제만큼 관심 있는 주제는 없었다. 특히 그 상대가 딸 같고, 전생의 증손녀이며, 애인의 친딸일 경우에는 말이다. 이 중에서 가장 발언권이 강한 일리야가 먼저 조르지오를 비난했다.

{허락할 거면 그냥 하는 거지 조건부는 또 뭔가? 하여튼 이상하게 쪼잔한 구석이 있다니까.}

{내 딸이 더욱 행복한 삶을 살기 원해서 그러는 거니 남은 빠지는 게 어때?}

{그 행복의 기준은 누가 정하는 건데?}

{다른 사람이 그렇게 말하면 인정하겠지만 자네가 그런 말을 하면 유머가 된다는 걸 모르나?}

조르지오가 네가 결혼이 뭔지 아냐며 쏘아붙이자 일리야는 대답이 궁색한지 그냥 물을 마셨다. 기세가 등등해진 조르지오는 더스틴과 친한 우진에게도 질문했다.

{자네는 부모가 반대하는 결혼에 대해 어떻게 생각하나?}

{부모님이 반대한다면 그만한 이유가 있을 테니 하지 않을 겁니다.}

{그렇지?}

{네, 하지만 저희 부모님은 제가 사랑하는 사람을 반대하지는 않을 것 같습니다.}

{불행한 미래가 뻔히 보이는데도?}

전생에서 손자의 미래가 뻔히 보이는데도 결혼을 허락했던 우진은 조르지오를 빤히 바라봤다. 지금의 그는 랜스키가 기억하는 것과 아주 달랐다.

자신만만하고 어린아이같이 유치하면서 제멋대로인 것 같지만, 눈빛이 쓸쓸하고 차가웠다. 사업가로서 그가 냉철하고 무서운 사람인 것은 맞지만, 애인과 딸이 옆에 있는데도 왜 저런 눈을 하고 있는지 답답했다. 랜스키가 죽기 전까지, 조르지오는 절대 이런 쓸쓸하고 공허한 눈을 가진 적이 없었다.

{그 불행한 미래가 오기 전까지, 그 시간이 자식에게는 가장 행복한 시절이 될 것이라면 어쩔 수 없지 않을까요. 그리고 적어도 더스틴은 그 불행한 미래가 오지 않도록 최선을 다해 노력할 친구입니다.}

조르지오가 결혼했던, 셀레나의 모친은 유약하고 착하기만 해서 콘스차 가문에 전혀 어울리는 사람이 아니었다. 그리고 딱히 콘스차의 사람이 되기 위해 적극적으로 노력할 것 같지도 않았다.

하지만 더스틴은 이야기가 달랐다. 그와 셀레나가 어떻게 노력하느냐에 따라 그들의 미래는 충분히 달라질 수 있기에 벌써 단정 지을 필요는 없어 보였다.

{친구에 대한 신뢰가 크군. 안 지 얼마나 됐다고.}

{부모가 자식을 아는 것처럼 알지는 못합니다. 그러니 더스틴을 믿을 수 없으면 자식을 믿어보는 게 어떻겠습니까.}

건방진 젊은 배우의 말에 조르지오는 절로 고소를 지었다. 이런 상식적이고 통속적인 이야기는 누구나 할 수가 있었다. 원래 남의 이야기는 언제나 쉬운 법이었다. 그런데 이와 비슷한 이야기를 옛날에 들은 것 같아서 조르지오는 왠지 이유 없이 꺼림칙했다.

{그렇다면 묻겠는데 진심으로 대답해 보게. 자네가 나라면 이 결혼을 허락할 수 있겠나?}

옆에서 가만히 있던 셀레나는 문득 이상하다는 생각이 들어 아버지를 보았다. 그녀가 아는 아버지라면 이렇게 길게 남의 헛소리를 들어줄 양반이 아니었다. 그런데 뜻밖에도 그는 최우진을 상대로 제법 진지하게 대화를 나누고 있었다.

평소 조르지오의 주관에 의하면 최우진은 그냥 영양가 없는 하류 인생 중의 하나로 진지하게 대할 필요가 없는 인물이었다. 고견이라고 남의 생각을 챙겨 들을 성격도 아니었다.

{당연히 반대지요.}

{이상하군. 자식을 믿으라던 자네의 말과 완전히 다르지 않나?}

{더스틴의 친구로서 저는 그를 응원할 수밖에 없습니다. 하지만 제가 부모라면 콘스차 양이 아까운 것은 부정할 수 없는 사실이니까요. 그래서 반대하시는 마음을 어느 정도 이해합니다.}

{맞아, 모처럼 맞는 소릴 하는군.}

반대하는 이유에 딸이 아까운 것만 있는 게 아니지만, 그것도 분명 중요한 이유였다. 얼핏 딸을 바라보는 조르지오의 눈에는 애정과 자랑스러움이 깃들어 있었다.

이제야 랜스키가 아는 손자의 모습이 보여서 우진은 한숨 돌리며 말을 이었다.

{하지만.}

{하지만?}

{조건부 허락하셨다면 그 말은 지키셔야 할 것 같습니다. 그 조건이 뭔지는 모르겠지만, 많은 생각을 하셨을 텐데도 꺼낸 이야기라면 그만한 이유와 각오는 있으셨을 테니까요.}

그러니 새삼스레 셀레나와 더스틴이 사귄다고 해서 흥분하거나 반대해서도 안 된다는 뜻이었다. 조건부라고 해도 그것을 내건 이상, 언제라도 결혼할 가능성이 열렸기 때문이다.

{하긴 내가 그날은 너무 즉흥적이고 감상적이었어.}

괜히 할아버지가 생각나는 바람에 감상적으로 돼서 그런 조건을 내걸어 버린 게 이제 와 이렇게 발목을 잡았다.

{대체 그 조건이란 게 뭐냐?}

조용히 대화를 듣고만 있던 일리야가 참지 못하고 셀레나에게 물었다. 잠시 망설이던 그녀는 아버지를 보며 싱긋 웃었다.

{그곳의 비밀번호를 알아오면 허락하신대요.}

{아아, 그거?}

자신이 열쇠를 쥐고 있다는 걸 알아버린 일리야는 조르지오를 보며 의미심장하게 웃었다.

{이런, 셀레나의 결혼이 내 입에 달린 건가?}

왠지 상황이 자신에게 불리한 방향으로 돌아가자 여유로웠던 조르지오의 얼굴에 주름이 잡히기 시작했다. 그렇다고 여기서 그냥 자리를 뜨자니 일리야가 어떻게 반응할까 걱정이 돼서 도저히 떠날 수가 없었다.

{알려주실 거예요?}

조금 상기된 얼굴로 셀레나가 물었다. 일리야에게 늘 예의를 지키느라 조심스러워하던 그녀라면 절대로 이런 식으로 물어보는 일은 없었을 것이다. 그런데 옆에 아버지가 있어서인지 조금은 응석을 부리게 됐다. 부친과 티격태격해도 결국은 자신이 사랑받고 있다는 것을 알고 있는 아이의 자신감이 그녀에게서 느껴졌다.

{아니.}

하지만 일리야는 조금의 주저도 없이 바로 거절했다.

{그거 봐! 저 인간이 내게 좋을 일은 할 리가 없다고 말했잖아.}

{어떤 것이 자네에게 좋은 일인데?}

{그거야⋯⋯.}

일리야의 질문에 조르지오는 입을 다물었다. 안전 가옥의 비밀번호를 아는 것이 셀레나의 결혼을 허락하는 일이 되어버렸으니 더는 좋은 일이 아니었다. 그렇다고 곧이곧대로 말하면 옳거니 하고 일리야가 비밀번호를 말해 버릴 것 같았다. 자신의 즉흥적인 성격이 확실히 이번에 일을 크게 만들어 버렸다.

심통이 나서 입을 다문 조르지오는 그냥 내버려 두고 일리야는 셀레나에게 자신의 생각을 말했다.

{영원히 비밀로 할 생각은 없다. 전에도 말했지만 언젠가 말을 해야 한다면 너에게 알려줄 생각이었단다. 다만 그날이 오늘은 아닌 거지. 아직 젊으니 연애도 해보고 이 사람이 아니면 안 되겠다 싶으면 그때 정식으로 내게 물어보렴. 연애한다고 해서 꼭 결혼하는 건 아니니까 급하게 생각할 필요는 없다고 본다.}

일리야는 조르지오와 아만다를 힐끔 보면서 냉소를 지었다. 연애만 하다가 끝낼 가장 모범적인 커플이 바로 여기에 있었다.

{결혼해도 불행해질 수 있고, 헤어져도 불행해진다면 그냥 연애만 하는 것도 나쁘지 않겠지.}

일리야의 말에 일단 안심한 것은 조르지오와 셀레나였다. 어느 한쪽도 유리하지 않으면서 불리하지 않은 판결이었다.

셀레나도 당장 결혼을 주장할 생각은 없었다. 이제야 더스틴과 연애다운 연애를 시작하게 되었는데 결혼은 아직 먼 이야기였다. 그런 의미에서 조르지오 역시 일단 연애까진 눈감아주기로 했다. 그가 결혼을 반대하는 이유가 연애 중에 발생하면 둘이 자연스럽게 멀어질 테니 시간을 주는 것도 나쁘지 않았다.

하지만 아만다는 뚱한 표정이 되어 일리야를 노려보고 있었다. 아마도 결혼보다는 연애의 긍정적인 점을 언급한 것이 불만인 듯했다. 그녀의 목표는 단순히 조르지오의 애인으로 끝나는 게 아닌 듯, 결혼에 부정적인 일리야와 조르지오의 반응에 불만이 많았다.

한편 우진은 손으로 입가를 가리며 애써 웃음을 참고 있었다.

조르지오가 하는 짓을 보니 딱 랜스키의 아들 내외가 했던 것과 같아서 웃음을 참을 수가 없었다. 어떻게든 결혼하겠다던 조르지오를 말리고 협박하다 못해, 제발 어떻게 좀 해달라고 랜스키에게 부탁하던 아들 내외와 지금 손자의 모습이 똑같았다.

그리고 당시 조르지오는 할아버지에게 쪼르르 달려와서 제 편좀 들어달라고 랜스키에게 졸랐었다. 결국에 사랑하는 손자의 편을 든 것은 어쩌면 당연한 일이었다.

세월이 지나 이제는 처지가 바뀌어 버린 조르지오를 보니 이런게 격세지감인 것 같았다. 본인도 결혼을 거절당해 본 역사가 있어서인지, 조르지오는 제 성격에 비하면 유하게 반대하는 편이었다. 그것만으로도 충분히 다행이었고, 셀레나에게는 유리한 조건이었다.

{그런데 '그곳'이 어디예요? 무슨 보물 창고라도 되나. 그래서 그곳 비밀번호가 엄청 중요한 거예요? 셀레나의 결혼을 허락할 만큼?}

심통이 나는 것도 잠시, 아만다는 궁금한 건 도저히 못 참는 성격인지 결혼의 열쇠를 쥐고 있는 '그곳'의 정체를 궁금해했다. 눈이 유독 반짝거리는 것이 그녀의 말처럼 보물 창고라고 단정하는 게 분명했다. 무엇보다 그런 귀중한 곳의 비밀번호를 생판 남인 일리야가 알고 있다는 것을 신기해했다.

{그런 곳이 있어. 두 분이 공동으로 가지고 있는 추억의 보물 창고.}

{추억? 고작 그것뿐?}

실망하는 아만다에게 셀레나는 그저 웃기만 했다. 예전에 그녀도 그곳에 소장된 수집품만이 보물이라고 여겼던 시기가 있었다. 그런 의미에서 셀레나도 아만다와 똑같은 생각을 한 셈이라서 그녀를 탓할 생각은 없었다.

하지만 당사자들에게는 매우 불쾌한 발언이었다.

{어디서 저런…….}

{그러게 말이야.}

아까 일리야가 아만다에게 했던 똑같은 말인데도 조르지오는 이번엔 그녀의 편을 들어주지 않고 함께 탄식했다.

{이래서 연애만 하는 게 좋다니까.}

{그건 결혼 못 한 사람의 핑계인 것 같은데.}

{그래서 자넨 이혼을 세 번이나 했나?}

말로는 일리야를 이기지 못할 것 같고, 당분간 그가 셀레나에게 비밀번호를 알려줄 일 역시 없어 보이자, 조르지오는 가뿐한 마음으로 자리에서 일어났다.

{'백의 고백'은 별로 좋아하는 작품은 아니지만, 잘해주길 바라네.}

셀레나와 가볍게 인사하고 나서 조르지오는 우진과 악수하며 그답지 않게 자상하게 대했다. 물론 셀레나가 투자하는 영화의 주인공이란 게 크게 작용했겠지만, 우진을 대하는 태도를 봐선 평소의 그와 매우 달랐다.

그래서 레스토랑을 나와 차에 타자마자 아만다는 조르지오에게 팔짱을 끼면서 물었다.

{자기도 지니가 마음에 드나 봐? 당신답지 않게 왠지 친절하고 자상한 것 같더라. 오늘 당신에 대해 여러 가지 모습을 본 것 같아서 좋았어요.}

우진에게도 그랬지만, 일리야를 대하던 모습도 생소하기는 마찬가지였다. 아만다는 조르지오가 적을 대하는 모습을 여러 번 본 적이 있었다. 그런데 오늘은 사이가 안 좋아 보일 뿐 조르지오는 살기와 적대감을 배제한 채로 일리야를 상대하고 있었다. 정말 적이라 간주했다면 절대 그런 시시콜콜한 대화를 나누지도 않았을 것이다.

무엇보다 몇 번이나 조르지오의 심기를 건드릴 만한 말을 했는데도 딱히 화를 내지 않았다. 아만다가 장담하건대 만약 그녀가 일리야가 했던 말을 그대로 했다면 지금 이 차에 타지도 못했을 것이다.

그래서 대체 이 두 사람의 관계가 무언지 궁금했지만 눈치는 있어서 지니만 거론했다. 일리야는 악우 같았다면, 지니에게는 묘한 호의를 보였기 때문이다.

{글쎄, 이상하게 그 젊은 친구를 보니 누군가가 떠올라서 말이야.}

{누군데요?}

{있어. 그런 시선으로 날 봐준 사람은 지금까지 단 한 명뿐이었거든. 당신이 들으면 고작이라고 말할, 그런 사람.}

조르지오의 대답에 아만다는 자신이 아까 큰 실수를 했다는 것을 비로소 깨달았다. 거기서 절대 '고작'이라고 말해서는 안 되었다는 걸 말이다.

하지만 너무 늦은 깨달음이었다. 그의 냉랭한 태도에서 풍기는 기운이 이별을 예고하는 것처럼 서늘했다. 더불어 그가 준 카드와도 헤어질 위기감이 느껴졌다.

괜한 호기심을 발동했다가 곤혹에 처한 아만다와 달리 조용히 침묵했던 우진도 만만치 않은 궁금증에 시달리기는 마찬가지였다.

"두 사람이 공동으로 가지고 있는 추억의 보물 창고가 대체 뭐지?"

조르지오를 만나고 며칠이 지나도 우진은 풀지 못한 문제 때문에 답답했다. 거의 접점이 없던 두 사람에게 겹치는 추억의 보물 창고라니 당연히 궁금할 수밖에 없었다. 하지만 그게 무엇인지 도저히 감이 오지 않았다.

"너무 오래전 일이라 가물가물하네."

우진은 두 사람이 동시에 의미를 둘 만한 곳을 추측하다가 그냥 기억력 탓으로 돌렸다. 아니면 랜스키 사후에 둘 사이에서 무슨 사건이 있었을지도 모르는 일이었다. 그렇다면 아무리 고민해 봤자 그가 알 도리가 없었다.

그래도 둘 사이에 그런 추억이라도 있는 게 어디인가 싶어서 우진은 괜히 혼자서 뿌듯해했다.

◆　◆◆◆　◆

'백의 고백'의 크랭크인이 7월 4일로 잡히면서 우진의 LA 생활이 다시 시작되었다.

체계적으로 몸을 관리한 덕분에 그의 체격은 마르면서 섹시한 느낌이 들었다. 딱 모델로 활동하기 좋은 몸이라 9월에 있을 패션위크에 제안이 많이 들어오기도 했다. 촬영 때문에 모두 거절했지만 초대장은 계속 쌓이고 있었다.

외관의 변화는 거기서 끝나지 않았다. 머리카락을 탈색한 다음에 하얀색으로 염색하고 스타일도 바꿨다. 살짝 긴 머리카락을 자연스럽게 반 묶음 했는데 걱정했던 것보다 어색하지 않았다.

태어나 처음으로 탈색한 머리카락은 건강모라 상하지는 않았지만 황이영은 꾸준히 헤어팩과 트리트먼트에 신경을 썼다. 덕분에 촬영이 있는 첫날, 분장팀은 우진의 머리칼을 쓰다듬으며 관리를 잘했다고 연신 칭찬했다.

분장 콘셉트는 오디션 때와 조금 달라졌다. 피부를 새하얗게 칠했던 것과 다르게 연한 핑크빛이 도는 피부톤으로 바꾼 것이다. 그래서인지 가만히 있으면 로이드의 사랑스러움이 배가 되는 효과를 보였다.

주문 제작한 렌즈는 동공은 붉은색이지만, 홍채는 검붉은 색으로 굉장히 신비하고 묘한 분위기가 돌았다. 렌즈까지 끼니 소설에서 설명한 그대로, 세상과 겉도는 외부자 같으면서 가만히 있으면 사랑스러운 소년 같기도 했다.

덕분에 우진이 분장을 끝내고 촬영장에 나타나자 배우와 스태프들의 반응이 뜨거웠다. 그들은 우진을 보자마자 그 모습에 반해 어찌할 줄 몰랐다.

[연기 시작하면 무서워서 도망칠지도 모르니, 지금 마음껏 즐기라고 그냥 둬야겠군요.]

〔그거 나 들으라고 한 말입니까?〕

파렐 감독은 자신의 말에 이안이 씁쓸하게 반응하자 아차 하며 미안해했다.

〔괜찮습니다. 나도 그 일로 많은 걸 생각할 수 있었으니까요. 그동안 받은 상들과 명성에 너무 안주했던 게 아닌가 싶습니다. 자만했던 거죠.〕

나이에 밀려 젊은 세대에게 주인공 자리를 내주는 것이야 당연하게 받아들였지만, 연기에서 어린 친구에게 밀릴 줄은 상상조차 못 한 일이었다. 내가 나이가 들어서 그렇지 연기만으론 절대 너희들에게 지지 않는다고 위안하고 있다가 이번에 호되게 당한 것이다.

그날을 계기로 이안은 '알버트'를 연기하기 위해 진지하게 공부하기 시작했다.

〔확실히 바뀐 분장이 더 어울리긴 하네요. 시끄럽긴 했어도 결국은 다행인 셈인가요?〕

〔끝이 좋으면 다 좋다고 하지만 그 일을 생각하면 어이가 없긴 합니다.〕

원래 로이드 분장은 오디션 때 했던 것으로 그대로 유지할 계획이었다. 당시 로이드로 분장한 우진의 모습이 너무 완벽해서 따로 보완할 이유가 없었기 때문이다.

오디션 결과가 발표되고 우진을 아는 대중과 그를 모르는 이들 사이에서 의견과 반응이 서로 엇갈렸다.

하지만 아직 최우진이란 배우에 대해 잘 알지 못해서 갸우뚱하는 정도였다. 미국인과 백인이 아니면 안 된다고 주장했던 두 명의 심사 위원마저 찬성한 배우라니, 일단은 두고 보자는 의견이 주도했다. 그래서 최우진의 필모그래피를 뒤져 그의 지난 작품들을 찾아보며 결과에 수긍하는 이들이 점차 늘어가고 있었다.

그런 와중에 미다스 에이전시의 직원 하나가 일을 저지르고 말았다. 아마도 에드윈 러커의 팬이라 짐작되던 그는 로이드로 분장한 에드윈의 사진을 SNS에 올리며 불만을 토로했다.

차가운 인상의 로이드를 연상케 하는 에드윈의 모습이 제법 아름답게 찍힌 사진이었다. 그 직원이 분장한 최우진의 모습을 봤는지는 알 수 없는 문제였으나, 그 사진 한 장을 근거로 이번 심사의 불공정성을 주장했던 것이다.

그 사진에 넘어가서 심사 위원을 욕하는 사람, 외모는 에드윈이 더 어울릴지 모르겠으나 연기는 최우진이 더 잘했으니 합격했을 거라는 의견, 에드윈의 사진만 올리고 심사를 의심하는 것이 오히려 불공정하다며 최우진의 사진도 함께 올리라는 주장이 연일 인터넷을 뜨겁게 달궜다.

그래서 제작진은 오디션 때 찍었던 영상을 편집해서 올릴 수밖에 없었다. 잡음이 심해지는 것을 원치 않았고, 심사에 대해 의심받는 게 억울하기도 했다.

특히나 다니엘과 리나는 자신들의 신념마저 버리고 선택한 최우진이 공격받는 것을 누구보다 참지 못했다. 그래서 더욱더 그를 옹호하고 나섰다.

하지만 그럴 필요가 없었던 것이, 제작진이 편집해서 올린 짧은 동영상 하나로 모든 문제는 바로 해결되었다. 최우진과 에드윈이 함께 있는 장면에서부터 승패는 이미 정해져 버렸기 때문이다. 에이전시 직원이 올렸던 사진과는 비교도 되지 않는 로이드가 대중의 시선을 대번에 사로잡아 버렸다.

이건 '백의 고백' 원작 팬들조차 반박하지 못한 싱크로율이었다. 덕분에 촬영 내내 생길 수도 있는 불만과 의심을 초반에 불식시킨 효과를 본 것은 운이 좋다고 할 수 있었다.

하지만 로이드로 분장한 최우진의 모습은 한순간에 센세이션을 일으키며 온갖 곳에 이미지가 소모되는 부작용을 일으켰다. 화보와 광고에서까지 우진의 '로이드'와 비슷한 캐릭터를 만들어냈다.

영화 홍보로는 나쁘지 않았지만, 영화를 찍기도 전에 이미지가 너무 소비되는 것에 걱정이 되지 않을 수가 없는 상황이었다. 저러다가 막상 영화를 보면 너무 익숙해진 모습이라 별 감흥이 없을 수 있다는 의견이 나왔다. 그래서 새하얗던 로이드의 피부에 살짝 핑크빛을 돌게 했다.

다행히 오디션 때 사용했던 렌즈는 단순하게 홍채가 붉기만 한 것이었다. 원작에서 표현했던 것처럼 붉은 동공과 검붉은 홍채의 로이드보다 자극적인 면이 있었다.

하지만 영화에서는 동공만 붉고 홍채가 검붉어서 조금은 더 정적인 면을 강조할 수가 있었다. 무엇보다 눈빛 연기가 중요한 배역인 만큼 렌즈에 최대한 색을 강하게 넣지 않고 본연의 눈동자가 살도록 특별히 제작했다. 다행히 우진의 눈동자가 검은색이라서 홍채에 약간의 붉은 기만 가하니 자연스럽게 검붉은 색이 연출되었다.

우진의 머리카락도 그동안 길어서 스타일이 달라졌다. 이렇게 작은 변화를 주는 것만으로도 이미지 변신에 성공해서 일단은 안심이었다. 아직 본격적인 촬영에 들어가지 않았지만, 연민을 자아내는 부분에서는 아무래도 저번 분장보다 더 효과를 볼 게 분명해 보였다.

파렐 감독은 어이없는 소요에 화가 나기는 했지만, 눈앞의 우진을 보고 마음속 화를 식히며 메가폰을 잡았다.

{그럼, 이제 슬슬 시작해 볼까요.}

첫 촬영은 영화의 도입부부터 찍기로 했다.

초반에 영화의 분위기를 짧은 시간 안에 보여줄 수 있는 3분짜리 신으로, 촬영 장소는 중산층 마을에 자리한 아름다운 하얀 집이었다. 촬영에 적당한 집을 찾지 못해서 아예 새로 지은 집은 원작을 그대로 재현한 완벽한 모습을 갖추고 있었다.

이 집은 로이드가 그림을 판 돈을 모아 장만한 보금자리였다. 마을은 깨끗했고, 방범이 잘 되어 있으며 혹여 도둑이 들어도 바로 경찰이 찾아오는 신기한 일이 벌어지곤 했다. 뒤에선 어떨지 몰라도 로이드와 알버트에게도 친절한 사람들이 사는, 그야말로 그림 같은 곳이었다.

알비노와 맹인이라고 놀리거나 괴롭히는 어린아이들도 보이지 않았다. 호기심을 죽일 줄 아는 고상한 어른들과 교육을 잘 받은 어린아이들은 자신의 새로운 이웃이 유명한 화가라는 것에 매우 만족해했다.

몇 달 전까지 살았던 곳과 너무도 다른 아름다운 동네는 누굴 데리고 와도 부끄럽지 않은 곳이었다.

◆　　◆◆◆　　◆

{여기가 정말 자기 집이야? 자기, 그림 그린다고 하지 않았어? 화가들은 다 가난하다고 들었는데 그것도 아닌가 봐.}

짧은 스커트와 화려한 화장을 한 여자는 로이드가 유흥가에서 만난 여자였다. 직업이 무언지, 나이는 물론 이름이 뭔지도 모른다. 집을 나온 지 몇 달이 되었다는 그녀는 길거리에 돌아다니는 수많은 사람 중의 하나로 언제 사라져도 아무도 찾지 않을 존재였다.

밖의 주차장이 아닌 차고로 바로 들어와서 이웃들도 로이드가 누굴 집으로 데리고 왔는지 알 수 없을 터였다. 사실 그걸 의식해서 일부러 여자는 짙게 윈도 선팅한 뒷좌석에 앉히기도 했다.

{마음에 들어?}

{응! 내 소원이 이런 집에서 사는 것이었는데 자기 덕분에 와보네.}

이런 집을 구하기 위한 돈 몇 푼 때문에 여자는 사람도 죽인 적이 있었다. 아마도 그런 경험은 과거형에서 끝나지 않고 미래형으로 계속 이어질 것 같았다.

앞장서서 걸어가는 로이드의 뒤통수를 보는 그녀의 눈빛이 순간 탐욕으로 번들거렸다.

{또 모르지. 평생 여기서 살 수 있을지도.}

문득 걸음을 멈춘 로이드는 뒤를 돌아보며 여자에게 말했다. 그는 입 모양으로 '네가 하는 거 봐서'라고 덧붙이며 씩 웃었다.

장난꾸러기 같은 표정에 여자는 방금 자기가 했던 생각도 잊고 '어쩌면' 생길지도 모르는 미래를 잠깐 상상하고 말았다. 남자는 특이한 외모를 가지고 있지만, 그게 오히려 더 매력적이고 유니크해서 좋았다.

{그런데 우리 지금 지하로 내려가는 거야?}

{내 그림을 보고 싶다고 했잖아. 화실이 지하에 있거든. 내가 눈이 약해서 햇빛을 피해야 해서.}

로이드는 색이 있는 안경을 벗어서 상의의 주머니에 꽂으며 자신의 눈을 여자에게 보여주었다. 내내 로이드의 하얀 머리칼이 염색한 것인 줄 알았는데 눈까지 이상한 색이었다. 그녀는 알비노라는 게 무엇인지 알 정도의 지적 수준이나 교육을 받지 못해서 엉뚱한 질문을 했다.

{그, 그게 뭐야? 렌즈 낀 거야?}

{뭐, 그런 셈이지.}

차고에서 바로 이어진 지하로 내려온 로이드는 화실의 비밀번호를 눌렀다.

{비싼 그림이 많은가 봐? 비밀번호도 있고 무슨 비밀 기지인 것 같아.}

여자는 호기심과 탐욕, 그리고 묘한 기대감이 섞인 눈빛과 목소리로 로이드에게 달콤하게 말을 걸었다.

{내 그림이 비싸긴 하지만 그것보다는 아버지가 못 들어오게 하려고 그러는 거야. 네 말대로 여긴 내 비밀 기지거든.}

로이드는 화실 문을 열지 않은 채로 입에다가 손가락을 가져다 대며 여자에게 비밀스러운 표정을 지어 보였다. 그러자 여자도 의미심장하게 웃었다.

{아빠 몰래 하는 게 뭘까?}

{아버지가 알면 절대 안 되는 거.}

{그럼 절대로 들키면 안 되겠네. 혹시 비밀번호도 아빠가 알 수 없도록 외우기 엄청 어려운 거야?}

{그건 아니야. 아주 쉬워. 아버지 생일이거든.}

{뭐야, 그럼 금방 들키겠네!}

그러면 비밀번호가 무슨 의미가 있냐며 여자가 한심하게 그를 보았다. 그러자 로이드는 담담하고 처연하게 대답했다. 이제 아무런 기대도 없는데도 이런 이야기를 할 때면 늘 입안이 마르고 답답했다.

{우리 아버지는 30년 전에 죽은 당신 친아들의 생일을 항상 비밀번호로 사용하거든. 어떤 사람들은 자기에게 소중한 보물을 감추기 위해서 가장 사랑하는 사람과 관계된 숫자를 비밀번호로 사용하잖아. 아무리 소중한 보물이라도 그 사람에게는 들켜도 괜찮으니까. 그래서 아버진 당신의 생일이 내 비밀번호라는 걸 몰라……}

아이러니한 문제였다. 누구에게도 들키면 안 되고, 그중에 가장 들키고 싶지 않은 사람의 생일이 자신의 비밀을 감춰둔 곳의 비밀번호라는 게 말이다. 절대 알려져선 안 되지만, 언젠가는 꼭 알아주기를 바라는 모순이 이 비밀번호였다.

서서히 등 뒤의 문을 열면서 로이드는 애처롭고 사랑을 갈구하던 어린아이에서 상처받은 짐승으로 변해갔다. 지하의 화실이 열리면서 영혼들의 소리가 벽에 부딪히며 시끄럽게 번져갔다.

언제나 늘 그렇듯이 매우 시끄러운 곳이었다. 여기에서 비명

하나가 더 늘어난다고 해서 달라질 것은 없어 보였다.

{내 화실에 온 것을 환영해.}

◆　　◆◆◆　　◆

첫 촬영을 무사히 끝내고 우진이 찾아간 곳은 '2월 9일' 이었다. 그는 서점 안으로 들어가기 전 잠시 간판에 시선을 두었다. 안으로 들어가자 언제나 그랬던 것처럼 일리야가 카운터를 가장한 고급 소파에 앉아서 라디오를 듣고 있었다.

{오늘 첫 촬영이라면서 웬일인가?}

우진의 등장에 시계를 보니 이제 슬슬 가게 문을 닫을 시간이었다. 첫 촬영이라도 이렇게 늦은 시각이면 바로 숙소로 돌아갈 것이지 왜 이곳에 왔냐는 책망과 반가움이 섞여 있었다.

{오늘 도입부를 찍다가 문득 깨달은 게 있어서요.}

일리야의 건너편 의자에 앉으면서 우진은 자연스럽게 말을 꺼냈다.

{전에 두 분이 공동으로 가지고 있는 추억의 보물 창고라는 곳이요. 혹시⋯ 그곳이 그림과 고서적 등의 수집품을 모아둔 곳인가요?}

{맞네.}

일리야는 이제는 신기할 것도 없다는 표정으로 우진의 말에 아무런 의문도 보이지 않고 바로 답했다.

그러나 랜스키와 관련해서 언제나 말을 아끼고, 자신이 아는 것을 말하기 꺼리던 우진이 먼저 이야기를 꺼낸 것이 의아했다.

언젠가부터 랜스키와 관련된 주제는 서로가 피했기에 더욱 그랬다.

{그 보물 창고가 어디였는지 그렇게나 궁금했나?}

{엄청 궁금한 것까지는 아니었고, 접점이 없던 두 분이 공동으로 가질 만한 추억이 무엇인지 내내 궁금했었거든요. 무엇이기에 콘스차 양의 결혼까지 걸 정도인가 싶어서요.}

{그랬는데 오늘 드디어 그곳이 어디인지 알게 된 거군.}

우진의 이야기를 들어보면 안전 가옥은 이미 알고 있었던 것 같은데 그곳이 이야기 속 장소와 같은 곳이라는 건 오늘에야 깨달은 듯했다.

대체 무슨 계기가 있어서 그걸 알게 되었는지 궁금했던 일리야는, 오늘 촬영했다는 도입부의 내용을 되새겨 보다 알겠다는 표정을 지었다.

{아, 비밀번호!}

알버트의 비밀번호와 로이드의 비밀번호는 정하는 방법은 같지만, 서로 다른 의미를 지녔다. 그깟 비밀번호가 무엇이 중요하겠느냐마는 애정을 갈구하는 아이로선 참으로 중요하고 속상한 일이었다.

그것은 결코 당신에게 내가 첫 번째가 될 수 없다는 것을 되새기는 고문이었다. '백의 고백'에서 비밀번호가 가지는 의미는 일리야가 품고 있던 서운함이 그대로 내포된 내용이었다.

물론 다른 이들은 일리야보고 네가 랜스키의 친손자도 아닌 주제에 너무 큰 것을 요구한다고 비난할 수 있었다. 일리야라고 그걸 모르지는 않았다.

하지만 원래 그 안전 가옥의 비밀번호는 언제나 예술가들의 생일이나 작품의 구매 날이었다. 그리고 랜스키는 언제나 일리야에게 너는 내게 있어 최고의 작가라고 말했었다.

그 말을 입바른 소리라고 생각하게 된 것이 랜스키가 마지막으로 바꾼 비밀번호 때문이었다. 차라리 예전처럼 다른 예술가들의 생일이었다면 정말 아무렇지도 않았을 텐데 말이다. 하다못해 중앙이 아닌, 그곳을 가기 위해 거치는 다른 곳의 비밀번호라도 일리야와 관련된 번호였다면 이런 마음을 품지 않았을 것이다.

〔자네는 그곳의 비밀번호를 알고 있나?〕

일리야의 질문에 우진은 잠시 머뭇거렸다. 이 질문을 받아버리면 정말 빠져나오기 힘들어질 테니 말이다.

사실 오늘 이렇게 찾아오면 안 된다는 것도 알고 있었다. 점점 빠져나갈 구멍과 핑계가 사라져 버리면 마지막에 남는 것은 인정하는 것밖에 없었다. 알면서 모른 척하는 게 원래 그의 계획이었고 끝까지 아닌 척해야만 했다.

그러나 오늘 로이드를 연기하면서 일리야가 가졌을 서운함과 질투, 그리고 사랑받지 못한 아이의 삐뚤어진 고독이 느껴져서 그대로 있을 수가 없었다.

세월이 지나 이미 옛 추억이 되어버린 이야기들이었다. 누구는 다 지난 이야기 가지고 여태껏 상처를 운운하는 게 이해되지 않거나 못났다고 말할 수 있었다.

하지만 그건 타인의 관점이었고, 상처를 받은 당사자에게는 세월이 지났다고 해서 겪은 일이 아닌 일로 변하는 건 아니었다. 그저 상처에 익숙해져서 담담해지고 무뎌지는 것뿐이었다.

그걸 알고도 모른 척 그냥 있을 수가 없었다. 자신의 평온한 삶을 위해 소중한 사람이 품고 있는 상처를 모른 척하면 랜스키와 다를 게 무엇이겠냐 싶었다. 적어도 랜스키는 모르고 상처 준 것이라는 변명거리라도 있었다.

그래서 우진은 모든 것을 포기하고 이 저녁에 일리야를 찾아올 수밖에 없었다.

{조르지오 콘스차, 그분의 생일이 비밀번호죠.}

안전 가옥에 들어가기 위해선 많은 비밀번호가 필요했지만, 일리야에게 의미가 있는 것은 마지막에 있는 비밀번호일 터였다.

{그래, 소중한 것을 보관한 곳의 비밀번호는 그만큼 의미가 있는 법이지.}

{그런데 그분은 그곳 비밀번호가 자신의 생일이라는 것을 모르나 보군요.}

모르니 딸에게 그런 조건을 내걸었겠지만 상황이 무척 우습게 된 것은 맞았다. 일리야로선 네 생일이 비밀번호라고 말하는 것이 자존심 상하고 여러모로 속이 뒤틀릴 만했다. 그것도 모르고 조르지오는 또 일리야만 알고 있다고 질투하고 있었다.

{그래서 셀레나에게 말해줄 건가?}

우진은 더스틴과 친하니 당연히 말해줄 거라고 생각했다. 그런데 그는 바로 고개를 저었다.

{콘스차 양이 너무 아까워서요.}

{그래, 그 말을 할 때의 자네는 정말 진심인 것 같더군.}

그날의 일을 떠올리며 일리야는 옅은 미소를 지었다.

일리야는 조르지오를 보기 싫다는 핑계로 시선을 돌리면서 우진을 찬찬히 살폈다. 그만한 나이의 젊은이들은 대게 조르지오를 만나면 긴장하고 벌벌 떨거나 어떻게든 잘 보이려고 무리하는 경향이 있었다.

하지만 우진은 그 어느 것도 해당 사항이 없었다. 조르지오의 등장에 잠시 난처한 표정을 짓기는 했어도, 그 뒤로는 오히려 조르지오를 보면서 흐뭇하게 웃기도 하고 안타까워하는 표정을 지었다. 우진은 숨기려고 꽤 노력했지만 일리야의 눈에는 너무 빤히 보였다.

{더스틴이 친구라고 해도 객관적, 주관적으로 보면 그가 한참 모자란 것은 사실이니까요.}

{셀레나가 콘스차라서?}

{아뇨, 솔직히 그게 그녀의 유일한 흠이죠. 더스틴에게는 전혀 도움이 되지 않는 배경이고, 그 역시 그녀의 집안 내력은 별로 중요하게 생각하지 않을 겁니다. 제가 말하는 것은 단지 그녀 자체를 두고 하는 말입니다. 솔직히 할리우드 스타하고 결혼하면 여자가 얼마나 마음고생인데, 내가 그 꼴을 또 어떻게 보…….}

말을 하다가 우진은 슬며시 일리야의 눈치를 보았다. 그의 진지한 얼굴과 마주한 우진은 슬쩍 웃으며 여동생이 있는 처지에서 말하다 보니 감정이입이 됐다고 말했다.

{그래, 알겠네. 그렇다 치지.]

{그렇다 친 게 아니라 정말입니다.}

{알겠다니까.}

일리야가 살살 웃으며 말하자 우진도 그냥 이 상황이 우스워서 함께 웃고 말았다.

{하여튼 당분간은 콘스차 양에게 말해줄 생각은 없습니다. 이제 겨우 연애를 시작한 것 같은데 결혼은 무슨.}

{시작하는 연인들은 그냥 지켜보는 게 정답이지. 절실해지면 알아서 간절하게 행동할 거야.}

{그런데 웃긴 것은 더스틴만 한 사람이 또 없다는 게 문제예요. 세상을 살다 보면 자기 자체만 보고 사랑해 주는 이를 만나는 것도 행운이더라고요.}

셀레나를 콘스차가 아닌 오로지 한 사람으로서 정직하게 사랑해 줄 사람은 더스틴 말고는 찾기가 어려울 것이다. 물론 셀레나라면 계산을 하고 자신에게 접근하는 사람을 분별할 능력이 있을 테지만, 그렇게 일일이 머리 쓰고 계산하는 삶은 추천하고 싶지 않았다.

{무엇보다 셀레나 역시 더스틴을 사랑하는 게 보인다는 것이 가장 중요하다는 겁니다.}

계속 콘스차 양이라고 하다가 우진은 어느새 그녀를 이름으로 부르고 있었다.

{부모들이 결국 자식에게 지는 이유가 달리 있는 게 아니야.}

일리야의 말에 우진은 고개를 끄덕였다. 아무리 '이 결혼 반댈세!'를 외쳐도 우진의 마음속은 이미 셀레나의 짝을 더스틴으로 인정하고 있었다. 이렇게나 머리와 감정이 따로 놀기도 어려울 것 같았다.

{어른이 되니 생각하는 것마다 모순이 많아지는 것 같아요.}

{생각이 많은 만큼 그걸 일일이 계산하거든.}

계산이 달라질수록 행동이 따라오지 않는 게 어른이었다.

{그런데 혹시 그곳에 어떤 작품들이 있는지 아십니까?}

우진이 말하는 '그곳'은 일리야와 조르지오의 추억의 보물 창고를 의미했다. 뜬금없는 우진의 물음에 일리야는 길게 고민하지 않고 자신이 알고 있는 랜스키의 소장품들을 줄줄이 말했다. 세월이 지나도 잊히지 않는 것들이었다.

{중요한 몇 가지가 빠졌네요.}

{그 많은 걸 일일이 말하기 어려워서 뺐지만 중요하다 싶은 것은 모두 말했네.}

{고서적을 모아둔 책장 중간에 있는, 서랍의 내용물은 모르시잖아요.}

{아! 그건······.}

우진의 지적에 일리야는 그제야 생각이 난다면서 인정했다. 고서적들은 특별히 제작한 책장에 꽂아놓았지만, 그중에서 정말 오래되고 귀한 것들은 상자에 고이 담아서 중간에 있는 서랍에 보관되어 있었다.

랜스키가 책장에 관해 설명하면서 보여주려고 했는데 일리야가 겁이 나서 고개를 저었다. 책장에 있는 것들만도 어마어마한 것들이 많아서 눈대중으로 보는데도 손이 떨릴 정도였다. 겁 많은 일리야를 대신해 랜스키가 책을 빼서 한 장 한 장 넘겨 구경시켜 준 적도 있었다.

{레오나르도 다빈치의 노트, 헨리 사자의 복음, 구텐베르크 성경, 유리즌의 서.}

{정말인가? 이런 보여준다고 했을 때 봤어야 했는데.}

안타까워하는 일리야에게 우진은 묘하게 웃으며 덧붙였다.

{그리고 또 몇 권 더 있습니다.}

{그게 뭔가?}

우진이 언급한 것만으로도 충분히 사람을 흥분하게 만드는 소장품들이라 일리야의 상체가 자연스럽게 앞으로 기울어졌다.

{음유시인은 노래하지 않는다, 바닷속 호수, 그리고 소년은 살아 있다. 세 권 모두 초판본에 작가 사인까지 있습니다.}

일리야는 그대로 멈춰서 우진을 빤히 바라봤다. 그가 말한 작품은 바로 일리야의 첫 번째와 두 번째, 그리고 세 번째 작품이었다.

생전에 랜스키는 자신의 소장품에 대한 확고한 철학과 소신이 있었다. 그저 유명하다고 해서 모으는 게 아니었다. 철저하게 주관적인 견해를 가지고 자신이 좋아하는 작품들을 수집했다. 워낙 안목이 뛰어나다 보니 대가의 작품들 대부분이 자연스럽게 그 목록 안에 들어갔던 것뿐이다.

랜스키의 성정으론 일리야가 쓴 소설이란 이유로 절대 그곳에 둘 리가 없었다. 정말 마음에 들지 않으면 안전 가옥에 입성 자체가 불가능했다.

{그곳은 그의 소중한 것을 보관하는 곳이었으니까요.}

그리고 아무리 랜스키라고 해도 본인이 보는 앞에서 그의 생일을 비밀번호로 누르는 짓은 하지 못했다. 가장 소중한 것을 지키기 위한 번호에는 그만한 가치가 있어야만 했다.

랜스키에게 두 사람은 그런 존재였다.

...

Shining day

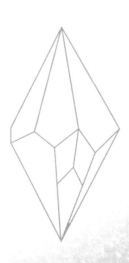

세간을 떠들썩하게 만든 살인마의 등장에 로이드의 이웃들은 잔뜩 긴장한 모습을 보였다. 할 일 없이 산책하던 이들도 안 보이고, 직장과 학교를 오가는 일이 아니라면 필요 없는 외출을 삼갔다. 애완동물과 아이들을 데리고 산책하던 이들이 어느 순간 사라져 거리는 한산하고 고요했다.

　비단 이 동네만 특이한 게 아니라 LA 전역이 비슷한 양상을 보였다. 그도 그럴 수밖에 없는 게, 도시 전체를 공포에 떨게 만든 살인마에게는 특정한 패턴이 없었다. 부유하거나 가난하거나, 아름답거나 추하거나, 성실하거나 게으르거나, 인종과 남녀노소를 가리지 않았다. 그래서 언제라도 자신이 희생자가 될 수 있다는 위협은 극심한 공포를 느끼게 했다.

　물론 연쇄살인 사건답게 희생자들이 공통으로 가지고 있는 특징은 있었다. 하지만 그것은 생전이 아닌 사후에 나타난 특이 사항으로 사람들을 더욱 공황에 빠지게 했다.

희생자들에게 공동으로 나타난 특징은 그들의 시신에서 색이 사라졌다는 것이다. 아니, 한 가지 색은 남아 있었다. 피부색에서부터 눈동자와 머리칼이 고유의 색을 잃고 모두 하얀색으로 변해 버린 것이다. 심지어 피마저 물처럼 투명했다.

희생자들의 생전 모습을 보면 그들은 하나같이 아름다운 머리칼과 눈동자 색을 가진 사람들이었다. 하지만 죽은 후의 그들에게선 하얗고 투명한 것 말고는 어떠한 색도 찾을 수가 없었다.

이 기괴한 사건은 단순히 살인에서만 끝나는 문제가 아니었다. 죽음을 넘어선 공포가 사람들을 잠식했다. 누구는 미친 과학자의 소행이라고 했고, 누구는 미스터리한 존재에 의한 범행이란 이야기가 나왔다.

그래서 어느 순간, 이 살인자는 '컬러 뱀파이어'라고 불리기 시작했다. 살인자에게 별명을 지어주지 않으려는 수사기관의 노력은 언론이 만들어낸 이슈에 꺾이고 말았다.

이 사건에 대해 모르는 게 없는 것처럼 작은 단서 하나까지도 보도하는 언론이었지만, 그들조차 모르는 사실이 하나 있었다. 세상에 알려지지 않은 희생자들의 공통점이 또 하나 있었던 것이다.

정확히는 열두 명의 희생자 중에 아홉 명이 한 화가의 모델이었다는 점이었다. 모든 희생자에게 보이는 동일한 특징은 아니라서 수사기관에서는 조심스럽게 다루는 문제였고, 최대한 보안에 중점을 두고 있었다.

FBI 요원 두 명이 로이드를 찾아온 날은 유난히 화창한 금요

일 오후였다. 재활 센터에 간 알버트가 집에 없는 시간이라 로이드는 그들의 방문에 오히려 기분 좋은 미소를 지었다.

{그럼 내가 용의자라는 말인가요?}

수사 협조를 부탁하는 FBI 요원들을 가볍게 비웃으면서, 로이드는 2층에 있는 자신의 침실과 화실을 개방했다.

{워낙 단서가 없는 사건이라 조금의 실마리라도 발견하면 이렇게 매달릴 수밖에 없습니다. 수고스럽더라도 도와주셨으면 합니다.}

{누가 안 도와준다고 했나요? 그래서 이렇게 안내도 해주잖아요.}

FBI 요원은 용의자라는 단어를 사용하지 않았다. 피해자들을 그린 이가 살인자일 수 있지만, 로이드의 미저리 같은 팬이 저지른 사건일 가능성 역시 배제하기 어려웠기 때문이다. 만약 후자의 경우라면 로이드의 도움이 어느 때보다 필요했기에 그의 심기를 건드리지 않으려고 노력했다.

조사에 의하면 로이드라는 화가는 연약한 체력만큼이나 예민하고 변덕스럽다고 했다. 지금은 적극적으로 도와준다고 나서지만, 조금이라도 기분이 틀어지면 바로 입을 다물고 상대도 안 해줄 성격이었다. 최대한 비위를 맞춰주라는 게 프로파일러들의 조언이었다.

화실은 커다란 창문에 걸린 두꺼운 커튼 때문에 한낮인데도 어둑하지만, 제법 포근한 분위기가 흐르고 있었다. 암막이 아니라서 커튼을 통과한 햇볕이 은은한 빛을 화실에 뿌렸고 열어둔 창문에서 들어온 바람이 살랑살랑 커튼을 흔들고 있었다.

환기가 잘되어서 유화물감 냄새가 옅은 화실은 평온한 분위기로 운치마저 있었다. 로이드는 현재 작업 중이던 노부부의 초상화 옆에 다가가 화판을 매만지며 진지하게 물었다.

{이 노부부의 나이가 아흔이 넘었는데 설마 이분들이 돌아가셔도 조사받아야 합니까?}

{우리에겐 죽음 자체보다 어떻게 죽었느냐가 중요한 문제라서 그때 가봐야 알겠죠.}

언뜻 비웃는 건지 호기심 어린 걱정인지 분간이 가지 않는 로이드의 물음에 FBI 요원은 정석을 말했다. 살인 사건이 아닌 이상 누구의 죽음도 그들에겐 큰 의미가 없었다.

요원 한 명이 로이드와 대화하는 사이, 다른 한 명은 벽에 걸어두거나 바닥에 기대어 놓은 그림들을 꼼꼼히 살피고 있었다. 그는 인물화만 추려서 사진을 찍고 수첩에 무언가를 적으며 로이드에게 질문했다.

{인물화는 모델이 따로 있는 건지, 아니면 상상화인 겁니까?}

{상상으로 그린 인물은 하나도 없습니다.}

{그럼 모델들의 연락처를 알 수 있을까요?}

{개인적으로 아는 사람은 없고 에이전시에 물어보면 알 거예요. 초상화 의뢰나 모델들 섭외는 모두 그쪽을 통해서 하고 있거든요.}

{그림 속 모델 전부가 에이전시를 통했습니까?}

요원의 물음에 로이드는 잠시 머뭇거리더니 고개를 저었다.

{길에서 보고 인상 깊어서 모델로 삼은 사람들도 더러 있습니다. 사실 아까 요원님이 보여준, 내가 그린 희생자 중에서 세 명은 사실 모르는 사람들이에요. 혹시 이런 것도 초상권 침해로 걸

립니까?}

　내내 당당하고 삐딱하던 로이드는 미처 생각도 못 한 문제에 봉착한 듯 불안하게 FBI 요원의 눈치를 봤다. 엄지로 유화물감이 밴 집게 손톱을 초조하게 긁어댔다. 요원들은 서로 눈빛을 주고받더니 로이드에게 괜찮다고 대답해 주었다.

　{하지만 그들을 어디서 보았고, 왜 모델로 그리게 되었는지 이유를 알려주실 수 있겠습니까?}

　{그거야 어렵지 않죠. 굉장히 독특하고 아름다운 색을 가진 사람들이었거든요. 한번 보면 잊지 못할 정도로 강렬한 색을 가지고 있어서, 그들을 어디서 언제 보았는지까지 분명하게 기억하고 있답니다.}

　무언가를 떠올리던 로이드는 순간 의식이 저 멀리 가버린 듯 눈빛의 초점이 사라졌다. 모델이었던 이들과 만났을 당시와 그들을 그리게 된 과정을 생각하는지 그의 입가에는 흐릿한 미소가 어려 있었다.

　{그런데 방금 말한 아름다운 색이라는 게 무슨 뜻인가요?}

　이번 살인 사건에서 '색(Color)'은 굉장히 중요한 의미를 지녔다. 색을 잃은 희생자들과 색에 집착하는 화가의 만남이 수상할 수밖에 없었다.

　{말 그대로의 의미죠. 그들은 아름다운 색을 가진 사람들이었습니다. 제가 훔치고 싶을 정도로요.}

　로이드는 자신의 머리칼과 피부를 가리키며 자조적으로 웃었다.

　{혹시, 그 말을 다른 이에게 한 적이 있습니까?}

　{아마 자주 했을 겁니다. 내가 이러다 보니, 모델들이 가지고

있는 색과 건강을 굉장히 부러워했거든요. 찾아보면 인터뷰에도 언급했을 거예요. 내 그림에서 나오는 에너지가 그런 열망의 표현이기도 하니까요.}

로이드는 자신이 유수 매체와 인터뷰도 한 유명한 화가라는 걸 자랑했다.

{인터뷰라……}

로이드의 대답에 용의 선상이 더 늘어났다. 로이드가 범인이 아니라면 그를 선망하거나 팬인 자의 소행일 가능성이 있었다. 방법은 도저히 알기 어려웠지만 범행 동기는 어느 정도 접근해 가는 것 같았다.

{그런데 그림을 그릴 때는 시중의 물감을 사용하십니까?}

로이드의 그림이 높이 평가되는 이유는 그의 화풍과 굉장히 선명하고 사실적인 색감 때문이었다. 세상에 존재하지만 직접 표현하기는 어려운 색이었다. 또한 그것은 희생자가 빼앗긴 색과 똑같은 색이기도 했다. 마치 빼앗긴 색이 그대로 화폭에 담긴 것 같았다.

{아니요. 염료는 직접 만듭니다. 물론 시중의 물감을 바탕으로 여러 가지 섞죠.}

{사용하는 재료를 알 수 있을까요?}

요원의 물음에 내내 협조적이었던 로이드가 정색하며 뒤로 물러났다.

{이런 말을 하면 비난받을 수 있겠지만, 그림은 내 유일한 생계 수단이에요. 이것 말고 내가 할 수 있는 건 없다고요. 그리고 내 그림이 인기 있는 이유 중의 하나가 바로 '색'이죠. 이마저도 언제까지 통할지 알 수 없어서 최대한 비싸게 팔아야 하는데……}

로이드는 수치스러운 듯 시선을 아무 곳에나 두면서 울먹거렸다. 그의 비참했던 유년 시절은 어느 정도 유명했다. 그가 그림을 돈벌이 수단으로 여긴다고 해서 비난하기엔 이미 예술계 자체가 하나의 사업장이 된 지 오래였다. 그래서 로이드에게 있어 그가 사용하는 염료의 재료는 기업 비밀이었다.

{우리가 그 비밀을 안다고 해서 세상에 알릴 리는 없지만, 싫으시면 강요하지는 않겠습니다. 대신 그림에 사용한 염료의 샘플만 조금 가져가겠습니다.}

어차피 성분 조사를 하면 염료에 사용한 재료들을 알 수 있지만 로이드는 그것까지는 생각하지 못한 듯 고개를 끄덕였다.

{혹시 유난스러워서 기억에 남는 팬이나 스토커는 없습니까?}

새롭게 등장한 용의자에 대해 알아보려 했으나 로이드는 말간 얼굴로 도리도리 고개를 저었다. 날이 서고 뻣뻣했던 그의 태도는 어느 순간 유순하고 애처롭게 변해 있었다. 사람 하나 죽이지 못할 것 같은 얼굴로 물어보는 것마다 최선을 다해 대답하는 로이드에게 요원은 마지막 질문을 했다.

{여기 있는 그림이 전부인가요?}

{아니요.}

로이드는 이번에도 막힘없이 바로 대답했다.

{지하에 또 화실이 있습니다. 이곳과는 분위기가 전혀 다른 그림을 그릴 때 사용하는 곳이죠. 지하에서 그린 그림은 당연히 그곳에 있는데 한번 보시겠어요?}

선뜻 앞장서서 FBI 요원들을 지하 화실로 안내한 로이드는 장난기 어린 표정으로 그들에게 경고했다.

{여기 있는 그림은 아까 봤던 것들과는 분위기가 달라서 각오하시는 게 좋을 거예요. 최근 극찬받은 그림 대부분이 이곳에서 그린 것이거든요.}

로이드는 비밀번호를 누르고 천천히 지하 화실의 문을 열었다. 문이 열리자 안에서 밖으로 밀려 나오는 바람에 그의 머리칼이 살랑거렸다. 환풍기 말고는 창문도 없는 곳에서 이상하게 바람이 흘러나오고 있었다.

{윽, 이 냄새는 뭡니까?}

{환풍기를 틀어놓긴 했어도 지하라서 냄새가 잘 빠지지 않나 보네요. 전 익숙해져서 잘 모르겠는데, 아버지가 말하는 걸 들으면 제 몸에서도 물감 냄새가 꽤 진하게 나는가 봐요.}

기름과 묘한 화학약품 냄새는 사람들이 흔하게 아는 유화물감 냄새와 비슷했다. 이런 곳에서 몇 시간, 혹은 며칠 동안 그림만 그릴 때가 있다는 로이드의 말에 요원들은 질린 표정을 지었다. 그리고 암흑인 지하 화실의 불이 켜지자 그들의 앞에 한쪽 벽 전부를 차지하고 있는 그림 하나가 보였다.

지하 화실에는 오로지 그 그림 하나만 있는 상태로 아직 미완성이었다. 멀리서 보면 그림은 사람의 얼굴 하나만 크게 그려놓은 상태였다. 그런데 머리카락과 눈동자와 피부는 한 가지 색으로만 그린 게 아니었다.

굉장히 다양한 색들이 서로 위화감 없이 조화롭게 어울리며 인물을 표현하고 있었다. 하지만 게슈탈트 이론처럼, 멀리서 보면 한 명의 사람이지만 가까이서 보면 각각의 색마다 작은 사람의 모습이 따로 담겨 있는 그림이었다. 그리고 자세히 보면 이들

전부가 한 사람의 얼굴을 가지고 있었다.

{자, 자화상인가 보군요.}

FBI 요원들은 그림을 보고 말을 더듬거렸다. 멀리서 보나, 가까이서 작게 그린 사람의 얼굴이나 모두가 똑같은 얼굴이었다. 바로 로이드의 자화상이었다. 그림을 보는 순간 아름다운 색채에 사로잡혔지만, 다른 색을 머금은 머리카락 하나마다 살아 있는 듯 울렁거리는 듯한 기분이 들어 속이 메스꺼웠다.

{네, 이 그림의 모델은 자신 있게 누구인지 말해줄 수 있겠네요.}

로이드가 웃자 그림이 울렁거리며 흔들거렸다. FBI 요원들에게는 보이지 않는, 로이드에게만 보이고 들리는 세상이 이곳에 존재하고 있었다. 그가 그림 속에 한 부분을 손가락으로 어루만지자 괴로운 비명이 그의 귀에 파고들었다.

애정을 가지고 대했는데 돌아온 반응이 시끄러워서 로이드는 입술을 샐쭉대며 요원들을 보았다.

{이걸 마지막으로 더는 보여줄 그림이 없군요.}

그림이 워낙에 잘 팔려서 전시회만 열리면 거의 다 팔리기 때문에 그가 가지고 있는 것은 새로운 전시회를 위해 준비 중인 것들뿐이었다. FBI가 무언가를 더 알아보려면 이미 팔린 그림들을 찾아다녀야 할 것이다.

FBI가 떠나고 얼마 되지 않아 알버트가 재활 센터에서 돌아왔다. 그는 집에 들어서자마자 주위를 둘러보며 손님이 왔었냐고 물었다. 집 안에 맴도는 낯선 사람의 향기를 놓치지 않은 것이다.

{FBI가 다녀갔어요.}

{뭐라고? 그들이 왜?}

알버트처럼 힘없고 어렵게 살아왔던 사람에게는 경찰은 당연하고 FBI 또한 굉장히 어렵고 두려운 대상이었다. 한때 두 사람이 살았던 곳에서 경찰은 절대 그들의 친구가 아니었다.

{제가 그렸던 사람들 몇 명이 컬러 뱀파이어의 희생자가 되었나 봐요. 거기에 제 그림의 색감이 워낙에 특이해서 색과 연관해 의심하는 것 같더라고요. 그림에 사용한 염료를 떼어가려고 해서 그냥 그림 몇 개를 딸려 보냈어요.}

차분하게 설명하는 로이드의 음성에서 안정감을 느낀 알버트는 FBI의 태도와 무능력함에 화를 냈다.

{그래도 이야기하는 뉘앙스가 제 화풍을 따라 하려는 카피캣이나 미저리 같은 팬을 더 의심하는 것 같더라고요.}

지팡이에 의지해 방을 찾아가는 알버트의 옆에서 로이드는 쫑알쫑알 오늘 있었던 이야기를 하나도 빠짐없이 이야기했다.

비밀을 덮기에는 진실만큼 좋은 포장이 없다. 조금의 진실은 거짓마저 희미하게 만들어 버렸다.

◆　　◆◆◆　　◆

그날의 촬영분을 모니터링하며 이안과 의견을 주고받는 것은 우진의 새로운 일상이 되었다. 자만심을 버리고 초심으로 돌아간 이안은 굉장히 의욕적이고 활력이 넘쳤다. 그리고 의외로 우진과 통하는 게 많았다.

{어떻게 보면 알버트는 참 속 편한 사람이야. 그의 눈이 보였어도 저랬을까?}

자기가 연기해 놓고도 이안은 알버트가 굉장히 얄밉다고 느꼈다.

{왠지 그랬을 것 같아요. 뭔가 이건 이상하다며 의심하면서도 그냥 눈앞에 보이는 평온을 좇았겠죠. 그래서 저는 작가가 알버트의 시각을 빼앗아 그에게 면죄부를 준 것 같다는 생각이 들어요.}

아마 알버트가 눈이 멀지 않았다면 그는 '백의 고백'에서 또다른 가해자로 비난을 받았을 가능성이 컸다. 하지만 그가 저지른 모든 무신경과 무심함은 그의 시각 장애로 덮어졌다.

{아니, 로이드에게는 가차 없는 양반이 왜 알버트에게는 그렇게 너그럽데, 우리 작가님은?}

얼굴도 모르는 작가를 친근하게 부르며 이안은 궁금증과 별도로 은근히 기뻐했다. 그렇지 않아도 좋아하는 작품에서 자신이 연기하는 캐릭터가 작가에게 사랑받고 있다는 것을 느끼면 왠지 기분이 좋을 수밖에 없었다.

{사랑받는 캐릭터를 연기하자니 부담감이 크군.}

{그래도 주인공은 로이드죠.}

작가의 사랑을 받든 못 받든 결국 주인공은 로이드라며 우진이 우쭐대자, 나란히 앉아 있던 이안은 우진의 의자 다리를 발로 툭 치며 밀쳤다.

{너도 늙어서 만날 조연만 해라.}

{전 지금도 조연 많이 하는걸요. 작년에 조연상도 받았습니다만.}

골리려고 한 말이었는데 우진이 되레 잘난 체까지 하자 이안은 크게 웃고 말았다.

데뷔작부터 주인공만 하다가 나이 들어서 처음 조연을 맡았을 때의 충격을 떠올리면 이안은 아직도 명치가 따끔거렸다. 아닌 척해도 한동안 자존심이 회복되지 않아 연기에 손을 놓기도 했었다. 그와 비교해 우진은 지금도 마음에 드는 배역이 있으면 조연도 상관없다는 태도였다.

우진의 필모그래피를 보면, 데뷔하자마자 떠버렸지만 짧은 기간 안에 이것저것 다양한 캐릭터를 연기한 경력이 쌓여 있었다. 나름대로 차근차근 계단을 밟듯 성장한 경우였다. 그래서인지 마인드가 안정되어 있고 배역에 대한 조바심이 없었다.

말 그대로, 조연을 맡아도 극의 중심에서 주인공을 압도해 버리는 연기력을 지녔기에 무슨 역을 맡든 두려움이 없는 것 같았다. 그에게 있어 조연이 되는 것은 추락이 아닌, 새로운 시도이자 모험에 지나지 않았다.

이런 사고방식을 가져서인지 조연과 단역배우를 대하는 태도에 동료 의식이 깔려 있어서 예의를 지킬 줄 알았다.

반면 이안에게 주인공이라고 뽐냈던 것은 그만큼 두 사람 사이가 친해지고 격의 없어졌기 때문이다. 그리고 우진이 아무리 주인공이라고 자랑해도 이안의 경력에는 비할 바가 아니라, 그저 호랑이 앞에 하룻강아지 같을 뿐이었다.

{인정! 조연상 타기가 정말 힘들지. 나도 이번에 한 번 도전해 볼까?}

지금까지 많은 상을 받았지만 아직 그가 수집한 트로피에 조연상은 없었다. 이안은 그만큼 어려운 게 조연상이라며 일부러 추켜세웠다. 이번에는 왠지 조연상을 탈 가능성이 커서 미리부터 작업을 해놓을 심산이기도 했다.

{그런데 로이드를 보면 히어로물의 주인공을 해도 재미있을 것 같지 않나? 어두운 뒷골목을 거닐며 정의를 구현하는 어둠의 사도로 말이야.}

{지금도 충분히 안티 히어로이지 않나요?}

CG 작업이 들어가지 않아서 모니터링만으로는 심심해 보이지만, 제작진은 로이드가 초능력을 쓰는 장면과 그림을 그리는 장면에서 엄청 심혈을 기울일 계획이었다. 대충 어떤 장면이 나올지 상상해 보면 히어로물처럼 시원하고 화끈한 액션은 없어도 눈요기만큼은 절대 지지 않을 것 같았다.

하지만 로이드는 정의 구현과는 거리가 먼 인물이라 모범적인 주인공은 아니었다. 대신 제멋대로, 자기 하고 싶은 대로 사는 모습과 나름대로 규칙을 정해 희생자를 고르며, 제 방식대로 세상에 복수해 나가는 것이 안티 히어로로서는 손색이 없는 캐릭터였다.

{하긴 나부터가 정의를 구현한다면서 로이드를 어둠의 사도로 표현했으니 안티 히어로가 맞겠군. 빛과 어울리면서 절대 빛 속에서 살 수 없는 로이드니까. 이런 캐릭터를 주인공으로 쓰면서 대체 작가는 무슨 생각을 했을까?}

이안이 항상 궁금했던 것은 L. 드미트리는 대체 로이드를 어떻게 생각하는가였다. 주인공에게 어떠한 애정과 연민도 느껴지지 않는 글을 보면서, 혹시 작가가 로이드와 비슷한 유의 사람인가 추측하기도 했다. '백의 고백'에서 주인공인 로이드에게 느껴지는 작가의 감정은 왠지 자기혐오와 비슷해 보였기 때문이다.

{자기혐오라기보다는 아마, 부러웠던 것 같아요.}

{부러워해? L이 로이드를? 그건 그것 나름대로 너무 비극적인

삶 같은데…….}

부러워할 사람이 없어서 로이드 같은 인물을 부러워하면 L은 대체 어떤 삶을 산 거냐며, 이안은 상상하기 싫다는 듯 고개를 저었다.

{상황 말고, 로이드의 성격이요. 우리부터가 로이드를 보면 그의 상황과 감정에 안타까움을 느끼면서 그의 말과 행동에 가끔 시원해하기도 하잖아요. 작가도 어쩌면 그러지 않았을까 싶더라고요. 그러면서 그러지 못했던 자신에 대한 혐오와 질투심으로 로이드를 미워하고, 부러워했던 것 같아요.}

일리야는 랜스키에게 어리광이나 떼를 써본 적이 없었다. 상대도 상대이고 감히 그럴 수 있다는 상상 자체를 하지 못했다. 랜스키가 아무리 그에게 너그럽게 대했더라도 말이다.

소설가로 명성을 얻으면서도 그는 여전히 사람들이 싫었고, 이런 내면에는 자신의 출생에 대한 자격지심도 한몫했다. 그는 자신의 출생과 어머니가 사람들에게 알려지는 것에 막연한 두려움을 가지고 있었다.

고아인 것도 부끄럽지 않았고, 마피아의 지원을 받아 교육받은 사실이 알려지는 것에도 아무런 거리낌이 없었다. 그는 언제나 자신이 랜스키 콘스차의 후원으로 살아남아 소설가가 되었다며 당당하게 밝히면서도, 어머니에 대해서는 언제나 함구했다.

거만하고 까다로운 소설가의 뒷면은 온갖 어둡고 우울한 감정으로 가득 차 있었다. 반면 로이드는 겁은 많은 주제에 언제나 행동에는 주저함과 거침이 없었다.

악의에는 악의를, 선의는 제 마음 가는 대로 돌려주고, 사랑받고 싶어 하는 욕망을 숨기지 않고 표현할 수 있는 솔직함을 부끄러워하지 않았다. 그래서 로이드는 일리야의 영웅이면서 대리자이고 질투의 대상이었다.

{어쩌면 로이드가 죽였던 이들은 작가가 죽이고 싶었던 자기 자신의 일면이 아니었을까 싶더라고요. 그들의 영혼을 담아 그린 자화상이 로이드에게는 자신이 되고 싶었던 모습이라면, 작가에게는 자신이 버리고 싶어서 로이드에게 넘겨 버린 자신의 일부일 수 있겠다는 생각이 들었어요.}

우진은 로이드의 지하 화실에 걸려 있는 그림을 가리키며 말했다. 여러 가지 색으로 화려한 공작새의 깃털같이 휘날리는 로이드의 머리칼마다 일리야는 그 속에 자신의 원죄와 같은 어둠을 묻었다.

일리야에게 있어 로이드는 자신을 죽이는 살인자이며 구원자였다. 아마 글을 쓸 당시에는 전자로서 로이드를 받아들이는 감정이 컸던 것 같았다. 두려움과 질투심으로 만들어낸 로이드를 싫어하고 증오했던 것은 어쩌면 너무도 당연한 일이었다.

{혹시 L. 드미트리와 개인적으로 알고 있나?}

우진의 말을 전적으로 믿는 것은 아니지만, 그의 해석이 제법 그럴싸했다. 진지하게 묻는 이안에게 우진은 아니라며 손을 내저었다.

{그분이 누구인지도 모르는걸요. 몇 달 동안 로이드가 되어보니 글로 읽었을 때는 몰랐던 부분을 이해하게 된 거뿐이에요. 그래 봤자 제멋대로의 해석이고 L의 심정이 어쨌는지는 그만이 알겠죠.}

이제 촬영은 겨우 몇 신만 남아 있는 상태였다. 삼 개월이 넘는 동안 로이드로 살다 보니 미처 이해하지 못했던 일리야의 의중을 조금은 이해하게 된 시간이었다. 한 신, 한 신 찍으면서 우진은 일리야를 이해하며 로이드가 되길 정말 잘했다고 생각했다.

{이제 서둘러 저 그림도 완성해야겠네요.}

촬영을 위해 새로 지은 집 내부는 영화 세트장을 겸용하고 있었다. 현재 우진과 이안이 함께 있는 곳은 로이드의 지하 화실로, 그들의 전면에는 로이드의 자화상이 걸려 있었다. 그리고 이 초상화는 촬영을 위해 우진이 직접 그린 그림이었다.

오디션 때 우진의 그림 실력을 눈여겨본 감독은 그림을 그리는 장면에서 그에게 직접 그리는 게 어떻겠냐고 제안했다. 우진의 전작인 'The red'에서도 그가 직접 그림과 서예를 담당했다는 것을 알고 더욱 적극적이었다.

우진은 그 제안을 받아들이고, 거기에서 아예 극 중 중요하고 의미가 있는 그림들은 직접 그리기 시작했다.

로이드의 초상화 역시 영화가 시작하면서부터 우진이 직접 그리는 바람에, 대역으로 대기하던 화가와 제작진이 준비해 놓은 그림이 필요 없게 되었다. 무엇보다 우진의 그림이 글을 읽고 상상했던 로이드의 화법을 그대로 재현한 느낌에 가까웠다. 그림을 그리는 속도 역시 빨라서 영화를 위해 제작에 들어갔던 그림들보다 더 빨리 나오기도 했다.

초상화가 완성되는 장면이 영화의 마지막 신이라 우진은 그에 맞춰 그림을 그리고 있었다. 완성된 초상화 앞에서 로이드는 자신의 열망과 소원을 고백하지만, 결국 변하는 것은 없다. 남들과 같은 색(Color)을 가지고 싶었던 로이드는 이미 그만의 색으로 물들어 있었다.

새삼 바뀔 수 없는 현실을 인정하면서도 로이드는 끝까지 포기하지 않았다. 자신의 초상화와 마주 보며 점점 페이드아웃되는 어둠 속에서 절망과 희망을 품은 그의 얼굴은 아마 그림 속 자신을 꼭 빼닮아 있을 것이다. 그가 그림 속에 가둔 영혼들처럼 말이다.

{진지하게 말하는 건데 정말 저 그림 나한테 안 팔 건가?}

{정말 진지하게 말하지만 취향도 특이하시네요.}

우진이 초상화의 절반 이상을 그릴 때부터 이안은 그림을 욕심냈다. 우진이 보기에도 그림 자체는 굉장히 잘 그린 편이었다. 하지만 작은 로이드, 정확히는 수많은 우진의 모습이 모여 하나의 초상을 완성한 그림은 솔직히 그로테스크했다.

{무엇보다 콘스차 이사장이 탐을 내고 있어서요. 재단 건물 로비에 걸고 싶다고 하네요.}

{아, 아, 콘스차는 이기기 힘들지. 정말 욕심나는데……. 많이 부르던가?}

진심으로 안타까워하는 이안을 보며 우진은 고개를 절레절레 저었다.

2주 전에 촬영장을 찾은 일리야와 셀레나 역시 그림에 대한 평은 좋았다. 특히 일리야는 그림을 보자마자 우진을 보며 슬쩍 웃기까지 했다. 우진이 표현한 로이드의 화법이 실은 랜스키의 화법이었기 때문이었다.

화가가 되고 싶었지만, 그럴 수 없었던 랜스키는 그림 자체를 포기하지는 않았다. 여유가 있을 때마다 하나씩 그렸던 그림은 완성되면 그의 손에 불태워져서 이제 남아 있는 것은 없었다. 하지만 종종 일리야에게 보여준 적이 있어서 그는 랜스키의 화법을 알고 있었다. 소설 속에 표현된 로이드의 화법이 딱 랜스키의 그것과 같다는 것을 알고 우진이 그대로 표현한 것이었다.

그러나 그렇게 흐뭇하게 우진과 그림을 번갈아 보았던 일리야조차 '침실에 걸어두면 악몽을 꾸기에 딱 좋은 그림이군' 이라는 평을 남겼다. 그림은 마음에 들지만 절대로 소장하고 싶지 않다며 고개를 저었던 것이다.

대신 셀레나는 자신이 처음으로 투자한 영화의 소품이자 부산물에 지대한 관심을 가졌다. 그녀 역시 그림을 개인 소장하는 데는 부담감을 느꼈지만, 재단 건물의 로비에는 걸어두고 싶어했다.

영화의 소품이지만, 우진은 그림을 제작진에게 넘기지 않았다. 그래서 어디에 팔건 그의 자유인 상태에서 셀레나에게 그런 제안을 받은 것이다. 그로선 랜스키의 화법으로 그린 그림이 콘스차 재단의 건물에 걸리는 것을 마다할 이유가 없었다. 그림과 문화재단은 생전 랜스키의 소원이었기에 우진에게도 의미가 컸다.

〔팔더라도 수익금은 기부할 생각이라서 액수는 중요하지 않아요. 다만 말이 로이드의 초상화지 결국은 제 얼굴이라서 개인에게 파는 건 너무 민망해서요. 그렇다고 집에 가져다 놓을 수도 없고요. 그냥 드릴 테니 저 초상화 말고 다른 걸 고르시는 게 어때요?〕

만약 우진이 초상화를 집에 가져간다면 식구들 반응이 정말 재미있긴 할 것 같았다. 하지만 잠시의 즐거움을 위해 큰 짐 덩어리를 집에 가져갈 수는 없었다. 우진의 말도 일리가 있어서 이안은 입맛을 다시며 결국 초상화를 포기해야만 했다.

｛아니면 제가 이안의 초상화를 그려 드릴까요?｝

｛정말?｝

｛촬영 끝나면 시간도 많으니 어렵지 않을 거예요.｝

우진의 말에 이안은 기뻐하며 로이드의 초상화와 같은 화법으로 그려달라고 의뢰를 했다. 신나서 자신이 원하는 각도와 표정들을 부탁하는 이안의 말을 들을 때마다, 우진의 얼굴에서는 점점 웃음이 사라지고 있었다.

사람은 가끔 자기 입으로 고생을 사기도 했다. 하지만 그것을 깨달았을 때는 이미 돌이킬 수 없는 강을 건넌 후였다. 스스로 호구가 되는 건 매우 쉬운 일이었다.

◆　　　◆◆◆　　　◆

우진이 장담한 것과 달리, 영화 촬영이 끝나도 그의 시간은 남아돌지 않았다. 먼저 촬영 때문에 듣지 못한 수업과 시험을 대신해 리포트를 제출하느라 바빴고, 어느 정도 정신을 차리자 'Guardian angel'의 개봉 날이 다가왔던 것이다.

12월 초에 전 세계 동시 개봉하는 영화의 홍보를 위해 우진은 6개국을 돌아다녀야만 했다. 그러나 영화가 개봉한 지 며칠이 지나지 않아 홍보를 위해 준비했던 것들은 영광을 누리는 자리로 변했다. 제작자와 배우들이 기대했던 것 이상의 흥행과 성공의 조짐이 보이기 시작한 것이다.

｛그렇게 좋냐?｝

우진은 셀레나와 문자를 주고받으며 실실 웃고 있는 더스틴을 흘겨보면서 혀를 찼다. 그런데 얄미운 놈이 말도 밉게 했다.

{부러우면 너도 연애해.}

더스틴과 셀레나가 정식으로 사귀게 된 것은 그녀가 조르지오에게 선전포고를 한 다음 날이었다. 더스틴을 만난 셀레나가 그에게 먼저 사귀자고 고백했던 것이다. 당시 더스틴은 우리 이미 사귀고 있었던 것 아니냐고 말하는 바람에 자칫 위기를 맞기는 했지만, 두 사람이 사귄다는 것에는 변화가 없었다.

한 달 전에는 올해 크리스마스에 결혼하자고 청혼했다가 두 번째 위기를 맞을 뻔했으면서, 세상천지 혼자 연애하는 것처럼 굴고 있었다.

{이왕 이렇게 된 거, 애초 계획대로 내년 밸런타인데이에 결혼할까?}

"인간아… 제발 좀!"

저도 모르게 튀어나온 한국어와 함께 우진은 더스틴과 멀리 떨어진 자리로 옮겨 앉았다.

최근 더스틴을 보면 도저히 두 눈 뜨고 볼 수 없을 정도로 꿀 바른 닭처럼 굴었다. 연인들에겐 한창 좋고, 한창 행복할 때 영화가 개봉하는 바람에 더스틴과 함께하는 시간이 많아진 우진은 옆에서 고스란히 그걸 지켜봐야만 했다.

그런데 웃긴 것은 셀레나조차 더스틴과 비슷하게 변해가고 있었다. 오랜 시간 더스틴을 밀어내던 것의 반작용인지 아니면 성격 때문인지 몰라도, 저돌적이면서 솔직하게 마음을 표현하는 데는 누구 못지않았다. 두 사람이 만든 닭 털 때문에 애먼 주변 사람들만 알레르기 반응을 일으키며 괴로워하고 있었다.

｛스탠바이 들어갑니다!｝

'제프리 쇼'의 스태프가 신호하자, 코디네이터들은 마지막으로 우진과 더스틴의 옷차림을 다시 한번 점검해 주었다. 스태프의 수신호와 함께 방청객들이 치는 박수 소리에 맞춰 두 사람은 무대 위로 올라갔다. 진행자인 제프리 하워드는 그들을 반갑게 맞으며 푹신한 소파로 안내했다.

｛오늘은 우리의 수호자들을 초대했습니다. 이 두 분을 함께 모시려고 우리가 엄청난 노력을 했다는 것만 알아주세요.｝

제프리가 찡긋 윙크하며 칭찬해 달라고 요구하자, 방청객들은 박수로 제작진의 노고에 보답했다.

｛물론 이쪽은 아직 덜 믿음직하지만 어쩌겠어요, 우리의 운명인걸.｝

제프리는 더스틴을 가리키며 울적하게 고개를 저었다. 북아메리카의 수호자를 맡은 더스틴은 뻔뻔하게 어깨를 으쓱이며 답했다.

｛그래도 수호자 중에서 인간을 가장 생각해 주는 건 나라고요.｝

｛생각만 하지, 아직 별 능력은 없는 것 같던걸요. 로버트가 제대로 된 수호자가 되려면 내 나이가 몇이 되려나, 그때 살아 있기는 하려나?｝

｛그 전에 다음 편이 나오지 않을까요?｝

｛오오, 다음 편 계획이 잡혔나요?｝

｛아니요.｝

그러니 제발 많이 좀 봐주라고 더스틴이 너스레를 떨었다. 처음부터 시리즈로 계획된 영화도 흥행에 참패하면 그냥 덮어버리는 경우가 많았다. 'Guardian angel' 처럼 시리즈가 될지 불분명한 것은 흥행은 못 하더라도 마니아층의 열렬한 지지라도 최대한 받아야만 했다.

〔이미 성공하지 않았나요? 특히 우진 최는 이번에 월드 스타로 완벽하게 자리매김했죠.〕

〔이 친구는 예전부터 이미 월드 스타였어요.〕

더스틴은 우진과 함께 영화 홍보를 위해 한국은 물론 아시아와 유럽에 갔을 때의 이야기를 술술 꺼냈다. 어딜 가나 더스틴보다 많은 팬을 몰고 다녀서 무섭기까지 했다고 말했다.

〔그런데 우진 최, 그냥 지니라고 불러도 되죠?〕

제프리는 우진을 성까지 함께 부르다가 애칭으로 불러도 되냐고 허락을 구했다. 우진이 고개를 끄덕이자 그제야 제프리는 편하게 말을 이었다.

〔지니가 영화에서 보여준 무술은 뭔가요? 태권도는 아닌 것 같던데, 태권도를 배운 우리 딸이 'Guardian angel'을 보고 까딱하면 손을 내뻗으면서 이크, 이크 하고 있다고요.〕

제프리는 주먹을 내밀면서 이크, 이크 하던 딸 흉내를 내며 마구 웃었다. 뭐를 하던 마냥 귀여운 아이의 재롱과 달리, 그의 몸짓은 어색하기 그지없었다.

우진은 택견에 대해 설명하다 방청객의 요구로 더스틴과 함께 시범을 보였다. 함께 영화를 찍으면서 맞춘 액션이 있는 데다가, 더스틴이 우진에게 택견을 배운 터라 잘 맞춰주었다.

하지만 현란하고 재빠른 우진의 발과 손을 따라잡을 정도는 아니었다. 처음엔 호각을 이루는 듯 보였던 대결은 결국 더스틴이 일방적으로 몰리는 양상을 보였다. 하지만 우진은 언제나 더스틴의 몸에 닿기 전에 멈추고 자연스럽게 다음 동작으로 이어갔다.

괜히 겁 많은 더스틴이 맞지도 않았으면서 몸을 움츠리고 팔로 얼굴을 가리며 오두방정을 떨다가, 대결이 끝나자 지쳐서 소파 팔걸이에 몸을 걸치고 혼자 숨을 헐떡였다.

(여러분, 우리의 수호자가 이렇습니다.)

제프리가 씁쓸하게 울상을 지으며 대화가 불가능한 더스틴은 그냥 내버려 두고 우진과 이야기를 나눴다.

(머리카락이 짧아졌군요. 사실 난 어깨까지 오던 저번 헤어스타일이 더 마음에 들었는데.)

제프리가 말하는 스타일은 '백의 고백'에서 로이드를 찍을 당시의 이야기였다. 촬영 기간 파파라치가 찍은 사진 속 우진은 어깨까지 오는 하얀 머리칼이 굉장히 인상적인 모습이었다. 그런데 오늘은 깔끔하게 정리한 스타일이 'Guardian angel'의 진처럼 모던해 보였다.

(일단 화가는 그만두고 수호자 역할에 잠시 충실해지려고요.)

(그만뒀어요? 지니가 자기 초상화를 그려주기로 했다고 이안이 온갖 곳에다 자랑하고 다니는 거 몰라요?)

만약 안 그려주면 가만 안 둘 기세라고 제프리가 염려를 늘어놓았다. 그렇지 않아도 이안에게 상당한 압력을 받고 있던 우진은 쓰게 웃으며 답했다.

(몰래 부업 중이기는 해요. 수호자도 먹고는 살아야죠.)

(아, 이왕 말이 나온 김에 수호자들도 경제활동을 하나요? 우리가 아는 수많은 히어로들을 보면 그들 모두가 어쨌든 직업이

있잖아요. 적게 벌든, 많이 벌든 간에 말이죠. 그런데 수호자들은 딱히 일하는 것 같지도 않으면서 모두가 잘살더라고요.}

제프리는 수호자들은 어떻게 돈을 벌어서 집을 사고 취미 활동에 그렇게 돈을 펑펑 쓸 수 있냐고 물었다. 수호자가 되면 금화가 하늘에서 떨어지는 것도 아닌데 말이다.

{첫째는 상속이죠, 전대의 수호자에게 받은. 그다음에는 오래 살면서 심심하니 이것저것 투자도 하고 부업도 하면서 살지 않았을까요.}

{아! 그럼 정말 하늘에서 금이 떨어지는 거 맞네.}

{원래 로버트가 전대의 유산을 물려받고 좋아하는 장면이 있었는데 편집됐더라고요.}

우진은 더스틴이 리얼하게 연기를 하는 바람에 너무 구차하게 보여서 편집당했다고 이유를 설명했다.

{하아, 하, 내가 구차한 연기는 좀 하죠.}

우진은 여전히 숨을 헐떡이며 말하는 더스틴의 머리를 꾹꾹 누르며 그냥 쉬라고 달랬다.

{너는 지금 말하는 게 더 없어 보여.}

우진과 더스틴의 실제 모습은 마치 영화의 연장선 같아 보였다. 두 사람의 관계에선 우진이 살짝 우위에 서서 더스틴을 구박하지만, 살살 달래거나 챙겨주는 모습이 더 많이 보였다. 그 모습에 방청객들이 괜히 환호하고 좋아하는 것을 놓치지 않은 제프리가 두 사람에게 은근히 물었다.

{많은 사람이 두 분의 브로맨스를 원하는데 한번 서비스로 보여주는 게 어때요?}

｛그런 거라면 자신 있습니다.｝

이제 기운을 차린 더스틴이 장난기 어린 얼굴로 답하자, 우진은 조용히 자리에서 일어났다. 그가 손가락을 꺾을 때마다 마디에서 우두둑 소리가 났다.

｛아까 내가 너무 봐줬던 것 같다. 이번에는 제대로 시범을 보여 줄게.｝

택견 대결에서 한 대도 맞지 않고도 녹다운당한 더스틴은 두 손과 고개를 동시에 절레절레 흔들면서 거부했다. 팬 서비스 한 번 하려다가 거친 스킨십을 당할 처지에 놓인 더스틴은 괜히 제프리를 탓하며 소파 뒤로 넘어가 도망쳤다.

｛다행히 사이는 좋아 보이는군요.｝

제프리는 방청객에게 어깨를 으쓱이며 두 사람의 우정을 응원했다. 그의 뒤로 쫓고 쫓기는 두 사람의 모습이 애니메이션의 한 장면처럼 쓱쓱 지나갔다.

우진은 ‘제프리 쇼’ 뿐만 아니라 미국에서 인기 있는 다수의 토크쇼에도 출연했다. 처음에는 더스틴과 함께 출연하다가 점점 그가 메인이 되어 혼자 출연하는 프로가 많아졌다. 이제는 영화를 보지 않는 이들조차 그의 이름을 알게 되었고, 우진의 파파라치 사진이 다른 누구의 것보다 비싼 값을 받기 시작했다.

◆　　◆◆◆　　◆

‘Guardian angel’ 은 영화 자체가 주는 재미와 현실에서 보여주는 우진과 더스틴의 조합으로 흥행 가도를 달렸다.

슬슬 다음 편에 관한 기대가 나오자 프로듀서이자 각본가인 휴 밀러는 쏟아지는 질문에 생각은 해보겠다고 도도하게 답변했다. 휴의 인터뷰를 듣고 우진은 그가 다음 편의 각본은 이미 써 놨음을 어림짐작할 수 있었다.

최근 할리우드는 원작이 없는 상태에서 시리즈물을 제작하는 모험은 하지 않는 편이었다. 검증되지 않는 작품에 대한 투자도 박했다. 하지만 이렇게 대중과 투자자들이 나서서 요청하는 경우라면 제작 환경이 한결 수월해지는 것은 사실이었다. 그만큼 다음 편에서 기대를 충족시키지 못하면 대미지는 크겠지만 일단 가장 큰 고비는 성공적으로 넘은 셈이었다.

그리고 영화의 성공은 주인공들의 몸값을 대번에 올려주었다. 원래 월드 스타였던 더스틴은 말할 것도 없고, 우진은 조연임에도 'Guardian angel'을 계약했던 당시보다 20배가 오른 출연료를 제시하며 섭외가 들어오고 있었다.

이는 비단 'Guardian angel'에서의 활약뿐만 아니라, 지난 그의 작품들과 나중에 개봉할 '백의 고백'까지 염두에 두고 가치를 평가한 결과였다. 지금까지 그가 출연했던 작품들을 보면 우진은 어떤 역할을 맡더라도 그 배역을 바로 주인공으로 만들어 버렸다.

조연이나 특별 출연으로 짧은 시간 얼굴만 비치더라도 존재감이 상당한 데다가, 마치 그를 중심으로 내용이 전개되는 듯 판을 새로 바꿔 버렸다. 그런데도 다른 배우들과의 합은 언제나 좋았다.

주인공을 조연으로 만들어 버리는 문제는 있지만, 우진과 함께하면 상대 배우의 연기까지 좋아지면서 항상 명장면을 연출했다. 프레임 속에 그와 함께 등장하면, 자연스럽게 내용에 녹아들면서 인생 최대의 연기력을 보여주며 자신의 장점을 대중에게 어필할 수 있었다.

그에게 주역을 뺏겼다는 패배감만 잘 극복한다면 배우로서 성장할 수 있는 절호의 기회이기도 했다. 다행히 더스틴은 인정할 것은 인정하는 성격이라 영화에서 자신이 우진보다 돋보이지 않는다는 걸 받아들였다.

이미 촬영 때부터 모니터링하면서 어느 정도 각오하고 있어서였는지 충격은 크지 않았다. 우진의 연기는 같은 배우가 봐도 반할 정도였으니 당연했다.

그런데 의외로 결과가 자신이 상상했던 것처럼 참담하지 않았다. 우진의 옆에 있는 자신이, 아니, '진'의 옆에 있는 '로버트'의 캐릭터가 생생하게 살아 있었고 외모도 그 어느 때보다 개성적이게 빛났다. 정말 진과 로버트라는 수호자가 이 세상 어딘가에 살아 있는 것처럼 느껴지는 연기였다.

{내가 이렇게 연기를 잘했었나?}

최근 그에게는 놀라운 변신, 괄목할 성장, 정변의 아이콘 등등의 낯 뜨거운 수식어들이 따라오고 있었다. 못하는 연기는 아니지만 매체에서 떠드는 것처럼 뛰어나다고 칭찬받을 정도는 아니라서 처음에는 그도 얼떨떨했다. 하지만 'Guardian angel'에서의 자신을 보면 왠지 뿌듯하고 칭찬받을 만하다고 느껴졌다.

더스틴이 봐도 자신의 연기가 썩 좋았고, 장면마다 변화하는 표정 연기가 자연스러워서 정말 로버트다웠다. 아마도 우진과 촬영하면서 그의 연기에 교감하며 진심으로 연기했던 그 순간이 고스란히 카메라에 잡힌 게 아닌가 싶었다. 이를 보면 우진이 상대의 역량을 끌어올려 주며 작품의 질을 높이는 배우인 것은 확실했다.

일례로 더스틴이 로이드의 오디션을 봤을 때, 다이어트에 실패하는 바람에 건장한 체격과 밝은 이미지를 떨치지 못해 탈락했지만 연기력 평은 상당히 좋았다. 심사 위원들이 그에게 언제 이렇게 연기력이 좋아졌냐고 칭찬했던 것을 떠올리면 우진과의 촬영이 그의 성장을 도운 것은 분명했다.

그래서 주인공임에도 불구하고 조연 취급을 받는 게 나쁘지 않았다. 이미 촬영 기간 치른 홍역이었기에 면역이 생겼고, 달리 생각하면 그에 못지않은 가능성을 발견한 계기가 되었다. 무엇보다, 우진보다 주목은 좀 덜 받았지만 살아 있는 캐릭터 연기로 인기는 예전보다 더 많아졌다. 사실 배우에게 이보다 더 좋은 일은 없었다.

그래서 더스틴은 인터뷰마다 우진과 작품을 다시 하고 싶다고 밝혔다. 아직 다음 편에 관한 정확한 기획이 나오지 않았지만, 부디 기회를 준다면 우진과 연기하고 싶다고 각본가인 휴에게 부탁했다.

우진과 더스틴이 사적으로 친하다는 것은 많이 알려졌지만, 영화가 개봉되고 나서 두 사람 사이에 라이벌 의식이 생겨나지 않을까 은근히 기대했던 이들에게는 다소 맥이 빠지는 결과였다. 그러나 우진과 비교해서 아쉬운 정도지, 더스틴으로선 이번 영화로 손해 보는 게 전혀 없었다.

늘 2% 부족하다는 평을 들었는데 캐릭터가 살아 있다고 호평받은 것만으로도 굉장히 만족스러운 결과였다. 그리고 본인이 일

년 가까이 술을 멀리하는 노력을 보여주기도 했지만, 이미지가 좋은 우진과 어울리면서 예전에 가지고 있었던 술고래라는 인상이 많이 지워졌다. 요 몇 년 동안 더스틴 하면 술에 만취되어 방황하던 모습이었는데, 이제는 우진과 토닥토닥 어울리는 게 먼저 떠올랐다.

그러자 차츰 더스틴과 비슷한 생각을 가지는 이들이 많아지기 시작했다. 예전부터 여배우의 경우, 우진과 연기하면 굉장한 시너지 효과를 받는다는 것이 이미 입증된 상태였다. 그런데 이번에 남배우 역시 비슷한 효과가 난다는 게 더스틴으로 증명이 된 것이다.

덕분에 요즘 우진에겐 남성 누아르물의 섭외가 넘쳐나고 있었다. 검사와 범죄자와의 우정, 폭력 조직 간의 암투, 정치물에서부터 특수 전문직을 다루는 다양한 장르의 대본들이 하루가 다르게 우진 앞으로 날아왔다. 예전에는 남배우들이 우진과 연기하는 것을 꺼리는 경향이 있었다면, 요즘은 그들이 적극적으로 우진과 함께 연기하고 싶어 한 열망의 결과였다.

기실 우진은 여배우와 선배들에게 인기가 좋았지만 동년배의 남배우들에게는 기피 대상 1호였다. 연예인의 연예인이며 동경의 대상이기도 했지만, 젊은 주연급 배우들은 절대 한 프로에서 우진과 출연하고 싶어 하지 않았다. 우진과 함께 출연하면 자신이 분명 초라하게 비교당할 거라고 확신했기 때문이다.

그 예로 박민같이 주인공이면서 우진에게 자리를 빼앗긴 경우가 강조되고 사람들에게 회자되면서 지레 겁을 먹었던 것이다. 그러던 것이, 이제는 서로 우진과 함께 출연하기 원하면서 상황이 역전되었다.

"많기만 하지 막상 괜찮다 싶은 건 없네요."

"영화 하나가 뜨면 따라서 비슷한 장르물을 계속 제작하게 되니까."

지난여름 국내 최고의 흥행작이 남성적이고 선이 굵은 장르라 투자자와 제작자들이 모두 그와 비슷한 작품들만 고르고 있었다. 원래부터 계획했던 것이 아닌 유행에 따라 서둘러 작품을 내는 것치고 제대로 된 완성작이 나오기 힘든 게 현실이었다.

우진은 더는 볼 것도 없다는 듯 눈앞에 쌓여 있는 대본들을 한쪽으로 치웠다. 일단 내년에 '백의 고백' 이 개봉하기 전까지는 쉬고 싶었다. 정확히는 일리야의 조언을 들으며 예전에 쓰던 글을 다듬고 제대로 완성할 계획이었다.

마지막 작품이 될지, 또 다른 시작이 될지는 몰라도 일단 시작한 것은 완성하고 싶은 욕심 때문에 일리야를 좀 귀찮게 할 작정이었다. 지금껏 혼자서 편하게 지냈던 그에게 늘그막에 제자 하나 생겼다 여기라고 이야기는 해둔 상태였다. 일리야는 귀찮게 됐다고 투덜거리면서도 웃기만 했다.

안전 가옥의 비밀번호에 얽힌 이야기를 했던 그날 이후로 일리야는 우진에게 무언가를 캐묻거나 묻지 않았다. 그저 예전보다 우진을 대하는 태도가 좀 더 따뜻해지고, 그 자신이 많이 행복해 보인다는 게 달라졌다.

그리고 우진 역시 내내 조심하고 눈치를 보던 것은 집어던졌다. 친한 친구처럼, 존경하는 선생님 같기도 하고 가족 같은 존재로 일리야를 편하게 대하기 시작했다. 장난도 치고 부모님에게도 잘 하지 않던 어리광을 부려보기도 했다.

생각해 보면 그들은 정말 해보지 못한 것이 많았다. 두 사람은 그걸 후회하는 시간보다 하나씩 도전해 보는 미래를 선택하기로 했다. 과거와는 나이도, 서로의 처지도 달랐지만 가장 중요한 것은 근본적으로 아무것도 변하지 않았다.

◆　　◆◆◆　　◆

'Guardian angel'이 성공하고, 우진은 학생으로서 마지막으로 맞이하는 겨울방학을 LA에서 보냈다. 대외적으로는 오랜만에 휴식을 취하는 것으로 되어 있었지만, 우진은 그곳에서도 쉬는 것이 아니었다. 그는 거의 폐인에 가까운 창작 활동에 몰두하고 있었다.

호텔 아니면 서점을 오가며 글을 쓰고, 일리야에게 조언을 듣고, 그와 토론하는 게 그의 일상이었다. 휴식을 취한다고 해도 책을 읽거나 그림을 그리는 게 고작이었다. 못 해본 것을 다 해보자고 작정했던 것이 민망하게도 현재 그들의 모습은 예전 랜스키와 일리야의 모습과 크게 다르지 않았다.

먼저 우진과 일리야가 활동적인 사람들이 아니라 어딜 돌아다니면서 노는 것 자체를 지양하기도 했다. 한번 자리 잡고 토론이라도 하게 되면 날을 새는 건 보통이었다. 우진으로선 전생의 경험으로 얻은 지식을 가지고 대화할 수 있는 상대가 생긴 것만도 큰 기쁨이었고, 그것은 일리야도 마찬가지였다.

자신을 가장 잘 이해해 주며 공통의 추억을 가지고, 지적 풍족함을 느낄 수 있는 수준 높은 상대와의 대화는 무엇과도 바꿀 수 없는 즐거움이었다.

하루하루가 아까울 정도로 빨리 지나갔다. 모르는 사람들이 봤다면 컴퓨터 앞에서 매일 죽치고 앉아 있는 우진이 한심해 보일 수도 있었다. 하지만 그는 새로운 세상 하나를 창조하는 엄중한 작업에 몰두해 있었다.

덕분에 LA에 있으면서 우진이 참석한 공식 활동은 2월에 있었던 뉴욕 패션위크가 전부였다.

인기와 유명세를 떠나서 우진은 많은 디자이너에게 사랑받는 외모와 체형을 가지고 있었다. 국내외의 디자이너들이 그에게 자신의 옷을 입혀보고 싶어서 안달하는 것이 전혀 이상하지 않았다. 그중에 성공했다 할 수 있는 대표적인 디자이너가 루이스 디엘이었다.

루이스는 우진이 본격적으로 세계에 이름을 알리기 전부터 그에게 반해 자신이 직접 만든 슈트를 선물하기도 했다. 그래서 우진은 LA 패션위크에 참가한 루이스 디엘이 자신의 패션쇼에 그를 초대하자 기꺼이 받아들였다.

이왕 LA까지 들른 우진은 루이스 디엘의 쇼 말고도 한국 디자이너들의 쇼도 구경하며 패션위크를 알차게 즐겼다. 그때 알게 된 디자이너가 박휘경이었다. 패션에는 무관심한 우진이 보기에도 그의 디자인은 무척 마음에 들었다. 옷에 욕심이 없던 우진조차 기회가 있을 때 박휘경의 옷을 꼭 구매하고 싶을 정도였다.

마음에 들면 그냥 사면 되지, 꼭 기회를 노리는 것에는 이유가 따로 있었다. 우진은 작품 활동이 없을 때면 무작정 잡히는 것으로 아무거나 입는 스타일이었다.

워낙에 체형이 좋아서 무얼 입든 잘 어울려 그렇지, 팬들 사이에서는 그의 패션 취향을 굉장히 안타까워하고 신은 모든 걸 주지 않는다며 한탄하기도 했다. 황이영이 주기적으로 그의 개인 옷장을 정리해 주고 미리 코디네이션을 해주어서 그나마 면목이 설 정도였다.

그랬기에 마음에 드는 디자이너를 만나 옷을 구매한다고 해도 당장 입고 다닐 일이 없었다. 대외 활동 없이 글만 쓰다 보니 당장 편한 옷만 찾게 되었고, LA에선 옆에서 챙겨주는 황이영도 없어서 옷장에다 그냥 묵혀둘 가능성이 컸다.

꿰어야 보배라는 말은 옷이든 사람에게든 모두에게 통용되는 속담이었다.

◆　　　◆◆◆　　　◆

그렇게 시간이 흐르고, 드디어 그에게 다시 기지개를 켤 시간이 다가왔다. 한동안 밀어두었던 광고를 찍기 위해 귀국한 우진에게 희소식이 날아왔던 것이다.

'백의 고백'이 칸 영화제 경쟁 부문에 진출했다는 연락이었다. 비록 국내 영화는 아니어도 우진이 주인공인 만큼 마치 한국 영화가 칸에 진출한 것처럼 많은 축하를 받았다.

당연히 칸 영화제에 참석하는 우진에겐 협찬 제안이 쏟아졌다. 영화제 기간 동안 참석해야 하는 행사와 파티들이 많으니 준비해야 하는 의상이나 액세서리가 만만치 않았다. 그중에 하나라도 자신의 제품을 대기 위한 물밑 작전은 하나의 전쟁이었다.

그러나 우진은 자신이 광고하는 제품을 제외하고 일체의 협찬을 거부했다. 그리고 패션위크에서 눈여겨봤던 박휘경의 매장을 찾았다. 영화제의 본식 행사 때는 루이스 디엘의 슈트를 입을 계획이었지만, 나머지 행사 때는 박휘경의 의상을 입고 싶었기 때문이다.

"살이 조금 빠진 것 같네요."

우진의 치수를 재면서 박휘경은 2월에 봤을 때보다 살이 빠졌다고 걱정했다. 휴식기를 가지는 연예인치고 살이 빠지는 경우를 거의 본 적이 없는데 우진은 그 반대였다.

"이것도 영화 촬영 때보단 많이 찐 거예요."

"그때가 언젠데요."

로이드를 연기하면서 뺀 살은 영화가 끝나고 'Guardian angel'이 개봉할 당시에 거의 원래대로 돌아왔다. 그런데 지난 2월 뉴욕에서 봤을 때는 그때보다 조금 빠졌고, 지금은 2월보다 더 빠져 있었다. 로이드 때만큼은 아니라고 해도 칼로리의 천국인 미국에 있으면서 이렇게 계속 빠진다는 것은 엄청난 자기 노력이 있었던지, 아니면 건강에 이상이 있다는 의미였다.

"그냥 집 안에서 빈둥거리며 책만 읽었더니 이렇게 됐네요."

박휘경의 걱정을 덜어주기 위해 우진은 적당히 해명했다. 소설을 쓰며 스트레스를 받아서 살이 빠졌다고는 할 수 없어 한 말이었는데, 박휘경을 비롯한 숍 직원들은 기함했다. 쉬면서도 공부했냐며 고개를 절레절레 젓는 모습에 우진은 머쓱해서 가만히 있었다. 그로선 게으름 피웠다고 넉살을 부린 건데 사람들은 우진을 너무 과대평가했다.

"영화제까지 한 달 정도 남았는데 그동안 살은 어떻게 할 거예요?"

"몸은 지난 2월 정도로 만들려고요."

지금 상태라면 로이드의 이미지와 어울리겠지만, 우진은 그러고 싶지 않았다. 로이드와는 전혀 다른 모습을 보여주기 위해선 지금보다는 더 건장해질 필요가 있었다. 그리고 본식 행사에 입기로 한 루이스 디엘의 슈트 역시 2월에 맞춘 것이라, 몸을 옷에 맞춰야만 할 처지였다. 칸 영화제에 초청될 가능성이 커서 그때 이미 루이스 디엘에게 슈트 제작을 의뢰했다.

우진의 대답에 박휘경은 치수를 지금보다 더 크게 해서 옷을 제작하고, 가봉 후에 다시 수정하자며 일정을 의논했다.

"나는 남아서 디자인하고 원단을 고를 테니 먼저 가세요."

치수를 다 재자 막상 우진이 할 일은 없었다. 어차피 여기 더 있어봤자 방해만 된다면서 황이영은 손을 휘휘 저으며 우진에게 돌아가서 쉬라고 말했다.

"주차장이 멀어서 좀 걸어가야 하는데 어떻게 할래?"

숍에 도착했을 때 우진과 황이영을 먼저 내려주고 차는 공영 주차장에 주차해 놓은 강호수는 상황이 모호하다며 머릴 긁적였다. 주차장에서 숍까지 걸어오면서 보니 사람이 거의 다니지 않는 이쪽 거리와 다르게, 저쪽은 한 블록 차이로 완전히 번화가였다. 그래서인지 대낮에도 사람이 복작였고 관광객까지 많았다. 우진이 그곳에 나타나면 혼잡해지는 것은 당연지사라 강호수는 잠시 주저했다.

"그럼 전 이쪽 도로에서 기다릴게요. 사람들도 거의 없고, 날도 좋은데 햇볕 좀 쬐고 있죠."

우진은 숍에서 조금만 걸으면 나오는 도로변을 손으로 가리키며 말했다.

"여기 도로가 일방통행이라 주차장에서 저리로 가려면 좀 돌아서 와야 하는데 그때까지 혼자서 괜찮겠어? 그냥 숍에 있다가 내가 전화하면 나오는 게 좋지 않을까?"

"제가 애예요?"

걱정도 많다면서 강호수를 등 떠밀어 보낸 우진은 천천히 도로 쪽으로 걸어갔다. 반대편으로 10여 분만 걸으면 번화가인 곳과 너무도 괴리가 느껴질 정도로 이쪽 길거리는 조용했다. 드문드문 지나가는 사람들조차 길바닥에 시선을 둔 채 바쁜 걸음으로 우진을 스치고 지나갔다.

시각을 확인한 우진은 느긋이 봄의 햇살 아래를 거닐며 여유를 만끽했다.

목적지에 도착한 그는 차를 몰고 올 강호수가 자신을 잘 찾을 수 있도록 도로와 가까운 곳에 자리를 잡았다. 가로등에 살짝 몸을 기댄 우진은 가볍게 하품을 했다. 지난한 겨울이 지나고 찾아온 봄날이 너무 좋아서 몸도 나른하고, 춘곤증인지 잠도 오는 것 같았다.

그런데 정말 이상할 정도로 사람이 보이지 않았다.

인도에는 주로 개인 스튜디오와 작은 회사들이 즐비해 있었다. 아기자기한 작은 건물들은 한때 개인 주택이었던 곳을 개조해서, 새로운 사업 단지로 조성한 거리였다. 회사와 직장인이 한창 바쁜 시간이고 상가가 있는 것도 아니라서, 어쩌다가 지나가는 차 말고는 거리가 정말 한산했다. 그래서 우진은 얼굴을 환히 내놓고도 여유롭게 볕을 쬘 수 있었다.

"응?"

봄날의 나른함에 잠시 눈을 감고 있었던 우진은 얼굴에 닿는 물방울에 하늘을 올려다보았다. 갑자기 후드득후드득 여우비가 떨어졌다.

한낮에 쏟아지는 여우비는 곧 그칠 것 같았지만, 당장 우산이 없어서 가만히 있다간 비를 홀딱 맞을 처지였다.

길거리에 카페라도 있으면 안으로 들어갈 수 있었을 테지만 그렇지도 못했다. 다행히 뒤쪽에 있는 건물의 1층 창문 위에 캐노픽스가 있었다. 언뜻 보니 광고 회사인 듯싶어서 우진은 그냥 캐노픽스 아래로 갔다. 창문마다 블라인드가 내려와 있어서 안에서 일하는 사람들에겐 밖이 보이지 않을 터라 안심하고 비를 피했다.

갑자기 비가 내려도 비를 피해 뛰어다니는 사람조차 보이지 않았다. 햇볕이 내리쬐는 도로에 쏟아지는 비의 조합이 이상한 적막과 함께 단절을 느끼게 했다.

끼익, 꽝!

아무 생각 없이 비 내리는 하늘을 올려다보고 있던 우진은 놀라서 소리가 나는 곳을 바라봤다. 거기에는 5톤 탑차가 아까 우진이 기대고 서 있던 가로등을 박으며 겨우 멈춰 있는 게 보였다. 가로등은 아예 바닥을 향해 꺾여 있었다. 바삐 주위를 둘러보니 앞쪽에 있는 건널목에 놀라서 멍하니 서 있는 사람이 보였다.

아마도 과속으로 달리던 탑차가 건널목을 건너려는 사람을 발견하고 급하게 브레이크를 밟은 듯했다. 하지만 비 때문에 미끄러져서 대신 가로등을 박은 것 같았다. 다행히 탑차의 운전자도 다친 것 같지는 않았고, 보행자 역시 무사했다.

가로등과 탑차 빼고는 인명 피해도 생기지 않았다. 하지만 만약 비가 오지 않아서 우진이 저곳에 계속 있었다면 어떤 일이 벌어졌을지는 모르는 일이었다. 상상만으로도 등골 오싹한 광경이 눈앞에 펼쳐지자 우진은 고개를 저었다.

"아니, 비가 오지 않았으면 사고도 안 났을 거야."

그러니 자신이 저기에 계속 서 있었어도 무사했을 거라고 우진은 한숨 돌렸다.

"저 사고는 비 때문이 아니라 브레이크 고장으로 난 사고라네."

갑자기 옆에서 들리는 소리에 우진은 고개를 돌려 오른쪽을 보았다. 분명 방금까지 아무도 없었던 곳에 노신사 한 분이 장우산을 지팡이처럼 짚고 서 있었다.

"그걸 어떻게 아십니까?"

"운명이란 게 존재하지만, 절대 변하지 않는 운명 따윈 이 세상에 없거든. 사람과 자연이 만들어내는 변칙이 가끔은 운명을 바꾸지. 오늘의 변수는 바로 이 비로군."

노신사는 손바닥을 내밀어 비를 맞으며 말했다. 탑차 사고가 어떻게 브레이크 고장이라고 단정할 수 있냐는 질문에 그는 전혀 다른 대답을 했다. 이상한 노인이라고 생각하며 우진은 그를 찬찬히 살폈다.

혹시나 어디가 편찮아서 길을 잃은 노인이 아닌지 걱정이 들기도 했다. 하지만 그러기엔 옷차림이 단정하고 완벽했다. 절대 평범하지 않은 고상한 풍채에서는 지적인 분위기마저 흘러나왔다.

그런데 이상하게 노신사의 얼굴을 아무리 보아도 눈과 머리에 들어오지 않았다. 보이기는 하는데 머리에 그의 인상이 남아 있지가 않았다. 심지어는 백인인지 유색인종인지조차 알 수가 없었다.

마치 사람이 아닌 것 같으면서, 예전부터 알고 있었던 것처럼 친숙하고 정겨운 기분이 들었다. 정체를 알 수 없는 불안감보다는 편안함이 들어서 우진은 이 이상한 노신사를 가만히 보고만 있었다.

"자네는 만약 다음 생을 선택할 수 있다면 무엇이 되고 싶은가? 가령 신이나 지금과 같은 인간, 둘 중의 하나를 선택하라면 말일세."

"그런 질문을 받으면 누구나 대답은 똑같을 것 같은데요. 신이 되고 싶지 않은 인간은 없을 것 같아요."

"자네도 신이 되고 싶은가?"

"당연하죠."

"그럼 신이 되면 가장 먼저 하고 싶은 게 뭐지?"

"그거야… 로또 1등 당첨?"

우진은 자기가 말해놓고도 그만 웃고 말았다. 신이 그런 돈이 무슨 소용이 있으며, 사실 로또 1등이어도 당첨금이 적은 요즘은, 우진도 그 정도는 수월하게 벌고 있었다.

"신인데 돈이 필요한가?"

노신사도 어처구니없다는 듯 물었다. 우진은 얼굴을 붉히며 인간이 신에게 가장 바라는 것이자, 어릴 때 한 번쯤은 꿈꾸었던 소원을 당당하게 말했다.

"그럼, 세계 평화와 인류 구원요."

세상을 시끄럽게 하고 인류를 가장 위험에 빠뜨리는 것은 정작 인간이면서, 그들은 늘 신에게 구원을 청했다. 그리고 우진 역시 신에게 바라는 것은 크게 다르지 않았다.

"그 말은, 즉 이 세상에 신은 없다는 말이군."

인간의 바람에도 불구하고 아무것도 변하지 않는 세상을 꼬집 듯 노신사는 비웃었다.

"하긴, 뉴스를 보면 그렇긴 하죠. 신이 있으면 세상에 나쁜 놈들도 없고, 지금보다 더 살기 좋은 세상이 될 테니까요."

노신사의 말에 아쉬움을 표하던 우진은 문득 이런 생각이 들었다.

신이라고 해서 꼭 인간을 위하라는 법이 있을까. 'Guardian angel'의 수호자들에게 중요한 것이 인간보다는 자연과 이 지구였듯이 말이다.

신에게도 자신의 의지와 의무가 있고 더 소중한 것이 있을 수 있었다. 그리고 그 소중한 것이 꼭 인간일 필요는 없었다. 인류를 구원해 주길 바라고, 인과응보가 확실해서 살기 좋은 세상을 만들어달라고 비는 것은 오로지 인간의 관점이고 소원이었다.

인간은 자신들의 정의와 생각으로 신을 단정하고 있었다. 그러면서, 자신들이 할 수 있으면서 하지 못하는 구원을 존재조차 불확실한 신에게 떠밀고 있었다.

"생각해 보니 이상하네요. 신이 존재한다는 전제하에, 인간이 신이 돼서 하고 싶은 것은 결국 인간으로서 삶의 연장과 인류를 위한 구원이란 소리잖아요. 그런데 세상이 변한 게 없다면 인간으로서 신이 된 존재가 없다는 이야기인지, 아니면 신이 되면 인간이었을 때와 생각이 바뀌는 걸까요?"

이상하게 우진은 오늘 처음 본 노신사와 거리낌 없이 대화를 주고받았다. 눈앞에 큰 사고가 벌어졌는데도 왠지 현실적이지 않고, 따로 격리된 공간에서 세상을 바라보고 있는 기분이었다. 마치 수족관 안에서 세상을 바라보는 물고기가 된 것 같기도 하고, 그 반대 같기도 한 오묘한 느낌이 들었다.

"어쩌면 신의 기대보다 인간들이 훨씬 잘해가는 것인지도 모르지. 굳이 개입할 필요성을 느끼지 못할 정도로 말이야."

노신사는 언뜻 자상한 시선으로 우진을 바라봤다. 이 세상이 불합리하고 불행하고 무질서하다고 생각하는 것은 어쩌면 인간의 생각일지도 몰랐다. 신의 견해에선 기대했던 것보다 인간이 훨씬 바르고 착하게 사는 것일 수도 있었다.

신이라면 항상 자비로우며 공명정대하다는 편견을 인간이 만든 것인지, 아니면 신이 자신의 이미지를 위해 인간에게 새긴 것인지는 모르겠으나 만약 신이 인간보다 더 잔인하고 무자비하며 인정을 모른다면 세상이 이 지경인 것도 말이 되었다.

"그래서 다시 묻겠네. 신이 된다면 자넨 무얼 하고 싶은가?"

"저야, 지금과 똑같겠죠."

아무리 생각해 봐도 별다를 게 있을까 싶었다. 연기하고, 노래하고, 그림 그리고, 글도 쓰면서, 우진은 현재 그가 하고 싶은 일을 모두 하고 있었다. 여기에서 더 바라는 게 있다면 자신의 작품을 많은 사람이 좋아하고 공감해 주길 바라는 것 말고는 아직 다른 꿈이 없었다.

"그럼 굳이 신이 될 필요는 없겠군. 신이라는 게 아무리 만능 치트키여도 쓸데가 있어야 만능일 테니까."

"어쩌면 만능 치트키가 아닐 수 있죠, 적어도 저에게는요."

인간이 상상하는 그런 존재가 아니라면 우진은 딱히 신이 되고 싶지가 없었다. 인간의 마음을 모르는 신이 어떻게 예술로 사람들과 통하고 공감할 수 있을지 의문이었기 때문이다. 우진이 신이 되어서도 하고 싶은 일들은 결국 인간이어도 할 수 있는 일이었다. 아니, 인간이어야만 누릴 수 있는 행복이었다.

태양은 태양으로 존재할 때가 가치 있고 달과 별은 그 나름의 몫이 따로 있는 것처럼, 각자의 자리를 지키는 게 가장 아름다운 결말일지도 몰랐다. 그리고 너무 눈부셔서 바라볼 수 없는 태양과 고적하게 외로운 달보다는, 별처럼 무리 지어서 함께 어울리고 빛나는 별이 우진에게는 더 어울렸다.

물론 만약 신이 된다면, 하고 싶은 일은 많았다. 엄청 많은데 우진의 처지에서 생각해 보면 그건 결국 신이 아니어도 가능했다. 신이라고 해서 좋은 점이라고는 가늠할 수 없는 권능과 무한한 삶 정도였다.

"신이라는 게 꼭 좋은 건 아닌 것 같군요……."

유한한 삶을 사는 것보다 할 수 있는 일이 많고 매일 재미난 도전을 할 수 있겠지만, 그건 999번의 삶을 살아본 우진에게 큰 유혹거리는 아니었다.

"천천히 생각해 보게. 오늘로써 그 시간이 많이 늘어나 버렸으니까."

"네?"

"지금 너의 모습을 보니, 시간은 언제라도 결국 답을 준다는 말이 맞긴 하구나."

노신사는 웃으면서 우진의 머리를 다정하게 쓰다듬어 주었다. 아까 비를 맞은 오른손인데도 그의 손에는 물기가 전혀 없었다. 처음 본 사람의 접촉인데도 거부감보다는 굉장히 아득하게 느껴지는 따뜻함이 있었다.

"누구시죠?"

아무래도 그냥 지나가다 우연히 만난 노인은 아니었다.

"자네의 첫 번째 팬이라고 생각하면 되네. 저기 자네 매니저가 달려오는군. 사고 소식에 굉장히 놀란 모양이야. 사과의 의미로 가져가게."

노신사는 우진에게 자신이 들고 있던 장우산을 내밀었다. 얼떨결에 그걸 받은 우진은 노신사가 턱으로 가리키는 곳을 보았다. 강호수가 헐레벌떡 뛰어오자 우진은 우산을 펼쳐 그에게 다가가 머리에 씌워주었다.

"오는데 앞쪽에서 사고가 나서 길이 막혔다는 소리에 얼마나 놀랐는지 알아? 트럭이 인도를 덮쳤다는데 들어보니까 그곳이 네가 기다리겠다던 곳이잖아. 놀라서 전화했는데 너는 안 받고, 차 버리고 여기로 오면서 정말 오만 생각을 다 했다."

강호수는 멀쩡한 우진의 몸을 살펴보다가, 얼마 떨어지지 않은 곳에 벌어진 사고를 번갈아 보며 기함했다. 사고가 난 자리와 우진이 아까 서 있던 곳과는 겨우 5m밖에 떨어지지 않았던 것이다. 우진이 조금만 앞쪽에 서 있었거나, 트럭이 좀 더 미끄러졌다면 상황이 어떻게 됐을지 상상만 해도 끔찍했다.

"그래서 도로에다 차 버리고 달려온 거예요?"

우진은 다른 것보다 차를 버리고 왔다는 소리에 놀라 물었다.

"어차피 앞뒤로 꼼짝도 못하는 처지라 괜찮아."

최대한 인도 쪽과 가까운 2차선에 주차하고 왔지만, 달려올 때 보니 차들이 모두 정체돼서 앞으로 가지 못하고 있었다. 2차선 도로에서 난 사고라 트럭이 옆으로 미끄러져서 1, 2차선을 모두 막고 있었기 때문이다.

"그런데 우산을 가지고 있었어?"

강호수는 우진이 들고 있는 우산을 보며 고개를 갸웃거렸다. 작은 것도 아닌 저런 큰 장우산을 언제 들고 있었나 싶은 것이다.

"아니요, 저분이 주셨⋯⋯."

우진은 뒤쪽을 가리키며 방금까지 그곳에 있었던 노신사를 찾았지만 그는 보이지 않았다.

"비도 오는데 언제 가셨지? 형, 혹시 저기에 있던 분 언제 가셨는지 알아요?"

"누가 있었어? 난 너만 보고 오느라 아무도 못 봤어. 그나저나 이제 차로 가야겠다."

분명 사람이 거의 없는 거리였는데 언제부터인가 주위가 시끄러울 정도로 많아졌다. 정체되어 오도 가지도 못하는 차에서 내린 사람들이 사고 장소를 구경하는 것인지, 원래 거리를 지나가던 사람들인지는 알 수가 없었다.

참 이상한 일이었다. 그렇게 한가하던 길거리에 갑자기 사람들이 이렇게 많아진 것도, 분명 아까만 해도 도로를 지나는 차들이 거의 없었는데 사고가 나자 정체됐다는 차들은 다 어디서 나타난 것인가 싶었다.

세상과 단절된 듯 조용하고 고요했던 길거리가 갑자기 북적거리며 생기가 돌고 있는 게 무척 낯설어 보였다.

"그런데, 어?"

우진은 아까 그 노신사를 떠올려 보려고 해도 얼굴은 물론 그가 무슨 옷을 입었는지조차 생각나지 않았다. 목소리조차 들었는지 안 들었는지 기억이 나지 않았고, 오로지 그와 있었던 순간과 둘이 나눴던 대화의 내용만 기억이 났다.

뭐라 설명할 수 없는 기묘한 느낌에 사로잡힌 우진이 멍하니 서 있자, 강호수는 우산을 대신 들면서 그의 등을 떠밀었다.

주위의 사람들이 점점 우진을 알아보기 시작했다. 손가락으로 가리키기도 하고, 아직 긴가민가 확신하지 못해 고개를 갸웃거리는 이들도 있었다. 우진은 무엇에 놀랐는지 여전히 정신이 없어 보여서 강호수는 부랴부랴 그를 차로 데리고 갔다.

비는 견인차와 경찰이 오고 나서 도로 사정이 좋아질 때쯤에야 멈췄다. 그제야 어느 정도 정신을 차린 우진은 강호수에게 물었다.

"형은 만약 신이 된다면 뭘 하고 싶나요?"

"DS의 주식을 모두 사서 장악하는 거."

"신이 굳이 엔터테인먼트 회사를 장악해서 뭐에 쓰려고요?"

"신이 뭐 대수야. 신이라고 자기가 하고 싶은 게 없겠어? 신이고, 인간이고, 자기가 하고 싶은 걸 할 때가 가장 행복한 법이야. 신에게도 행복할 권리는 있잖아."

강호수 역시 신에게 바라는 것은 세계 평화와 정의 구현이었지만, 자신이 신이 된다면 말은 달라졌다.

"그런데 갑자기 이런 이야기는 왜 꺼내는데?"

"그냥 날이 너무 좋은데 데자뷔인지, 꿈인지 모를 이상한 경험을 방금 했거든요."

우진은 아까 노신사와의 일을 되새겨 보았다. 그건 이성이나 논리로는 도저히 설명되지 않는 이상한 경험이었다. 그 순간 잠시 그의 옆에 신이 머물다가 떠난 것 같았다.

그러나 신이 떠나도 삶은 여전히 눈부시도록 아름다웠다.

"그동안 저한테 온 각본들이 많이 쌓여 있겠네요."

"뭐, 그렇지."

우진이 난데없이 글을 쓰겠다고 해서, 현재 그의 앞으로 날아온 각본들은 먼지가 쌓일 틈도 없이 차곡차곡 높이 쌓이고 있었다.

"칸에 다녀오면 하나씩 읽어봐야겠네."

우진의 말은 이제부터 본연의 활동을 재기하겠다는 의미였다. 글은 이제 조금만 손보면 거의 마무리 짓는 단계였다. 이제 다음 작품을 위해 슬슬 준비운동을 할 차례였다.

남들에게는 무리처럼 보이고 힘들어 보일 수 있는 과정이었지만, 그에게는 이 모든 것이 신이 되더라도 포기할 수 없는 행복이었다.

그것이 우진에게는 행복할 권리였다.

쿠키 영상 #1
비밀번호

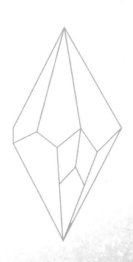

조르지오는 아무리 명작이라고 해도 '백의 고백'을 좋아하지 않았다. 소설은 마치 일리야 터너의 일기장 같았고, 그가 모르는 할아버지의 모습이 담긴 이야기 같아 불쾌하기도 했다. 그러나 셀레나가 하필 그 작품에 투자한 바람에 마냥 무시할 수가 없었다.

그 하나 안 본다고 영화의 흥행을 좌지우지하는 건 아니지만, 그래도 딸이 기획하고 투자까지 한 작품을 무시할 정도로 무정한 아버지는 아니었다. 무엇보다 일리야를 싫어한다고 해도 딸을 사랑하는 마음보다 크지는 않았다.

그러나 울며 겨자 먹기 식으로 억지로 보게 된 영화는, 스크린이 까맣게 변했어도 쉽게 일어날 수가 없었다. 방금 자신이 본 것이 무엇인가 곰곰이 생각해도 이해할 수가 없어서 그는 그토록 보기 꺼리던 영화를 그 후로 두 번이나 더 보았다. 그리고 세 번째 영화 감상이 끝난 후에 그는 LA로 날아갔다.

◆　◆◆◆　◆

전화벨이 울리자 일리야는 아무 망설임 없이 바로 전화를 받았다. 그의 개인 전화번호를 아는 이들은 몇 되지 않았고, 그들은 용건 없이 함부로 그에게 전화를 걸지 않았다. 굳이 따진다면 아무 일 없이 전화하는 이는 우진밖에 없었다. 그래서 누구에게 걸려왔는지 확인할 필요가 없었다.

하지만 오늘은 이 모든 게 빗나갔다.

{내 전화번호는 어떻게 알아낸 건가?}

—아, 물론 쉽지는 않았네. 그래도 CIA의 1급 비밀문서를 빼돌리던 것보단 쉽던걸.

무심한 조르지오의 대답에 일리야는 와락 얼굴을 구기며 용건을 물었다. 두 사람이 통화했던 것이 그의 기억으론 20년도 지난 일이었다. 그만큼 서로 볼일 없는 사이에 웬 전화인가 싶었다.

—이곳으로 오게.

{대뜸 이곳이라고 하면 내가 어떻게 알고… 혹시 그곳인가?}

—그래.

일리야는 잠시 침묵하다가 알겠다며 전화를 끊었다.

{결국은 알아냈군.}

어느 정도 예상한 결과였다. 조르지오가 '백의 고백'을 본다면, 어쩌면 눈치챌 수 있겠다고 일리야도 생각했다. 소설로 읽을 때는 미처 잡히지 못했던 사실을 영화를 보는 순간 깨달았을 테니 말이다.

일리야 역시 영화를 보면서 글을 썼을 당시에 종잡을 수 없었던 자신의 감정을 하나씩 되새겨 볼 수 있었다. 소설을 영화화하면 수백 페이지의 내용을 2~3시간 안에 요약하는 바람에 작품을 밀도 깊게 표현하지 못하는 경우가 많다. 그러나 이번에는 오히려 소설에서 담지 못한 이야기까지 영화가 풀이해 주는 구실을 했다.

비밀번호에 얽힌 이야기를 하면서 '로이드'가 보여준 질투심과 절망은 참으로 애잔했다. 소설에선 일리야가 애써 감추고 싶어서 덤덤하고 짧게 표현했었는데 우진은 표정 하나로 그 복잡한 마음을 모두 풀어내 보여주었다.

속내를 들킨 것 같아 부끄러우면서, 그 마음을 알아주었다는 것에 묘하게 위로받은 기분이 들었다. 그래서 일리야는 조르지오가 그곳의 비밀번호를 알게 된 것이 너무나 당연하다고 여겼다. 알아채지 못했다면 오히려 그에게 실망했을지도 몰랐다.

랜스키의 안전 가옥은 LA의 변두리에 있었다. 주인 없이 수십 년이 지났어도 꾸준히 관리해 와서 외관은 여전히 말끔하고 우아한 저택이었다. 일리야는 안으로 들어갈 때마다 길을 막는 문의 비밀번호를 하나씩 해결하고 앞으로 나아갔다.

마지막 난관 앞에서 잠시 숨을 고른 일리야는 천천히 조르지오의 생일을 눌렀다. 어쩌다가 수십 년이 지나도록 그의 생일을 외우고 있는 몹쓸 운명이라니, 얄궂으면서 우스웠다. 스르륵 열리는 문 사이로 제일 먼저 조르지오의 뒷모습이 보였다.

인기척이 들리는데도 조르지오는 고개를 돌리지 않고 그의 조부가 특별히 제작한 책장을 바라보고 있었다. 그에게 다가가 옆에 선 일리야도 같은 곳을 보며 말했다.

{드디어 알아냈군.}

{그래, 어쩌다 보니.}

두 사람은 한동안 말없이 눈앞의 책장만 바라봤다. 주위를 둘러보면 눈이 휘둥그레질 작품들이 널려 있는데도 두 사람의 시선은 책장에서 떠나지 않았다.

책장에 잘 보관된 고서적은 제목만 보아도 수집가들이 거품 물고 덤빌 목록들이었다. 옛날 저 책들의 가치를 잘 알지 못했던 일리야는 그저 바라보는 것만으로도 충분했고 감히 책을 펼쳐볼 배짱이 없었다.

그러나 지금이라면 주저 없이 꺼내서 한 장, 한 장 즐거운 마음으로 읽을 수 있을 터였다. 젊었을 때는 저 책들을 값으로만 따졌다면 이제는 진정한 가치를 알고 있었다. 무엇보다 읽지 않을 책은 존재할 이유가 없었다.

{난 이곳이 마음에 들지 않았어.}

{알고 있네.}

{아니, 예전에는 그저 지루한 곳이었을 뿐이었는데 언젠가부터 이것저것 거슬리더군. 아마 할아버지가 이 수집품들을 이곳으로 옮겼을 때부터 시작했을 거야.}

원래 이 수집품들은 뉴욕 근방에 있던 안전 가옥에 있었다. 그때의 조르지오는 귀찮아도 할아버지가 원하면 함께 방문해서 그림과 수집품에 관련된 이야기를 듣곤 했었다. 비록 지루하기는 했지만, 싫다는 감정은 없었다. 조금은 즐거웠고 행복한 추억이었다.

그런데 어느 날 갑자기 할아버지는 뉴욕과는 멀고도 먼 LA인 이곳으로 당신이 가장 아끼는 예술품들을 옮기기 시작했다. 그래도 처음 몇 번은 별 불만 없이 할아버지와 동행해 이곳을 찾았다.

{정확히는 할아버지의 수집품에 이것들이 들어간 이후부터였던 것 같군.}

조르지오는 책장 중간에 있는 서랍에서 상자 하나를 꺼내 뒤쪽에 있는 책상 위에 올려놓았다. 책장과 함께 특별히 제작된 상자는 굉장히 고풍스러우면서 책을 보관하는 데 최적화된 물건이었다. 상자의 뚜껑을 열자, '음유시인은 노래하지 않는다'라는 소설책 제목이 보였다.

가업과 사업에 있어서 조르지오는 랜스키의 기대를 충족시키는, 그 이상의 후계자였다. 부족함 없이 사랑받았고, 할아버지와 나눈 추억 역시 많았으나 유일하게 취미와 취향만은 서로 맞지 않았다.

조르지오가 할 수 없었던 자리를 대신한 것이 바로 일리야였다. 그 때문에, 아흔아홉을 가진 부자가 놓친 하나에 집착하듯이 조르지오는 일리야를 질투했다. 특히 대학을 졸업한 일리야가 LA에 자리를 잡겠다고 한 이후로, 새로 지은 LA의 안전 가옥에 가장 아끼는 예술품들을 옮기던 조부의 의중을 알아챘을 때는 더욱 그랬다.

특별하게 제작한 상자에 일리야의 작품을 보관하면서 기쁘게 말하던 할아버지의 얼굴이 그렇게 행복해 보일 수가 없었다. 콘스차 가문의 수장이었을 때보다, 자신의 할아버지로 있을 때보다 더 자유롭고 행복해 보이는 모습이 당시에는 그렇게 싫을 수가 없었다.

{하지만 그마저도 세월이 지나니 추억이더군.}

투정 부리고 짜증 내던 당시의 기억마저 이제는 추억이 될 정도로 아련했다. 어느새 나빴던 감정은 사라지고 그저 그리울 뿐이었다.

일리야는 책이 들어 있는 상자의 테두리를 쓰다듬었다. 우진에게 이미 들어서 알고 있었지만, 막상 자기 책을 이곳에서 보니 감회가 새로웠다. 기뻐서 웃고 싶으면서도 왠지 슬프기도 해서, 지금 거울을 본다면 자기 얼굴이 말이 아니겠다는 생각을 잠시 했다.

조르지오는 일리야를 보며, 마지막 비밀번호를 누르자 스르륵 열리던 문을 보았을 때 자신의 얼굴도 딱 저러지 않았을까 싶었다. 그는 한쪽에다 치워두었던 서류 봉투를 일리야의 앞에다 툭 던졌다.

{이건 또 뭔가?}

{이제는 이 저택과 예술품 모두가 자네 거라는 서류.}

{뭐?}

{할아버지는 예전부터 이 저택과 이곳에 있는 모든 것을 자네에게 주고 싶어 했어. 그러지 못했던 것은 숙부와 고모들 때문이었지.}

애초에 수집품들을 LA로 옮긴 것부터가 랜스키의 계획이 담긴 절차였다. 하지만 생전에 일리야에게 넘기거나, 혹은 유언장에 저택과 수집품을 그에게 상속한다는 문장을 쓰지 못한 것은 그의 욕심 많은 자식들 때문이었다. 만약 유언장에 일리야의 이름이라도 있었다면 그들이 어떻게 나왔을지는 안 봐도 뻔했다.

조르지오는 워낙 어렸을 때부터 랜스키가 옆에 끼고 후계자로 키웠기에 세력과 정통성이 너무도 확고했다. 그의 아버지조차 감히 넘볼 수 없는 위세였고, 어렸을 때부터 다져온 권력은 숙부와 고모들이라도 조카에게 고개를 숙이도록 만들었다. 무엇보다 랜스키는 사랑하는 손자에게 위협이 될 만하다 싶으면 자식이라도 용서하지 않았고, 애초 그들에게 조르지오를 넘볼 힘과 돈을 주지도 않았다.

하지만 실세가 없어도 그들은 랜스키의 자식들이며 콘스차였다. 아버지와 조카에는 못 미친다고 해도 젊은 고아 출신의 소설가 하나는 어떻게 할 수 있었다. 랜스키가 살아 있을 때는 어쩌지 못한다고 해도 그의 사후엔 일리야 정도 어떻게 하는 것은 그들에겐 일도 아니었다.

특히 둘째 숙부는 조부의 수집품을 굉장히 욕심냈다. 시시때때로 다른 것은 몰라도 수집한 예술품만은 자신에게 물려주길 바랐고, 요지부동인 랜스키에게 불만을 터뜨리며 화를 내기도 했었다.

만약 이 모든 게 고스란히 일리야에게 바로 갔다면 아버지와 조카에게도 그렇게 분노하던 사람이 일개 소설가를 어찌했을지는 눈에 선했다. 그렇다고 조르지오가 적극적으로 일리야를 보호해 줄 것 같지도 않았고, 그렇다 해도 평생을 보호와 위협 속에 살게 하는 것은 조부의 뜻이 아니었다.

그래서 랜스키는 일리야에게 무엇도 줄 수가 없었다. 그 대신 손자에게 가끔 일리야를 언급하며 자신의 사후에도 그를 챙겨주라고 일렀다. 일단 이 저택을 조르지오가 상속받아 나중에 조용히 일리야에게 넘겨주길 바라셨다. 일리야에게는 무심한 듯 세심한 상속이었다.

{내가 챙겨주지 않아도 잘사는 인간을 왜 그리 걱정하셨는지.}

굳이 그가 돌보지 않아도 일리야는 소설가로서 창창 대로를 걸었고 그를 괴롭히는 인간들 역시 없었다. 걱정했던 숙부와 고모들에게 일리야는 그저 랜스키가 후원한 많은 예술가 중의 하나로 인식되어서 안중에도 없었던 것이다.

{딱 한 번이었지. 이 저택과 이곳에 있는 작품들이 자네에게 갔으면 좋겠다고 말씀하셨어.}

어렴풋이 조부도 일리야에 대한 조르지오의 질투심을 알고 있었던 것 같았다. 그래서 최대한 자극하지 않는 선에서 언급만 하고 넘어간 것 같았다. 하지만 그것만으로도 충분하다는 것을 랜스키는 잘 알고 있었다.

일단 조르지오의 손안에 들어간 이후로는 자식들도 더는 이곳을 탐낼 수 없을 테고, 좋든 싫든 조르지오는 조부의 유지를 저버릴 아이가 아니었다.

조부가 돌아가시고 몇 년 동안 이곳을 잊어버렸지만 예상대로 조르지오는 착실한 후계자였다. 조부의 유산을 탐내던 숙부와 고모들은 이 저택이 어디에 있는지 정확히 알지도 못했고, 일단 조르지오에게 넘어간 이상 자신들에게 가망이 없다는 것을 알고 포기한 상태였다.

방해 없이 유언대로 법적인 절차를 진행하였고, 마지막에 그의 사인만 남은 상태였다. 그런데 일리야만이 이곳의 비밀번호를 알고 있다는 것에 심술이 나서 수십 년을 그냥 버텼다.

그랬던 그가 드디어 오늘 이 서류에 사인을 한 것이다.

{왜? 비밀번호가 자네 생일이라서 마음이 풀린 건가?}

{내가 그 정도밖에 안 되는 인간인 줄 아나?}

{…….}

침묵에는 많은 의미가 담겨 있었다. 직언을 회피하는 일리야의 시선에 조르지오는 미간을 잔뜩 찌푸렸다.

{자네도 힘들었겠다고 생각한 거뿐이야!}

조르지오는 항상 자신의 관점으로 일리야를 보았다. 한때는 일리야가 자신의 영역을 호시탐탐 노리는 거지 새끼라고 생각했던 적이 있었다. 신경이 거슬리는 경쟁 상대였으며, 왠지 조부가 밖에서 데리고 온 사생아 같다고 느낄 때도 있었다.

그런데 영화 '백의 고백'은 그 시점을 반대로 전환해 주었다. 조르지오는 일리야가 돼서 자신을 보았던 것이다. 소설에서 느끼지 못했던 일리야의 질투심과 절망이 느껴지면서 그 역시 자신과 비슷하면서 달랐다는 것을 알았다.

어쨌든 일리야는 랜스키의 자식도 손자도 아닌 남으로서, 그의 애정을 갈구하는 처지라는 것이 얼마나 불안하고 무서운지 말이다.

이 세상과 이어주는 유일한 끈이 어느 날 갑자기 자길 버릴 수도 있다는 두려움은 조르지오로선 상상조차 해본 적 없는 감정이었다. 그에 우월감을 느끼기보다는 일리야의 심정을 조금은 이해하게 되었다. 절박한 자의 처절함을 더는 비웃을 수가 없었다.

또한 조부가 일리야에게 가졌을 애정과 안타까움도 이해했다. 대놓고 해줄 것이 없었고, 돌아가실 때까지 저 사회 부적응자가 혼자 어떻게 살아갈지 걱정했을 조부의 초조함 역시 공감했다.

{이제부터 자네 것이니 나중에 사회에 환원하든, 당장 팔아버리든 마음대로 하게.}

아무 조건 없이 주는 것이었으니 나중에 일리야가 어떻게 처분하든 조르지오는 상관없었다.

{그럼 내가 주고 싶은 사람한테 줘도 아무 말 하지 않을 건가?}

{주고 싶은 사람은 있고?}

가족은 물론 친한 지인도 없는 사람이 퍽이나 그러겠다 싶었다.

{나라고 그런 사람 하나 없을까.}

{혹시 셀레나한테 주려는 건가?}

{자네한텐 유감이지만 아니네. 아, 그러고 보니 이렇게 되어버려서 셀레나의 실망이 크겠군.}

조르지오가 이곳의 비밀번호를 알아버렸으니 더스틴과 열애 중인 셀레나에게 희망 하나가 날아가 버렸다. 어느 때보다 행복해 보이는 셀레나를 보며 그녀의 사랑을 응원했는데 안타까운 일이었다.

{나는 계속 모른 척할 생각이야. 그러니 자네도 내가 알았다는 걸 그 아이에겐 말하지 말게.}

{암묵적인 허락인가?}

{내가 받았던 것만큼 내 아이에게도 돌려주려는 거야. 나중에 시간이 흐른 후에 내 아이들이 지금의 우리처럼 날 기억하고 사랑해 주길 바라는 욕심도 있고.}

남에게도 보이는 셀레나의 행복이 아버지에게 보이지 않을 리가 없었다. 요즘은 까짓것 나중에 어떻게 되든 그게 무슨 상관일까도 싶었다. 그저 아버지로서 딸을 지지하고 믿어주다가 필요하면 기둥이 되고 우산이 되어주면 되었다. 무슨 일이 있어도 자신을 배신하지 않을 아버지가 있다는 것만 셀레나가 알아주면 되었다.

　예전이라면 조르지오의 말에 조금은 씁쓸했을 일이야지만 이제는 그도 마주 웃을 수가 있었다. 이제는 랜스키의 마음과 조르지오의 고민이 가슴 안까지 다가왔기 때문이다.

　{자네는 환생을 믿나?}

　뜬금없는 일리야의 질문에 조르지오는 뭔 소리냐는 표정을 지었다.

　{이래서 소설가들이란…….}

　{뭐, 안 믿어도 좋고.}

　{내가 믿으면 뭐 어쩔 건데?}

　그래도 일리야가 아무 이유 없이 쓸모없는 소릴 하는 위인은 아니라서 조르지오는 살짝 궁금해했다. 이왕 이야기를 꺼냈으니 마저 하라는 뜻이기도 했다.

　{만약 그분이 이 세상 어딘가에 환생했다면 자넨 어떡할 건가 싶어서.}

　일리야가 말하는 그분이 누구인지는 뻔했다. 소설가나 꿈꿀 허황한 상상에 한심하다는 표정을 지으면서도 조르지오는 잠시 진지해졌다.

　유쾌한 상상은 늘 즐거운 법이었다. 일어날 수 없는 일이기에 의미가 없지만, 세상에는 그보다 더 의미 없는 일에 목숨을 거는 바보들도 많았다.

{환생했다는 전제를 깔려면 전생의 기억이 있어야 하겠지?}

환생을 믿고 안 믿고를 떠나서, 전생의 기억이 없다면 이를 논할 가치가 없었다. 만약에 조르지오의 이번 생이 처음이 아니고 전생이 따로 있다고 한들, 아무것도 기억하지 못하는 지금은 누구에게도 의미 없는 환생이었다. 조르지오의 물음에 일리야는 대답 대신 고개를 끄덕였다.

{그렇다면… 모른 척해야겠지.}

{의외군.}

조르지오라면 알자마자 쪼르르 달려갈 것으로 생각했는데 전혀 반대의 답이 나와서 일리야는 의외다 싶었다.

{늘 자유롭기를 바라셨거든. 기억이 있는데도 찾아오지 않는다는 건 더는 콘스차와 연결되고 싶지 않다는 이야기 아닌가. 그러니 이번 생에서는 그토록 원하던 자유를 누릴 수 있도록 해드려야지. 우연히 알게 되더라도 난 끝까지 모른 척할 거네.}

할아버지와 추억이 많은 조르지오는 그 기억들의 조각을 하나씩 맞춘다면 환생한 그를 알아볼 자신은 있었다. 그리고 자신의 욕심과 추억보다는 조부의 꿈을 이뤄주고 싶을 정도로 그를 사랑했다.

{그런데 이런 이야기는 왜 꺼낸 거지?}

{왠지 L. 드미트리가 두 번째 소설을 쓸 것 같거든.}

일리야의 대답에 조르지오는 대충 다음 작품에 대한 자료 수집과 인터뷰로 가볍게 넘겨짚었다. 일리야가 아닌 L. 드미트리로 글을 쓴다는 것은 '백의 고백'처럼 자서전적인 요소가 섞였다는 의미일 테니 말이다.

｛내 이야기를 소설로 쓰는 건 사절하겠네.｝

｛그랜드파더 콤플렉스를 가진 바람둥이 이야기를 써서 뭐 하게?｝

최근 새로운 애인을 만나고 있던 조르지오는 일리야의 말에 호탕하게 웃었다.

｛하지만 그런 이야기가 인기는 좋지. 자극적이잖아.｝

｛품위 없는 놈.｝

낄낄거리는 조르지오에게 핀잔을 주며 일리야는 자신의 책은 제자리에 도로 넣고 서류는 고이 챙겼다. 그 모습을 가만히 지켜보던 조르지오는 솔직하게 속마음을 말했다.

｛사실 난 자네가 이 저택을 준다고 해도 안 받을 줄 알았네.｝

｛맞아. 아마 예전이라면 받지 않았을 거야. 이런 거 받아봤자 부담만 되고 나중에 처리하는 것도 일일 테니까. 그저 한 번씩 방문하는 것으로 만족했겠지.｝

｛그런데 그렇지 않았단 말이야. 오늘의 자네는 굉장히 낯설군.｝

일리야가 변한 지는 꽤 되었지만 그와 왕래가 없던 조르지오로선 알 리가 없었다. 무엇이 일리야를 저토록 변하게 했는지 랜스키의 손자는 무척 궁금했다.

｛그러고 보니 아까 했던 말이, 이 저택을 주고 싶은 사람이 있는 것 같던데 누군가?｝

일리야는 잠시 주변을 둘러보았다. 이곳에 깃든 추억이 참 많았다. 하지만 이곳이 소중한 이유는 한 사람 때문이었다.

지금 조르지오가 서 있는 자리에 항상 있었던 랜스키를 떠올리며 일리야는 미소 지었다. 과거의 잔상 위에 이제는 다른 모습이 스며들고 있었다.

{있어, 이곳과 가장 잘 어울리는 사람.}

쿠키 영상 #2

Dinky Cafe

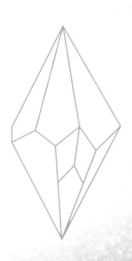

'Dinky Cafe'가 문을 여는 시각은 오전 10시였다. 이미 이 지역의 명소가 된 곳이라 오픈하자마자 바로 손님들이 몰아닥쳤다.

토요일 아침부터 카페를 찾은 손님들은 이래저래 다양했다. 놀토라며 친구들끼리 몰려온 어린 학생들부터 연령대가 지긋한 어르신들까지, 손님들의 나이대는 폭넓었다. 취업을 준비 중인 이들부터 휴일에도 피곤함에 찌들어 있는 직장인, 불행하거나 슬프거나 행복한 이들에서부터, 지나가다 한 번 들른 사람과 수년 동안 단골인 손님들까지.

하루에도 참으로 많고 다양한 이들이 찾아와 머물다 떠나는 곳이었다. 그만큼 손님들이 풀어놓고 가는 이야기보따리 역시 많았다. 그중에 가장 재미있는 것은 아무래도 연예인 가십이었다.

"너 그거 알아? 어젯밤에 민시후와 이민수가 술집에서 싸우다가 말리는 사장까지 두들겨 패서 입건됐대."

"그 사람들이 누군데?"

"블루핏 기억 안 나? 너, 한때 엄청 좋아했잖아."

"아! 이제 생각난다. 그런데 걔들 같은 멤버 아니었어? 뭣 때문에 싸웠대?"

몇 년이 지난 지금, 블루핏이란 이름은 남아 있었지만 그들 개개인에 대한 기억은 대중들 사이에서 흐릿하게 사라진 상태였다. 그나마 이민수는 간간이 단역배우로 활동하고 있었지만, 민시후는 블루핏의 리더였음에도 이름을 듣고도 바로 기억이 안 날 정도로 잊힌 존재가 되었다. 하지만 일단 기억의 수면 위로 떠오르면 절대 좋은 말이 나올 수가 없는 인물이기도 했다.

"어젯밤에 이민수가 우연히 술집에서 민시후를 보고 너 때문에 블루핏이 그 모양이 됐다고 시비를 걸었나 봐. 하긴 민시후가 지니한테 그렇게만 하지 않았으면 나중에 인기가 시들해져도 이렇게 몰락하지는 않았을 테니, 화는 났겠지."

"그렇기에는 이민수도 딱히 잘한 거 없잖아. 들으니까 지니와 블루핏 사이에서 이간질 엄청 했다면서."

이름은 잘 기억나지 않아도 그들이 했던 행태는 하나하나 머릿속에 남아 있었다. 특히 시간이 흘러 TM의 관계자들과 비주류에 속한 블루핏 멤버가 한 인터뷰에서 빠지지 않던 이야기가 이민수의 이간질에 자신들도 당했다는 말이었다.

"그런데 민시후는 미국으로 유학 갔다고 하지 않았어? 언제 왔대?"

"유학은 무슨! 도박에 빠져서 블루핏 때 번 돈은 이미 예전에

탕진했다고 하더라. 집에서 지원도 안 해주니까 더는 못 버티고 얼마 전에 귀국했나 봐. 기사 읽어보니까 어머니 패물 훔쳐서 술집에 간 거래."

한참 민시후와 이민수를 욕하던 두 사람은 문득 한 사람의 얼굴과 이름이 떠올랐다.

"이연은 요즘 뭐 한대?"

이연은 연예계 스폰서 사건이 터지며 연예계에서 완전히 퇴출당하고 말았다. 이민수가 꿋꿋하게 연예계에서 버티고 있는 것을 보면, 왕따와 폭행보다 스폰을 받았다는 것이 대중에겐 용서하기 더 어려운 일인 듯했다.

"시골에서 과수원 한다고 들었어."

"진짜?"

"웃긴 게 그나마 블루핏 멤버 중에서 가장 착실하고 괜찮게 살고 있나 보더라."

현재 블루핏은 단역을 전전하는 이민수와 도박에 빠진 민시후를 비롯해, 하는 사업마다 망해서 빚더미에 앉은 멤버와 사기로 구속된 이까지 이야기를 들으면 한숨만 나올 지경이었다. 그런데 과수원이라는 괴리감은 있지만, 이연은 과거 블루핏 멤버 중에서 가장 착실하고 여유롭게 살아가고 있었다.

어쨌든 이런 게 인과응보인가 보다 하고 고소해하는 두 사람에게 카페 사장님이 쿠키를 가져다주었다.

"저희 쿠키 안 시켰는데요?"

"쿠키는 매일 첫 손님에게 주는 서비스입니다. 오늘은 오븐을 늦게 데우는 바람에 좀 늦어졌어요. 대신 아메리카노를 리필해

드리겠습니다."

오픈하자마자 손님들 여럿이 함께 들어왔지만, 두 사람이 하루의 첫 손님인 것은 맞았다. 카페에서 서비스로 주는 쿠키는 아메리카노와 먹는 게 가장 맛있는데 조금 늦어져서 손님들의 잔은 거의 비어 있었다.

첫 손님들에게 아메리카노를 새로 리필해 주고 가게 안을 살피던 카페 사장님은 마침 가게 안으로 들어서는 손님에게 인사했다.

"어서 오세요. 딩키 카페입니다, 아……!"

가게 안에 들어서는 손님들을 보고 사장님은 잰걸음으로 다가가 자리를 안내해 주었다. 마침 두 사람이 좋아하는 2층 구석진 자리가 비어 있는 상태였다. 벽과 기둥 사이에 위치해 다른 이들의 시선을 교묘히 피할 수 있어서 그들에겐 최적의 장소이기도 했다.

"사장님은 볼 때마다 젊어지시는 것 같아요."

"전하고 별로 달라진 것도 없는데?"

우희의 말에 시큰둥한 표정으로 카페 사장님의 위아래를 훑어보던 우라의 평은 냉정했다. 하지만 예전에 우라의 캐릭터 파악을 끝낸 사장님은 웃으며 오히려 고맙다고 인사했다. 시간이 지났는데도 더 늙지 않았다는 말은 젊어졌다는 다른 말이기도 했다.

"넌 이제 연예인도 아니면서 꼭 그렇게 다녀야겠어? 오히려 그게 더 사람들 시선을 끌겠다."

주문을 받은 사장님이 떠나자, 우희는 커다란 선글라스와 검은 마스크를 한 우라에게 핀잔을 주었다. 베리로즈를 탈퇴하고 이제 더는 연예계 활동을 하지 않겠다 선언한 우라에게 제발 평범하게 다니면 안 되겠냐고 물었다.

"네가 자꾸 서민들이 다니는 가게에 오니까 그러잖아."

사람도 많고, 사생활 보호도 안 되는 이런 가게에 오니 얼굴을 가릴 수밖에 없다며 우라도 불만이 많았다. 하지만 우희가 가자면 투덜거릴망정 어디든지 잘 따라다녔다. 게다가 말만 그렇지 우라도 이 카페의 커피를 무척 좋아했다.

자주 만나는 것은 아니지만, 두 사람은 한두 달에 한 번은 만나서 식사도 하고 이렇게 카페에 와서 수다도 떨곤 했다.

두 사람이 오늘 아침부터 만난 이유는 이번에 개봉한 우진의 영화를 함께 보기 위해서였다. 1편이 나온 지 3년 만에 개봉하는 'Guardian angel 2' 는 우진과 더스틴이 공동 주연이었다. 몇 년 사이에 우진은 할리우드에서 주연급 배우로 완전히 자리를 잡아서 딱히 놀라울 일은 아니었다.

"영화 시간이 어중간해서 점심은 늦게 먹어야겠다."

"그러게 시간을 왜 이렇게 잡았어!"

"이것도 겨우 예매했거든!"

우희가 이를 갈며 노려보자 우라는 슬며시 딴청을 피웠다. 우진에게서 표를 받아 이미 영화를 관람한 우희는 우라가 오늘 꼭 영화를 보고 싶다고 억지를 부리는 바람에 다시 볼 수밖에 없었다. 영화는 보고 싶은데 함께 갈 친구는 없고 혼자선 보기 싫어서 떼를 쓰는 게 훤히 보였기 때문이다.

영화 예매를 어떻게 하는지 몰라서 비서한테 시키겠다는 우라의 말에 우희가 자기가 하겠다고 나섰다. 하지만 워낙에 영화가 흥행이고 토요일이라 좋은 시간대는 구하기 힘들었다. 이것도 감지덕지라는 우희의 말에 우라는 얌전히 고개를 끄덕였다.

"내년이면 졸업인데 넌 뭐 할 거야?"

오래전부터 진로가 정해진 우희와 다르게 우라는 내년이면 졸업인데도 무엇을 할 것인지 결정하지 못하고 있었다. 하지만 4학년 2학기까지 무난하게 대학을 다니고 졸업할 수 있다는 것만으로도 우라에게는 기적에 가까운 일이었다.

"바른정, 그러니까 아빠 회사에 들어갈 거야."

저번까진 아무런 계획이 없던 우라가 이번에는 바로 대답했다.

"낙하산으로?"

"바른정이 낙하산이나 들이는 그런 형편없는 회산 줄 아니? 그리고 되더라도 내가 거부할 거야!"

"그럼 어떻게 취직할 건데?"

"연예인 전형으로!"

순간 우희는 말을 잃었다. 그녀로선 낙하산이나 연예인 전형의 차이가 무언지 알 수가 없었다.

"애가 대학 때 재미 좀 봤다고 직장까지! 게다가 넌 이제 연예인도 아니잖아."

"아, 몰라! 다른 것은 몰라도 나 미각은 좋잖아. 바른정의 식품 개발팀에 들어가서 놀라운 신제품을 개발할 테니 두고 봐."

우라가 미각이 좋다는 것은 우희도 인정하는 바였다. 홍시 맛이 나서 홍시라던 누구처럼 우라 역시 그와 비슷한 능력을 지니고 있었다. 웬만하면 맛있다고 인정하지 않는 우라에게 약이 오른 우희가, 맛집이란 맛집은 다 찾아내서 함께 먹으러 다니다가 알게 된 사실이었다.

요리에 들어간 재료를 알아맞히는 것은 물론, 그들의 조합과 비율까지 우라가 알려주는 대로 집에서 만들면 맛이 거의 비슷하게 나왔다. 거기에 더해 재료들을 첨가하거나 더 넣으면 좋겠다는 의견을 따라 하면 어김없이 맛집들 요리보다 훌륭한 결과물이 나왔다.

그전까지 우라도 자신의 미각이 이렇게 좋은 줄 미처 몰랐다. 아니, 정확히는 남들도 다 비슷한 줄 알았는데 자신이 좀 더 우수하고 특이하다는 걸 알게 된 것이다. 그러다 보니 요즘에는 요리에 재미가 붙는데 이게 은근히 재미있었다.

"어떻게든 능력을 발휘해서 바른정을 기필코 내 손 안에 넣고 말 테다!"

"능력……."

우희는 하고 싶은 말은 많았지만 그냥 입을 다물었다. 그 능력과 회사를 경영하는 능력은 다를 테지만, 그건 그 집안이 알아서 해결할 문제였다.

"그런데 너희 아버진 재혼 안 하신대? 혹시 네가 반대하는 거야?"

김혜령과 이혼하고 바로 재혼할 줄 알았더니 우라의 아버지는 몇 년이 지난 지금까지 혼자였다.

"내가 반대한다고 우리 아빠가 들을 것 같아? 뭐, 여자는 만나는 것 같은데 아마 의심이 많아서 절대 결혼까지 못 갈걸. 점점 나이는 드는데 결혼해서 둘 사이에 아이도 안 생기고 세월만 가면 뻔하잖아. 아들이 있으면 모를까, 젊은 여자와 결혼해서 아빠가 먼저 죽기라도 해봐. 우리 집안 재산이 어디로 빠져나가겠어?"

우라의 현실적인 걱정은 현재 채무석이 느끼는 공포를 잘 해석하고 있었다.

김혜령과 이혼할 때만 해도 바로 재혼할 계획이었던 그는 상대를 고르다 자연스레 미래를 걱정하지 않을 수가 없었다. 막말로 뜨거운 사랑에 빠져서 아무것도 보지 않고 자기가 가진 것을 다 줘도 아깝지 않은 상대라면 모를까, 그의 나이에 재혼은 괜히 다른 집안에 자기가 일궈온 기업을 갖다 바치는 꼴이 될 수 있었다.

"그분도 참 추하게 나이 드시네. 어, 전화 온다."

왠지 세월이 지나 혼자 초라하게 늙어 있을 생부가 상상이 돼서 우희는 고소를 지었다. 그때 마침 테이블 위에 올려놓은 우라의 폰이 울리자 우희는 손가락으로 가리켰다. 우라는 전화를 받는 대신 진동을 무음으로 바꾸면서 대답했다.

"엄마야, 받을 필요 없어."

"또 돈 해달래?"

"응! 저번에 내 건물 하나 거하게 말아 드셨으면서, 이번엔 건물 담보로 융자해 달라고 하잖아."

모질게 들리겠지만, 우라는 백억 대 건물 하나로 어머니에 대한 의리를 지켰다고 생각했다. 지금은 아버지가 재혼을 망설이고 있지만 미래는 어떻게 될지 모르는 일이었다. 아버지가 자신을 어떻게 생각하는지 너무 잘 알기에 우라는 언제라도 혼자 살아갈 수 있는 기반을 준비하고 있었다. 현실이 이런데 아직도 정신을 차리지 못하는 어머니 때문에 이제는 완전히 질린 상태였다.

"그 많은 재산을 2, 3년 만에 다 없애기도 힘들 텐데……."

"사업병에 걸렸거든. 예전 새엄마가 이혼해서 엄청 성공했나 봐. 하면 자기도 그렇게 될 수 있다고 생각했던 것 같아. 그러게 나처럼 얌전히 취직할 생각이나 할 것이지."

김혜령은 이혼하고 나서 여러 번 사업을 벌였지만 하는 것마다 모두 망하고 말았다. 접근해 오는 사람들 역시 나중에 보면 모두 사기꾼이었고, 누군가 작정하고 훼방을 놓는 바람에 손대는 것마다 실패해서 이제는 빈털터리가 되었다.

우라가 얌전히 바른정에 취직하겠다고 생각한 것도 매번 손대는 것마다 망하는 어머니를 보고 깨달은 게 많아서였다.

"게다가 요즘엔 웬 양아치한테 빠져서. 아, 생각하는 것도 짜증 나고 말하는 것도 창피하다!"

말을 하다 만 우라는 생각을 떨치기 위해 고개를 휘휘 저었다. 그래도 이런 이야기를 편하게 할 수 있는 사람은 우희밖에 없었다.

"뭐라 할 말은 없고 대신 심심한 위로를 보낸다."

"나 정말 궁금해서 묻는 건데, 왜 꼭 심심한 위로를 보내는 거야? 말이라도 심심한 애로 보내줄 테니 같이 놀라는 뜻이야?"

왜 사람들은 정상적인 위로가 아닌 심심한 것들만 보내는지 전혀 모르겠다며 우라는 심각한 표정으로 우희를 보았다.

"하, 우리 영화 보기 전에 서점부터 들르자."

"왜?"

우희는 우라의 손등을 톡톡 두들기며 진즉에 신경 써야 했는데 너무 무심했다고 사과했다.

"찾아보면 쉬운 우리말 뜻풀이나 한자어 사전 같은 게 있을 거야. 우리 포기하지 말자."

하지만 말뜻을 알아먹지 못한 우라는 우희가 자길 걱정해 줬다고 발간 얼굴로 기뻐했다.

◆　　◆◆◆　　◆

오전부터 사람들로 북적이던 카페는 저녁이 되자 언제 그랬냐는 듯 한가해졌다.

토요일 밤에는 손님 대부분이 카페보단 더 신나는 곳을 찾아가는 게 보통이었다. 아니면 그냥 아늑한 집에서 쉬거나, 휴일을 잊고 도서관에서 열심히 공부하는 이들이 많았다. 이 시간에 카페를 찾는 이들은 혼자만의 여유를 가지기 위해, 혹은 친구와 편하게 대화할 장소를 찾거나, 모호하게 남은 시간을 채우기 위해서였다.

'Dinky Cafe'의 마감 시간은 저녁 10시 30분이었다. 10시가 다가오는 지금, 카페 안에는 1층과 2층을 포함해서 손님이 다섯 테이블만 차 있었다. 두 테이블을 빼면 모두가 아는 단골손님이라 마감 시간이 다가오면 알아서 일어설 분들이었다.

카페 사장님은 마감 준비를 하면서 오늘 나왔던 음식 쓰레기를 아르바이트생을 시키지 않고 직접 버리러 나갔다. 쓰레기를 주차장 구석에 있는 음식 쓰레기통에 버리고 돌아오던 사장님은 어디선가 들리는 귀에 익은 소리에 걸음을 멈췄다.

"유학까지 다녀온 사람이 서류 심사에서 계속 떨어진다는 것 자체가 문제 있는 거 아닌가요? 만날 콩쿠르에 나간다는 소리만 들었지, 지금껏 입상했다는 소릴 들은 적도 없고요. 가망 없는 일에 매달리지 말고 그냥 학원 선생님이라도 하라고 하세요."

김태화의 말이 끝나자마자 조금 떨어져 있는 카페 사장님에게까지 전화기 너머의 목소리가 들렸다.

—뭐라고? 학원 선생? 이게 검사 좀 됐다고 어디서 위세를 부려! 감히 너 따위가 언니한테 그게 할 소리야? 니 눈에는 네 언니가 했던 고생은 보이지도 않지? 난 네 언니만 보면 이렇게 속이 타고 가슴 아파 죽겠는데 어디서 언니한테 그따위 훈계질이야!

"학원 선생이 뭐 어때서요? 막말로 언니 유학비, 학원 선생만도 못한 내가 과외해서 번 돈으로 간 거 맞잖아요. 그리고 검사 따위한테 악단에 자리 좀 알아보라고 닦달한 게 누군데요? 아는 데도 없지만 실력도 없는 사람을, 누가 검사 나부랭이 하나 보고 취직시켜 주나요? 주제 파악 좀 하세요."

김태화의 대답에 그녀의 어머니는 숨을 꼴딱이면서 뭐라고 소리를 질렀다. 이번에는 제대로 알아들을 수 없을 정도로 시끄럽고 내용도 없었다.

"제발 부탁이니까 그런 쓸데없는 소리 하려면 전화하지 마시고요."

—이것이 보자 보자 하니까! 검사 됐다고 네가 우리한테 해준 게 뭐가 있어? 뼈 빠지게 키워준 은혜도 모르고, 부모한테 용돈한 푼도 안 주는 주제에! 남들은 딸이 성공하면……

구구절절 길게 이어지는 말을 듣기 싫은지 김태화는 잠시 전화기를 손으로 감싸고 눈을 감았다. 웅얼웅얼 들리던 소리가 잠잠해지자 다시 전화기를 귀에 가져다 댄 그녀는 차분하고 온기 없는 목소리로 말했다.

"그렇게 말씀하시니 대학 때부터 제가 집에 보낸 돈은 은행 명세서로 뽑아서 보내 드릴게요. 그리고 엄마가 늘 하는 말처럼 전독하고 못된 딸내미니까 더는 아무것도 바라지 마세요. 그리고 앞으로 또 지검에 찾아오면 그땐 정말 접근 금지 신청할 거예요. 제가 못할 것 같아요?"

만약 일이 커져서 검사를 그만둬도 그녀보고 오라는 로펌은 많았다. 더는 어머니가 두렵지 않았고 그 때문에 생길 일도 걱정 없었다.

—어떻게 너 같은 것을 내가 낳았는지! 아이고, 불쌍한 내 팔자야.

"그러게요. 저도 가난하더라도 절 사랑해 주는 부모한테 태어났으면 이렇게 되지 않았을 텐데 말이죠. 어쩌죠, 전 당신 같은 사람한테 태어난 내가 불쌍한데."

담담히 말대꾸하던 김태화는 망설임 없이 바로 전화를 끊어버렸다. 카페 안으로 들어가려고 돌아서던 김태화는 구석에서 오도 가도 못하는 사장님을 발견하고 멈칫했다.

"시끄러웠죠? 죄송합니다."

"어차피 가게 안까진 들리지 않았을 테니 괜찮아. 어머니가 혹시 지검까지 찾아오는 거야?"

김태화의 어머니가 카페에 쳐들어와서 난리를 피웠던 적이 몇 번 있었기에 사장님은 걱정이 되었다. 이곳에서 피웠던 진상을 지검에서 그대로 했다면 김태화의 체면이 말이 아닐 터였다.

"몇 번 오시긴 했는데 예전같이는 못하세요. 엄마 목적이 판검사 사위와 며느리를 보는 거라서 이미지 관리를 꽤 하시거든요."

김태화를 통해 어떻게든 그녀의 언니와 남동생을 판검사와 연결해 주려는 어머니였다. 지검에 쳐들어가서 예전에 카페에서 했던 것처럼 행패를 부릴 수가 없었다. 장소 골라가면서 진상을 부린다는 말에 사장님은 안심하면서 씁쓸하게 웃었다.

"그래도 태화 씨가 강단 있게 나가서 다행이야. 난 예전처럼 질질 끌려갈 줄 알았는데 멋있었어!"

사장님이 엄지를 척 내밀자 김태화도 웃으면서 어깨를 으쓱였다. 집에 돈을 주는 것은 연수원에 들어가면서 점점 줄었다. 그리고 임관을 받자마자, 차와 집을 사야 한다는 핑계로 아예 부모님 용돈조차 끊어버렸다. 사실 검사 월급이 그녀가 과외하면서 번 돈보다 더 적기도 했다.

이젠 부모님께 사랑받는 것을 포기하고 감정적으로 독립한 상태였다. 그러자 삶이 아름답고 평화로워졌다. 언제나 그녀의 얼굴에 드리워졌던 어둡고 탁한 기운도 사라져서 아름다운 제 얼굴이 더욱 빛나고 있었다.

"참, 친구 혼자 기다리고 있을 텐데 어서 들어가 봐."

오랜만에 만나서 좀 더 이야기를 나누고 싶었지만 오늘 김태화는 혼자 온 게 아니었다. 동료 검사인 친구와 카페를 찾은 그녀는 사장님의 말에 부랴부랴 안으로 들어갔다. 다행히 친구는 아까와 똑같이 세상의 시름을 다 가진 얼굴로 시럽을 엄청 들이부은 카페라테를 홀짝홀짝 마시고 있었다.

"혼자 있게 해서 미안해. 집에서 전화가 와서……."

"너도 나만큼이나 우울한 바다를 헤맸겠구나."

김태화의 사정을 잘 아는 친구는 한숨을 내쉬며 울적해했다. 아까부터 계속 울리던 김태화의 폰을 떠올리며 이해한다는 시선을 보냈다.

"그런데 오늘 대체 왜 이러는 거야?"

오늘 오후부터 갑자기 우울해하는 친구를 보며 김태화는 그녀에게 무슨 일이 생겼는지 걱정이었다. 그래서 술을 마시자는 친구를 달래서 늦었지만 여기로 데려왔다. 기분이 안 좋을 때 마시는 술은 그 순간만 위로가 되었지, 아침에 일어나면 그냥 독이었다. 카페인에 중독된 두 사람은 밤늦게 커피를 마신다고 잠을 설칠 일도 없어서, 김태화는 친구를 데리고 카페를 찾았다.

"내 유일한 취미가 소설 읽기잖아."

"그거야 잘 알지. 어디 소설뿐이야, 만화도 좋아하잖아."

노래, 영화, 미술 같은 것에는 아무런 관심이 없는 친구는 소설과 만화라면 장르를 불문하고 읽었다. 덕분에 친구는 연예인은 물론 시청률이 높은 드라마에 대해서는 하나도 몰랐다. 그동안 살기에 바빴던 김태화 역시 잘 아는 것은 아니지만, 적어도 그녀는 연예인 이름이나 드라마 제목 정도는 알고 있었다. 일 년에 한두 편 정도 영화도 보는데, 친구는 그런 것도 없었다.

"그러니까 지금으로부터 4년 전인가? 내가 엄청 재밌게 보던 소설이 있었거든. 그런데 글이 조금 미숙하기에 지적 좀 했었어. 내가 평소 글에다 댓글 남기고 하는 사람이 절대 아닌데, 그 소설은 그냥 두기엔 너무 아까웠거든. 조금만 고치면 더 좋은 글이 될 것 같아서 조목조목 따졌는데……. 글을 지우더라고."

"하늘이, 네가 잘못했네."

"나도 반성하고 있어."

입술을 쭉 내밀며 반성한다는 장하늘은 김태화와 동갑이지만, 그녀보다 일 년 먼저 사시에 합격한 친구였다. 연수원 선후배임에도 불구하고 서로 친구가 될 수 있었던 것은 장하늘의 서글서글한 성격 덕분이었다.

하지만 검사로서 집요하고 한번 물면 절대 놓지 않아서 미친 거북이라는 별명이 따라다녔다. 그런 장하늘이 집요하게 따지고 들었다면 상상만 해도 그 작가가 불쌍했다.

"그런데 몇 년 전에 미국에서 출판한 '에니그마의 조각' 내용이 우사팔팔 님의 소설과 너무 똑같은 거야!"

"우사팔팔 님?"

"내가 말했던 소설의 작가님 닉네임이 우사팔팔 님이었어."

장하늘의 설명에 김태화는 고개를 끄덕이다가 문득 오늘 보았던 기사가 생각나서 알겠다며 손뼉을 쳤다.

"아, 그래서 어느 쪽이 표절이냐고 진실을 요구하는 카페도 생겼다고 하던데… 혹시?"

"응, 그 카페 내가 만들었어."

'에니그마의 조각'은 미국에서 출판한 판타지 소설로 전 세계적으로 엄청난 인기를 끈 작품이었다. 제2의 톨킨의 탄생이란 이야기도 있고, 오히려 그를 능가한 소설가라는 평을 듣기도 했다.

작가의 이름이 'Woojin'이라고 해서 혹시 한국인이 아닐까 추측했는데 아니나 다를까, 미국에서 영어로 출판됐던 책이 한글로 번역되어 나왔는데 역자가 없었다. 작가인 '우진'이 한국어로 소설을 다시 쓴 것이다.

그렇다고 한국인이라 강력하게 우길 수 없는 것이 그가 쓴 소설이 영어와 한어만 있는 게 아니었다. 중국어, 일본어, 프랑스어, 독일어, 현재까지 6개 국어로 출판된 소설을 번역 없이 본인이 직접 썼던 것이다.

이것으로도 모자라 그는 자신이 아는 외국어는 번역 필요 없이 본인이 직접 쓰겠다면서 아직 몇몇 나라와는 출판 계약을 미루고 있었다. 쓸 수는 있는데 현재 바빠서 시간이 없다는 게 그가 속한 에이전시의 대답이었다.

소설의 완성도와 재미도 완벽한데 작가는 대체 몇 개 국어를 마스터한 거냐며 엄청 화제가 되기도 했다.

하지만 한국어로 출판한 소설을 읽은 이들 중에서 몇 년 전에 모 사이트에서 잠시 연재했던 소설을 떠올린 사람들이 의외로 많았다. 글이 정제되고 문장력이 엄청나게 좋아서 비교도 안 되는 글이었지만, 내용이 똑같은 것은 피할 수 없는 진실이었다. 두 사람이 동일 인물이 아니라면, 누구든 한 명이 다른 이의 소설을 표절한 게 분명했다.

"동일인일 수도 있었겠지만, 글의 문장이 너무 달랐거든. 내가 이런 말을 하긴 뭐 하지만, 우사팔팔 님의 필력이 겨우 2~3년 사이에 우진 작가로 발전할 정도의 실력이 절대 아니었다고."

"이해해."

김태화는 말을 잇지 못하는 장하늘의 어깨를 다독여 주었다. 그녀의 우울은, 오늘 문제의 두 소설이 모두 '우진'이라는 한 작가가 쓴 소설임을 출판사와 에이전시에서 공식 인정했다는 기사가 났기 때문이었다.

"나 그동안 뭔 짓을 한 거니? 난 정말 우진이란 작가가 힘없고 능력 없는 우리 우사팔팔 님을 협박해서 글을 빼앗아간 줄 알았단 말이야!"

우리 우사팔팔 님이라고 부르는 걸 보니까, 집요하게 따졌어도 여간 좋아한 게 아닌 듯싶었다. 그러게 좀 적당히 할 것이지, 장하늘에겐 늘 중간이 없었다.

"그 짧은 사이에 어떻게 그렇게 성장할 수 있었을까. 역시 우리 작가님!"

진실을 요구하는 카페는 오로지 우사팔팔의 입장에서, 우진이 그의 글을 도용하고 빼앗았다는 주장을 강하게 해왔다. 그런데 알고 보니 두 작가가 동일인이라니, 허탈하면서도 다행이고 기쁜, 복잡한 심경이었다.

장하늘이 온 얼굴로 희로애락을 표현하고 있는데, 카페 문이 열리면서 차임벨이 울렸다. 이제 10시 20분이라서 카페가 곧 닫을 시간이었고, 이미 문밖에다 Close 푯말을 걸었기에 들어올 손님이 없을 텐데 누군가 싶었다.

"어?"

"아는 사람이야?"

김태화가 깜짝 놀라는 표정을 짓자 장하늘도 궁금한지 가게로 들어오는 남자를 보며 물었다.

"최우진 선배잖아."

"선배? 내가 모르는 사람인 걸 보면 너희 과 선배야?"

선배라면 같은 학교겠지만, 모르는 얼굴인 것을 보면 김태화의 과 선배인가 보다 하고 장하늘의 반응은 무심했다. 정말 최우진을 몰라보는 장하늘에게 김태화가 그에 관한 이야기를 해주자, 그제야 조금 알겠다는 듯 고개를 끄덕였다.

"아, 몇 년 전에 칸에서 남우주연상 타고 작년에는 베를린에서 상 탔다는 그 배우?"

나도 그 정도는 안다면서 장하늘이 아는 척을 했다. 왜냐하면 그의 이름이 '우진'이라서 한 번 듣고 절대 잊을 수가 없었다. 카페 사장님하고 대화 중인 최우진과 그를 보고 웅성거리는 손님들을 번갈아 보며 장하늘은 고개를 끄덕였다.

"그러고 보니 우리 주사님이 잘생겼다고 난리였던 게 기억난다."

하지만 정작 장하늘은 그 말에 별로 공감이 가지 않는다는 듯 영혼 없는 반응이었다.

"하긴 넌 얼굴 없는 소설 속 남자들과 만화책에 나오는 주인공들이 더 잘생겼지?"

김태화의 말에 반박할 말이 없던 장하늘은 어차피 너도 마찬가지 아니냐는 표정을 지었다.

"어차피 너도 네 남친이 더 잘생겼다고 생각할 거 아냐?"

"그건 당연한 거 아냐? 그리고 적어도 내 남친은 실체라도 있지. 이렇게 문자도 보내주고."

김태화는 장하늘의 앞에서 폰을 흔들면서 친구와 잘 놀고 있느냐며 안부를 묻는 애인의 문자를 자랑했다.

"씨, 나만 없어."

고양이고 애인이고 자신만 없다며 투덜거리는 장하늘은 문득 옆에서 느껴지는 인기척에 고개를 들었다. 그곳에는 어느새 다가

온 최우진이 김태화에게 인사하고 있었다.

"안녕하세요, 오랜만이죠?"

"안녕하세요, 선배님."

자리에서 일어나 우진과 인사하는 김태화를 따라 장하늘도 얼떨결에 일어났다. 어쨌든 학교 선배이자, 연수원을 다니지는 않았지만 사법시험에 합격했던 후배에게 예의를 갖추기 위해서다. 김태화가 장하늘을 소개하자 우진은 그녀에 대해 어느 정도 알고 있는지 반갑다는 반응을 보였다.

"아, 이분이 그 미… 거북이라고 불리는 그분이신가요?"

"그걸 어떻게 알… 아!"

배우인 최우진이 어떻게 검사들 사이에서 통하는 장하늘의 별명을 알고 있나 싶었는데, 생각해 보니 그의 사촌 형 부부가 검사였다. 그걸 모르는 장하늘은 그가 자기 별명을 알자, 자신이 그렇게 유명한 검사인가 싶어서 눈동자가 잘게 흔들렸다.

짧은 안부 인사 후에, 최우진은 사장님께 주문한 더치커피를 받아가는 길이었다면서 김태화와 장하늘에게 인사하고 카페를 나갔다. 그가 나가자 김태화도 자리를 정리했다.

"우리도 이제 가야지."

"응, 어느새 문 닫을 시간이네."

김태화는 이곳에서 아르바이트한 경험을 살려서 잔을 쟁반에 올리고 분리수거도 착착 해냈다. 두 사람뿐만 아니라 카페에 남아 있던 다른 손님들도 시각이 되자 하나둘 자리를 뜨기 시작했다. 손님이 모두 떠나고 텅 빈 가게 안을 확인한 사장님은 아르바이트생까지 모두 보낸 후에, 가게의 전등을 하나씩 껐다.

카페에 남아 있는 불빛이라곤 'Close'라고 붉게 빛나는 푯말 하나뿐이었다. 문이 닫힌 카페 앞을 지나며 사람들은 내일을 준비하기 위해 달빛 아래를 걸어갔다.

•··◆ 별이 되다 5권 The End

··◆–⟨빌트맨 12월호⟩

최우진, 그와 함께 걸어가다

올해의 마지막 달을 장식할 초대 손님으로 빌트맨은 배우 최우진을 만났다. 데뷔 십 주년을 맞아 어느 때보다 뜨거운 한 해를 보낸 그의 진솔한 이야기를 듣고 싶어서다.

하지만 이런 핑계는 지면을 채우기 위한 수식어에 불과하다. 최우진을 만나는데, 그와 마주 보고 대화를 나누는데 그런 이유 따위가 굳이 필요한가?

우리가 만나는 이는 그 자체가 목적이고 이유인 사람이었다.

들뜬 마음으로 최우진을 찾아간 곳은 도심에서 벗어나 자연 속에 자리한 카페였다. 전날까지 근처에서 촬영을 마친 그는 피곤한 기색 없이 우리를 맞아줬다.

창문 너머로 보이는 메마른 가지들이 무색할 정도로 찬란하고 따뜻한 빛이 쏟아지는 곳에 그가 있었다. 그레이 글렌체크의 멋스러운 슈트 상의와 팬시 퍼플의 솔리드 타이를 한 그가 자리에 일어서 손을 내미는 순간, 처음 그를 만났던 때가 떠올랐다.

당시 라이징 스타였던 그는 나이에 비해 어른스럽고 굉장히 바르던 청년이었다. 데뷔작에서 보여주었던 어둠은 찾아볼 수 없는 밝음과 따스함이 가득하기도 했다.

세월이 지났다고 해서 그의 인상과 외모는 달라지지 않았다. 여전히 곧고 밝았으며 시간이 주는 선물을 받아, 성숙한 어른의 향기와 함께 더욱 아름다워졌다.

[이유정] 문득 우리가 처음 만났던 날이 생각나네요.

[최우진] 아, 제 생애 최초로 화보를 찍고 인터뷰를 했던 날이었지요. 그러고 보니 그날도 오늘처럼 김준열 작가님과 이유정 기자님이 함께했었죠.

순간 최우진의 눈빛이 아련해졌다. 그에게는 잊지 못할 빌트맨과의 추억이었고, 그의 팬들에게는 구하고 싶어도 구하지 못하는 전설 같은 화보가 탄생한 날이었다.

[이유정] 그날이 엊그제 같은데 벌써 십 년이 지났군요. 하지만 최우진 씨는 거의 변한 게 없어요. 분위기와 눈빛이 더욱 깊어지고 성숙해졌다는 것만 빼면요.

[최우진] 십 년이 지났는걸요. 이제는 만으로도 스물이라고 우길 수 없는 나이가 되었죠.

생일이 삼 월인 그는 이미 만으로도 서른이 되었다며 침울해했다. 외견상 거의 변함이 없는 그인데도 스물과 서른의 변화는 마음에서부터 시작하는 모양이었다.

[이유정] 나이 이야기가 나와서 하는 말인데, 이번 드라마에서

고등학생 역할까지 소화하셨잖아요. 그런데 위화감이 전혀 없어서 처음에는 최우진 씨와 빼닮은 아역 배우로 착각한 분들이 엄청 많았죠.

최우진이 데뷔 십 주년을 맞아 선택한 작품은 뜻밖에도 'Memories―기억의 함정'이라는 드라마였다. 5년 만에 드라마로 안방극장에 복귀한 그는 현재 사람의 기억을 편집하는 능력을 갖춘 '강석철'을 열연 중이다.

극 중에서 강석철의 고등학생 시절까지 연기한 최우진은 외모도 외모지만, 십 대의 정서와 분위기를 위화감 없이 완벽하게 연기해서 감탄을 자아냈다. 이제는 더 놀랄 것이 없다고 생각하는 순간, 그는 어김없이 한 걸음 앞서서 더욱 새롭고 놀라운 모습으로 우리를 찾아왔다.

[이유정] 이번에 드라마를 선택한 이유가 데뷔 십 주년을 맞은 팬 서비스인가요? 최우진 씨가 팬 사랑이 지극한 것은 유명한 일이고, 아무래도 드라마가 대중과의 접근성이 좋으니까요.

[최우진] 그렇게 해석하시는 분들이 많으신데 솔직하게 말하면 작품이 좋아서입니다.

[이유정] 그렇다면 지난 5년 동안 드라마를 하지 않은 이유는 원하던 작품을 만나지 못해서인가요?

[최우진] 아니요. 정말 하고 싶었던 작품이 두 편 있었는데 당시엔 이미 계약한 작품과 촬영이 겹쳐서 포기했던 겁니다.

[이유정] 처음 듣는 이야기군요. 만약 최우진 씨가 출연하고 싶다는 뜻을 밝혔다면 제작사가 방영 일정과 촬영 시기를 맞춰줬을 텐데요.

방송사와 제작진이 왜 그러지 않았을까 하는 의문을 내비치자 최우진은 굉장히 머쓱한 표정을 지으며 답했다.

[최우진] 두 작품 모두 방송사와 방영 일정이 정해진 상태에서 캐스팅을 시작했거든요. 제가 시놉시스와 대본을 늦게 본 것도 있고요. 그런데 제가 뭐라고, 일정을 바꾼다는 건 말도 안 되지요.

[이유정] 물론 그렇기는 하지만 최우진 씨라면 이야기가 달라지지 않았을까요.

[최우진] 그런 거로 달라지면 안 되는 게 원칙이고 약속이라고 생각합니다.

[이유정] 그런 면에선 여전히 단호하시네요. 혹시 어떤 드라마인지 알 수 있을까요?

[최우진] 시놉시스와 대본 보고 반했다가 혼자서 포기했기 때문에 제작진들도 모르실 겁니다. 그 작품들은 저만의 짝사랑이라, 소중히 제 가슴에만 품고 있겠습니다.

최우진은 자신이 포기했던 작품을 새삼스럽게 언급하는 것을 거부했다. 이런 자리에서 거론하는 것 자체가 이미 그 배역을 연기했던 배우에게 굉장히 실례되는 행위라고 덧붙였다.

[이유정] 국민 짝사랑남이 되기 위해 그런 식으로 스코어를 채워도 되겠군요.

[최우진] 국민 짝사랑남, 오랜만에 듣는군요.

[이유정] 언젠가부터 극에서 모두 사랑을 이루셨죠. 아니면 아예 로맨스가 없던가요. 이번에는 어떤 경우인가요?

[최우진] 강석철 자체가 로맨스와 어울리지 않는 인물이지만,

고등학생 때부터 오로지 그만을 짝사랑해 온 마유미라는 인물이 있으니 모르는 일이죠. 하지만 드라마에 로맨스가 꼭 필요한가요?

24부작 중에 현재 18부를 방영했음에도 로맨스의 기미가 보이지 않는 드라마를 두고 최우진은 의미심장한 이야기를 했다. 본지가 발부될 쯤에, 드라마는 마지막 두 편을 남겨두고 어느 정도 상황이 정리되었으리라 예상된다.

[이유정] 드라마에 로맨스가 필요 없다는 것은?

[최우진] 결말과 상관없는 개인적인 의견입니다.

[이유정] 하긴 지금껏 강석철 같은 캐릭터가 남자 주인공인 드라마는 없었죠. 로맨스 없이도 혼자서 일당백을 해내는 캐릭터니까요. 하지만 마유미와의 관계가 어떻게 전개될지 너무 궁금하거든요. 어제 마지막 촬영을 끝냈으니 당연히 결말은 아실 테니, 살짝만.

[최우진] 쉿! 아실 만한 분이.

최우진은 손가락을 입술에 가져다 대며 고개를 저었다. 이미 드라마의 삼분의 이를 촬영하고 방영한 'Memories—기억의 함정'은 현재 여유롭게 촬영을 끝낸 상태였다. 그러나 제작진은 내용 유출을 철저히 막고 있었다. 그리고 그 정점에는 최우진이 있었다.

이 비밀을 품은 남자는 절대 우리에게 자비롭지 않았다. 마치 드라마 속의 강석철처럼 말이다.

최우진이 현재 연기 중인 '강석철'은 가족과 친구들에게는 '돌쇠'라는 별명으로 불리지만, 돌쇠라는 이름이 가진 이미지와 성격과는 비슷한 구석이 하나도 없다. 오히려 세련되고 지적이면서 냉철하고, 굉장히 자기중심적이며 희생을 모르는 인물이다.

브라이언으로 개명하는 게 소원인 강석철은 처음 만나는 사람들에게 자신을 '브라이언 강'이라며 뻔뻔하게 소개하고, 별명이 '마님'인 마유미의 이름이 예쁘다며 질투할 정도로 유치하며, 회식 자리에서 술 한 모금 안 마신 마유미에게 운전하면 안 된다면서 집에 데려다주고 기필코 대리 운전비를 받아 내지를 않나, 10~20년이 지난 과거의 일을 절대 잊지 않고 있다가 어느 날 뜬금없이 복수하고 너무 좋아서 거실을 뒹구는 성격이다.

워낙 외모가 출중하고 능력이 뛰어나 호감을 느끼는 여성이 많음에도 마유미가 중간에서 방어하는 바람에, 강석철은 자신이 인기가 없으며 그 이유는 오로지 이름 때문이라고 착각하고 있다. 하지만 정작 십 년이 넘게 적극적으로 마음을 표현하는 마유미의 마음을 모를 정도로 둔한 철벽이기도 하다.

현재 드라마 팬들은 강석철이 끝까지 혼자였으면 하는 마음과 마유미와 이루어지길 바라는 이들로 편이 나누어진 상태다.

[이유정] 최우진 씨가 보는 강석철은 어떤 인물인가요?

[최우진] 순수한 사람이라고 생각합니다. 하지만 아이가 너무 순수해서 때론 잔인하듯 그 역시 그런 면이 있죠. 사실 그런 성격이 아니었으면 사람들의 기억을 편집하면서 알게 모르게 받은 상처를 감당하기 어려웠겠죠. 개인적으로 이런 강석철의 단점까지 사랑하는 마유미와 잘됐으면 좋겠다는 게, 제 바람입니다.

최우진은 드라마에 로맨스는 필요 없지만, 강석철이란 개인을 보면 마유미와 이루어지는 게 좋다고 생각하고 있었다.

[이유정] 그러니까요! 마유미 같은 사람이 어디 있다고 강석철은 그녀의 기억에서 자신을 지워 버렸을까요?

많은 시청자가 안타까워하고 분노하는 장면을 언급하자 최우진은 활짝 웃었다. 아직 그에게 남아 있는 강석철의 이미지가 진하게 풍겨 나오는 순간이었다.

마유미에게서 자신의 기억을 지워 버린 강석철은 다음 날, 아무 일도 없었다는 듯 그녀의 옆을 스쳐 지나가면서 휘파람을 불었다. 잔인하고 나쁜 남자인데, 그게 또 어찌나 멋있던지. 드라마를 본 시청자라면 모두가 공감할 것이다.

[최우진] 이유는 내일 보시면 알 겁니다. 이 인터뷰를 읽을 때쯤에는 드라마를 보는 모든 분이 아실 테고요.

[이유정] 현재진행 중인 드라마 이야기는 이래서 힘들군요. 하지만 드라마가 끝나는 게 무섭다고 느껴진 게 정말 오랜만이거든요. 저뿐만 아니라 많은 시청자가 강석철과 헤어지고 싶지 않고, 급기야는 드라마가 끝을 향해 달려갈수록 마음이 아프다고 하시는 분들도 많습니다. 배우는 다른 관점으로 캐릭터와 이별할 것 같은데, 주로 어떤 심정인가요?

[최우진] 복잡하죠. 어제 마지막 신을 촬영하고 그와 이별했는데 아직 이쪽이 멍한 상태거든요.

그는 심장 부근을 쓰다듬으며 말을 이었다.

[최우진] 간단하게 설명할 수 없지만, 마치 내 일부를 도려내는 기분이 들 때가 있어요.

[이유정] 최우진 씨는 극이 끝나면 연기에서 빨리 벗어나는 것으로 유명한데 의외군요.

[최우진] 빨리 벗어난다고 해서 아무것도 느끼지 않는 건 아니라서요. 후련하면서 외롭고 그리운 감정이 잠시 머물다가 떠나는데, 그 순간이 진정한 이별이죠.

[이유정] 지금 최우진 씨 얼굴을 보면 아직 강석철이 남아 있는 것 같아요.

[최우진] 성격이 유별난 녀석이라 아마 며칠 더 머물다가 떠날 것 같습니다.

그와의 대화는 자연스럽게 다음 작품에 대한 계획으로 흘러갔다.

[이유정] 얼마 전에 '에니그마의 조각'의 주인공으로 섭외되셨죠.

[최우진] 콜록, 흠, 흠, 섭외가 왔지만 아직 결정하지는 않았습니다.

출간한 지 수년이 지났지만, 여전히 베스트셀러인 판타지 소설 '에니그마의 조각'이 영화로 제작된다는 소식은 전 세계를 들썩이게 했다. 그중 제작자와 감독은 처음부터 주인공으로 최우진을 낙점했고 여론도 이에 동조하고 있었다. 보통 주인공으로 거론되면 찬반 의견이 나누어지게 마련인데 이번에는 오로지 찬성밖에 없었다.

그러나 정작 화제의 중심에 있는 최우진은 무척 당황하면서 곤란한 표정을 지었다. 시선을 창밖으로 돌린 머쓱한 표정에서 묘하게 소년 같은 분위기가 풍겼다. 왠지 싫다는 부정적인 감정보다는 난처하고 모호한 원인이 그를 갈등하게 만드는 듯했다.

[이유정] 원래 '에니그마의 조각' 작가님은 영화 제작에 뜻이

없었는데, 에이전시와 일리야 터너의 설득에 얼렁뚱땅 넘어가서 계약했다는 이야기가 돌더군요. 혹시 그에 대해 아시는 이야기가 있으신가요?

현대의 대문호라 불리는 일리야 터너와 최우진의 우정은 이미 유명한 이야기였다. 그래서 '에니그마의 조각'이 영화 제작에 들어가게 된 시크릿 스토리를 아는 게 있는지 묻자, 최우진은 작게 고개를 저었다.

[이유정] 당연히 하실 거죠?

[최우진] 그게, 제가 아직 준비되지 않아서 정중하게 거절하고 있습니다.

[이유정] 무례하게 들릴지 모르겠지만, 소설의 팬으로서 저는 그 영화에서 최우진 씨를 봤으면 좋겠습니다. L. 드미트리처럼 얼굴 없는 작가로 유명한 그분 이름도 '우진'인 것만 봐도 보통 인연은 아니잖아요. 왠지 소설이 최우진 씨와 깊은 운명으로 이어졌을 것 같은 느낌이 들어요.

무엇보다 영화 제작자와 감독은 그의 모든 스케줄에 맞춰 영화를 제작하겠다고 발표까지 한 상태였다. 소설의 작품성과 감독, 제작 환경 등등, 모든 상황을 고려하더라도 '에니그마의 조각'은 최우진에게 좋은 자극이 될 영화였다. 그리고 소설의 팬들에게는 그보다 완벽한 캐스팅이 없었다. 하지만 난처한 듯한 그에게서 우리가 알 수 없는 사연과 고민이 느껴져 대화의 주제를 바꿔봤다.

[이유정] 그러고 보니 L. 드미트리의 두 번째 작품에도 주인공으로 거론되고 있으시죠.

'백의 고백'의 작가답게 L. 드미트리의 두 번째 소설 역시 명작이었다. 아직 제작이 결정된 것은 아니지만, 모두가 영화화되길 바라며 여러 이야기가 나오고 있다. 그중에 가장 확고한 것이 주인공은 단연 최우진이어야 한다는 의견이었다.

그 까다롭다는 L. 드미트리의 팬들이 우진에게 영화가 제작된다면 제발 주연을 맡아달라고 단체로 편지를 써서 보낸 일화까지 있다. 최우진은 이번엔 당황보다는 살짝 들뜨고 기쁜 표정을 지어 보였다.

[최우진] 아직 제작 이야기는 진행된 바가 없지만, 기회가 되면 꼭 하고 싶기는 합니다.

[이유정] 두 작품에 대한 반응이 너무 다르신데요.

[최우진] 부담감과 기대의 차이겠지요. 물론 이러다가 김칫국을 마실까 걱정이지만요.

[이유정] 어떤 선택을 하시든 지지하겠습니다.

[최우진] 고맙습니다.

그가 어떤 작품을 선택하더라도, 아니면 아무것도 하지 않더라도 최우진이 이미 우리에게 최고의 배우라는 건 변하지 않는 일이었다.

[이유정] 연말에 하는 여러 설문 중에서 가장 많이 1위를 한 연예인으로 뽑히셨어요. 물론 매년 그래왔지만요.

크리스마스와 연말, 연초를 함께하고 싶은 사람, 동시대에 태어나 줘서 고마운 사람, 부모님에게 소개해도 부끄럽지 않을 친구, 딸이 데려왔으면 좋겠는 사윗감, 이 사람이 말하면 다단계도 할 수 있다 등등, 많은 설문에서 당당하게 1위를 차지했다. 그가

1위 한 설문들을 말해주자 최우진은 별의별 설문들을 다 한다면서 무척 재미있어했다.

[이유정] 요즘 아이들과 찍은 사진들이 많이 올라오더군요. 송재희 씨의 딸, 더스틴의 쌍둥이 아들들, 그리고 친구분의 아이들과 찍은 사진들이요.

[최우진] 어느 순간 보니까 친구와 지인들이 부모가 되어 있더군요.

그는 어느새 세월이 이렇게 지났다며 황망한 듯 웃었다. 하지만 아이들과 함께 있는 최우진의 얼굴을 보면 그가 아이들을 얼마나 사랑하는지 알 수가 있었다. 아이들과 찍은 사진이 화제인 것은 아이들을 향한 그의 감출 수 없는 애정이 훤히 보이기 때문이다.

[이유정] 이제 슬슬 결혼 압박이 들어올 나이시죠.

[최우진] 요즘은 결혼 연령이 높아져서 아직 안전합니다.

[이유정] 말에서 여유가 느껴지는 것이 혹시 만나시는 분이 있으신가요?

[최우진] 있어도 말하지 않을 겁니다.

오래전부터 비밀 연애를 주장해 왔던 그는 고민도 없이 바로 고개를 저었다.

[이유정] 없으면 없다고 말하는 건 괜찮지 않을까요?

[최우진] 없을 때 없다고 말하기는 쉽지만, 나중에 소중한 사람이 생겼을 때는 함정이 될 테니까요. 계속 없다고 말하다가 어느 날 대답을 피하면 스스로 인정하는 것밖에 안 되고, 있는데 없다고 하면 애인한테 미안할 테니 그냥 노코멘트를 유지하는 게

좋습니다.

[이유정] 그럼 정말 결혼 한 달 전에 알리실 건가요?

최우진이 공공연하게 말하고 다니던 것을 묻자 그는 의연하게 대답했다.

[최우진] 꽤 오래전부터 말해왔던 거라 약속은 지키고 싶습니다.

[이유정] 그런 약속은 안 지키셔도 됩니다. 보통은 얼굴 보면 대충 짐작이 가는데 최우진 씨는 전혀 알 수가 없네요. 사실 다른 분들은 대중은 몰라도, 연예 기자들 사이에선 암암리에 소문이 나는데 최우진 씨는 그런 것도 없이 너무 조용하세요.

[최우진] 저만큼 스캔들이 많았던 사람도 없을 것 같은데요. 남들은 수십 년 활동해도 하나 겪을까 말까 한 사건들을 전 몇 년 사이에 다 겪어봤잖아요.

최우진은 은근히 스캔들에 자부심을 보였다. 그의 말도 크게 틀리지 않았다. 사생활이 워낙 깔끔해 기자들 사이에서 최우진은 연예 활동 말고는 기삿거리가 없다는 불만이 나올 정도이긴 하나, 그처럼 온갖 스캔들에 시달린 연예인도 드물었다. 하지만 결국은 루머로 밝혀졌던 사건들은 모두 데뷔 초반에 있었던 일들로, 그 이후로 최우진이 소문의 주인공이 된 적은 없었다.

몇 번의 사건 후 기자들도 학습이란 걸 하게 되었다. 일단 최우진에 관한 기사는 몇 번이라도 다시 검토하고, 정황이나 증거가 확실하지 않으면 기사로 내지 않았다. 여러 번 확인하고 따져보면 대부분은 거짓인 경우가 많아 나중에 한숨 돌린 기자들이 많았다.

그래서일까? 언젠가부터 최우진은 대낮에 어떤 여성과 함께 다녀도 스캔들이 나지 않았다. 물론 뒤에 보면 정말 일 관계로 만난 분들이었기에 점차 그의 사생활에 대해서 무뎌지기도 했다. 사실 그가 누굴 만나고 사귀는 것은 그리 큰 문제가 아니었다.

우리가 그에게 궁금해하는 것은 그의 사생활이 아닌, 우리에게 낯설고 아름다운 세상을 보여주는 그의 연기였다.

[이유정] 처음 저와 인터뷰했을 때, 최우진 씨는 이름이 많은 배우가 되고 싶다고 하셨죠. 어떠세요, 이루셨나요?

[최우진] 꿈을 이뤘다고 자신하기엔 십 년은 너무 짧고 부족한 것 같은데요.

[이유정] 짧긴 짧죠. 그럼 우리 이런 이야기는 삼십 년 후에 다시 할까요? 그때도 저와 인터뷰해 주실 거죠?

[최우진] 물론이죠. 저는 그때까지 계속 인터뷰하고 싶은 배우 1위를 유지하도록 노력하겠습니다.

[이유정] 그렇다면 그때도 여전히 경쟁률이 심하겠군요.

최우진은 친절하지만 만나기 쉬운 인터뷰이는 아니었다. 그의 이야기를 듣고 싶은 인터뷰어들은 많지만, 그들 모두를 만나주지는 않기 때문이다. 왠지 그는 삼십 년 후에도 지금처럼 멋있고 와인처럼 향기로운 사람일 것 같아서 상상하는 것만으로도 심장이 두근거렸다.

[이유정] 지금 이 글을 읽고 계시는 독자분들에게 마지막으로 하고 싶은 말이 있다면요?

[최우진] 아까 말씀하신 설문 중에 동시대에 살아줘서 고맙다는 게 있었잖아요. 저는 그 말을 같은 시대에 함께 살아가는 사

람들만이 느낄 수 있는 공감대와 문화를 함께 공유할 수 있어서 좋다는 뜻으로 이해했습니다. 그리고 한 시대가 가지고 있는 특유의 분위기와 풍류는 바로 우리가 함께 만들어가는 것이고요.

그러니 누가 앞서거나 뒤서는 거 없이 함께 갔으면 좋겠습니다. 드라마와 영화에선 제가 주인공일지 모르겠지만, 이 시대의 주인공은 우리니까요.

찬란하게 웃는 최우진은 여전히 꿈을 꾸고 있었다. 그리고 그의 꿈엔 우리도 함께 있었다.

그래서 확신할 수 있었다. 먼 미래의 우리 후세들은 지금 우리가 만들어가고 있는 이 시대를 무척이나 부러워할 거라고 말이다.

우리의 옆에서, 우리와 함께 걸어가는 이 아름답고 찬란한 별의 존재를.